AF140190

HANNAH

Dieter Pasternak

Die Deutsche Nationalbibliothek verzeichnet diese Publikation in der Deutschen Nationalbibliografie; detaillierte bibliografische Daten sind im Internet über http://dnb.dnb.de abrufbar.

TWENTYSIX – Der Self-Publishing-Verlag
Eine Kooperation zwischen der Verlagsgruppe Random House und BoD – Books on Demand

BoD – Books on Demand, Norderstedt

ISBN: 978-3-7407-0737-8

1

Mein Freund Nico war mal wieder in seinem Element. Komische Geschichten waren ja irgendwie seine Spezialität. Ich hatte keine Ahnung, wie er das immer machte. Man hörte ihm einfach gerne zu, denn Witze wurden von ihm nicht einfach „erzählt". Er inszeniert sie geradezu. Auch diesmal lachten alle, als er mit der Pointe herauskam.

„Und dann sagte Moses schließlich: ‚Die gute Nachricht ist, dass ich den Alten am Ende auf zehn Punkte runterhandeln konnte. Die schlechte Nachricht allerdings lautet: Ehebruch ist immer noch dabei!'"

Das machte er wirklich gut. Auch mir fiel es nicht besonders schwer, wieder mit allen mitzulachen, obwohl ich diese Geschichte bereits kannte und Ehebruch noch nie für ein besonders witziges Thema gehalten hatte. Nico war sie bei mir schon vor einigen Tagen losgeworden. Es war mir ein Rätsel, woher er diese Sachen immer hatte. Vor allen Dingen hatte ich mich schon immer gefragt, wie er es schaffte, sie alle zu behalten. Ich selber hatte jedes Mal große Probleme, wenn ich mich an irgendeinen Witz erinnern wollte, selbst wenn ich ihn erst am Tag zuvor gehört hatte.

Solche geselligen Abende gingen manchmal ein wenig an mir vorbei, wenn ich selber der Ausrichter dieser Zusammenkünfte war. Ich fühlte mich dann häufig in der Rolle eines Beobachters meiner eigenen Veranstaltung, dessen Aufgabe vor allem darin bestand, meiner Frau bei der Organisation zu helfen und darauf zu achten, dass sich meine Gäste wohlfühlten.

Es war Hannahs Idee gewesen, an diesem Freitagabend vor Pfingsten unsere beiden engsten Freunde mit ihren derzeitigen Partnern zum Essen einzuladen. Nico, den ich seit dem Studium kannte und der mit mir in der Hamburger Anwaltskanzlei Kehrmann & Partner arbeitete, war mit seiner hübschen und sehr jungen neuen Freundin Julie gekommen, die wir alle noch nicht getroffen hatten und auf die wir schon sehr neugierig gewesen waren. Mir war nicht entgangen, dass sich Tobias, mit dem Connie, die beste Freundin meiner Frau, seit längerem zusammen war, sich besonders bemühte, die „Neue" in dieser Runde zu unterhalten. Soweit ich erkennen konnte, verlief auch diesmal wieder alles reibungslos.

Es war wieder ein gelungener Abend. Das lag vor allem daran, dass Hannah nicht nur eine ausgezeichnete Gastgeberin, sondern auch eine hervorragende Köchin war. Als ich ihr beim Auftragen des Nachtisches vorhin behilflich gewesen war, hatte sie mich in der Küche damit überrascht, dass sie mich plötzlich wortlos umarmt und geküsst hatte. Solche spontanen und unerwarteten Gesten waren typisch für meine Frau, und ich liebte sie dafür. Sie hatte mich dann angegrinst und mir das Tablett in die Hände gedrückt.

„Vorsicht! Nicht fallen lassen!"

Ich war wirklich ein Glückspilz. Wenn ich sie so an der gegenüberliegenden Seite des Tisches betrachtete, fiel mir wieder auf, wie gut sie aussah mit ihren blonden Haaren und ihren großen blauen Augen. Ich war stolz auf meine Frau und schaute ihr zu, wie sie sich mit ihrem Nachbarn unterhielt. Sie lachte und schien sich blendend zu amüsieren. Offenbar erfreute Nico seine Zuhörerin gerade mit einer anderen lustigen Geschichte über einen seiner Mandanten. Sie schien zu bemerken, dass ich sie beobachtete. Sie lächelte zu mir herüber und zwinkerte mir zu. Ein Handy klingelte. Es wurde still am Tisch. Tobias, der rechts neben Hannah saß, griff in seine Jackentasche, nahm sein Gerät heraus und schaute auf das Display.

„Entschuldigung."

Er war mit dem Gerät aufgestanden, um das Gespräch vor der Tür anzunehmen. Ich bemerkte jetzt, dass Hannah ihre Freundin Connie, die ihren Platz neben mir hatte, über den Tisch hinweg ansah. Dann schaute sie zu mir herüber und zeigte auf die Weinflasche auf dem Tisch. Ich verstand und nahm die leere Flasche, um für Nachschub zu sorgen. Auf den Weg in die Küche konnte ich hören, dass Tobias auf dem Flur leise mit jemandem am Telefon sprach.

Als ich danach ins Wohnzimmer zurückkam, hatte die Runde begonnen, sich über Hannahs Kurztrip nach Wien zu unterhalten, zu dem sie am nächsten Tag aufbrechen wollte. Ich füllte die Weingläser auf und setzte mich wieder. Julie, die neu in dieser Runde war, wollte mehr über diese Reise wissen. Hannah erklärte den Hintergrund dieser Fahrt.

„Ich treffe mich dort mit meiner ältesten Freundin. Brigitte lebt mit ihrer Familie in München. Wir sind zusammen aufgewachsen und haben auch schon in der Grundschule nebeneinander gesessen. Nach dem Abitur haben wir sogar zusammen eine Zeit als Au-pair in Paris verbracht."

Julie hatte noch eine Frage.

„Nico hat mir gesagt, solche Touren macht ihr jedes Jahr. Stimmt das?"

„So ziemlich. Wenn es geht, um Pfingsten herum. Dann ist das Wetter meistens schon erträglich, und wir können uns dann auch fast immer ohne große Probleme einen Tag freinehmen."

Tobias, der inzwischen sein Telefongespräch beendet hatte, kam zurück und setzte sich wieder auf seinen Platz.

„Ich bitte noch einmal um Entschuldigung. Das war mal wieder mein Tennispartner. Er wollte einen neuen Termin abmachen."

Es entstand eine kleine Pause, aber Julie nahm ihren Faden wieder auf.

„Und so fahrt ihr immer nach Wien?", wollte sie von Hannah wissen.

Hannah lachte.

„Nein! Jedes Mal in eine andere Stadt. Wir waren auf diese Weise schon in Rom, Barcelona, London und natürlich auch wieder einmal zusammen in Paris. Sozusagen auf der Suche nach unserer Vergangenheit."

Nico grinste Hannah an.

„Und was machen denn zwei Damen die ganze Zeit so allein in solchen Städten?"

Hanna grinste zurück.

„Was denkst du wohl? Wir gehen in Ausstellungen, Konzerte, Theater. Natürlich gehen wir auch schön essen, und Shopping macht in solchen Städten auch immer sehr viel Spaß. Aber vor allen Dingen haben wir uns immer viel zu erzählen."

Nico lachte.

„Das kann ich mir gut vorstellen!"

Julie schaute zu mir herüber

„Und was ist mit dir? Hättest du denn keine Lust mitzufliegen? Das müsste dir doch auch Spaß machen."

„Glaubst du denn, die wollen mich dabei haben? Nee, ich finde es gut, dass die zwei wenigstens einmal im Jahr die Gelegenheit haben, alte Zeiten ganz ungestört wieder aufleben zu lassen. Wir Männer würden dabei nur stören."

Es war in der Tat so, dass meine Teilnahme an diesen Fahrten bisher nie ein Thema zwischen Hannah und mir gewesen war. Der Wunsch, mich den Freundinnen bei diesen Unternehmungen anzuschließen, hielt sich bei mir ohnehin in Grenzen. Diese Treffen gehörten irgendwie zu einem Bereich in Hannahs Vergangenheit, mit dem ich wenig zu tun hatte. Ich ging auch davon aus, dass Brigittes Mann das ähnlich sah. Connie, die schon den ganzen Abend etwas still wirkte, legte mir eine Hand auf den Arm.

„Und du? Was wirst du dann hier so ganz alleine machen?"

Bevor ich antworten konnte, schaltete sich Nico ein.

„Ihr braucht euch alle um Johann keine Sorgen zu machen", sagte er mit einem etwas hinterhältigen Grinsen. „Ich werde weiter auf ihn aufpassen und dafür sorgen, dass er nicht unter die Räder kommt."

Mit Ausnahme von Hannah schienen alle am Tisch diese Bemerkung komisch zu finden. Ich hatte den Eindruck, dass alle verstanden, worauf Nico anspielte. Vor zwei Wochen nämlich wäre ich tatsächlich beinahe überfahren worden. Wenn wir es möglich machen konnten, spielten Nico und ich einmal in der Woche abends Fußball. Die Turnhalle, in der wir uns dazu mit einer Gruppe ehemaliger Studienfreunde regelmäßig trafen, war an einer recht ruhigen Wohngegend gelegen. Als ich nach dem Sport in meinen Golf steigen wollte, wäre ich tatsächlich beinahe von einem Auto angefahren worden. Nico, der neben mir stand, hatte mich reaktionsschnell an die Seite gezogen. Alles war so schnell gegangen, dass das Fahrzeug in der Dunkelheit verschwunden war, bevor wir die Möglichkeit hatten, auf das Kennzeichen zu achten.

Natürlich hatte sich Nico diese Chance nicht entgehen lassen und diesen bizarren Vorfall zu einer unterhaltsamen Geschichte verarbeitet, in der er der geistesgegenwärtige Retter und ich der trottelige Anwalt war, dem ein unzufriedener Klient nach dem Leben trachtete. Hannah konnte die ganze Angelegenheit überhaupt nicht komisch finden. Sie regte sich sehr auf und warf mir vor, ich würde nie genug aufpassen. Sie war sogar der Meinung, dass dieser Vorfall sofort der Polizei gemeldet werden müsse. Es dauerte dann auch eine Weile, bevor sie einsah, dass dies ziemlich sinnlos war. Denn was hätten wir den Beamten sagen können? Dass ein wahrscheinlich angetrunkener Fahrer zu schnell

4

unterwegs war und beinahe jemanden angefahren hatte? Über das Fahrzeug konnten wir ja sowieso keine konkreten Angaben machen.

Nico war nicht entgangen, dass er mit seiner wenig sensiblen Anspielung Hannahs Unwillen ausgelöst hatte. Er bemühte sich um Schadensbegrenzung.

„Also, was ich eigentlich sagen wollte: Jo und ich haben auch ein interessantes Programm," sagte er und zwinkerte mir dabei zu. „Morgen gehen wir beide nämlich ins Stadion zu St. Pauli."

„Dahin würde Hannah sowieso nicht mitkommen", erklärte ich.

Hanna hob ihr Glas.

„Worauf du dich verlassen kannst!"

In diesem Moment klingelte wieder ein Handy. Wie auf Verabredung schauten alle auf Tobias. Der zuckte mit den Schultern und schüttelte den Kopf. Hannah war aufgesprungen.

„Ach du meine Güte! Das ist ja meins!!"

Sie eilte zu dem kleinen Glastisch, auf dem ihr Gerät lag. Sie gehörte zu den Menschen, die sich beim Telefonieren das Handy mit der rechten Hand immer an das linke Ohr halten.

„Hallo?", sagte sie und schien einen Moment auf die Meldung des Teilnehmers zu warten. „Ach du bist es. Einen Moment mal!"

Sie wandte sich an uns am Tisch.

„Entschuldigung! Das ist Brigitte."

Wie Tobias vor ihr ging auch sie mit ihrem Apparat in den Flur und machte die Tür hinter sich zu. Wir warteten, bis sie wieder hereinkam und sich setzte.

„Brigitte wollte mir nur noch sagen, wann sie genau in Wien ankommt. Wir treffen uns dann im Hotel. Sie dachte, wir seien heute Abend unterwegs. Deshalb hat sie es über das Handy versucht."

Es wurde kein langer Abend, da alle wussten, dass Hannah ihren Flieger am nächsten Morgen um 10 Uhr nehmen musste. Als sich alle verabschiedet hatten, räumte ich den Tisch ab und trug das Geschirr in die Küche, während sie die Spülmaschine füllte. Zum Abspannen setzte ich mich anschließend mit einem Glas Rotwein noch einmal ins Wohnzimmer. Nach einer kleinen Weile schloss Hannah sich mir an. Sie hatte sich Mineralwasser mitgebracht und ließ sich mit einem Seufzer der Erleichterung aufs Sofa sinken. Sie schien froh zu sein, dass der Abend so glatt verlaufen war und sie sich nun auf ihren Flug nach Wien konzentrieren konnte. Ich nahm sie in die Arme und sagte ihr noch einmal, dass ihr das Essen wieder sehr gut gelungen war. Sie küsste mich auf die Wange.

„Danke. Wir beide sind ja auch ein eingespieltes Team."

Sie machte eine kleine Pause.

„Und Julie, Nicos neue Freundin? Wie findest du sie?"

„So weit ich sehen konnte, ist sie nett. Vielleicht ist sie endlich die Lösung für seine ständigen Partnerprobleme."

Hannah lachte. Dann fragte ich sie, ob sie nicht auch bemerkt habe, dass ihre Freundin Connie ungewöhnlich still gewesen sei. Hannah hob die Augenbrauen.

„Ich glaube, zwischen ihr und Tobias kriselt es. Sie hat mir so etwas Ähnliches auch angedeutet."

Das überraschte mich. Die beiden waren seit langem zusammen. Sie waren sogar vor einem halben Jahr in eine gemeinsame Wohnung gezogen.

„Was ist passiert? Hat sie dir was gesagt?"

„Nein, aber ich glaube, sie haben schon eine ganze Weile ein paar Probleme miteinander. Vielleicht passen sie doch nicht so richtig zusammen."

„Gibt es da denn bereits einen anderen?"

„Oder eine andere? Nein, ich glaube nicht."

Sie gab mir einen Kuss auf den Mund. Dann stellte sie ihr leeres Glas ab und stand auf.

„Komm, gehen wir ins Bett. Es ist schon ziemlich spät und für die nächsten Tage muss ich doch einigermaßen fit sein."

Ich hatte keine Ahnung, wie häufig ich noch an diesen Satz denken würde.

2

Frühstück war bei uns eigentlich immer eine recht schweigsame Angelegenheit. Auch an diesem Samstagmorgen war es nicht anders. Hannah hatte die Zeitung neben sich aufgeschlagen, überflog die Schlagzeilen und widmete sich dann einzelnen Artikeln, die sie besonders interessierten. Es amüsierte mich immer ein wenig, wie konzentriert sie dabei aussah. Sie hatte die Stirn leicht gerunzelt und unterbrach ihre Lektüre selbst dann nicht, wenn sie sich etwas Tee nachschenkte. Wenn sie dabei aufschauen musste, um nach der Kanne zu greifen, markierte sie mit einem Finger der anderen Hand ihre Textstelle. Manchmal, bei einer besonders spannenden Passage, konnte es geschehen, dass sie in der Bewegung innehielt und weiterlas, während die Teekanne über dem Frühstückstisch zu schweben schien.

Dies war für uns beide irgendwie Teil ihrer morgendlichen Routine. Es störte mich nicht, dass wir beide dabei wenig sprachen. Ich selber war ein "Morgenmuffel", wie Hannah bereits kurz nach unserer Hochzeit festgestellt hatte, und verspürte nach dem Aufstehen immer wenig Lust, viel zu reden. Auch brauchte ich morgens ein wenig Ruhe, um mich gedanklich auf das einzustellen, was mich an diesem Tag im Büro erwartete.

Ich konnte erkennen, dass sie die Immobilienseite studierte. Seit einiger Zeit trugen wir uns mit dem Gedanken, unsere jetzige Wohnung aufzugeben. Ich hatte den Traum, irgendwo am nördlichen Stadtrand Hamburgs ein eigenes Haus zu erwerben. Über eine Finanzierung hatte ich mir auch bereits Gedanken gemacht. Das Problem war allerdings, dass bisher alle Objekte, die interessant waren, für uns einfach zu teuer waren. Kapitulieren aber wollten wir so schnell nicht. Wir hatten uns deshalb entschlossen, ein Maklerbüro einzuschalten. Mit ihm hatten wir in der kommenden Woche auch bereits einen Termin vereinbart.

Ich konnte sehen, dass die Falte über Hannahs Nasenwurzel tiefer geworden war.

„Na, hast du was für uns gefunden?"

Sie zuckte mit den Schultern, sah zu mir herüber und verzog das Gesicht.

„Das ist nicht so schwer. Aber leider können wir uns das alles nicht so recht leisten."

Ich grinste zurück.

„Ab nächste Woche mit einem Makler wird alles anders. Du wirst sehen."

„Da bin ich aber sehr gespannt", sagte sie, ohne von ihrer Zeitung aufzusehen.

Ich konnte nichts dagegen tun. Dieses Thema, bei dem Hannah manchmal bereits etwas genervt reagierte, hinterließ bei mir immer ein etwas ungutes Gefühl. Was immer wir uns auch gegenseitig versicherten, es änderte nichts an der Tatsache, dass es ja wohl an mir und meiner vergleichsweise bescheidenen Karriere lag, dass wir uns eine bessere Wohnung bisher nicht leisten konnten.

Es wurde Zeit, wenn Hannah ihren Flug nicht verpassen wollte. Sie half mir noch, den Frühstückstisch abzuräumen. Dann holte sie ihren Mantel. Ich streifte mir mein Jackett über und nahm ihren Koffer, der bereits im Flur stand. Auf dem Weg zu meinem Auto bemerkte ich, dass sie die Tasche mit ihrem Laptop in der Hand hatte.

„Nanu, den nimmst du mit? Sag bloß, du willst diesmal in Wien auch noch arbeiten?"

„Das wird wohl nichts. Aber vielleicht kann ich ja auch die Zeit im Flieger ein bisschen nutzen. Außerdem habe ich Brigitte versprochen, ihr diesmal Fotos von uns zu zeigen. Und meine Bilder von unseren letzten Fahrten hat sie auch noch nicht gesehen."

Sie war früher eine begeisterte Hobbyfotografin gewesen. Inzwischen fand sie nur noch wenig Zeit dafür. Sie benutzte seit längerem fast nur noch ihre kleine digitale Kamera, und ihre Bilder speicherten wir auf unseren Computern.

„Na dann habt ihr euch ja in Wien eine Menge vorgenommen. Was ist denn mit deiner Kamera?"

„Die ist im Koffer. Brigitte wird bestimmt auch ihren Apparat dabei haben."

Wie ich erwartet hatte, gerieten wir selbst an diesem Samstag bald in einen dichten Verkehr, aber glücklicherweise bewegte der sich vor allem in Richtung Innenstadt, so dass wir einigermaßen zügig vorankamen. Daran änderte auch der leichte Regen nichts, der inzwischen eingesetzt hatte.

„Hoffentlich habt ihr in Wien besseres Wetter."

8

„Ich glaube, davon kann man wohl ausgehen. Die Vorhersagen jedenfalls waren gut."

Nach einer kleinen Pause sah sie mich an.

„Und du? Was wirst du jetzt machen?"

„Ich fahre gleich ins Büro. Ich werden mir noch ein paar Akten mit nach Hause nehmen."

Sie nickte. So etwas Ähnliches hatte sie sich wahrscheinlich bereits gedacht. Als wir dann den Flughafen erreichten, ließ ich das Auto an der Abflughalle in der Parkgarage, nahm ihren Koffer und brachte sie zum Einchecken an den Schalter der Fluggesellschaft. Anschließend begleitete ich sie bis an die Sperre der letzten Abflugkontrolle. Sie blieb stehen und umarmte mich. Einen Augenblick hatte ich das Gefühl, dass sie sich an mir festhielt.

„Schade, dass du nicht dabei bist. Das nächste Mal müsst ihr beiden Männer eigentlich mitkommen", sagte sie schließlich.

Es war das erste Mal, dass sie mir gegenüber diesen Gedanken äußerte. Ich sah sie etwas überrascht an.

„Hat Nico dich gestern auf den Gedanken gebracht?", fragte ich. „Das solltest du dir mit Brigitte aber gut überlegen, denn das wird dann für euch beide eine ganz andere Reise."

Sie lachte.

„Das ist mir schon klar."

Dann drückte sie sich wieder ganz fest an mich und küsste mich. Es schien ihr wieder einmal schwer zu fallen, mich alleine zurückzulassen. Schließlich legte sie mir eine Hand an die Wange.

„Ich sollte jetzt gehen. Ich ruf dich heute Abend an."

„OK. Viel Spaß in Wien!"

Sie grinste mich an.

„Und du mach keine Dummheiten in meiner Abwesenheit!"

Wir küssten uns noch einmal, und dann ging sie durch die Sperre. Ich sah ihr nach, als sie sich noch einmal umdrehte und mir zuwinkte. Dann war sie hinter einer Sichtblende verschwunden.

Im Parkhaus bekam ich einen Schreck, als sich mein Auto nicht öffnen ließ. Es dauerte eine Weile, bis ich kapierte, dass es sich bei dem schwarzen Golf nicht um meinen Wagen handelte. Ich schaute mich um und stellte fest, dass es eine ganze Reihe von Fahrzeugen gab, die meinem Modell in Farbe und Form glichen. Ich brauchte dann tatsächlich noch einige Minuten, bevor mir klar war, dass ich mich im Parkdeck geirrt hatte. Im Fahrstuhl fuhr ich dann eine Etage höher und fand mein Auto genau dort, wo ich es abgestellt hatte.

Mit dem Parkschein öffnete ich die Schranke an der Ausfahrt des Gebäudes und hatte etwas Mühe, auf den verschlungenen Zufahrtsstraßen des Flughafens den Weg in die Innenstadt zu finden. Der Regen hatte zugelegt, und ich wunderte mich ein wenig über den dichten Verkehr, der sich an diesem Samstagmorgen nur langsam bewegte. Aber ich hatte es ja nicht eilig. In der Kanzlei wartete heute keiner auf mich, und um die Akten, die ich über das Wochenende mit nach Hause nehmen wollte, brauchte ich mir auch keine Sorgen zu machen. Die würden mir bestimmt nicht weglaufen.

Ich hatte Glück gehabt, dass ich in der Anwaltskanzlei Kehrmann & Partner eine Anstellung gefunden hatte. Die Anfänge in meinem Beruf waren schwierig gewesen. Überhaupt konnte man nicht sagen, dass mein Werdegang glatt und „gradlinig" verlaufen wäre. Meine Eltern hatten sich getrennt, als ich 14 Jahre alt war. Meine Mutter hatte einen neuen Mann während eines Reha-Aufenthalts kennen gelernt, der nach einer Brustkrebsoperation nötig geworden war. Mein Vater, der sich die ganze Zeit große Sorgen um sie gemacht hatte und der einen teuren Kredit aufgenommen hatte, um ihr einen kostspieligen Aufenthalt am Bodensee zu ermöglichen, war nach ihrer Rückkehr aus allen Wolken gefallen. Ich blieb damals bei meiner Mutter, die mit mir von Hamburg zu ihrem neuen Lebensgefährten nach Düsseldorf zog.

Ich wollte zunächst Sportlehrer werden und begann nach dem Abitur und dem Zivildienst mit dem Studium in Köln. Aber bereits nach dem ersten Semester musste ich diesen Plan wegen einer Schulterverletzung aufgeben, die ich mir beim Handball zugezogen hatte. Ich entschloss mich danach, Betriebswirtschaftslehre zu studieren. Warum ich mich seiner Zeit für diesen Studiengang entschieden hatte, kann ich auch im Nachhinein nicht so richtig erklären. Wahrscheinlich hatte dabei der Einfluss des neuen Partners meiner Mutter, der als Vermögensberater arbeitete, auch eine gewisse Rolle gespielt. Jedenfalls zeigte es sich bald, dass ich für dieses Studium weder die erforderlichen Voraussetzungen noch das nötige Interesse mitbrachte.

10

Es stellte sich überhaupt heraus, dass mein Studienwechsel unter keinem glücklichen Stern stand. Es begann bereits in meinem ersten Semester, in dem meine Mutter von dem Mann verlassen wurde, für den sie sechs Jahre zuvor ihre Familie aufgegeben hatte. Ich hatte schon länger gespürt, dass das große Glück, auf das sie so sehr gesetzt hatte, sich zwischen beiden mit der Zeit ziemlich eingetrübt hatte. Immerhin hatte die neue Verbindung mehr als sechs Jahre gehalten. Ich fragte mich schon damals, ob sie vielleicht ihre Flucht aus Hamburg inzwischen bedauerte.

Ich glaube, dass es einen Zusammenhang gab zwischen dem deprimierenden Ende dieser Verbindung und der Tatsache, dass meine Mutter nicht lange danach dem Krebsleiden erlag, von dem sie sich schon geheilt geglaubt hatte. Als nur wenig später auch mein Vater starb, der seit der Trennung von seiner Frau alleine in Hamburg gelebt hatte, entschied ich mich nach dem vierten Semester, das Studium zu wechseln, und schrieb mich an der juristischen Fakultät in der Hansestadt ein.

Diese Entscheidung wurde mir dadurch erleichtert, dass ein Notar und langjähriger Freund meines Vaters, der mich auch über dessen Tod informiert hatte, mir nach der Beerdigung in Hamburg eröffnete, dass ich der Nutznießer der Lebensversicherung des Verstorbenen sei. Das war für mich eine große Überraschung, denn nach der Trennung meiner Eltern hatte mein Vater auf meine Bemühungen, den Kontakt zwischen uns aufrechtzuerhalten, mit keinem Wort reagiert. Später habe ich dann herausbekommen, dass er auch unsere alte Wohnung aufgegeben hatte und „unbekannt verzogen" war. Für mich war seitdem klar, dass er mit meiner Mutter und auch mit mir nichts mehr zu tun haben wollte. Es war wohl so, dass ich ihn zu sehr enttäuscht hatte, als ich mich nach der Trennung für meine Mutter entschieden hatte. Deshalb war ich auch davon ausgegangen, dass ich ihn nicht mehr interessierte. Aber da hatte ich mich offenbar geirrt.

Nach Abschluss des Jurastudiums, das ich mir anders vorge-stellt hatte und das mir nicht leicht gefallen war, erreichte ich nach der zweiten Staatsprüfung schließlich die Zulassung zum Rechts-anwalt. Ich war inzwischen 34 Jahre alt und war nicht darauf vorbereitet, dass ich mich nun so schwer tat, einen beruflichen Einstieg zu finden. in dieser Situation versuchte ich aus der Not eine Tugend zu machen und nutzte die lange Zeit der Suche, in der ich auch gelegentlich als freier Mitarbeiter bei einer großen Hamburger Sozietät tätig war, um zu promovieren. Es dauerte fast zwei Jahre, bis schließlich mein alter Studienfreund Nico ein Vorstellungsgespräch bei der Kanzlei Kehrmann & Partner vermittelte, in der er selber bereits einer der Partner war. In dieser Firma bekam ich dann endlich meine Chance. Ich wurde als Rechtsanwalt im Anstellungsverhältnis übernommen.

Als ich an diesem Samstag in die Parkgarage fuhr, die zu unserem Bürogebäude gehörte, sah ich sofort den Wagen des Seniorchefs. Das wunderte mich wenig, denn Robert Kehrmann, der Gründer der Firma, war bekannt dafür, dass er sich häufig noch in der Kanzlei aufhielt, wenn Partner und Angestellte sich längst in ihr Privatleben zurückgezogen hatten. Ich stellte meinen Wagen ab und stieg die Treppe hinauf zu den Büros. Auf meinem Schreibtisch in meinem Arbeitszimmer fand ich einen roten Zettel, auf dem Frau Dammann, die Sekretärin, mich daran erinnerte, dass sich am Dienstag um 11.00 Uhr ein Mandant bei mir zu einem Gespräch angemeldet hatte.

Ich setzte mich. Vor mir auf dem Tisch stand die kleine silberne Quarzuhr, die Hannah mir für mein Büro geschenkt hatte. Dazu gab es einen passenden Bilderrahmen mit einem Foto von ihr. Das waren aber auch die einzigen persönlichen Gegenstände in diesem nüchternen Raum, in dem es außer dem Schreibtisch ein mit Fachliteratur und Sammelordnern überfülltes Bücherregal und eine einfache, wenig gemütlich wirkende Sitzecke gab. Die nutzte ich manchmal für Mandantengespräche. Ich sah, dass die Uhr vor mir wieder einmal stehengeblieben war. Auf ihr war es immer noch kurz nach sieben. Ich nahm mir vor, bei der nächsten Gelegenheit Ersatzbatterien zu besorgen.

Ich hatte meine Tür nur angelehnt gelassen und konnte jetzt Schritte auf dem Gang hören. Nach einem flüchtigen und eher angedeuteten Klopfen steckte Kehrmann, der Seniorpartner unsrer Kanzlei, den Kopf durch den Türspalt.

„Guten Morgen, Herr Dr. Weber!", sagte er grinsend und trat in das Zimmer. „Was machen Sie denn heute hier? Hat Ihre Frau Sie rausgeworfen?"

Ich lachte pflichtschuldig, stand auf und ging ihm einige Schritte entgegen.

12

„Nein, bisher noch nicht. Ich wollte mir nur noch etwas Arbeit mit nach Hause nehmen. Es sieht so aus, dass, ich an diesem Wochenende etwas Zeit dafür haben werde."

Ich fühlte mich in Gegenwart meines Chefs ständig etwas befangen. Mit seinen 65 Jahren war Kehrmann immer noch eine beeindruckende Erscheinung. Er war groß und schlank, trug eine leicht getönte randlose Brille und hatte beneidenswert dichtes, silbergraues Haar, auf das er ganz offensichtlich stolz war. Ich kannte ihn nur in seinen gutsitzenden Anzügen, die an ihm immer maßgeschneidert wirkten. Schon bei meinem Einstellungsgespräch hatte ich mich in seiner Gegenwart „underdressed" gefühlt. Das war an diesem Morgen nicht anders.

Er schüttelte mir die Hand und lächelte freundlich.

„Das mit der Arbeit an Wochenenden sollten Sie aber nicht übertreiben. So etwas kann schnell zu einer Gewohnheit werden. Schließlich bleibt dann auch nicht mehr viel anderes übrig. Glauben Sie mir, ich spreche da aus Erfahrung."

Diese Äußerung überraschte mich ein wenig. Ich wusste zwar, dass er seit Jahren in Scheidung lebte, aber dies war die erste persönliche Bemerkung, die ich jemals von ihm gehört hatte. Mir war in diesem Augenblick nicht klar, wie ich auf seine Anspielung reagieren sollte.

Als spürte er meine Unsicherheit, hob Kehrmann eine Hand und wandte sich zum Gehen.

„Ich will Sie dann auch nicht weiter stören."

Vor der Tür drehte er sich noch einmal um.

„Übrigens, wenn Sie hier fertig sind, würde Ich mich freuen, wenn Sie noch einmal kurz zu mir hereinschauen könnten."

Zehn Minuten später, auf dem Weg zu meinem Wagen, klopfte ich an seine Tür. Kehrmann saß hinter seinem riesigen Schreibtisch und bat mich, in einem der davor stehenden Sessel Platz zu nehmen. Dieses geräumige und äußerst geschmackvoll eingerichtete Arbeitszimmer kannte ich, denn in ihm hatte seinerzeit auch schon mein Vorstellungsgespräch stattgefunden.

Kehrmann war aufgestanden, ging zu einem kleinen antiken Wandschränkchen und kam mit einer angebrochenen Flasche Cognac und zwei Gläsern zurück.

„Ich weiß, dass es hierfür noch ein bisschen früh ist", sagte er und grinste. „Aber bei manchen Gelegenheiten muss das einfach sein."

Es lag wohl an der Tageszeit, dass er uns beiden eine relativ bescheidene Menge einschenkte. Dann reichte er mir eines der beiden Gläser und nahm wieder hinter seinem Schreibtisch Platz. Er schaute mich an.

„Herr Dr, Weber, Sie sind schon über drei Jahre bei uns, und ich finde es ist Zeit, dass wir uns endlich mit unseren Vornamen anreden und dass wir uns duzen."

Mir war unter meiner Lederjacke etwas wärmer geworden. Irgendwie fühlte ich mich geschmeichelt durch dieses Angebot. Er hob sein Glas.

„Ich heiße Robert. Auf weitere gute Zusammenarbeit, Johann!"

Wir nippten beide an unseren Gläsern. Es war offensichtlich, dass Kehrmann, der sein Glas wieder vor sich auf den Schreibtisch abgestellt hatte, mir noch etwas sagen wollte.

„Apropos gute Zusammenarbeit."

Er lehnte sich zurück und legte die Fingerspitzen beider Hände vor seiner Brust zusammen.

„Du hast in der Zeit bei uns sehr gute Arbeit geleistet, und ich finde, dass du hier bei uns eine wichtige Stelle ausfüllst."

Er machte eine Pause

„Du wirst hier von jedem persönlich außerordentlich geschätzt. Du passt zu uns."

Mir war in meiner Jacke inzwischen noch wärmer geworden. Ich wollte etwas sagen, etwas wie „ich arbeite hier auch sehr gerne", aber ich bekam dazu nicht die Gelegenheit.

„Johann, ich habe deshalb vor, den Mitgliedern dieser Sozietät vorzuschlagen, dich demnächst als Partner zu übernehmen. Ich stelle mir vor, dass du dich dann besonders um den Bereich Ehe- und Familienrecht kümmern könntest, ein Gebiet, in dem du bisher ja auch schon für uns gearbeitet hast."

Er machte eine Pause und schien auf eine Reaktion zu warten. Ich leerte jetzt mein Glas, das ich die ganze Zeit in der Hand gehalten hatte, in einem Zug. Die Wendung, die das Gespräch genommen hatte, hatte mich völlig überrascht. Mein Puls hatte sich beschleunigt. Ich räusperte mich.

14

„Ich weiß gar nicht, was ich sagen soll", brachte ich schließlich hervor. „Damit habe ich jetzt überhaupt nicht gerechnet."

Ich stellte mein leeres Glas auf meine Seite des Schreibtisches.

„Aber darüber freue ich mich natürlich sehr", fügte ich dann hinzu. „Ich fühle mich wohl in der Firma und habe mir so etwas eigentlich schon immer gewünscht."

Auch Kehrmann leerte jetzt sein Glas.

„Prima!"

Er war aufgestanden und kam um den großen Schreibtisch auf mich zu. Auch ich hatte mich erhoben. Er reichte mir die Hand.

„Ich könnte mir vorstellen, dass du dies alles auch mit deiner Frau besprechen möchtest."

Er lächelte.

„Ich glaube nicht, dass es da Probleme geben wird", antwortete ich. Es fiel mir noch immer schwer, ihm gegenüber das vertrauliche „du" zu benutzen. „Auf alle Fälle möchte ich für das Angebot und das Vertrauen danken."

Auf dem Weg zu meinem Auto fiel mir dann im Treppenhaus ein, dass ich die Akten, für die ich ja in das Büro gekommen war, in der Aufregung auf meinem Schreibtisch liegen gelassen hatte. Ich musste noch einmal zurückgehen, und als ich wieder an Kehrmanns Tür vorbei kam, konnte ich hören, dass er offenbar mit jemandem telefonierte. In meinem Zimmer nahm ich meinen Ordner und verließ schnell die Kanzlei.

Erst im Auto war es mir dann möglich, über das, was da gerade passiert war, nachzudenken. Die Sozietät Kehrmann & Partner bestand bereits aus einem Team von sechs Rechtsanwälten. Nico war einer von ihnen. Der hatte mir ja auch die Stelle vermittelt. Ich selber würde dann also der siebte Partner in der Firma sein. Der neue Status würde auch eine spürbare Verbesserung meines Gehalts einschließen. Dieser Gedanke gefiel mir besonders. Das würde nämlich bedeuten, dass wir meinem Traum von einem eigenen Haus etwas näher kamen. Was aber noch wichtiger war: Dann könnten Hannah und ich vielleicht auch endlich eine richtige Familie werden. Das wurde ja auch höchste Zeit für uns beide, wenn wir uns diesen großen Wunsch noch erfüllen wollten. Bisher hatte ich ihr recht geben müssen, wenn sie mich darauf hinwies, dass unsere berufliche Situation und vor allem unsere Wohnung keine guten Voraussetzungen für Kinder darstellten. Ich war mir deshalb auch sicher, dass sie sich jetzt ebenso wie ich über Kehrmanns Angebot freuen würde.

Als ich zu Hause ankam, fühlte ich mich immer noch recht aufgedreht. Ich nahm mir vor, Hannah am Telefon zunächst noch nichts über mein Gespräch mit Kehrmann zu sagen. Es schien mir eine bessere Idee zu sein, damit zu warten und sie mit dieser Nachricht nach ihrer Rückkehr zu überraschen. Am besten sollte ich für uns beide wieder einmal im „Bergamo", ihrem italienischen Lieblingsrestaurant, einen Tisch reservieren lassen. Das würde ein passender Rahmen für diesen Anlass sein.

Ich hatte das Gefühl, dass es inzwischen an der Zeit war, etwas zu essen. Wie ich mit Hannah verabredet hatte, wärmte ich mir Reste des Essens auf, das sie am Vorabend unseren Gästen serviert hatte. Danach kümmerte ich mich um die Küche, die noch deutliche Spuren dieser letzten Einladung aufwies. Es wunderte mich wieder, wie viele Töpfe, Gläser und andere Geräte bei diesen Gelegenheiten immer zum Einsatz kamen. Es dauerte eine Weile, bis ich das Gefühl hatte, dass alles wieder einigermaßen „normal" aussah.

Anschließend ging ich an den „Schreibtisch". Das war eine Arbeitsplatte, die wir uns in einer Ecke des großen Wohnzimmers für uns beide eingerichtet hatten. Ich öffnete eine der Akten, die ich mir aus der Kanzlei mitgenommen hatte. Arbeit aus dem Büro brachte ich auch sonst manchmal mit nach Hause, hatte aber in letzter Zeit versucht, dies zu reduzieren, da ich festgestellt hatte, dass meiner Frau diese Art meines beruflichen Eifers etwas auf die Nerven ging.

Es war dann bereits später Nachmittag, als das Telefon mich aus meiner Konzentration aufschreckte. Es war nicht Hannah, wie ich sofort gedacht hatte, sondern ihre Freundin Connie, die sich noch einmal für die Einladung des vergangenen Abends bedanken wollte.

„Es war wieder so gemütlich bei euch! Ich bin sicher, auch die anderen haben den Abend sehr genossen."

Hannah hatte Connie vor einigen Jahren kennen gelernt, als sie ihre Tätigkeit bei ihrem Hamburger Pharmaunternehmen aufnahm. Connie arbeitete dort bereits als Chemikerin im Labor. Hannah war Apothekerin und kam aus Frankfurt, wo sie ihre Stellung in einer

Frankfurter Arzneifirma aufgegeben hatte, um ein gutes Angebot in Hamburg anzunehmen.

„Das haben wir auch", antwortete ich. „Es ist immer schön euch bei uns zu haben."

„Na, ich weiß nicht. Für Hannah muss das vor ihrer Reise ein ziemlicher Stress gewesen sein. Hast denn schon von ihr gehört?"

„Nein, aber ich bin sicher, sie wird nachher noch anrufen. Das macht sie immer."

„Die beiden werden bestimmt viel Spaß haben. Und du? Was machst du denn so alleine?"

„Ich habe mir Arbeit aus dem Büro mitgebracht. Ich versuche, die Zeit etwas zu nutzen."

Connie lachte wieder.

„Das klingt aber spannend!"

„Sehr witzig! Aber, ehrlich gesagt, es ist gar nicht so schlecht. Auf diese Weise kann ich noch einiges erledigen."

Ich machte eine kleine Pause und überlegte, ob ich die nächste Frage stellen sollte. Eigentlich ging mich das ja nichts an.

„Und wie läuft es bei dir? Ist alles in Ordnung?"

Es entstand eine Pause. Vielleicht hätte ich besser doch nicht gefragt. Sie musste es doch so verstehen, dass Hannah mit mir über ihre Probleme geredet hatte.

„Im Moment nicht so gut. Tobias hat eine neue Freundin", antwortete sie schließlich.

„Das tut mir leid. Ich wollte nicht ..."

Sie unterbrach mich.

„Das ist OK. Aber im Moment möchte ich über die ganze Sache noch nicht sprechen."

Wir schwiegen beide eine Weile.

„Ich verstehe", sagte ich dann und räusperte mich. „Wenn ich irgendwie etwas tun kann..."

Ich sprach den Satz nicht zu Ende.

„Danke, Johann."

Wieder brauchte sie ein wenig Zeit, bevor sie weitermachte.

„Wenn du mit Hannah telefonierst, kannst du ihr sagen, dass ich sie beneide. Ich melde mich wieder, wenn sie wieder zurück ist. Grüß sie bitte von mir."

„Das tu ich. Mach's gut, Connie. Und noch einmal vielen Dank für deinen Anruf."

Wir legten beide auf.

Ich brauchte eine Weile, bis ich mich wieder auf meine Akten konzentrieren konnte. Das Gespräch mit Connie hatte mich etwas nachdenklich gemacht, denn ich war immer davon ausgegangen, dass sie und Tobias zusammengehörten. Sie waren bereits ein Paar gewesen, als Hannah mich vor Jahren mit ihnen bekannt machte. So wie Connie auf meine Frage reagiert hatte, glaubte ich, dass Hannahs Bemerkung, zwischen den beiden würde es „kriseln", wohl eher eine Untertreibung war.

Ich unterbrach meine Arbeit, um wie an jedem Samstag die Sportschau einzuschalten. Obwohl sich Hannah diese Sendung nie ansah, fehlte mir jetzt das Gefühl, dass sie in der Nähe war. Als ich mir anschließend in der Küche noch etwas zu essen machen wollte, rief sie an.

„Hallo! Ich wollte mich schnell noch bei dir melden."

„Ich hab schon auf deinen Anruf gewartet. Ist alles klar gegangen?"

„Alles prima. Brigitte wartete schon im Hotel auf mich", sagte sie. Sie wirkte etwas außer Atem. „Wir haben schon den ersten Stadtbummel hinter uns. Jetzt wollen wir uns nur kurz frisch machen und werden dann in ein kleines Restaurant hier ganz in der Nähe gehen. Wir haben dort für nachher einen Tisch bestellt. Und du? Was hast du so gemacht?"

Ich berichtete ihr, wie ich den Tag soweit verbracht hatte und war nur kurz versucht, ihr von Kehrmanns Angebot zu erzählen. Nein, das wollte ich mir als Überraschung aufsparen.

„Das klingt ja mal wieder sehr aufregend!" Sie lachte. „Aber auf die Sportschau hast du doch bestimmt nicht verzichtet. Ich habe nämlich mit dem Anruf extra etwas gewartet."

Ich musste auch lachen.

„Natürlich nicht."

Dann erzählte sie mir, dass Brigitte und sie am nächsten Vormittag die Wiener Sängerknaben in der Hofburgkapelle hören wollten und dass sie sich beide schon sehr darauf freuten. Im Hintergrund hörte ich eine Frauenstimme.

„Ich soll dich von Brigitte grüßen."

„Danke, grüß sie bitte zurück", sagte ich. „Bevor ich's vergesse. Ich soll dich auch von Connie grüßen. Sie rief vorhin an, um sich für den Abend bei uns zu bedanken. Ich habe den Eindruck, sie und

Tobias haben wirklich Probleme. Aber darüber können wir reden, wenn du wieder hier bist."

„OK. Wir müssen uns jetzt fertig machen, sonst kommen wir zu spät zum Essen. Also, mach's gut! Ich melde mich morgen wieder."

Wir legten auf. Egal, was ich mir und manchmal anderen auch immer sagte, sie fehlte mir, wenn ich alleine war und sie nicht hier war. Es war mir völlig schleierhaft, wie ich jemals ohne sie ausgekommen war.

In der Küche machte ich mir ein paar Schnittchen und verwarf den Gedanken, wieder an den Schreibtisch zurückzukehren. Für diesen Tag hatte ich genug gearbeitet. Ich öffnete eine Flasche Rotwein und verbrachte den Rest des Abends vor dem Fernseher.

3

Wie häufig auch an anderen Sonntagen zog ich mir am nächsten Morgen nach dem Frühstück meine Laufschuhe an. Da ich fürs Joggen in der Woche normalerweise keine Zeit fand, versuchte ich, mich an meinen freien Tagen auf diese Weise ein wenig fit zu halten. Dieses sonntägliche Joggen, das für mich immer so etwas wie eine Pflichtübung war und das ich im Grunde manchmal sogar ein wenig langweilig fand, machte mir natürlich mehr Spaß, wenn Hannah dabei war.

Wir hatten uns kurz nach meinem Referendariat kennen gelernt, als ich noch an meiner Dissertation arbeitete und nebenbei als freier Mitarbeiter für die größere Anwaltskanzlei tätig war. In dieser Funktion war mir eines Tages die Aufgabe übertragen worden, eine junge Frau in ihrer Auseinandersetzung mit einem Vermieter, der sie offenbar um ihre Mietkaution betrügen wollte, juristisch zu unterstützen. Die Angelegenheit hatte sich schnell erledigt, denn bereits nach meinem ersten Schreiben an den Hausbesitzer verzichtete dieser auf weitere Schritte und überwies der Klägerin ohne Kommentar den ausstehenden Betrag.

Wenige Tage später traf ich sie „zufällig", wie sie damals sagte, vor der Kanzlei. Als Dank für meine erfolgreichen Bemühungen lud sie mich völlig unerwartet zu einem Essen in ein Restaurant ein. Sie sah blendend aus, war charmant und witzig und ich verliebte mich sofort in sie. Wir verabredeten uns wieder, und nach unserem dritten Treffen verbrachten wir – auf ihre Initiative, wie ich fand – die Nacht miteinander. Bereits nach einem halben Jahr zog ich dann zu ihr in ihre kleine Wohnung.

Von Anfang an war es mir ein Rätsel, was eine Frau wie Hannah, nach der sich die Männer auf der Straße umdrehten, eigentlich in mir sah. Auch wenn es ihr tatsächlich gelang, mir manchmal ein wenig das Gefühl zu geben, ich sei etwas Besonderes, wusste ich immer, dass meine äußere Erscheinung im Grunde wenig beeindruckend war. Diesen Gedanken habe ich nie so ganz abschütteln können, besonders wenn ich mich zusammen mit ihr von anderen beobachtet fühlte.

Für uns beide war es nicht die erste große Liebe. Ich hatte seit meiner Schulzeit verschiedene Freundinnen gehabt, und es hatte auch während meines Studiums ein Mädchen gegeben, mit dem ich eine lange Zeit zusammen gewesen war. Lea, eine sehr hübsche Lehramtskandidatin, war mir in den für mich schweren Monaten, als meine Eltern so kurz hintereinander starben und ich dazu mein Studium wechseln musste, eine große Unterstützung gewesen. Auch wenn wir seinerzeit selber noch gar nicht daran dachten, ich war mir jetzt sicher, dass alle unsere damaligen Freunde glaubten, dass wir zusammenbleiben würden. Dass daraus dann doch nichts wurde, lag daran, dass ich eines Tages auch noch mit Leas Freundin ins Bett ging. Das kam natürlich heraus, und es nützte mir wenig, dass ich beteuerte, ich sei völlig betrunken gewesen. Die langen und quälenden Gespräche, in denen ich verzweifelt versuchte, unsere Beziehung zu retten, habe ich nie vergessen. Lea verließ mich und wechselte kurz darauf die Uni. Ich glaube, dass sie damals nach München ging. Davon hatte sie vorher verschiedentlich gesprochen. Jedenfalls habe ich von ihr später nie wieder etwas gehört. Eine Mischung aus Scham- und Schuldgefühlen haben mich dann auch davon abgehalten, Nachforschungen über ihr weiteres Leben anzustellen.

Auf der anderen Seite erzählte mir Hannah, dass es in ihrem Leben auch schon einen anderen Mann gegeben hatte. Aber sie hatte diese Beziehung ebenfalls bereits während ihres Studiums beendet. Warum dies geschehen war, wusste ich nicht. Es sei „einfach nicht mehr gegangen". Mehr konnte sie oder wollte sie nicht sagen. Ich unterließ es, sie in diesem Punkt weiter zu bedrängen, zumal ich weitere Einzelheiten über meine „Vorgänger" ohnehin nicht hören wollte. Ich hatte jedoch das Gefühl, dass diese Trennung auch mit ihrem Auslandssemester zusammenhing. Hannah hatte nämlich ein Jahr in Manchester studiert. Wo dann ihr früherer Partner abgeblieben war, wusste sie ebenfalls nicht, wie sie mir versicherte.

Wir suchten uns nach einiger Zeit eine größere gemeinsame Wohnung und heirateten bald darauf auch in aller Stille. Nur unsere Freunde Nico und Connie waren als Trauzeugen mit ihren damaligen Partnern dabei. Auch von Hannahs Familie war niemand anwesend. Ihre Eltern waren durch einen Verkehrsunfall ums Leben gekommen. Das war während ihres Aufenthaltes in England geschehen. In der Folge hatte sie ihr Auslandsstudium abbrechen müssen. Dies furchtbare Ereignis war offenbar ein sehr wichtiger Einschnitt in ihrem Leben gewesen, über den sie auch mit mir eigentlich kaum sprach. Ich wurde das Gefühl nie los, dass dieses Trauma von ihr nie überwunden worden war.

Die Lebensversicherung, die mir nach dem Tode meines Vaters völlig unerwartet ausgezahlt wurde, war für mein Studium beinahe völlig draufgegangen. Da ich damals noch promovierte und meine Einkünfte als freier Mitarbeiter einer Kanzlei recht bescheiden waren, war es zunächst Hannah, die mit ihrem Gehalt den Löwenanteil für unseren kleinen Haushalt beisteuerte. Sie hatte als Apothekerin in dem Hamburger Pharmaunternehmen *deltapharm* eine gut bezahlte Stellung. Gegen meinen Willen bestand sie darauf, dass wir ein gemeinsames Konto unterhielten. Auch später, als ich durch meinen Vertrag bei Kehrmann & Partner ein regelmäßiges Einkommen hatte, verdiente sie immer noch mehr als ich. Aber das würde sich jetzt, wenn ich vollwertiger Partner in der Firma wurde, hoffentlich ändern.

Nach dem Joggen duschte ich und setzte mich erneut an meine Akten. In dem Fall, an dem ich auch am Vortag gearbeitet hatte, ging es um die Rückforderung von Unterhaltszahlungen. Mein Mandant, der auch am Dienstag zu einem weiteren Gespräch zu mir in die Kanzlei kommen wollte, hatte mehr als zehn Jahre mit seiner Ehefrau zusammen gelebt. In dieser Zeit wurden zwei Kinder geboren. Es stellte sich jedoch zufällig bei einer ärztlichen Untersuchung heraus, dass er seit Jahren zeugungsunfähig war und die Kinder nicht von ihm stammen konnten. Ein Jahr später wurde die Ehe geschieden. Die Ex-Frau und die Kinder lebten nun mit dem mutmaßlichen biologischen Vater zusammen, von dem mein Mandant jetzt die Erstattung seiner Unterhaltzahlungen erwartete. Dieser erkannte aber die Vaterschaft nicht an und lehnte ebenso wie die Mutter ein Feststellungsverfahren ab. Es ging nun darum, einen juristischen Weg zu finden, um ein solches Verfahren durchzusetzen.

In den Gesprächen mit meinem Mandanten hatte ich den Eindruck gewonnen, dass es dem sympathischen Mann, der die Kinder offenbar liebte, nicht in erster Linie um das Geld ging, das er nun von dem wirklichen Vater zurückforderte. Nach seinen eigenen Aussagen war seine Ehe auch nicht unglücklich gewesen. Er fühlte sich jedoch durch seine Frau, der er vertraut hatte, hintergangen und war zutiefst verletzt.

Als Nico später anrief, war ich gerade dabei, einen Antrag, an dem ich lange formuliert hatte, in mein Diktiergerät zu sprechen. Wir verabredeten, uns am Nachmittag in der Stadt zu treffen und dann gemeinsam ins Stadion am Millerntor zu gehen. Karten hatte Nico bereits besorgt.

Das Spiel war sportlich eine Enttäuschung. Die Tatsache, dass die Heimmannschaft auch noch verlor, tat aber der guten Stimmung in der ausverkauften und baufällig wirkenden Arena offensichtlich keinen Abbruch. Ich hatte ohnehin einmal mehr den Eindruck, dass die meisten Zuschauer vor allem deshalb gekommen waren, weil sie sich bei dieser Gelegenheit wieder einmal selber feiern wollten. Das taten sie dann auch ausgiebig.

Nach dem Spiel gingen wir noch ins „4U". Diese Bar, die sich selber als „Bistro" ausgab und die ich lange nicht mehr besucht hatte, war inzwischen, wie Nico sich ausdrückte, „ziemlich angesagt". Es war noch früh am Abend, und wir hatten deshalb auch keine Schwierigkeiten, in einer Ecke dieser geräumigen Gaststätte einen kleinen Tisch für uns zu finden. Das zumeist junge Publikum saß oder stand an einer langen Bar, die ganz augenscheinlich das Zentrum dieses Lokals darstellte. Man unterhielt sich, und manchmal übertönte lautes Gelächter die monotone Techno-Musik, mit der hier Gäste und Personal durchgehend berieselt wurden.

Ich hatte seit dem Frühstück nichts gegessen und stellte nun fest, dass mein Magen sich meldete. Wir bestellten uns ein Bier und ließen uns die Karte geben. Die Küche dieses „Bistro" mit dem modischen englischen Namen hatte sich merkwürdiger Weise auf italienische Speisen spezialisiert. Aus dem umfangreichen Angebot an Pasta Gerichten wählten wir dann Spaghetti und dazu einen trockenen Weißwein. Während wir auf das Essen warteten, erzählte ich meinem Freund von dem Gespräch, das ich mit Kehrmann am Vortag gehabt hatte. Nico schien von den Plänen des Chefs offenbar bereits gehört zu haben. Er nickte.

„Ich freue mich für dich. Ich kann mir nicht vorstellen, dass irgendeiner der anderen Partner etwas dagegen haben wird", sagte er dann und hob grinsend sein Glas. „Das bedeutet dann wohl, dass du heute die Rechnung übernimmst."

Wir lachten beide und tranken uns zu. Das Essen kam, und ich war überrascht festzustellen, dass es sehr gut schmeckte. Auch der Wein war frisch und passte gut zu unserem Gericht. Ich schaute auf, als Nico mich plötzlich anstieß.

„Oh-Oh! Guck doch mal, wer da kommt! Das sieht aber gar nicht gut aus für Connie."

Ich erkannte Tobias sofort. Er war in Begleitung einer jungen und hübschen Frau, die sich die langen schwarzen Haare aus dem Gesicht strich, während sie auf die Bar zusteuerten. Tobias hatte ihr einen Arm um die Schulter gelegt, und sie wurden von einer kleinen Gruppe, die sie offensichtlich erwartet hatte, laut begrüßt. Wir beobachteten, wie der Barkeeper beiden einen Drink reichte, der von weitem wie ein exotischer Cocktail aussah. Wir schwiegen beide eine Weile und schauten den jungen Leuten zu. Ich wandte mich schließlich wieder meinem Freund zu.

„Und wie läuft es mit dir und deiner neuen Freundin Julie?"

„Gut. Ich bin selber ein bisschen überrascht", antwortete Nico. Nach einer kleinen Pause grinste er mich an und fügte dann hinzu: „Ich könnte mir im Moment sogar vorstellen, dass ich mit ihr länger zusammenbleibe."

Diese Bemerkung ließ mich ein wenig aufhorchen. Das waren ja ganz neue Töne. Wir kannten uns schon lange, und soweit ich mich erinnern konnte, hatte sich Nico bisher immer ziemlich schnell von seinen Partnerinnen getrennt. Als ich meinem Freund einmal nach etlichen Bieren „Bindungsängste" unterstellte, hatte der nur gelacht und gesagt, dass nach seiner Erfahrung Frauen, an denen er wirklich interessiert war, sich ebenso vor einer festen Beziehung fürchteten wie er.

Es dauerte wieder etwas, bevor Nico seinen eigenen Gedanken wieder aufnahm.

„Aber was weiß man denn schon. Schau dir doch Connie und Tobias an".

Er machte mit dem Kopf eine kurze Bewegung in Richtung Bar.

„Oder hättest du gedacht, dass den beiden noch mal so was passiert?"

Ich schüttelte den Kopf. Dann zuckte ich zusammen. Mein Handy in der Hosentasche hatte begonnen zu vibrieren. Bevor es aber klingeln konnte, hatte ich es in der Hand und den Anruf angenommen. Es war Hannah.

„Hallo! Ich hab es schon zu Hause versucht. Ich hätte mir aber auch gleich denken können, dass ihr noch unterwegs seid. Was macht ihr?"

„Wir sind nach dem Spiel wieder im „4U" gelandet und haben gerade etwas gegessen."

„Wieso kommen Leute eigentlich immer auf solche blöden, englischen Abkürzungen, wenn sie für ihre Kneipen nach einem originellen Namen suchen? Ich glaube, man sollte schon deshalb da nicht hingehen."

Dann erzählte sie mir, dass Brigitte und sie wieder einen sehr schönen Tag in Wien verbracht hatten. Es war ihnen auch gelungen für diesen Abend noch Karten für eine Aufführung von „Turandot" in der Staatsoper zu ergattern. Sie hatten sich im Hotel bereits umgezogen und würden sich gleich noch ein Taxi bestellen.

Ich musste lachen.

„Das hört sich ja geradezu nach Stress an."

Auch sie lachte.

‚Na klar! Was denkst du denn?"

Sie gab mir dann noch ihre Ankunftszeit und die Flugnummer durch.

„Alles klar. Ich hol dich dann morgen ab", sagte ich. „Übrigens, Tobias ist auch hier. Mit einer neuen Flamme."

„Mist", antwortete sie nach einer kleinen Pause. „So was hat Connie ja schon befürchtet. Die Arme!".

Wieder dauerte es ein wenig, bevor sie leise weitersprach.

„Ich denke viel an dich, Jo."

„Ich auch, Hannah. Ich freue mich schon sehr auf morgen Abend." Ich sah Nico an. „Dann wünsch ich euch viel Spaß in der Oper. Nico lässt auch grüßen."

„Brigitte sagt auch Hallo."

Ich hörte diesmal wieder, dass Brigitte im Hintergrund sprach. Hannah lachte und fügte dann hinzu:

„Sie sagt auch, dass ihr keine Dummheiten machen sollt."

„Na klar doch. Also, bis morgen dann."

„Bis morgen, Jo."

Ich klappte mein Handy zu und steckte es in die Hosentasche. Nico grinste.

„Na, die beiden scheinen ja wirklich viel Spaß zu haben."

„Das ist ja auch der Zweck der Übung", antwortete ich. „Na, was denkst du? Trinken wir noch ein kleines Bier zum Abschluss?"

Das Lokal hatte sich in der Zwischenzeit merklich gefüllt und es war gar nicht so leicht, sich bei der jungen Kellnerin bemerkbar zu machen und unsere Bestellung loszuwerden. Tobias und seine neue Freundin waren in dem Gewühl, das vor der Bar herrschte, unterdessen untergetaucht. Als wir dann nach einer halben Stunde zahlten und auf dem Weg nach draußen an der Theke vorbei gingen, bemerkte Tobias uns. Er hatte wieder seinen Arm um die Schulter seiner hübschen Begleiterin gelegt und winkte uns grinsend zu. Seine Freundin schaute ihn fragend an, und er flüsterte ihr etwas ins Ohr. Wir winkten zurück und verließen die Gaststätte.

4

Am nächsten Morgen fiel mir ein, dass ich mich in diesem Restaurant noch gar nicht um die Reservierung gekümmert hatte, mit der ich Hannah am Abend überraschen wollte. Ich fand die Nummer im Telefonbuch und war froh, dass man mir zusagte, ab halb neun einen Tisch für uns bereitzuhalten. Ich freute mich auf das Gesicht, das Hannah machen würde, wenn ich ihr von Kehrmanns Vorschlag erzählte. Es wurde aber auch wirklich Zeit, dass sich bei mir beruflich etwas tat. Das musste sie ebenso empfinden. Zwar hatte sie sich zu meiner Karriere nie mit irgendeinem Wort geäußert, aber ich hatte schon das Gefühl, dass dieses Thema vielleicht gerade dadurch, dass es zwischen uns beinahe komplett ausgespart wurde, irgendwie ein besonderes Gewicht bekommen hatte.

Ähnlich war es mit dem Gedanken an Kinder gewesen. Vor der Heirat hatte Hannah nie einen Zweifel daran gelassen, dass sie in ihrer Ehe Kinder haben wollte. Mindestens zwei, hatte sie gesagt. Nach der Hochzeit aber haben wir diesen Plan auf „Wiedervorlage" gelegt, wie sie sich dann ausdrückte. Es war klar, dass unter den gegebenen Umständen ein Kind zunächst keine gute Idee zu sein schien. Unsere Wohnung war für eine Familie wirklich wenig geeignet, und außerdem wurde Hannah durch ihren Job, in dem sie zwar gutes Geld verdiente, erheblich gefordert. Ich hoffte, dass sich dies jetzt durch Kehrmanns Angebot endlich ändern würde.

In der Regel sahen wir uns wochentags erst abends und sprachen dann kaum darüber, was wir tagsüber beruflich getan hatten. Ich hatte ja ohnehin Mühe zu verstehen, worin Hannahs Arbeit bei *deltapharm* genau bestand. Ich wusste, dass sie als Apothekerin vor allem mit der Vermarktung von Medikamenten zu tun hatte. Von Details ihrer Tätigkeit hatte ich allerdings nur eine verschwommene Vorstellung. Es verstand sich von selbst, dass ich sie verschiedentlich auch darauf angesprochen hatte, aber ihre Erklärungen habe ich im Grunde nie so ganz begriffen, da Hannah in ihrer Firma offenbar sehr unterschiedliche Aufgaben wahrnahm, die nach meiner Meinung nicht immer zusammen zu passen schienen.

Mein Interesse hielt sich in diesem Bereich ohnehin ziemlich in Grenzen. Meine Erfahrungen auf dem Gebiet der Pharmazie beschränkten sich mehr oder weniger auf gelegentliche Apothekenbesuche. Hannah, die ihrerseits mit den juristischen Streitfragen, die mich beschäftigten und die ich ihr manchmal zu erklären versuchte, wenig anfangen konnte, gab ihre Versuche dann auch bald auf, mir Einzelheiten ihrer Tätigkeit zu erläutern. Sie schien aber mit meiner Ahnungslosigkeit keine Probleme zu haben. Ich glaubte sogar, dass sie sich darüber ein wenig amüsierte, wenn ich ihr einmal wieder eine offenbar dumme Frage gestellt hatte. Sie lachte dann in ihrer entwaffnenden Art und nahm mich in die Arme. Aber auf der anderen Seite hatte ich auch Verständnis dafür, dass es sie störte, wenn ich abends noch Arbeit mit nach Hause brachte. Sie selber legte großen Wert darauf, Beruf und Privatleben zu trennen.

Um sicher zu gehen, dass ich ihre Ankunft nicht verpasste, machte ich mich am Nachmittag frühzeitig auf den Weg zum Flughafen. In Fuhlsbüttel angekommen, stellte ich meinen Wagen auf dem Parkplatz gegenüber dem Terminal ab. Auf dem großen Monitor in der Halle sah ich, dass sich Hannahs Flug um 15 Minuten verspäten würde. Ich hatte also ein wenig Zeit und schlenderte zum nächsten Wartebereich, um noch einen Kaffee zu trinken. Ich zahlte am Tresen und stellte mich mit meinem Becher an einen der Stehtische, von dem aus ich das Eintreffen der Fluggäste beobachten konnte. Eine kleine Traube von Menschen hatte sich vor dem Sichtschutz versammelt, hinter dem die Passagiere an den Laufbändern ihr Gepäck entgegennahmen. Wenn sie dann einzeln, meistens einen Koffer hinter sich her rollend, durch den Ausgang kamen, lösten sich in der Regel aus der Gruppe der Wartenden einzelne Figuren, um sie in Empfang zu nehmen. Die Begrüßungen fielen recht unterschiedlich aus. Es gab Umarmungen und Küsse in vielen Variationen, aber manchmal auch nur einen sachlichen und geschäftsmäßigen Handschlag. Eine junge und hübsche Frau fiel mir auf, die langsam durch den Ausgang gekommen war und etwas außerhalb des Gedränges mit ihren Koffer stehen blieb. Sie sah sich in der Halle um. Offenbar hatte sie damit gerechnet, abgeholt zu werden. Ich konnte erkennen, dass sie ihr Handy aus der Außentasche ihrer schwarzen Kostümjacke nahm und eine Nummer wählte. Es sah von weitem so aus, als würde sie niemanden erreichen. Jedenfalls steckte sie das Gerät wieder ein, ohne mit jemanden gesprochen zu haben. Sie stand mit dem Rücken zu den Drehtüren des

Eingangs und konnte deshalb auch nicht sehen, dass ein junger Mann eingetreten war und sofort auf sie zusteuerte. Sie musste ihn dann doch gespürt oder gehört haben, jedenfalls kurz bevor er sie erreichte, drehte sie sich um, und fiel ihm um den Hals. Nach einer langen Umarmung nahm er ihren Koffer und steuerte sie durch eine der Drehtüren nach draußen.

Auf dem kleinen Monitor über der Kaffeebar konnte ich erkennen, dass neben Hannahs Flugbezeichnung das Wort „gelandet" rot blinkte. Ich nahm einen letzten Schluck, deponierte den leeren Becher im Vorbeigehen auf das für das schmutzige Geschirr bestimmte Gestell und mischte mich unter die anderen Wartenden, um meine Frau außerhalb der Sperre in Empfang zu nehmen.

Wir hatten eigentlich nie Glück mit unserem Fluggepäck. Fast immer gehörte bei unseren Flugreisen einer unserer Koffer zu den letzten, die auf den Transportbändern am Gepäckempfang eintrafen. Einmal war es uns sogar passiert, dass ein Teil überhaupt nicht mitgekommen war. Das war in diesem Fall während eines Urlaubs äußerst lästig gewesen. Deshalb war ich zunächst auch nicht beunruhigt, dass es auch diesmal wieder sehr lange dauerte. Aber dann hatte ich irgendwann doch das Gefühl, dass ich der Letzte sein musste, der noch auf einen Passagier aus Wien wartete. Die Anzeigentafel signalisierte, dass ein Flug aus Palma inzwischen ebenfalls „gelandet" war, und die vielen sonnengebräunten Gesichter der Ankömmlinge, die mittlerweile um mich herum in Empfang genommen wurden, sagten mir, dass auch ihr Gepäck bereits eingetroffen sein musste. Vielleicht hatten wir uns verpasst und Hannah hatte den Ankunftsbereich verlassen, ohne dass ich es bemerkt hatte. Ich drehte mich um, konnte sie aber in der großen Halle nirgendwo sehen. Ihr Handy musste sie ja inzwischen auch wieder angemacht haben. Ich nahm mein Gerät aus der Jackentasche und wählte ihre Nummer. Hannahs Telefon war nicht eingeschaltet. Ein leichtes Gefühl der Verärgerung stieg in mir auf. Für solche Situationen hatten wir uns diese blöden Mobiltelefone doch angeschafft.

Vielleicht gab es Probleme mit ihrem Koffer und sie brauchte meine Hilfe. Ich kämpfte mich gegen den Strom der Ankömmlinge bis zu der Sichtblende vor, die den Bereich der Gepäckausgabe von der Wartehalle trennte. Soweit ich erkennen konnte, drängten sich drinnen Touristen um eins der Transportbänder. Sie warteten offenbar auf die nächste Ladung Koffer aus dem Flieger, der von Mallorca gekommen war. Daneben, unter einem Monitor mit der Aufschrift „Wien", drehte auf einem ansonsten leeren Laufband ein einsamer Rucksack unbeachtet seine Runden. Von Hannah gab es hier keine Spur. In einer Ecke neben dem Ausgang standen zwei uniformierte Zollbeamte und unterhielten sich, ohne auf die an ihnen vorbeigehenden Neuankömmlingen besonders zu achten.

Was sollte ich jetzt machen? Ich ließ sich wieder hinter die Barriere drängen und sah mich noch einmal um. Nein, Hannah war nirgends zu sehen. Erneut fischte ich mein Handy aus der Tasche und wählte ihre Nummer. Sie hatte ihr Gerät immer noch abgeschaltet. Ich hinterließ jetzt eine kurze Nachricht auf der Mobilbox. Dann suchte ich den Schalter der Airline. Die junge Dame in der weißen Bluse und der hübschen Uniform blickte von einem Computerausdruck auf und lächelte mich an.

„Hallo! Was kann ich für Sie tun?"

„Ich hoffe, Sie können mir helfen", sagte ich und räusperte mich. „Ich erwarte meine Frau, deren Flug bereits vor einer halben Stunde aus Wien gelandet ist. Entweder wir haben uns verpasst oder sie ist gar nicht mitgekommen. Könnten Sie vielleicht einmal prüfen, ob sie überhaupt auf der Passagierliste steht?"

Die junge Frau zögerte einen Moment. Dann kam sie offenbar zu dem Schluss, dass es sich hier wohl um eine harmlose Auskunft handelte. Sie fragte nach der Flugnummer und Hannahs Namen und machte dann an ihrem Computer einige Eingaben. Ich wartete.

„Es tut mir leid", sagte sie schließlich. „Auf unserer Liste hier gibt es keinen Passagier mit diesem Namen."

„Sind Sie sicher?"

Sie nickte.

„Ja, ganz sicher."

„Aber dafür gibt es bestimmt eine ganz einfache Erklärung", sagte sie dann nach einer kleinen Pause. Sie musste mir meine Ratlosigkeit angesehen haben. „Ihre Frau hat vielleicht den Flug verpasst und keine Gelegenheit gehabt, Sie zu informieren. Dann wird sie bestimmt den nächsten Flug nach Hamburg genommen haben."

Sie tippte wieder auf ihrem Computer herum.

„Hier. In einer halber Stunde kommt eine Lufthansamaschine aus Zürich. Vielleicht hat sie diesen Umweg gewählt."

Obgleich mir bewusst war, dass ihre positive Ausstrahlung zu ihrer beruflichen Routine gehörte, war ich dieser jungen Frau für ihren Zuspruch dankbar. Vielleicht hatte sie sogar recht. Auf den Gedanken hätte ich aber auch selber kommen können.

Bevor ich mich wieder zu den Wartenden in der Ankunftshalle stellte, versuchte ich, Hannahs Freundin in München zu erreichen. Sie musste doch wissen, wenn etwas passiert sein sollte. Brigittes Mann Helmut nahm den Anruf entgegen. Nein, Brigitte war noch nicht zu Hause. Sie hatte sich aber gerade gemeldet und war bereits in einem Taxi unterwegs. Nein, von Hannah und irgendwelchen Komplikationen hatte sie nichts gesagt. Aber Brigitte würde sich bestimmt später bei mir melden.

Hannah kam auch nicht mit der Maschine aus Zürich. Es machte wenig Sinn weiterhin auf dem Flughafen zu warten. Ich entschloss mich deshalb, nach Hause zu fahren. Vielleicht hatte sie mich aus irgendeinem Grund auf dem Handy nicht erreichen können und hatte mir deshalb zu Hause eine Nachricht auf dem Anrufbeantworter hinterlassen. Im Auto, auf dem Weg zurück in unsere Wohnung, bekam ich an diesem Abend zum ersten Mal richtig Angst. Hoffentlich war ihr nichts passiert. Vielleicht hatte sie einen Unfall gehabt. Wie sollte ich mir denn ihr plötzliches Verschwinden sonst erklären? Mir wurde schlecht. Ich fuhr rechts an den Straßenrand und schaltete die Warnleuchte an. Fahrzeuge, die ich mit diesem Manöver offenbar behindert hatte, überholten mich laut hupend. Ich versuchte tief durchzuatmen. Es dauerte einige Minuten, bevor ich dann in der Lage war weiterzufahren.

Wie ich schon befürchtet hatte, gab es zu Hause keine Nachricht auf meinem Anrufbeantworter. Was sollte ich nun machen? Mir fiel jetzt die Tischreservierung ein, mit der ich Hannah hatte überraschen wollen. Ich rief noch einmal im „Bergamo" an und informierte den etwas kühl wirkenden Geschäftsführer, dass ich den Termin leider nicht wahrnehmen könne. Ich hatte gerade aufgelegt, da klingelte das Telefon. Mein Herz schlug mir bis zum Hals, als ich den Hörer aufnahm. Aber es war Brigitte, die inzwischen zu Hause angekommen war und wissen wollte, was denn los sei. Nein, sie konnte sich das alles auch nicht erklären. Hannah hatte am frühen Nachmittag eine Stunde vor ihr ein Taxi zum Wiener Flughafen genommen. Brigitte hatte sich noch auf der Straße von ihr verabschiedet. Sie fragte mich, ob ich auch schon mit dem Hotel telefoniert hätte. Vielleicht wüssten die etwas. Ich notierte die Nummer, die sie mir durchgab, versprach ihr, sie zu informieren, wenn sich etwas Neues ergeben sollte, und legte auf.

Der Mann, der in Wien im Hotel „Erzherzog Albrecht" meinen Anruf entgegennahm, bestätigte Brigittes Angaben: Frau Weber" sei am Nachmittag abgereist. Auf ihren Wunsch habe die Rezeption für sie ein Taxi kommen lassen. Niemandem sei etwas Ungewöhnliches aufgefallen.

Nach diesen Gesprächen hatte sich meine innere Unruhe natürlich nicht gelegt. Im Gegenteil. Eine Zeit lang lief ich zwischen Wohnzimmer und Küche hin und her und versuchte, einen klaren Gedanken zu fassen. Schließlich überlegte ich mir, was ich einem Mandanten in einer ähnlichen Situation raten würde. Mit diesem Vorgehen war es mir schon bei anderen Gelegenheiten manchmal gelungen, einen kleinen Abstand zu meinen eigenen persönlichen Problemen zu gewinnen. Eines war klar: Ich musste warten. Etwas anderes blieb mir im Moment ohnehin nicht und würde mir auch die Polizei im Augenblick nicht sagen können. Das alles würde sich bestimmt demnächst aufklären. Den Gedanken, dass Hannah etwas zugestoßen sein könnte, musste ich für den Moment verdrängen, auch wenn es mir nicht so recht gelingen wollte.

Ich ging zum Telefon und rief Connie an. Als ich ihr die Situation geschildert hatte, spürte ich, dass sie geschockt war. Sie brauchte einen Moment, bevor sie versuchte, mich zu beruhigen.

„Warte ab. Es gibt für das alles bestimmt eine einfache Erklärung."

„Ich weiß."

„Hannah ist immer so vernünftig. Ich kann mir nicht vorstellen, dass ihr etwas passiert ist."

Sie merkte selber, dass das eine mit dem anderen nicht unbedingt etwas zu tun haben musste.

„Ich meine, sie wird sich nie auf eine gefährliche Situation eingelassen haben", sagte sie.

Als ich darauf nicht reagierte, sprach sie weiter.

„Lass uns noch warten. Wenn wir bis morgen früh nichts von ihr gehört haben, musst du zur Polizei gehen."

„OK. Das habe ich mir auch schon überlegt."

„Du rufst mich ganz bestimmt an, wenn was ist?"

„Na klar."

Ich räusperte mich.

„Also, mach's gut, Connie. Wir telefonieren morgen."

„Ja, das machen wir."

Nach einer kleinen Pause fügte sie hinzu:

„Es wird bestimmt alles gut, Jo."

Dann legten wir beide auf.

Ich starrte das Telefon eine Weile an. Dann wählte ich Nicos Handynummer. Ich erreichte meinen Freund in einer Bar der Innenstadt, wo er sich mit seinem neuen Schatten Julie zu einem „Drink" getroffen hatte. Die lauten Stimmen, die man im Hintergrund hören konnte, machten die Verständigung schwer. Ich hatte den Eindruck, dass Nico bereits einiges getrunken hatte, denn er schien die Sorgen, die ich mir um Hannah machte, überhaupt nicht ernst zu nehmen. Er versuchte auch noch, einen Witz auf meine Kosten zu machen.

„Vielleicht hat es ihr ohne dich so gut gefallen, dass sie es gar nicht so eilig hat, nach Hause zu kommen."

Er schien dann aber doch selber zu merken, dass er sich etwas vergriffen hatte. Nach einer kleinen Pause sagte er schließlich:

„Mensch, lass dich nicht verrückt machen, Jo. Sie ist morgen bestimmt wieder zurück. Wer weiß, was ihr dazwischen gekommen ist."

Er wartete wieder einen Moment.

„Ich soll dich von Julie grüßen. Also, mach's gut. Wir sehen uns morgen im Büro. Dann erzählst du mir alles."

Irgendwie hatte sich meine Unruhe durch dieses Gespräch wieder verstärkt. Ich hatte jetzt das Bedürfnis, auch etwas zu trinken. Ich ging in die Küche und überlegte, ob ich die Flasche Rotwein aufmachen sollte, die ich zur Feier von Hannahs Rückkehr bereitgestellt hatte. Eigentlich war mir im Augenblick mehr nach einem Cognac oder Whisky. Unentschlossen nahm ich die Flasche in die Hand. Ich schrak zusammen. Es hatte an der Wohnungstür geklingelt. Wieder dachte ich sofort an Hannah. Doch dann fiel mir ein, dass sie ja einen Schlüssel hatte. Als ich öffnete, stand Connie vor mir. Sie trug Jeans, ein enges weißes T-Shirt und hatte sich einen Pullover über die Schultern gelegt. Ihre dunklen Haare hatte sie hinten zu einem kleinen Zopf zusammengebunden. Sie lächelte mich an.

„Ich habe mir gerade überlegt, dass es vielleicht keine gute Idee ist, dich heute so ganz alleine zu lassen."

Die Überraschung war ihr gelungen.

„Na, was ist? Lässt du mich rein?", fragte sie und grinste mich an. Ich sah jetzt, dass sie zwei flache Schachteln in den Händen hielt, die sie hochhob. „Guck mal, ich hab uns auch was zu essen mitgebracht."

Obwohl mir im Augenblick überhaupt nicht danach war, musste ich jetzt doch auch ein bisschen lachen.

„Mensch, Connie!", sagte ich und nahm ihr die Pappbehälter ab. „Ich freue mich sehr, dass du gekommen bist. Und eine Pizza ist genau das, was ich jetzt brauche."

Wir gingen in die Küche, wo Connie den Inhalt der beiden Schachteln auf Tellern verteilte. Ich holte Gläser und öffnete die Weinflasche, die ich vorhin schon in der Hand gehabt hatte.

„Ich dachte mir schon, dass du noch nichts gegessen hast", sagte sie, als wir uns an den Küchentisch setzten. Das stimmte. An Essen hatte ich die ganze Zeit über nicht mehr gedacht. Ich merkte jetzt auch, dass ich Hunger hatte.

Während des Essens begann ich, in allen Einzelheiten zu schildern, was mir im Flughafen passiert war und was meine Telefonate bisher ergeben hatten. Connie hörte aufmerksam zu und stellte ab und zu Fragen, wenn sie etwas genauer wissen wollte.

Ich hatte Angst, dass Hannah etwas zugestoßen war. Wie sollte man sich das alles denn sonst erklären? Hannah hätte sich doch immer gemeldet, wenn sie ihren Flug verpasst hätte oder wenn ihr irgendetwas dazwischen gekommen wäre. Connie bemühte sich, mir Mut zu machen. Ich müsste versuchen ruhig zu bleiben, so sagte sie. Es würde sich noch alles aufklären. Wir waren uns aber beide einig, dass ich am nächsten Morgen die Polizei einschalten müsste, sollte ich bis dahin nichts von Hannah gehört haben.

Ich war froh, dass Connie gekommen war. Um Mitternacht wurde es für sie Zeit, nach Hause zu fahren. Der erlösende Telefonanruf, auf den wir beide gewartet hatten, war nicht gekommen. Ich brachte sie an die Haustür. Als wir uns dann verabschiedeten und ich mich noch einmal bei ihr für ihre Unterstützung bedankte, legte sie mir die Arme um den Hals.

„Es wird alles gut, Jo. Bestimmt", sagte sie, und drückte mich. „Ich bin mir ganz sicher, Hannah ist nichts passiert."

Ich konnte in dieser Nacht lange keinen Schlaf finden. Eine Zeit lang bemühte ich mich, ein wenig zu lesen und wartete darauf, dass das Telefon klingelte. Ich machte dann schließlich doch das Licht aus, schreckte aber irgendwann hoch, weil ich glaubte, das Schlagen von Autotüren gehört zu haben. Ich lauschte lange, aber ich hörte weder Schritte im Treppenhaus noch gab es Anzeichen dafür, dass jemand die Wohnungstür aufzuschließen versuchte. Irgendwann muss ich dann aber doch eingeschlafen sein, denn ich hatte einen schrecklichen Traum, an dessen genauen Inhalt ich mich am Morgen nicht erinnern konnte.

5

Als der Wecker klingelte, war ich schon lange wach. Ich fühlte mich erschöpft und angeschlagen. In den endlosen Stunden, in denen ich auf den Morgen gewartet hatte, war ich mir darüber klar geworden, dass ich so schnell wie möglich zur Polizei gehen musste, am besten noch bevor ich an diesem Tag in die Kanzlei fuhr. Das Duschen und Anziehen dauerte irgendwie länger als sonst. In der Küche machte ich mir dann Kaffee und musste mich überreden, wenigsten einen Toast herunterzuwürgen. Als ich schließlich die Wohnung verlassen wollte, klingelte das Telefon. Mit klopfendem Herzen lief ich zurück ins Wohnzimmer. Aber es war Brigitte, die wissen wollte, ob Hannah inzwischen eingetroffen war. Ich versprach ihr, mich bei ihr zu melden, sollte sich etwas Neues ergeben. Ich kam dann von der Tür noch einmal zurück, um Frau Dammann in der Kanzlei anzurufen. Sie musste ja darüber informiert werden, dass ich mich möglicherweise für das Mandantengespräch etwas verspäten könnte, an das sie mich noch am Samstag erinnert hatte. Einen Grund dafür nannte ich nicht.

Auch als ich schließlich in meinem Wagen saß und in Richtung Innenstadt fuhr, fühlte ich mich nicht besser. Ich hatte mir vorher überlegt, dass es wohl am günstigsten wäre, mich an das Polizeikommissariat zu wenden, das mir bekannt war und das sich in der Nähe der Kanzlei befand, in der ich arbeitete. Ich parkte vor dem roten Backsteingebäude, an dem ich bislang immer vorbeigefahren war, und schilderte dem jungen Beamten, der im Eingangsbereich der Wache an diesem Morgen Dienst hatte, mein Anliegen.

„Ich glaube, Sie sollten mit Kommissar Becker sprechen", sagte der Polizist, der an meinem Problem nicht besonders interessiert zu sein schien. „Der müsste jeden Moment eintreffen. Das Beste ist wohl, wenn Sie vor seinem Büro auf ihn warten. Zimmer 14, erster Stock."

Ich ging die Treppe hinauf, fand das Büro des Kommissars und setzte mich auf einen der beiden Plastikstühle, die man gegenüber der Tür an der Wand des Flurs aufgestellt hatte. Nach 20 Minuten wurde ich etwas ungeduldig und fragte mich, wie lang auf dieser Wache wohl ein „Moment" war, von dem der Beamte gesprochen hatte. Jetzt fiel mir auch ein, dass man sich in Hannahs Firma sicherlich wunderte, warum sie heute nicht zur Arbeit erschienen war. Ich nahm mein Handy aus der Tasche, rief dort die Sekretärin an und ließ mich mit Dr. Witt verbinden, den ich kurz über das Verschwinden meiner Frau informierte und ihm erklärte, dass ich mir große Sorgen machte. Auch Hannahs Chef schien sehr betroffen und bat mich, ihn über die weitere Entwicklung in dieser Angelegenheit auf dem Laufenden zu halten.

Bevor ich das Gerät wieder einsteckte, versuchte ich noch einmal Hannahs Nummer. Ich wusste nicht mehr, wie viele Male ich bereits vergeblich versucht hatte, sie auf diese Weise zu erreichen. Ich brauchte einen Moment, bevor ich begriff, dass ich diesmal ein Rufzeichen hörte. Mein Herz hatte wieder begonnen, wie rasend zu schlagen. Es dauerte eine Weile, bevor der Anruf angenommen wurde. Es meldete sich niemand, aber ich hörte im Hintergrund Männerstimmen. Nicht Deutsch. Wahrscheinlich eine osteuropäische Sprache.

„Hannah! Bist du es? Was ist los?"

Der Teilnehmer hatte die Verbindung abgebrochen. Ich war von meinem Stuhl aufgestanden und starrte auf mein Handy. Wer war das? Was hatte Hannah mit diesen Leuten zu tun? Und warum hatte sich niemand gemeldet?

Ich wählte die Nummer noch einmal. Wie bei all meinen früheren Versuchen war nun das Gerät abgeschaltet. Während ich noch ratlos auf mein Telefon schaute, sprach mich jemand von hinten an.

„Wollten Sie zu mir?"

Der Mann, der hinter mir stand und den ich in meiner Aufregung noch gar nicht bemerkt hatte, mochte vielleicht 45 Jahre alt sein. Seine kurzen dunklen Haare waren an den Schläfen schon etwas ergraut. Man hätte ihn in seiner dunklen Cordjacke und mit seiner randlosen Brille eher für einen Lehrer als für einen Polizisten halten können. Ich steckte mein Handy ein.

„Ich warte auf Kommissar Becker."

Der Mann hatte ein Schlüsselbund in der Hand und öffnete die Tür mit der Nummer 14.

„Dann sind Sie richtig hier. Kommen Sie herein."

Offensichtlich teilte sich Kommissar Becker dieses Zimmer mit einem Kollegen, jedenfalls ließen die beiden mit Aktenordnern bedeckten Arbeitsplätze diesen Schluss zu. Er forderte mich auf, an einem kleinen Tisch in der Ecke des Raumes Platz zu nehmen.

Er selber ging zu einem der beiden Schreibtische, nahm einen Notizblock und einen Stift und setzte sich mir gegenüber auf einen der freien Stühle. Als erstes nahm er meine Personalien auf.

„Der Kollege unten hat mir bereits angedeutet, worum es geht. Vielleicht sollten Sie mir zunächst erzählen, was passiert ist."

Während ich schilderte, was geschehen war, machte Becker sich Notizen. Er unterbrach mich auch gelegentlich, um einige Einzelheiten festzuhalten. Er fragte nach dem Namen des Wiener Hotels, nach Uhrzeiten, der Airline und Hannahs Handynummer. Als ich fertig war, blickte der Kommissar von seinen Notizen auf und sah mich an.

„Es wird Sie nicht wundern, dass ich Sie fragen muss, ob es vor diesem Wochenende einen Streit gegeben hat und ob es irgendwelche Anzeichen dafür gegeben hat, dass Ihre Frau daran dachte, sich von Ihnen zu trennen."

„Absolut nicht!"

Die Antwort war etwas heftig ausgefallen. Becker nickte.

„Ich verstehe."

Er legte seinen Block auf den Tisch und lehnte sich auf seinem Stuhl zurück.

„Es gibt da ein Problem. Ihre Frau ist volljährig und hat somit natürlich auch das Recht, ihren Aufenthaltsort frei zu wählen. Wir können eine Fahndung im Grunde nur einleiten, wenn es einen dringenden Verdacht gibt, dass ihr etwas zugestoßen ist oder dass ihr etwas zustoßen könnte."

„Aber genau diese Befürchtung habe ich ja", antwortete ich und erzählte ihm von der Telefonverbindung, die ich kurz gehabt hatte, als er mich draußen auf dem Flur überraschte. Becker horchte auf.

„Ja, das könnte ein möglicher Hinweis darauf sein, dass eine Straftat vorliegt."

Er stand auf und ging mit seinen Aufzeichnungen zu seinem Schreibtisch.

„Ich werde eine Fahndung herausgeben", sagte er. „Mit den Kollegen in Wien werde ich mich auch in Verbindung setzen. Ihnen selber wird zunächst nichts anderes übrigbleiben, als zu warten. Zu Ihrer Beruhigung sollte ich Ihnen vielleicht noch sagen, dass sich über neunzig Prozent der vielen Fälle, für die wir bundesweit Vermisstenanzeigen erhalten, schon nach kurzer Zeit als harmlos herausstellen."

Ich war diesem Mann, von dem eine spürbare Bereitschaft ausging, mir zu helfen, dankbar für diese Bemerkung, zumal ich in den vergangenen Stunden wieder zu zweifeln begonnen hatte, dass die ganze Angelegenheit einen glücklichen Ausgang haben würde. Ich stand ebenfalls auf.

„Gibt es irgendetwas, was ich tun kann?", fragte ich.

„Nein, ich glaube nicht. Wie ich Ihnen schon sagte, Sie müssen Geduld haben und warten. Wir brauchen allerdings ein Foto von ihrer Frau."

Becker kam an den kleinen Tisch zurück, an dem ich stehen geblieben war. Ich nahm das Bild von Hannah, das ich immer bei mir hatte, aus meiner Brieftasche und gab es ihm. Er wiederum überreichte mir ein kleines Kärtchen.

„Hier ist meine Telefonnummer. Bitte rufen Sie mich an, wenn sich etwas Neues ergibt. Über mein Handy können Sie mich eigentlich immer erreichen. Ich werde mich bei Ihnen natürlich auch melden."

Becker brachte mich an die Tür und gab mir die Hand.

„Was ich an Ihrer Stelle noch tun würde: Sie sollten die Kreditkarten Ihrer Frau sperren lassen", sagte er noch. „Es sieht ja so aus, als würde ihr Handy bereits von jemand anderem benutzt."

Noch auf dem Parkplatz, bevor ich in mein Auto stieg, rief ich meinen Betreuer in der Zweigstelle unserer Bank an, dessen Nummer ich auf meinem Handy gespeichert hatte. Ich erklärte ihm kurz die Situation und bat ihn, sowohl die EC- als auch die Kreditkarte meiner Frau sperren zu lassen. Obwohl man im Augenblick nichts Genaues wusste, schien mir dies eine sinnvolle Maßnahme zu sein. Auch der Kommissar schien ja zu befürchten, dass nicht nur Hannahs Handy in fremde Hände geraten sein könnte. Ich bat den Mann in der Filiale, auch noch die letzten Bewegungen auf unserem gemeinsamen Girokonto zu überprüfen. Da ich im Moment in Eile sei, würde ich später noch einmal anrufen.

Auf dem Weg ins Büro meldeten sich bei mir dann leise Zweifel: Was würde geschehen, wenn Hannah doch noch im Besitz ihrer Karten war? Diese Möglichkeit bestand doch nach wie vor. Dann könnte eine solche Sperrung sie eventuell in Schwierigkeiten bringen. Aber dann sagte ich mir, dass sie in diesem Fall ja die

Möglichkeit hatte, mit mir Kontakt aufzunehmen. Ich würde ihr dann auch bei Problemen helfen können.

Ich traf mit einer fast einstündigen Verspätung in der Kanzlei ein. Mein Mandant wartete bereits im Vorzimmer der Sekretärin auf mich. Frau Dammann begrüßte mich mit einem Blick, der einem das Gefühl gab, dass sie es sei, die ich versetzt hatte. Ich entschuldigte mich und bat dann den Mann, mir in mein Büro zu folgen. Das Gespräch verlief insgesamt recht unbefriedigend. Mein Gesprächspartner schien zu spüren, dass ich innerlich nicht richtig bei der Sache war. Er hatte über das Wochenende offenbar Zweifel bekommen, ob er seiner Ex-Frau gegenüber weiter auf Feststellung der Vaterschaft dringen sollte. Er befürchtete jetzt, dass vor allem die Kinder, an denen er sehr hing, unter einem solchen Prozess leiden würden und hatte sich wohl von mir als seinem Anwalt einen stärkeren Zuspruch erhofft, auf dem bisher von ihm eingeschlagenen Weg fortzufahren. Schließlich kamen wir überein, dass wir uns nach einigen Tagen Bedenkzeit in der nächsten Woche wieder treffen wollten. Ich begleitete ihn dann noch bis zur Tür der Kanzlei. Als ich dann in mein Büro zurückkehren wollte, fing mich Frau Dammann auf dem Flur ab, um mir zu sagen, dass Nico, mein Freund und Kollege, mich in der Mittagspause im Restaurant „La Torre" erwartete. Ich schaute auf die Uhr. Es war bereits viertel nach eins.

Ich ging noch einmal in mein Büro, steckte mein Handy ein, das ich auf den Schreibtisch gelegt hatte, und verließ die Kanzlei. Nico saß bereits an seinem Stammplatz, als ich das Lokal betrat. Er hatte ein Glas Weißwein vor sich und blickte von seiner Mappe auf, in der er gelesen hatte. Er sah mich erwartungsvoll an. Ich schüttelte den Kopf.

„Nichts?"

„Nichts", antwortete ich und setzte mich. Mario, der Wirt, kam an unseren Tisch und fragte, was er uns bringen könnte. Wir bestellten beide Spaghetti. Zusätzlich bat ich auch noch um eine Flasche Mineralwasser. Als wir dann wieder alleine waren, erzählte ich Nico, was inzwischen passiert war. Auch er war jetzt ziemlich beunruhigt.

„Das hört sich überhaupt nicht gut an."

Er begann dann über harmlose Möglichkeiten zu sprechen, die Hannah vielleicht passiert waren und die ihr Verschwinden erklären konnten. Ich merkte natürlich, dass Nico sich bemühte, mich zu schonen, und ein Verbrechen oder einen schweren Unfall mit keinem Wort erwähnte. Ich war beinahe erleichtert, als Mario nach einiger Zeit unser Essen brachte. Wir aßen schweigend. Obwohl ich inzwischen eigentlich Hunger haben musste, schmeckten mir die Spaghetti *vongole*, die ich sonst in diesem Lokal immer gerne bestellte, nach nichts.

Mein Handy klingelte. Die Nummer auf dem Display war mir unbekannt, und wieder begann mein Puls sich zu beschleunigen. Es war aber Frau Franz, die Maklerin, mit der ich mich mit Hannah zusammen in dieser Mittagspause verabredet hatte. Ich hatte sie völlig vergessen und merkte selber, dass die Erklärung für mein Versäumnis, sie rechtzeitig über Hannahs und meine Probleme zu informieren, wenig überzeugend klang. Jedenfalls reagierte Frau Franz ausgesprochen kühl, als ich ihr versprach, mich demnächst wieder bei ihr zu melden.

Ich beendete das Gespräch und legte das Telefon auf den Tisch. Nico sah mich an.

„Wie geht es nun weiter, Jo?"

Ich zuckte mit den Achseln.

„Das weiß ich auch nicht. Im Moment bleibt mir nichts anderes übrig als abzuwarten, was die Fahndung ergibt", antwortete ich und schob den Teller mit dem Rest meines Essens von mir.

„Ich finde, du solltest jetzt nach Hause fahren. Im Augenblick ist mit Arbeiten doch sowieso nichts. Ich werde den Chef informieren", sagte Nico und machte eine kleine Pause. „Vielleicht solltest du nach Wien fliegen und dich da einmal umsehen. Hier hast du doch sowieso keine Ruhe. Vermutlich kannst du dort der Polizei sogar helfen. Nimm dir den Rest der Woche frei! Dafür hat doch jeder Verständnis. Deine Termine hier kann ich doch so lange übernehmen."

Dieser Gedanke, nach Wien zu fliegen, war mir ja auch schon gekommen. Ich überlegte.

„Würdest du mit Kehrmann reden?"

„Na klar! Da wird es keine Probleme geben. Fahr jetzt nach Hause! Da bist du auch für jeden am besten erreichbar. Auch für Hannah. Los! Mach schon! Um die Rechnung hier kümmere ich mich."

Ich nahm mein Mobiltelefon und stand auf. Als ich mich von Nico verabschiedete, legte ich ihm die Hand auf die Schulter.

„Danke, Nico!"

Zu Hause blinkte der Anrufbeantworter. Die erste Nachricht war von Connie:

„Jo, gibt es etwas Neues? Bitte ruf mich an!"

Die zweite Meldung war von meiner Bank. Die letzte Abhebung von unserem gemeinsamen Konto war am Vortag um 17.34 mit Hannahs EC-Karte an einem Automaten im Wiener Flughafen vorgenommen worden. Es handelte sich um einen Betrag von 1000 Euro.

Ich rief zunächst Connie an und informierte sie über den letzten Stand der Dinge. Ich erzählte ihr auch, dass ich vorhatte, nach Wien zu fliegen.

„Möchtest du, dass ich mitkomme?", fragte sie sofort.

„Das wäre schön, aber ich glaube, dass ist in diesem Fall keine gute Idee. Du müsstest dir frei nehmen, und ich weiß außerdem nicht, was sich dort ergibt und wann ich zurückkomme. Deshalb werde ich sowieso zunächst nur einen Hinflug buchen."

Ich versprach aber, mich bei ihr zu melden, sollte sich etwas Neues ergeben.

Nachdem sie aufgelegt hatten, fand ich nach einigem Suchen in meiner Jackentasche die Karte, die mir der Kommissar gegeben hatte. Ich wählte die Handynummer.

„Becker."

„Hier ist Weber. Herr Becker, ich wollte mich erkundigen, ob sich in Sachen meiner Frau etwas Neues gibt."

„Nein, das kann man eigentlich nicht sagen. Die Kollegen in Wien sind verständigt, und ich habe ihnen auch das Foto Ihrer Frau übermittelt. Auf die Dringlichkeit dieses Falles habe ich hingewiesen. Soweit habe ich aber noch keine Rückmeldung erhalten."

Becker schwieg einen Moment.

„Wir haben übrigens Ihren letzten Handykontakt zurückverfolgt. Das Gerät ihrer Frau ist dabei in Wien geortet worden", sagte er dann.

Ich nahm diese Nachricht dann zum Anlass, den Kommissar über meinen Plan zu informieren, selber nach Wien zu fliegen.

Becker wartete wieder ein wenig, bevor er antwortete.

„Ich kann Sie verstehen. Aber nehmen Sie da bitte Kontakt mit den Kollegen auf. Zuständig dort ist Chefinspektor Landauer. Den kenne ich gut. Ein sehr tüchtiger Mann. Ich gebe Ihnen seine Telefonnummer. Und melden Sie sich bitte bei mir, wenn Sie wieder zurück sind."

Ich notierte mir die Nummer und berichtete dem Kommissar noch, welche Auskunft ich von meiner Bank erhalten hatte.

Ich konnte hören, dass Becker sich diese Neuigkeit aufschrieb.

„Das ist ein interessanter Hinweis", sagte er und machte eine kleine Pause. „Das ist zumindest ein Hinweis, dass sich Ihre Frau vor ihrem Verschwinden tatsächlich am Flughafen aufgehalten hat."

Wir beendeten das Gespräch, und ich setzte mich an meinen Schreibtisch. Eine Weile starrte ich aus dem Fenster. 1000 Euro. Wozu hatte Hannah denn in Wien noch so viel Geld gebraucht? Sie war doch schon auf dem Weg nach Hause, wo sie doch von mir erwartet wurde. Und wenn es finanziell wirklich eng wurde, hatte sie doch noch ihre Kreditkarte.

Ich schüttelte den Kopf. Das war doch alles Quatsch. Ich musste jetzt aufpassen, dass ich mich nicht selber verrückt machte. Für Hannahs Entschluss gab es bestimmt eine einfache und logische Erklärung. Wahrscheinlich wollte sie nur sicherstellen, dass sie für die nächsten Tage „flüssig" war, und hatte am Flughafen die Zeit und die Gelegenheit genutzt, sich mit genügend Bargeld zu versorgen.

Ich fuhr meinen Computer hoch und buchte für den nächsten Vormittag einen Flug nach Wien. Den Rest des Tages verbrachte ich damit, vergeblich auf eine Nachricht von meiner Frau zu warten.

6

Es wurde wieder eine schreckliche Nacht. Obwohl ich noch lange vor dem Fernseher gesessen hatte, war auch diesmal bis in die Morgenstunden hinein an Schlaf nicht zu denken. Mein Kopf kam einfach nicht zur Ruhe. Ich hatte große Probleme, die vielen Bilder und Assoziationen abzuwehren, die sich automatisch bei mir im Zusammenhang mit Hannahs Verschwinden einstellten. Ich versuchte, klar zu denken, und war mir jetzt sicher, dass meiner Frau etwas passiert sein musste. Denn hätte sie auf irgendeine Weise ihren Flug verpasst, sie hätte sich dann doch bei der nächsten Gelegenheit bei mir gemeldet. Da gab es für mich überhaupt keinen Zweifel. Wieder achtete ich lange auf die Geräusche auf der Straße und sprang zweimal aus dem Bett, weil ich meinte, gehört zu haben, dass ein Auto vor dem Haus gehalten hatte. Am frühen Morgen war ich dann wohl doch noch eingeschlafen, denn irgendwann fuhr ich hoch, als ich hörte, dass jemand die Wohnungstür öffnete.

Es war Frau Jessen, die Haushilfe, der anzusehen war, dass ihr der Schrecken gehörig in die Glieder gefahren war, als ich so plötzlich in meinem Pyjama vor ihr stand. Ich hatte völlig vergessen, dass sie jeden Mittwoch, wenn ich selber längst im Büro war, in der Wohnung nach dem Rechten schaute. Ich erklärte ihr kurz, was am Wochenende geschehen war und dass ich mir wegen meiner Frau große Sorgen machte. Ich sagte ihr auch, dass ich vorhatte, nach Wien zu fliegen. Frau Jessen wirkte geschockt.

„Oh, mein Gott! Hoffentlich ist ihr nichts passiert."

Ich blickte auf meine Uhr. Es war bereits nach halb neun, und ich musste mich beeilen, wenn ich meinen Flieger bekommen wollte.

„Jetzt wird es aber Zeit", sagte ich, bevor ich im Badezimmer verschwand. „Ich habe verschlafen."

Als ich dann nach einer Weile mit einer Tasche, die ich als Handgepäck mitnehmen wollte, aus dem Schlafzimmer kam, hatte Frau Jessen für mich bereits Kaffee gemacht. Ich überlegte kurz, ob ich noch Zeit für einen Toast hatte, verwarf den Gedanken aber. Im Moment konnte ich sowieso noch keinen Bissen herunter kriegen und dachte außerdem, dass ich dafür auch gar keine Zeit hatte. Ich trank im Stehen eine Tasse Kaffee, bedankte mich bei

Frau Jessen und machte mich auf den Weg. Während ich in mein Auto stieg, das ich wie gewöhnlich vor dem Haus geparkt hatte, dachte ich an Hannahs kleinen Peugeot, der auf ihrem Stellplatz in der Tiefgarage unseres Miethauses auf sie wartete

In Fuhlsbüttel hatte ich keine Probleme, einen Platz in einem Parkhaus zu finden, und war dann so früh am Abflugschalter, dass ich noch genügend Zeit hatte, mir an der Theke der Cafeteria einen Cappuccino und ein Croissant zu bestellen. Mein Magen hatte sich inzwischen bereits mehrfach gemeldet.

Hier gab es noch drei weitere Personen, die offenbar ebenfalls auf ihre Flüge warteten. Eine junge Frau trank einen „Kaffee Latte" aus einem Glas und sprach unablässig in ihr Handy. An zwei anderen Bistrotischen arbeiteten zwei junge Männer konzentriert an ihren Notebooks. Sie trugen ähnliche Hemden und Krawatten und sahen wie Versicherungsvertreter aus. Als hätten sie sich abgesprochen, hatten sie beide eine Plastikflasche Mineralwasser neben ihren Computern stehen. Ich beobachtete die vielen Reisenden, die auf dem grell erleuchteten Gang geschäftig in beiden Richtungen unterwegs waren. Vielleicht lag es daran, dass ich alleine war, aber ich empfand die Unwirklichkeit dieser Umgebung als bedrückend. Auch hier gab es auf der anderen Seite der Passage einen Duty-free-Shop, und ein Stückchen weiter konnte ich Auslagen mit teuren Sonnenbrillen sehen. Als mein Flug aufgerufen wurde und ich die Cafeteria verließ, sprach die junge Frau an ihrem Tisch immer noch in ihr Mobiltelefon.

Es war ein Vorteil, dass ich nur mein Handgepäck dabei hatte, denn nach der Landung in Wien konnte ich sofort den Weg zum Ausgang nehmen. Noch im Flughafengebäude schaltete ich mein Handy an und wählte die Nummer des Wiener Polizeibeamten, die mir Kommissar Becker im Hamburg gegeben hatte. Inspektor Landauer sagte mir, dass ihm mein Besuch von Becker bereits „angedroht" worden sei, und gab mir dann die Adresse des Polizeikommissariats, wo wir uns um 14 Uhr in Zimmer 213 treffen wollten.

Ich ging anschließend zum Taxistand. Dem Fahrer schien die Angabe „Hotel Erzherzog Albrecht" etwas zu sagen, denn er startete sofort seinen Wagen und machte sich ohne eine weitere Frage auf den Weg. Es zeigte sich, dass er offenbar generell kein Freund vieler Worte war, denn nachdem er mich kurz gefragt hatte, woher ich komme, hüllte er sich in Schweigen. Mir war es recht, denn zu irgendeinem „Smalltalk" war mir überhaupt nicht zumute. Ich sah auf einem Schild an der Windschutzscheibe, dass der Mann Konstantin Koslov hieß und musste unwillkürlich an die Stimme denken, die sich an Hannahs Telefon gemeldet hatte. Ich versuchte den Gedanken abzuschütteln und bemühte mich, im Vorbeifahren Gebäude wiederzuerkennen, die ich möglicherweise noch von früheren Besuchen her kannte. Bei meinem letzten Wienaufenthalt war meine Frau mit mir gewesen.

Das recht zentral gelegene Hotel „Erzherzog Albrecht" machte einen guten Eindruck. Es wirkte sehr gepflegt und mindestens zwei Kategorien besser als das Haus, in dem ich seinerzeit mit Hannah in Wien abgestiegen war. Die beiden Damen hatten sich bei ihrem Wochenendausflug offensichtlich etwas gegönnt. Ich betrat die geschmackvoll eingerichtete Lobby und steuerte auf den Empfang zu. Die hübsche junge Dame hinter dem Tresen lächelte mich an.

„Grüß Gott! Kann ich etwas für Sie tun?"

Ich bemerkte jetzt, wie wenig ich auf diese Situation vorbereitet war und wie schwer es mir fiel, mein Anliegen vorzubringen. Umständlich erklärte ich, dass meine Frau seit dem Wochenende vermisst wurde und dass sie Gast dieses Hotels gewesen sei. Dies sei offenbar auch ihr letzter gesicherter Aufenthaltsort gewesen.

Die junge Frau hatte aufgehört zu lächeln. Sie sah mich mit großen Augen an und nach einer kleinen Pause bat sie mich, in einem der Sessel in der Empfangshalle Platz zu nehmen. Dann nahm sie ihr Telefon auf, wählte eine Nummer und sprach leise mit jemandem. Ich wartete. Nach kurzer Zeit erschien ein Mann in einem dunklen Anzug, der mich begrüßte und sich dann als Geschäftsführer vorstellte. Er setzte sich neben mich.

„Mein Name ist Perlinger. Ich glaube, wir beide haben ja am Sonntag schon miteinander telefoniert. Leider hat sich überhaupt nichts Neues ergeben. Das habe ich auch dem Polizeibeamten gesagt, der bereits hier war. Aber vielleicht sollten Sie noch einmal mit Frau Gerber sprechen, denn sie hat ja in der Rezeption einen besseren Kontakt zu unseren Gästen."

Perlinger blickte zu der Empfangsdame hinüber, die dem Anschein nach an ihrem Computer beschäftigt war. Er stand auf, ging zum Tresen und kam nach kurzer Zeit mit der jungen Frau zurück.

Sie hatte inzwischen ihr Lächeln wiedergefunden und erinnerte sich gut an die beiden Damen aus Deutschland. Sie wusste auch noch genau, dass sie für jede von ihnen zur Abreise ein Taxi bestellt hatte. Sie hatten auch beide ihre Rechnungen getrennt mit ihren Kreditarten beglichen. Nein, sie habe überhaupt nichts Ungewöhnliches bemerkt. Sie hatte auch eine Kopie der betreffenden Seite aus dem Gästebuch des Hotels bei sich.

Aber dann fiel ihr doch noch etwas ein. Eine der beiden Damen – Frau Gerber konnte aber nicht sagen, welche von ihnen – hatte an der Rezeption einmal gefragt, ob eine Nachricht für ihr Zimmer abgegeben worden sei.

Zwei neue Gäste hatten inzwischen das Foyer betreten, und Frau Gerber wurde merklich etwas unruhig.

Ich schaute auf meine Uhr.

„Ich habe noch einen Termin bei der Polizei, und es könnte sich dabei herausstellen, dass ich noch etwas länger in Wien bleiben muss. Deshalb würde ich Sie bitten, hier für mich auf alle Fälle ein Zimmer zu reservieren."

Frau Gerber nickte. Dann entschuldigte sie sich, stand auf und ging zum Empfang hinüber, um sich um die Neuankömmlinge zu kümmern. Ich wandte mich an Perlinger.

„Es ist allerdings auch nicht ausgeschlossen, dass ich heute Abend noch nach Hamburg zurück fliegen muss."

Perlinger nickte. Sein Handy klingelte.

„Das passt schon. Das ist kein Problem für uns", sagte er und nahm das Gerät aus seiner Jackentasche. Er hielt es an sein Ohr und runzelte die Stirn.

„OK, ich komme", sagte er.

Er steckte das Telefon wieder ein. Er sah mich an und lächelte.

„Es tut mir leid, aber ich werde an anderer Stelle gebraucht."

Ich hatte den Verdacht, dass dieser Anruf arrangiert worden war, um auf diese Weise dem Hotelmanager die Gelegenheit zu geben, sich möglichst elegant von seinem Gesprächspartner zu verabschieden. Perlinger war aufgestanden und gab mir die Hand.

„Auf Wiedersehen, Herr Dr. Weber", sagte er. „Bitte wenden Sie sich an Frau Gerber, wenn Sie weitere Hilfe benötigen."

Bevor er ging fügte er noch hinzu:

„Ich wünsche Ihnen viel Glück und hoffe, dass sich die ganze Angelegenheit schnell aufklären wird. Aber vor allen Dingen hoffe ich, dass ihrer Frau nichts geschehen ist."

Ich sah ihm nach und wandte mich dann der jungen Empfangsdame zu, die an der Rezeption immer noch mit den beiden neuen Gästen verhandelte. Ich wartete, und als das Paar schließlich im Fahrstuhl verschwunden war, nahm ich meine Tasche auf und ging zu ihr. Mit ihrem Einverständnis deponierte ich mein Gepäck hinter dem Tresen und bat sie, ein Taxi für mich zu rufen. Während sie telefonierte, fiel mir ein, dass ich bisher versäumt hatte, sie nach der Rufnummer des Taxiunternehmens zu fragen, das sie am vergangenen Montag bei Hannahs Abreise in Anspruch genommen hatte. Mit einem Griff nahm Frau Gerber eine Geschäftskarte der Firma aus einem kleinen Plastikgestell, das sich auf dem Tresen befand, und gab sie mir. Ich las „Kalinke Taxis". Ich bedankte mich und verließ die Lobby, um draußen vor dem Hotel auf den Wagen zu warten.

Irgendwie war dieser erste direkte Kontakt mit Hannahs letztem Aufenthaltsort ernüchternd ausgefallen. Meine Anwesenheit störte hier, und es war für mich nicht zu übersehen, dass man bei allem Mitgefühl nicht böse war, mich schnell wieder loszuwerden. Aber was hatte ich denn auch erwartet? Wie sollte man mir denn in diesem Hotel bei meiner Suche helfen? Hannah hatte es vor ihrem Verschwinden ja bereits verlassen.

Der Namenszug an der Seite des Taxis sagte mir, dass es sich um ein Fahrzeug der Firma Kalinke handelte. Auf dem Weg zum Polizeikommissariat erfuhr ich von dem Fahrer, dass er am Montag keinen Dienst gehabt hatte und dass man sich am besten an die Zentrale wendete, wenn man Auskünfte über den Dienstplan haben wolle.

Ich wurde am Deutschmeisterplatz vor dem Kommissariat Innere Stadt abgesetzt und ging durch den Haupteingang in das riesige Gebäude. Auf der großen Stecktafel im Eingangsbereich sah ich auch den Namen „Chefinspektor Landauer". Ich fuhr mit dem Fahrstuhl in den dritten Stock und hatte keine Mühe, Zimmer 213 zu finden. Ich trat nach dem Klopfen ein und war überrascht über den hellen und funktional eingerichteten Raum, der sich hinter der schweren Tür verbarg. Landauer, der mir von seinem Schreibtisch entgegenkam, war älter und etwas kleiner als sein

Kollege Becker in Hamburg. Er hatte ein hageres Gesicht mit einem Oberlippenbart, und sein gelichtetes blondes Haar war kurz geschoren. Unter einem grauen Tweed Jackett trug er ein blaues Hemd, das am Kragen geöffnet war.

„Grüß Gott, Herr Dr. Weber", sagte er und schüttelte mir die Hand. Der breite Wienerische Akzent war unüberhörbar. „Ich hoffe, Sie hatten keine Schwierigkeiten, mich zu finden."

Er bot mir einen Platz neben seinem Schreibtisch an und setzte sich ebenfalls.

„Kann ich Ihnen vielleicht einen Kaffee anbieten?"

Ich schüttelte den Kopf

„Nein, danke: Ich glaube davon habe ich heute schon genug gehabt."

Landauer sah mich an und nickte.

„Das glaube ich Ihnen."

Dann setzte er sich auf und zog einen dünnen Aktenordner an sich heran, den er aber nicht öffnete.

„Wie ich am Telefon schon andeutete, Kommissar Becker hat Sie mir bereits angekündigt", sagte er und machte eine kleine Pause. „Ich kann mir vorstellen, dass Sie sehr beunruhigt sind. Aber ich muss Ihnen sagen, dass unsere Ermittlungen soweit noch nichts Konkretes ergeben haben. Wir haben im Hotel nachgefragt, haben den Taxifahrer ermittelt, haben Unfälle und Krankenhäuser überprüft. Nichts. Bisher hat auch eine Internetsuche des Landeskriminalamts in Wien nichts ergeben. Die Spur Ihrer Frau verliert sich am Flughafen. Eine Überwachungskamera hat sie dort an einem Geldautomaten gefilmt."

Er öffnete jetzt seinen Aktenordner, nahm ein Foto heraus und schob es mir zu. Das Schwarz-Weiß-Bild war unscharf, aber die Person darauf war ganz ohne Zweifel Hannah. Auch ihren Bordkoffer, den sie neben sich abgestellt hatte, konnte ich deutlich erkennen.

Landauer lehnte sich auf seinem Stuhl zurück.

„Herr Dr. Weber, wir werden weiter nach Ihrer Frau suchen", sagte er. „Natürlich können wir nach wie vor einen Unfall nicht völlig ausschließen, auch wenn ich persönlich inzwischen daran nicht mehr so richtig glaube. Wir hätten dann bereits auf etwas stoßen müssen. Aber auf alle Fälle werden wir unsere Augen weiter offen halten."

Er machte eine Pause und schien zu überlegen, wie er fortfahren sollte.

„Ich fürchte, es ist aber auch durchaus möglich, dass ein Verbrechen vorliegt. Die Tatsache, dass ein Fremder sich am Handy Ihrer Frau gemeldet hat und dass dieses Gerät in Wien geortet worden ist, könnte so etwas andeuten.

Wieder schien Landauer einen Moment nachzudenken. Schließlich sah er mich wieder an.

„Auf unserem Flughafen treiben sich in letzter Zeit verstärkt organisierte Banden aus Osteuropa herum. Aber die sind uns bisher vor allem durch äußerst kaltschnäuzige Trickdiebstähle aufgefallen. Gewaltverbrechen sind dort allerdings bisher noch nicht vorgekommen."

Mein Herzschlag hatte sich wieder beschleunigt, und mein Magen zog sich zusammen.

„Wir fragen uns natürlich, wieso Ihre Frau Ihren Flug versäumt hat", fuhr er fort. „Vielleicht hat man ihr die Handtasche mit allen Papieren und Reiseunterlagen gestohlen. Das würde zumindest erklären, wie ihr Mobiltelefon in fremde Hände geraten ist. Möglicherweise war es ihr deshalb auch nicht möglich, Sie sofort telefonisch zu erreichen. Es ist aber auch denkbar, dass man sie am Geldautomaten beobachtet und anschließend überfallen und ausgeraubt hat."

Landauer schüttelte den Kopf.

„Das würde aber auch nicht erklären, warum sich Ihre Frau bisher noch nicht gemeldet hat und verschwunden ist. Bei Kindern würde man in dieser Situation an eine Entführung denken. Es ist nicht ganz auszuschließen, dass hier vielleicht auch so etwas vorliegt."

Landauer stand auf und öffnete das Fenster hinter seinem Schreibtisch. Ich war froh über die kleine Pause. Ich hatte Magenschmerzen und dachte, dass ich dringend etwas essen müsste. Während er sich wieder setzte, sprach Landauer weiter.

„Ich möchte Sie nicht noch weiter mit Horrorszenarien belasten. Auch Sie sollten nicht vergessen, dass nur eine sehr geringe Anzahl von den vielen Vermisstenanzeigen, die wir erhalten, unaufgeklärt bleiben und die allermeisten der gesuchten Personen unversehrt wieder auftauchen."

Nach dieser Feststellung, die offenbar in vergleichbaren Situationen zum polizeilichen Standard gehörte, wartete er wieder einen Moment und nahm einen Notizblock heraus. „Vielleicht wäre es hilfreich, wenn Sie mir aus Ihrer Sicht erzählten, was passiert ist. Möglicherweise ist Ihnen etwas aufgefallen und es ergibt sich ein Ansatzpunkt für uns."

Ich bezweifelte das. Stockend berichtete ich dann von dem Abend vor Hannahs Abflug und von den Anrufen, die ich von ihr aus Wien erhalten hatte. Alles war so normal gewesen. Und dann die Überraschung, als ich sie am Flughafen abholen wollte.

Als ich damit fertig war, blickte der Inspektor von seinen Aufzeichnungen auf und lehnte sich in seinem Sessel zurück.

„Einen Streit zwischen Ihnen und Ihrer Frau hat es also zuvor nicht gegeben", sagte er dann und rückte wieder näher an den Tisch heran. „Herr Dr. Weber, ich muss Sie das jetzt fragen. Gab es irgendein Anzeichen dafür, dass Ihre Frau mit ihrem Leben unzufrieden war, und ist es vielleicht möglich, dass sie noch eine Beziehung zu jemand anderem unterhielt?"

Ich brauchte etwas Zeit, bevor ich antwortete.

„Diese Frage habe ich mir natürlich auch schon selber gestellt. Aber bei bestem Willen, ein solches Anzeichen hat es nicht gegeben. Und dass es außer mir noch jemanden anderen gab, kann ich mir nicht vorstellen."

Landauer nickte.

„War Ihre Frau vielleicht depressiv?"

Dieser Gedanke war mir allerdings überhaupt noch nicht gekommen. Depressionen? Wollte Landauer andeuten, dass sich Hannah vielleicht selber etwas angetan hatte? Nein, das passte ganz und gar nicht zu ihr. Ich schüttelte den Kopf.

„Nein."

Landauer schloss sein Notizbuch. Ich schreckte hoch. Mein Mobiltelefon in der Hosentasche hatte plötzlich zu vibrieren begonnen. Es war wieder nicht Hannah, sondern Connie, die wissen wollte, ob ich in Wien etwas herausgefunden hatte. Ich sagte schnell, ich sei gerade in einem Gespräch und würde später zurückrufen. Dann klappte ich mein Gerät zu, steckte es ein und entschuldigte mich bei meinem Gegenüber.

„Das war die Freundin meiner Frau, die sich nach Neuigkeiten erkundigen wollte", erklärte ich.

Der Inspektor nickte wieder und sah auf seine Uhr.

„Es tut mir leid, Herr Dr. Weber, aber ich habe noch einen dringenden Termin. Mich erwartet eine Zeugin in einem anderen Fall."

Er öffnete eine Schublade in seinem Schreibtisch und nahm eine weitere Akte heraus. Er hob die Schultern.

„Sie können sich bestimmt vorstellen, über mangelnde Arbeit können wir uns in diesem Bezirk nicht beklagen."

Dann erhob er sich.

„Ich habe Sie über unsere Ermittlungen informiert und werde Sie bei neuen Ergebnissen sofort benachrichtigen."

Auch ich war aufgestanden. Mir war ein bisschen schwindlig.

„Ist da irgendetwas, was ich noch tun kann? Sollte ich vielleicht noch einmal mit dem Taxifahrer sprechen?", fragte ich.

Landauer schüttelte den Kopf.

„Nein, das ist nicht nötig. Das haben wir schon gemacht. Der kann uns nicht weiterhelfen. Ich meine, Sie sollten zurück nach Hause fahren. Wenn Ihre Frau mit Ihnen Kontakt aufnehmen will, wird sie es bestimmt dort versuchen."

Er gab mir die Hand

„Wir werden hier weiter am Ball bleiben, wie man so sagt, und alles tun, um herauszufinden, was mit Ihrer Frau passiert ist."

Landauer begleitete mich noch bis zum Ausgang. Als ich das Gebäude verließ, merkte ich wieder, dass ich dringend etwas essen musste. Nicht weit vom Kommissariat entfernt fand ich dann ein Straßencafé und bestellte mir ein Sandwich und ein Bier.

Im Grunde hatte Landauer recht. Hier konnte ich im Moment wirklich nichts tun. Trotzdem fiel es mir schwer, mich mit diesem Gedanken abzufinden. Wofür war ich dann überhaupt nach Wien gekommen? Doch nicht nur um Landauer kennenzulernen. Von den Ermittlungen des Chefinspektors hatte ich mir im Übrigen auch mehr versprochen. Vielleicht sollte ich selber doch noch einmal mit diesem Taxifahrer sprechen, auch wenn er von der Polizei schon vernommen worden war. Der hatte ja Hannah hier schließlich als Letzter gesehen. Möglicherweise könnte man von ihm doch noch irgendetwas erfahren, was weiterhelfen würde.

Ich hatte Landauers Telefonnummer auf meinem Handy gespeichert. Nach kurzem Überlegen entschloss ich mich, ihn noch einmal anzurufen und um eine Auskunft zu bitten. Ich war erleichtert, als sich der Inspektor bereits nach dem ersten Rufzeichen meldete. Ich erklärte ihm, dass ich die wenigen Stunden, die ich noch in Wien war, gerne nutzen würde. Es könnte doch nicht schaden, wenn ich selber noch einmal mit dem Taxifahrer Kontakt aufnähme, der meine Frau zum Flugplatz gebracht hatte. Dazu brauchte ich allerdings dessen Namen. Landauer schwieg einen Moment.

„Ich kann Sie verstehen, Herr Dr. Weber", sagte er dann etwas zögerlich. Ich konnte hören, dass er in seinen Unterlagen auf dem Schreibtisch blätterte. „Der Name ist Petrovic. Goran Petrovic. Er stammt aus dem früheren Jugoslawien, seine Familie lebt aber schon lange hier. Er ist seit über vier Jahren bei der Firma Kalinke beschäftigt. Ich habe nichts dagegen, wenn Sie noch einmal mit ihm reden. Wer weiß, vielleicht fällt Ihnen ja tatsächlich noch etwas auf. Ich möchte Sie nur bitten, dabei mit dem nötigen Fingerspitzengefühl vorzugehen. Wir jedenfalls hatten nicht den Eindruck, dass er uns in der Sache etwas verschweigt. Sollte Ihnen etwas auffallen, teilen Sie uns das bitte mit."

Ich versprach, dies zu tun, und wir beendeten das Gespräch. Das Sandwich, das mir inzwischen gebracht worden war, schmeckte mir nicht. In der Innentasche meines Jacketts fand ich die Karte, die mir Frau Gerber an der Rezeption des Hotels gegeben hatte. Ich wählte auf meinem Handy die Nummer der „Kalinke Taxis" und bestellte mit Hilfe des Kellners, den ich nach der Adresse des Cafés fragen musste, einen Wagen und bat darum, mir unbedingt den Fahrer Goran Petrovic zu schicken. Die Dame, die meinen Anruf entgegen genommen hatte, schien an meinem Wunsch nichts ungewöhnlich zu finden. Jedenfalls sagte sie mir nach einer kleinen Pause, dass der Fahrer käme, sobald er frei sei und dass das aber etwa 20 Minuten dauern würde.

Ich bestellte mir noch ein Bier, und als das Taxi dann schließlich eintraf, hatte ich bereits gezahlt und konnte sofort einsteigen. Irgendwie hatte ich mir Petrovic anders vorgestellt. Dieser Mann musste um die 50 sein und hatte dünne, straff zurückgekämmte dunkle Haare. Das rot-weiß karierte Hemd und die hochgekrempelten Ärmel passten nicht zu ihm. Er musterte mich etwas misstrauisch. Offensichtlich hatte ihn die Zentrale darüber informiert, dass dieser Kunde von ihm persönlich gefahren werden wollte. Ich erklärte ihm die Situation, und schüttelte er den Kopf.

„Die Polizei war schon bei mir, und ich hab dem Inspektor schon alles gesagt", äußerte er dann in einem so breiten Wiener Akzent, dass ich Probleme hatte, ihn überhaupt zu verstehen. Er zuckte mit den Schultern. „Mehr weiß ich auch nicht."

„Das ist mir schon klar", antwortete ich. „Aber Sie verstehen vielleicht, dass ich mit Ihnen auch noch einmal sprechen möchte. Sie sind immerhin der Letzte, der meine Frau gesehen hat."

Petrovic schwieg eine Weile und schien durch die Frontscheibe seines Wagens den Verkehr auf der Straße zu beobachten. Ich fragte mich schon, ob ich von dem Mann überhaupt verstanden worden war. Aber der brauchte offenbar seine Zeit, um zu einem Entschluss zu kommen. Schließlich sah er mich an.

"OK", sagte er und hob die Hände kurz vom Lenkrad. "Was wollen Sie denn noch von mir wissen?"

"Es würde mir sehr helfen, wenn Sie mich noch einmal zum Flugplatz fahren und mir zeigen könnten, wo Sie am Montag meine Frau abgesetzt haben. Unterwegs können Sie mir ja erzählen, was Ihnen von dieser Fahrt noch in Erinnerung geblieben ist."

Petrovic zuckte mit den Schultern und startete seinen Wagen. Auf dem Weg zum Airport schilderte er, wie er Hannah am Hotel abgeholt hatte. Obwohl er sich mir gegenüber ganz offensichtlich um Hochdeutsch bemühte, dauerte es ein wenig, bis ich mich in sein „Weanerisch" eingehört hatte. Ja, er erinnerte sich an Hannah und auch an ihre Freundin, die sich von ihr noch vor dem Hotel verabschiedet hatte. Während der Fahrt hatte er dann mit ihr nur wenig gesprochen. Petrovic grinste. Wahrscheinlich habe sie ihn nicht gut verstehen können. Außerdem habe er den Eindruck gehabt, dass sie ziemlich angespannt gewesen sei.

„Angespannt? Woran haben Sie das denn gesehen?"

Petrovic zuckte wieder mit den Achseln und sagte, er habe irgendwie das Gefühl gehabt. Überhaupt habe sie auf ihn recht nervös gewirkt. Sie habe ständig in ihrer Handtasche gekramt, als fürchtete sie, etwas Wichtiges vergessen zu haben. Er hatte gedacht, dass sie vielleicht Angst vor dem Flug haben könnte.

Das ergab alles wenig Sinn. Hannah hatte keine Angst vorm Fliegen. Warum hätte sie denn auch nervös sein sollen? Sie flog doch nach Hause. Und dort wartete ihr Mann auf sie.

In Schwechat hielt Petrovic vor der Abflughalle. Genau an dieser Stelle habe er die Frau abgesetzt, sagte er. Sie habe gezahlt und sei mit ihrem kleinen Koffer ausgestiegen. Ja, sie hatte auch noch so eine kleinere Computertasche dabei. Sie sei dann in Richtung Abflughalle gegangen. Nein, er hatte nicht gesehen, wie sie reingegangen ist.

Ich wollte noch einen Blick in die Abflughalle werfen und bat den Fahrer, auf mich zu warten. Ich sah seinen besorgten Blick.

„Keine Angst", sagte ich. „Ich komme bestimmt gleich zurück. Mein Gepäck ist sowieso noch im Hotel."

Als ich durch die Drehtür des Eingangs getreten war, fragte ich mich, welche Spuren von Hannah ich hier zu finden gehofft hatte. Hier gab es für mich nichts zu entdecken. Hier sah es aus, wie in allen anderen Flughäfen, die ich kannte. Ich trat an die große Tafel, an der alle Abflüge aufgeführt waren und schaute auf meine Uhr.

Den Lufthansaflug am frühen Abend würde ich ohnehin kaum noch schaffen, da ich ja noch meine Reisetasche aus dem Hotel holen müsste. Das wäre sowieso alles zu hektisch. Ich beschloss, am nächsten Morgen zurückzufliegen. Ich ging zu einem Schalter der Austrian Airlines und kaufte ein Ticket für einen Flug, mit dem ich am frühen Nachmittag wieder in Hamburg sein würde.

Petrovic schien bereits etwas nervös, als ich wieder in das Taxi einstieg. Wahrscheinlich durfte er an dieser Stelle gar nicht parken. Dann überraschte er mich doch noch mit einer Feststellung. Als er vorhin hinter mir hergesehen habe, sagte er, sei ihm wieder eingefallen, dass „die Frau" auf ihrem Weg zum Eingang stehen geblieben war und mit ihrem Handy telefoniert hatte.

Den Weg zum Hotel legten wir schweigend zurück. Dort zahlte ich für die Tour und gab Petrovic zusätzlich ein großzügiges Trinkgeld. Der bedankte sich und wünschte mir viel Glück bei der Suche nach meiner Frau. An der Rezeption fragte ich die hübsche Frau Gerber, ob ich das Zimmer haben könnte, das meine Frau und ihre Freundin am Wochenende zuvor gebucht hatten. Die Empfangsdame nahm die Kopie der Gästebuchseite, die ich ja schon vorher bei ihr gesehen hatte, aus einer Schublade und ging zu ihrem Computer. Nach kurzer Prüfung sagte sie mir, dass das Zimmer leider bereits vergeben sei. Sie könne mir aber ein Zimmer im selben Stock geben, das in ganz ähnlicher Weise ausgestattet sei. Ich nickte. Es war ja sowieso egal. Was versprach ich mir eigentlich von einer Besichtigung des Zimmers? Was sollte denn dabei herauskommen? Bevor ich mich mit meiner Reisetasche, die

Frau Gerber für mich hinter dem Tresen aufbewahrt hatte, auf den Weg zum Fahrstuhl machte, fragte ich sie, ob ich die Kopie der Gästebuchseite haben könnte, die sie gerade benutzt hatte. Mir war klar, dass ich sie mit dieser Bitte in einen kleinen Konflikt stürzte: Sie wusste natürlich, dass sie solche Daten nicht an einen Außenstehenden herausgeben durfte. Andrerseits schien sie aber auch durchaus Verständnis für mich in meiner schwierigen Lage zu haben. Den Ausschlag gab wohl der Gedanke, dass sie mich auf diese Weise am besten und am schnellsten loswerden konnte. Sie drehte sich ohne etwas zu sagen um, nahm den Bogen, faltete ihn einmal und überreichte ihn mir. Sie sah mich dabei flehentlich an.

„Ich danke Ihnen, Frau Gerber", sagte ich und steckte die Kopie in die Innentasche meines Jacketts. „Im Augenblick klammere ich mich an jeden Strohhalm. Ich verspreche Ihnen, ich werde damit sehr sorgsam umgehen."

Ich nahm den Fahrstuhl in den zweiten Stock. Als ich in meinem Zimmer ankam, fühlte ich mich erschöpft. Ich stellte meine Tasche auf die dafür vorgesehene Anrichte und fand das Badezimmer. Ich musste dringend auf die Toilette. Als ich dann wieder herauskam, öffnete ich die Vorhänge an den beiden großen Fenstern und schaute mich im Raum um. Ich konnte mir gut vorstellen, dass Hannah und Brigitte sich in diesem Hotel wohlgefühlt hatten. Ich zog mir die Schuhe aus und legte mich auf das Doppelbett. Einen Moment lang starrte ich an die Decke. Dann schloss ich die Augen und hörte von draußen die gedämpften Geräusche des Straßenverkehrs.

Connie. Ich hatte ganz vergessen, dass ich sie ja zurückrufen wollte. Ich holte mein Handy aus der Seitentasche meines Jacketts, legte mich wieder aufs Bett und wählte ihre Nummer. Er dauerte ein wenig bevor sie sich meldete. Ich hatte sie auf dem Weg nach Hause im Auto erwischt.

„Moment, Johann", sagte sie bevor ich ihr anbieten konnte, sie später noch einmal anzurufen. „Ich fahr nur mal schnell rechts ran."

Ich wartete. Dann war sie wieder da.

„So, jetzt können wir reden", meldete sie sich wieder. „Haben die in Wien irgendwas rausgekriegt?"

„Nein. Es gibt keine Spur von Hannah", antwortete ich.

„Man hat mir gesagt, ich soll nach Hamburg zurückfliegen. Hier kann ich doch nichts tun", fügte ich nach einer Pause hinzu.

Wir schwiegen beide eine Weile.

„Und wie fühlst du dich?", fragte sie dann. „Du bist bestimmt sehr enttäuscht."

„Ja, schon", sagte ich. „Aber ich muss zugeben, dass ich auch ein wenig erleichtert bin. Wenigstens sieht es so aus, dass ihr hier nichts passiert ist. Sonst hätte man wohl was gefunden."

Wieder entstand eine Pause. Dann erzählte ich ihr von dem Taxifahrer, der mich noch einmal zum Flughafen gefahren hatte.

„Aber dabei ist auch nichts Neues herausgekommen."

Von dem nervösen Eindruck, den Hannah auf den Fahrer gemacht hatte und von dem Anruf, den sie noch vor ihrem Verschwinden gemacht hatte, sagte ich nichts.

„Und was wirst du jetzt machen?", fragte Connie schließlich.

„Ich bleibe heute Nacht noch hier in dem Hotel. Ich bin ziemlich erledigt und brauche etwas Ruhe. Wenn ich morgen wieder in Hamburg bin, rufe ich dich an."

„OK. Dann kannst du mir ja mehr erzählen. Wir müssen jetzt auch Schluss machen. Ich stehe hier nämlich im absoluten Halteverbot."

Nachdem wir das Gespräch beendet hatten, behielt ich das Handy in der Hand und starrte an die Decke. Nach einer Weile setzte ich mich auf und wählte Brigittes Nummer in München.

Es meldete sich ihr Mann, der dann den Apparat an seine Frau weitergab. Ich informierte sie über meinen Aufenthalt in Wien und kam dann gleich auf den eigentlichen Anlass für meinen Anruf zu sprechen.

„Sag mal, Brigitte, hat dich Hannah vom Flughafen hier noch einmal angerufen?"

Ihre Antwort kam sofort.

„Nein. Aber das hätte ich dir doch auch gesagt. Wie kommst du überhaupt darauf?"

Ich berichtete ihr kurz von der Beobachtung des Taxifahrers.

„Hat Hannah denn sonst mit jemandem telefoniert?", fragte ich dann.

„Nein. Soweit ich weiß, nur mit dir", antwortete sie. „Aber ich sagte dir ja schon, dass wir nicht immer zusammen waren. Beim Einkaufen haben wir uns ja auch mal getrennt."

Bevor wir das Gespräch beendeten, versprach ich auch ihr, sie über meine Bemühungen weiter auf dem Laufenden zu halten. Ich legte mein Mobiltelefon neben mich auf das Bett und starrte wieder an die Decke. Nach einer Weile hatte ich das dringende Bedürfnis, unter die Dusche zu gehen. Als ich mich plötzlich aufsetzte, hatte ich einen Moment lang ein leichtes Schwindelgefühl. Ich legte bis auf die Unterhose meine Kleidung ab, nahm mir frische Wäsche aus meiner Reisetasche und ging ins Bad. Ich brauchte einige Zeit, bis ich an der modernen Armatur die richtige Wassertemperatur eingestellt hatte. Wie sonst auch immer, wenn ich es nicht besonders eilig hatte, duschte ich länger als eigentlich nötig war. Ich fand es entspannend, das warme Wasser über Kopf und Körper laufen zu lassen. Hannah machte sich manchmal über diese „Marotte" lustig und nannte mich dann einen „zwanghaften Warmduscher". Und plötzlich, ohne dass es sich angekündigt hätte, brachen die turbulenten Ereignisse der beiden letzten Tage über mich herein, die auch nur ansatzweise zu verarbeiten ich noch gar nicht die Zeit gehabt hatte: Ich wurde von einem so heftigen Weinkrampf geschüttelt, dass ich mich an der verchromten Armatur festhalten musste. Ich schloss die Augen und lehnte mich an die hintere Wand der Kabine. Dann ging ich ganz langsam in die Knie und rutschte im Zeitlupentempo mit meinem nackten Rücken die nassen Kacheln herunter.

Wie lange ich so in der Hocke ausharrte, wusste ich später nicht. Jedenfalls zwangen mich Schmerzen in den Knien irgendwann aufzustehen. Ich trocknete mich ab und zog mich wieder an. Auf meinem Bett liegend starrte ich wieder lange die Decke an. Nach einiger Zeit meldete sich bei mir der Hunger. Ich hatte eigentlich vorgehabt, irgendwo essen zu gehen. Schließlich war ich ja in Wien. Aber dazu hatte ich jetzt keine Lust mehr. Ich war zu müde und kaputt, mich noch einmal auf den Weg zu machen. Es war wohl alles ein bisschen zu viel gewesen in den letzten Tagen, und das vorhin in der Dusche war doch ein deutliches Zeichen meiner Erschöpfung. Ich ging zum Telefon, bestellte mir über den Room Service ein Omelette und eine Flasche Wein und verbrachte den Rest des Abends auf dem Bett vor dem Fernseher.

7

Ein Wagen der Firma „Kalinke", den Frau Gerber für mich angefordert hatte, brachte mich am Morgen dann zum Flughafen Schwechat. Ich hatte dort nach meinem Eintreffen noch genügend Zeit, um nach dem Geldautomaten zu suchen, an dem Hannah ein letztes Mal gefilmt worden war. Ich fand ihn schließlich im Vorraum einer Bankfiliale, in den man auch durch eine Tür von außerhalb der Flughalle gelangen konnte. Ich schaute mich um, wusste aber selber nicht, wonach ich eigentlich suchte. Ein beklemmendes Gefühl hatte sich bei mir eingestellt. Nach einem kurzen, tiefen Durchatmen verließ ich diese letzte „Berührungsstelle", die es zwischen mir und meiner Frau gab.

Ich ging danach zu meinem Gate und setzte mich dort im Wartebereich auf einen der Kunststoffsitze. Das junge Mädchen, das mir auch hier gegenübersaß und in ihr Handy sprach, erinnerte mich daran, dass ich mich auch noch bei Nico melden sollte, der sich ja um meine Verpflichtungen in der Kanzlei kümmerte. Ich nahm mein Gerät aus der Tasche und wählte Nicos Nummer. Der war, wie er sagte, gerade in einem Gespräch mit einem Klienten. Ich informierte ihn schnell darüber, dass ich auf dem Weg zurück nach Hamburg sei. Nico versicherte mir, dass im Büro alles in Ordnung sei und dass er sich wieder bei mir melden würde. Kaum hatte ich mein Mobiltelefon wieder zugeklappt, da wurde mein Flug aufgerufen. Bevor ich an Bord ging, nahm ich mir von den Stapeln, in denen Tageszeitungen ausgelegt waren, eine Ausgabe des Hamburger Abendblatts. Als ich sie später nach dem Start in der Maschine aufschlug, wurde ich von einer Schlagzeile überrascht: „Staatsanwaltschaft durchsucht Räume des Hamburger Pharmaunternehmens *deltapharm*". Das war die Firma, in der Hannah und Connie arbeiteten.

Zu Hause in Hamburg rief ich als erstes Connie an. Sie schien darauf gewartet zu haben. Ja, natürlich hatte sie von der Aktion der Staatsanwaltschaft gehört. Ihr und allen anderen Kollegen sei aber nicht klar, wonach die Beamten eigentlich suchten. Es gab Gerüchte, dass es um ein neues Medikament ginge, für das gerade ein Zulassungsverfahren laufe. Sie habe sich ein wenig gewundert, dass man bei der Dienstbesprechung, die es am Nachmittag gegeben habe, alle Mitarbeiter ausdrücklich noch einmal an ihre Verschwiegenheitsverpflichtung erinnert hatte.

„Hat man da auch über Hannah gesprochen?"

„Ja. Der Chef sagte, dass alle hofften, die Angelegenheit würde sich bald aufklären."

Dann fragte sie mich nach Wien, und ich fasste für sie noch einmal die enttäuschenden Gespräche zusammen, die ich dort geführt hatte.

„Ich habe das Gefühl, dass man bei der Polizei auch nicht so recht weiterkommt", sagte ich schließlich. „Und Ich selber weiß inzwischen überhaupt nicht mehr, was ich noch machen kann."

„Komm, Jo. Du darfst dich nicht entmutigen lassen", antwortete sie nach einer kleinen Pause. „Ich bin sicher, Hannah wird wieder auftauchen und alles wird sich aufklären. Du kannst im Moment sowieso nichts anderes tun als warten. Dieser Inspektor dort in Wien hat bestimmt seine Erfahrungen und wird schon wissen, was er machen muss."

Es half mir ein bisschen, mit ihr zu sprechen. Bestimmt wäre der Aufenthalt in Wien weniger bedrückend gewesen, wenn sie mich dorthin begleitet hätte und ich mich nicht so alleine gefühlt hätte. Ich war auch froh, als Connie mir am Ende des Gesprächs vorschlug, am nächsten Abend mit mir ein Bier trinken zu gehen. Sie wollte sich gegen acht Uhr in der Kneipe einfinden, in der ich mich mit meinen Freunden manchmal traf. Die einfache und etwas altmodische Gaststätte „Fiete" und den gleichnamigen Wirt kannte ich schon seit Studienzeiten.

Ich fuhr am Nachmittag auch noch einmal ins Büro und war froh, dass ich dort niemanden mehr antraf. Selbst der Seniorchef hatte die Kanzlei bereits verlassen. Später sorgten zwei anonyme Anrufe bei mir zu Hause für Beunruhigung, denn es wurde jedes Mal aufgelegt, nachdem ich mich gemeldet hatte. Ich brauchte einige Zeit, um mir klarzumachen, dass es sich dabei unmöglich um verzweifelte Hilferufe meiner Frau handeln konnte. Sie hätte sich bestimmt zu erkennen gegeben. Als ich dann schließlich im Bett lag, glaubte ich wieder zu hören, dass ein Auto vor dem Haus gehalten hatte. Ich stand auf und ging ans Fenster. Auf der anderen Straßenseite parkte ein schwarzer Geländewagen. Dieses Fahrzeug war mir schon einmal aufgefallen, und ich vermutete, dass sich der Arzt, der gegenüber wohnte, einen neuen Wagen gegönnt hatte.

Auch am nächsten Tag gab es keine Nachricht von Hannah. Die Kneipe, in der ich mich mit Connie verabredet hatte, war wie an jedem Freitagabend gut besucht. Fiete, der hinter dem Tresen Bier zapfte, sah mich und hob zur Begrüßung die Hand. Dann zeigte er hinüber in eine Ecke des Lokals. An einem Tisch entdeckte ich zu meiner Überraschung Nico und seine neue Freundin Julie. Mit ihnen hatte ich hier nicht gerechnet.

„He! Das ist ja toll! Was macht ihr denn hier?"

Nico grinste.

„Connie hat mich vorhin angerufen. Wir sind deshalb eher aus dem Club hergekommen. Du hast uns ja auch noch nicht erzählt, was du in Wien herausgefunden hast."

In seinem „Club" spielte Nico ja seit einiger Zeit Golf, und das mit wachsender Begeisterung. Deshalb hatte er auch unseren gemeinsamen Fußballtermin in den letzten Wochen kaum noch wahrgenommen. Er verbrachte immer mehr Zeit auf dem Golfplatz, und es hatte bereits angefangen, mir ziemlich auf die Nerven zu gehen, wie gerne und häufig er von seinem neuen Hobby sprach. Ich ging davon aus, dass er Julie auch in diesem Club kennen gelernt hatte.

Ich setzte mich zu ihnen, und nach kurzer Zeit brachte mir Fiete unaufgefordert ein Bier. Dann kam auch Connie. Sie entschied sich ebenfalls für ein Bier. Ich musste sofort daran denken, dass auch Hannah hier immer Bier trank, weil Fietes Weinangebot ihrer Meinung nach nicht besonders gut war. Ich berichtete dann detailliert über meinen Ausflug nach Wien. Connie und Nico stellten ab und zu Fragen, während Julie mich die ganze Zeit mit ihren großen braunen Augen stumm ansah. Sie erinnerte mich an Frau Gerber, die hübsche Dame in der Rezeption des Wiener Hotels, die mich ähnlich mitfühlend angestarrt hatte.

Als ich mit meinem Bericht fertig war, schwiegen wir eine Weile. Nico bestellte per Handzeichen eine neue Runde.

„Das ist wirklich nicht viel, was die da rausgekriegt haben", meinte er dann.

Ich zuckte mit den Schultern.

„Landauer, der Inspektor in Wien, überraschte mich mit einem Gedanken, auf den ich selber nie gekommen wäre. Er fragte mich, ob Hannah unglücklich gewesen sei, und deutete an, dass sie vielleicht Selbstmord begangen haben könnte."

Connie und Nico reagierten sofort.

„Das ist doch blanker Unsinn!", sagte Nico und schüttelte den Kopf.

„Für so etwas war sie doch gar nicht der Typ", ergänzte Connie und legte ihre Hand auf meinen Arm.

Ich sah sie an.

„Landauer wollte von mir auch wissen, ob sie möglicherweise einen heimlichen Liebhaber hatte."

Connie drückte meinen Arm.

„Auch das ist absoluter Quatsch, Jo. Lass dich bloß nicht verrückt machen."

Fiete brachte die Getränke, und ich wartete, bis die Gläser auf dem Tisch standen und wir wieder allein waren.

„Soweit ich den Inspektor verstanden habe, geht man in Wien inzwischen eher von einem Verbrechen aus. Er sprach sogar von der Möglichkeit einer Entführung. Mir wird ganz schlecht, wenn ich an so etwas denke. Ich weiß einfach nicht mehr, was ich jetzt machen soll."

Wieder schwiegen wir eine Weile. Es war dann Nico, der mit einer neuen Idee herauskam.

„Wahrscheinlich hast du schon selber daran gedacht, Jo. Aber ich finde, du solltest einen Privatdetektiv einschalten."

Er rückte mit seinem Stuhl etwas dichter an den Tisch heran.

„Überleg dir das doch mal. Vielleicht solltest du mit Arkenau sprechen."

Nico vermutete richtig, denn ich hatte tatsächlich auch bereits an einen solchen Schritt gedacht. Arkenau war der Chef einer kleinen Detektei, die gelegentlich von unserer Kanzlei mit Aufträgen betraut wurde. Auch ich hatte schon mit ihm in einem Scheidungsfall zusammengearbeitet und hatte ihn dabei als einen freundlichen Mann in Erinnerung, der auf mich einen seriösen und diskreten Eindruck gemacht hatte.

Alle am Tisch nickten und sahen mich an. Ich nahm noch einen Schluck und stellte mein Glas wieder auf den Tisch.

„OK. Ich werde darüber nachdenken."

Hannah war aber nicht unser einziges Thema an diesem Abend. Dafür sorgte Nico schon. Er war neugierig und wollte von

Connie erfahren, was sie über die Gerüchte wusste, die über ihre Firma und die Untersuchung der Staatsanwaltschaft kursierten. Ich hatte das Gefühl, dass Connie sich uns gegenüber mit ihren Äußerungen zurückhielt. Das wunderte mich nicht, denn ich wusste ja von Besprechung, die in ihrer Firma stattgefunden hatte. Dann wandte Nico sich noch einmal an mich und informierte mich darüber, dass er zwei meiner Mandanten auf die nächste Woche vertröstet habe. Er konnte sich nicht verkneifen, von einem dieser Gespräche eine Parodie zu liefern. Es gab wirklich nicht viel, was Nico für ein paar Lacher nicht machen würde. Natürlich kam er dann auch noch auf sein neues Hobby zu sprechen. Er war ganz aufgedreht, denn er hatte gerade am Nachmittag sein Handicap verbessert. Ich hatte keine Ahnung, wie hoch es war, und fragte Nico auch diesmal nicht danach. Als wir uns dann später alle vor der Kneipe voneinander verabschiedeten, fragte Connie, die wusste, dass ich an Wochenenden häufig mit Hannah joggen ging, ob wir uns beide dafür nicht zusammentun und gemeinsam laufen sollten. Wir verabredeten, uns am Sonntag nach dem Frühstück auf einem Parkplatz an der Außenalster zu treffen.

Ich verbrachte wieder eine unruhige Nacht und war, als ich doch irgendwann eingeschlafen war, dadurch geweckt worden, dass jemand ein Auto angelassen hatte und weggefahren war. Wahrscheinlich war das der Arzt von gegenüber mit seinem neuen Wagen. Ich erinnerte mich jetzt, dass er in seiner Freizeit Jäger war und Hannah und mir einmal erzählt hatte, dass er besonders an Wochenenden diesem Hobby häufig nachging.

Auch den nächsten Tag verbrachte ich damit, vergeblich auf ein Lebenszeichen von meiner Frau zu warten, und als ich dann am Sonntagmorgen an den Treffpunkt an der Alster erreichte, den ich mit Connie vereinbart hatte, wartete sie schon auf mich. Mir war schon immer bewusst, dass sie eine attraktive Frau war und dass sie und Hannah ein sehr hübsches Gespann abgaben. Conny hatte ihre Haare zum Laufen zu einem kleinen Pferdeschwanz zusammen gebunden. Ihr sportliches „Outfit" stand ihr sehr gut und betonte ihre schlanke Figur. Wir umarmten uns zur Begrüßung und begaben uns dann auf eine Strecke, die ich sonst selber auch gerne auswählte und die, wie man sehen konnte, zu dieser Tageszeit von anderen Joggern ebenfalls bevorzugt wurde. Die Bewegung tat mir gut, und ich hatte den Eindruck, dass Connie in guter Form war. Als wir schließlich nach gut einer Stunde wieder unseren Ausgangspunkt erreichten, wirkte sie vergleichsweise frisch, während ich schweißgebadet und ziemlich erledigt war. Ich musste dringend unter die Dusche. Zum Abschied umarmte sie mich und gab mir einen Kuss auf die Wange. Dies war mir in meinem durchgeschwitzten Pulli etwas unangenehm. Wir trennten uns dann, stiegen in unsere Wagen und winkten uns zum Schluss noch einmal zu. Als ich vom Parkplatz fuhr, hatte ich einen Moment lang die Vorstellung, am Straßenrand den neuen Geländewagen meines Nachbarn zu sehen. Aber das war natürlich Unsinn, denn diesen Fahrzeugtyp gab es inzwischen wirklich überall.

Der Wiedereinstieg in meine Arbeit fiel mir nach dem Wochenende überhaupt nicht leicht. Als ich die Kanzlei am Montagmorgen betrat, begrüßte mich Frau Dammann mit der Nachricht, dass der Seniorchef bereits nach mir gefragt hatte. Kehrmann saß hinter seinem Schreibtisch und schien mich erwartet zu haben. Unser Gespräch dauerte fast eine halbe Stunde. Ich bedankte mich bei meinem Chef dafür, dass er mir die Möglichkeit gegeben hatte, mich um meine dringenden privaten Angelegenheiten zu kümmern, und berichtete von dem Stand der österreichischen Ermittlungen.

„Das klingt ja alles nicht sehr ermutigend", sagte Kehrmann nach einer kleinen Pause. „Aber man hat dir sicherlich auch schon deutlich gemacht, dass sich die allermeisten Fälle dieser Art als harmlos herausstellen."

Er nahm seine Brille ab und sah mich an.

„Andrerseits weiß man aber auch, dass dies dann gewöhnlich innerhalb weniger Tage geschieht. Was mich etwas beunruhigt, ist die Tatsache, dass inzwischen eine Woche vergangen ist."

Er lehnte sich zurück und legte, was für ihn typisch war, die Fingerspitzen beider Hände vor der Brust zusammen.

„Nico hat mir erzählt, dass du darüber nachdenkst, einen Privatdetektiv einzuschalten. Ich halte das für die richtige Idee."

Er erhob sich aus seinem Sessel, ein Zeichen, dass das Gespräch für ihn zu Ende war. Ich hatte bereits die Türklinke in der Hand, als Kehrmann noch den Vorschlag machte, Nico so gut es ging in die Fälle einzubeziehen, die ich gerade bearbeitete. Auf diese Weise könne ich „beweglich" sein, sollte sich bei der Fahndung nach meiner Frau etwas Neues ergeben.

64

Auf den Weg in mein Büro wunderte ich mich dann doch ein wenig, dass Kehrmann meine Beförderung, über die wir bei unserem letzten Treffen gesprochen hatten, mit keinem Wort erwähnt hatte. Auf meinem Schreibtisch fand ich einen Brief meines Mandanten vor, den ich in der Sache, bei der es um die Feststellung der Vaterschaft bei seinen Kindern ging, vertreten sollte. Der Mann teilte mir nun mit, dass er nach langen Überlegungen doch auf die Klage verzichten wolle. Das Wichtigste für ihn sei es, und das sei ihm inzwischen ganz klargeworden, dass sein Verhältnis zu seinen Kindern nicht weiter belastet wurde. Ich nahm mir vor, den Mann noch an diesem Vormittag anzurufen. Ich wollte ihm sagen, dass ich seine Entscheidung verstehen könne und sie auch für richtig hielte.

Ansonsten war ich an diesem Tag damit beschäftigt, mich wieder in zwei Scheidungsfälle einzuarbeiten, die demnächst zur Verhandlung anstanden und für die Nico in dieser Woche Termine vereinbart hatte. Rechtsstreitigkeiten waren ja nie erfreulich, und Ehescheidungen, bei denen nach meiner Erfahrung Gefühle von Bitterkeit und Enttäuschung fast immer eine große Rolle spielten, deprimierten mich. Dies traf auch auf den Fall eines Mandanten zu, dessen Frau nach fast 25-jähriger Ehe überraschend die Scheidung eingereicht hatte und der bei dieser Gelegenheit erfahren durfte, dass sie ihn seit Jahren mit seinem besten Freund betrog.

In der Mittagspause berichtete ich Nico von dem Gespräch, das ich mit dem Chef geführt hatte. Nico war offenbar bereits über Kehrmanns Idee unserer Zusammenarbeit unterrichtet und sagte, dass er dazu natürlich bereit sei und dass er gerne für mich einspringen würde, sollte das nötig werden. Er wollte sich meine Akten sobald wie möglich ansehen.

Die Rückkehr an meinen Arbeitsplatz fiel mir auch in der folgenden Zeit nicht leichter. Die Sorge um Hannah schleppte ich wie eine große Last mit mir herum. Ich konnte sie auch nicht ablegen, wenn ich mich an den Schreibtisch setzte und mich in meine Akten einzuarbeiten versuchte. Die Gedanken an Hannah machten mir die Konzentration auf Zusammenhänge, die nicht mit meiner persönlichen Situation in Verbindung standen, unendlich schwer. Hinzu kam, dass ich nach wie vor nachts wenig Schlaf fand. Auch die Kombination von Rotwein und Whisky, von der ich mir Hilfe versprach, wenn ich alleine zu Hause wartete, änderte daran wenig. Der Alkohol machte das morgendliche Aufstehen noch beschwerlicher. Einmal war ich morgens völlig verkatert bei laufendem Fernseher auf der Couch im Wohnzimmer aufgewacht und war dann verspätet im Büro erschienen.

Ich suchte auch Kommissar Becker zweimal in seinem Büro auf und musste auch von ihm hören, dass sich bei der Fahndung nach Hannah „nichts Neues" ergeben hatte. Als ich ihm von dem anonymen Anruf erzählte, lachte er und sagte, dass er so etwas manchmal auch zu Hause bekäme und dass dies sehr wahrscheinlich nichts mit Hannah zu tun habe. Bei meinem zweiten Besuch hatte ich das Gefühl, dass der Kommissar von meinem Erscheinen und von meinen Fragen inzwischen etwas genervt war.

An diesem Tag kam ich später als gewöhnlich nach Hause und war froh, dass ich nicht weit von meiner Wohnung auf der anderen Straßenseite noch einen Parkplatz fand. Ich war noch nicht ganz aus meinem Auto ausgestiegen, da begrüßte mich Tasso, ein Münsterländer, der dem Arzt von gegenüber gehörte. Der Hund wedelte heftig mit dem Schwanz und ließ sich von mir den Kopf kraulen. Hannah hatte das zutrauliche Tier immer besonders gemocht. Der sichtlich stolze Besitzer, der in seiner Freizeit immer Wert darauf legte, einen weidmännischen Eindruck zu machen, trug mal wieder seine wildlederne Kniebundhose und dazu eine grüne Lodenjacke. Wie gewöhnlich, wenn ich ihm begegnete, tauschten wir einige Bemerkungen über das Wetter aus, und dann nahm er seinen Tasso an die Leine und wünschte mir „noch einen schönen Abend". Bevor wir uns trennten, gratulierte ich ihm noch zu seinem neuen Geländewagen, den er doch bestimmt bei der Jagd gut gebrauchen könne. Der Mann lachte.

„Meinen Sie den, der hier seit ein paar Tagen manchmal steht?", fragte er. „Den hätte ich gern! Ich dachte schon, der gehört vielleicht ihrer Frau."

Wir sahen uns beide auf der Straße um, konnten jetzt aber das fragliche Fahrzeug nirgends entdecken. Ich wusste, dass der Nachbar Hannah ein bisschen anhimmelte und überlegte nur einen kurzen Augenblick, ob ich ihn über das rätselhafte Verschwinden meiner Frau informieren sollte. Dann schüttelte ich den Kopf.

„Schön wär's!", sagte ich mit einem gequälten Grinsen, hob zum Abschied die Hand und flüchtete in Richtung Hauseingang.

Der Briefkasten unten im Flur hatte ein weiteres Mal nur Rechnungen und Reklamesendungen für mich. Langsam ging ich die Treppe hinauf. Ich hatte die Wohnungsschlüssel noch in der Hand, als drinnen das Telefon klingelte. Ich eilte ins Wohnzimmer und nahm den Hörer ab. Wieder meldete sich niemand am anderen Ende der Leitung und wieder hörte ich jemanden atmen. Auch diesmal dauerte es nicht lange, bevor aufgelegt wurde. Der Anrufbeantworter blinkte, aber ich stellte fest, dass es keine Nachrichten gab. Der Teilnehmer hatte das Gespräch beendet, als sich das Gerät eingeschaltet hatte.

Als das Telefon wenig später wieder klingelte und ich mir schon überlegt hatte, was ich dem anonymen Störenfried sagen wollte, meldete sich Connie. Es war der Tag, an dem sie sich für gewöhnlich mit Hannah in ihrem Fitness Club traf. Sie fragte, ob wir danach nicht bei Fiete wieder zusammen ein Bier trinken wollten. Ich war dankbar für diesen Vorschlag, denn die Aussicht, auch diesen Abend wieder alleine vor dem Fernseher zu verbringen, hatte wirklich nichts Verlockendes.

„Das ist eine prima Idee", sagte ich ihr. „Ich werde dann bei Fiete auf dich warten."

„Super! Bis dann also", antwortete sie, bevor sie auflegte. „Dann werden wir beide auch einen ordentlichen Durst mitbringen."

Offenbar ging sie davon aus, dass ich, wie sonst auch häufig, an diesem Abend zum Fußballspielen gehen würde. Daran hatte ich überhaupt nicht mehr gedacht. Aber vielleicht sollte ich das tatsächlich tun. Es machte doch ohnehin keinen Sinn, hier auf einen Anruf von Hannah zu warten, an den ich ja selber nicht mehr glaubte. Das Kicken würde mich vielleicht von den trübseligen Gedanken ablenken, denen ich mich nicht entziehen konnte, wenn ich allein war. Außerdem hatte ich ein bisschen Bewegung wirklich nötig, wie sich beim letzten Joggen mit Connie gezeigt hatte.

Ich hatte gerade meine Sporttasche gepackt, als das Telefon wieder klingelte. Zu meiner völligen Überraschung war es diesmal Tobias. Wie an so vieles hatte ich seit Hannahs Verschwinden auch an ihn nicht mehr gedacht. Tobias hatte mit Connie telefoniert und hatte von ihr gehört, was mit Hannah passiert war. Ich gab ihm eine kurze Darstellung von dem, was seit unserem letzten Treffen geschehen war. Als wir dann im Laufe des Gesprächs auch auf Connie zu sprechen kamen und ich mein Bedauern darüber ausdrückte, dass er sich von ihr getrennt hatte, war ich auf die Antwort nicht gefasst.

„Ja, das tut mir auch leid, aber von mir ging das nicht aus", sagte er. „Ich weiß nicht, was Hannah dir erzählt hat. Aber Connie ist schon lange auf der Suche nach einem anderen. Ich bin mir ziemlich sicher, dass sie in der Zeit, in der wir zusammen waren, auch mit anderen Typen geschlafen hat."

Ich überlegte, wie ernst ich diese Äußerungen eines enttäuschten Liebhabers nehmen sollte. Als ich Tobias das letzte Mal in dieser Bar mit seiner hübschen Begleiterin gesehen hatte, war er mir nicht besonders niedergeschlagen vorgekommen. Aber er war noch nicht fertig, und was er nun von sich gab, überraschte mich dann noch mehr.

„Entschuldige, Johann, wenn ich das so sage, aber ich glaube nicht, dass Connie und Hannah immer den besten Einfluss aufeinander hatten." Er machte eine kleine Pause. „Ich hatte den Eindruck, dass Hannah ihre beste Freundin bei der Suche nach einem ‚Märchenprinzen' sehr unterstützt hat."

Wieder wusste ich nicht, was ich darauf antworten sollte und war dann froh, dass Tobias das Gespräch abbrach.

„Also, ruf mich an, wenn du Hilfe brauchst und ich etwas für dich tun kann."

Ich bedankte mich noch einmal für dieses Angebot und versicherte, dass ich dies tun würde. Auf der Fahrt zur Sporthalle wollte mir das, was Tobias gesagt hatte, nicht aus dem Kopf gehen. Irgendwie war das alles ziemlich verwirrend. Hannah, die schließlich Connies beste Freundin war, hatte die Probleme der beiden etwas anders dargestellt, und ich war eigentlich immer davon ausgegangen, dass es Tobias sein musste, der mit seinem Verhältnis zu Connie unzufrieden war und deshalb auch eine Trennung von ihr angestrebt hatte.

Als ich später im Umkleideraum der Halle eintraf, schienen alle überrascht zu sein, mich zu sehen. Nico war wieder nicht da, aber ich hatte auch nicht mit ihm gerechnet. Obwohl mich keiner auf Hannah ansprach, ging ich davon aus, dass man inzwischen von ihrem Verschwinden gehört hatte. Nach meiner Erfahrung verbreiteten sich solche Neuigkeiten immer sehr schnell. Ich selber aber verspürte nicht die geringste Lust, an diesem Ort mit irgendjemandem über meine Situation zu reden.

Und überhaupt, auch beim Fußball wurde es nicht mein Abend. Während des Spiels gelang mir nur wenig. Der traurige Höhepunkt war, dass ich schließlich völlig freistehend den Ball im leeren Tor nicht unterbringen konnte. Es passte dazu, dass ich mich gegen Ende der Spielzeit auch noch selber zu Fall brachte. Als ich mich dabei mit den Händen auf dem Boden abstützen wollte, fühlte ich einen stechenden Schmerz in meiner lädierten rechten Schulter, derentwegen ich mein Sportstudium aufgegeben hatte. Sie tat mir auch sonst hin und wieder weh, wenn ich eine unglückliche Bewegung machte. Ich ließ mich danach auswechseln und ging vorzeitig duschen.

Als ich dann auf dem Parkplatz vor Fietes Gaststätte ankam, wartete Connie in ihrem Wagen schon auf mich. Ebenso wie Hannah ging sie nur ungern allein in ein Lokal. Wir umarmten uns zur Begrüßung und stellten dann fest, dass an diesem Tag in der kleinen Kneipe wenig los war. Nur drei der Tische waren besetzt und Fiete unterhielt sich an der Theke mit zwei Stammgästen. Wir setzten uns auf zwei der leeren Hocker am anderen Ende des Tresens. Wir bestellten uns beide gegen unseren Durst ein großes Alsterwasser und erzählten uns dann gegenseitig, wie es uns an diesem Abend ergangen war. Ich berichtete ihr von meinem Sturz und der Schulter, die mir immer noch wehtat. Andrerseits schien Connie über den Verlauf ihrer eigenen Gymnastikstunde auch nicht besonders glücklich gewesen zu sein. Mir war klar, dass auch sie ihre Freundin Hannah vermisste, die sie an diesen Abenden sonst ja immer begleitet hatte.

Sie erzählte mir dann, dass Dr. Witt, Hannahs Chef, sie in der Firma angesprochen und sich nach Hannah und dem Stand der Ermittlungen erkundigt habe.

„Er fragte mich auch, was mit Hannahs persönlichen Sachen im Büro gemacht werden sollte. Ich habe ihm gesagt, man solle sie dir nach Hause schicken."

Mir wurde auf einmal schlecht. Das hörte sich ja wirklich so an, als sei Hannah für sie alle bereits tot. Ich schwieg und starrte in das leere Glas, das vor mir auf dem Tresen stand. Connie sah mich von der Seite an.

„Was ist? Habe ich was Falsches gesagt?"

Ich schüttelte den Kopf.

„Nein, das ist schon OK. Ich glaube auch, das ist wohl das Beste."

Ich machte Fiete ein Zeichen und bestellte jetzt ein Bier. Als ich Connie fragend ansah, schüttelte sie den Kopf und zeigte auf ihr halbvolles Glas.

„Witt rechnet fest mit Hannahs Rückkehr. Er versicherte mir übrigens auch, dass man die Stelle in der Firma für sie freihalten würde", sagte sie und sah mich wieder an. „Ich finde wirklich, solange sie nicht da ist, gehören Hannahs persönliche Sachen zu dir. Was sollen die denn in ihrem Büro?"

Das war natürlich richtig. Wir schwiegen eine Weile. Fiete brachte das Bier, und wir sahen ihm nach, wie er zurück zu den Gästen an der anderen Seite der Theke ging und dort mit ihnen das Gespräch fortsetzte.

„Apropos persönliche Sachen", sagte Connie nach einer kleinen Pause. „Tobias hat mich heute angerufen. Er hat noch ein paar Dinge bei mir gelassen und wollte mit mir besprechen, wann er sie abholen kann. Ich habe ihm bei dieser Gelegenheit von Hannah erzählt."

„Mit mir hat Tobias vorhin übrigens auch telefoniert."

Connie horchte auf.

„Mit dir? Was wollte er denn?"

„Er wollte sich erkundigen, ob er etwas für mich tun kann."

Connie nickte und gab Fiete durch Zeichen zu verstehen, dass sie nun doch auch noch ein Bier wollte.

„Habt ihr auch über mich gesprochen?", fragte sie dann.

Wieder einmal war ich unsicher, ob ich mich in Connies Angelegenheiten mischen sollte, aber die Unwahrheit wollte ich auch nicht sagen.

„Ja, ganz kurz."

„Was hat er über mich gesagt?"

Wieder stockte ich. Die Rolle, in die ich hier geriet, gefiel mir gar nicht. Fiete brachte das Bier und bewegte sich wieder zurück zu seinem alten Standort.

„Tobias hat angedeutet, dass du mit eurem Verhältnis schon länger nicht mehr besonders glücklich warst."

Connie nahm einen Schluck von ihrem Bier. Sie wischte sich dann einen kleinen Schaumbart von der Oberlippe und nickte.

„Ja, das stimmt. Ich hatte eine Zeit lang Angst vor einer endgültigen Bindung und habe wohl einige ziemlich dumme Sachen gemacht", sagte sie. Ich merkte, dass es auch ihr nicht leicht fiel, mit mir über diese Dinge zu reden. „Ich begriff dann aber bald, dass ich irgendwie auf dem Holzweg war. Ich wusste ja selber nicht, was ich eigentlich suchte. Tobias und ich haben uns dann miteinander ausgesprochen, aber unsere Beziehung hat durch diese Geschichte doch einen Knacks bekommen. Trotzdem, das mit seiner neuen Freundin hat mich jetzt doch etwas überrascht."

Wir schwiegen beide und beobachteten Fiete, der sich immer noch mit den Gästen am anderen Ende der Theke unterhielt.

„Tobias hat angedeutet, dass Hannah in dieser Geschichte keine sehr gute Rolle gespielt hat", sagte ich dann.

„Quatsch! Tobias ist schon immer sehr eifersüchtig gewesen, auch auf Hannah, meine beste Freundin. Diese Eifersüchteleien waren übrigens auch ein Teil unseres Problems."

Es entstand wieder eine Pause. Ich wechselte das Thema und erzählte ihr von meinem Besuch bei Becker und den anonymen Anrufen. Als ich auch den Geländewagen erwähnte, der mir in der Nähe der Wohnung aufgefallen war und der, so wie es schien, niemandem in der Nachbarschaft gehörte, merkte ich, dass sie beunruhigt war.

„Du solltest unbedingt diesen Privatdetektiv einschalten, von dem Nico gesprochen hat."

Diesen Rat wiederholte sie, als wir uns dann beim Abschied auf dem Parkplatz noch einmal umarmten. Ich musste ihr wieder versprechen, sie sofort anzurufen, sollte sich etwas Neues ergeben. Im Auto auf der Heimfahrt dachte ich noch einmal darüber nach, was Connie mir von sich und Tobias erzählt hatte. Es war schon merkwürdig, dass ich von den Problemen, die es zwischen den beiden offenbar lange gegeben hatte, überhaupt nichts geahnt hatte. Wir hatten uns doch früher häufig getroffen und gemeinsam vieles unternommen, schließlich war Connie ja auch Hannahs beste Freundin. Ich hatte mal wieder nichts gemerkt. Vielleicht aber hatte ich auch alle Anzeichen eines Konflikts gar nicht sehen wollen. Ich war möglicherweise wirklich zu „gutgläubig", wie Hannah sagte, wenn sie sich manchmal über mein „Harmoniebedürfnis" amüsierte. Sie hatte auch einmal grinsend hinzugefügt, dass dies für einen Rechtsanwalt etwas ungewöhnlich sei.

Ich musste zugeben, dass Hannah mit ihrer Einschätzung nicht ganz falsch lag, denn ich ging tatsächlich, wenn es möglich war, privaten Konflikten und Auseinandersetzungen gern aus dem Wege. Da unterschied ich mich wohl nicht von den meisten anderen Leuten. Aber meine Frau, die mich wie kein anderer Mensch kannte, war offenbar der Ansicht, dass diese Neigung bei mir besonders ausgeprägt war. Wenn dies so war, und ich in meinem persönlichen Umfeld einen für sie so auffallend großen Wert auf „Harmonie" legte, so musste es dafür eine Ursache geben. Vielleicht lag in meiner Kindheit. Mir fiel die schmerzliche Trennung meiner Eltern ein, unter der ich als Junge sehr gelitten hatte. Die Erinnerung an die Tränen meiner Mutter, an das bleiche und starre Gesicht meines Vaters und an die bedrückende Stimmung in unserem Haus löste auch nach so vielen Jahren ein beklemmendes Gefühl bei mir aus.

Es war wieder spät, als ich endlich ins Bett ging. Bevor er im Schlafzimmer das Licht anmachte, trat ich ans Fenster, um die Vorhänge zuzuziehen. Da stand er wieder vor dem Haus, der schwarze Geländewagen. Diesmal konnte ich sehen, dass jemand im dem Auto saß. Die Scheibe auf der Fahrerseite war halb heruntergelassen, und es war deutlich, dass die Person eine Zigarette rauchte. Dann geschah etwas Merkwürdiges. Als ich wie sonst auch immer für die Nacht das Fenster öffnete, warf der Fahrer seine Zigarette auf die Straße, schloss das Seitenfenster und fuhr davon.

8

Zwei Tage später kam aus Hannahs Firma das Paket, das mir von Connie ja bereits angekündigt worden war. Es waren nur wenige Gegenstände, die ich in dem mit viel Zeitungspapier ausgefütterten Karton fand. Dr. Witt hatte ein kurzes Schreiben beigelegt, in dem er seine Sorge um Hannah zum Ausdruck brachte. Ihre Stelle würde man auch weiter für sie freihalten. Er hoffte auf ein baldiges und vor allem glückliches Ende der ganzen Angelegenheit. Außerdem machte er darauf aufmerksam, dass Hannahs Terminkalender mit anderen Unterlagen der Firma von Vertretern der Staatsanwaltschaft zur Einsicht mitgenommen worden war.

Beim Auspacken stieß ich dann als erstes auf einen silbernen Füller und den dazugehörigen Kugelschreiber. Beide Dinge hatte ich Hannah vor Jahren geschenkt. Dazu passend gab es einen Bilderrahmen mit einem Foto von mir, der offenbar von ihr selber angeschafft worden war. Sie hatte mir davon erzählt. Bei einem silbernen Becher mit Bleistiften, auf denen ihr Vorname eingeprägt war, handelte es sich wohl um ein Präsent, das sie bei irgendeiner Gelegenheit von den Kollegen bekommen hatte. Einen Berliner Hotelführer hatte sie sich wahrscheinlich im Zusammenhang mit Dienstfahrten angeschafft, die sie ja verschiedentlich auch in die Hauptstadt geführt hatten. Mit einem Stadtplan von Zürich konnte ich allerdings gar nichts anfangen.

Es regnete das ganze Wochenende, und ich verständigte mich mit Connie, an diesem Sonntag auf das Joggen zu verzichten. Die Zeit, die ich an diesem Tag alleine in meiner leeren Wohnung verbrachte, bereitete mir wieder Probleme. Zwar hatte ich mir auch diesmal aus dem Büro Arbeit mit nach Hause genommen, musste aber feststellen, dass mir die Konzentration sehr schwer fiel. Immer wieder stand ich von meinem Schreibtisch auf, ging an den Kühlschrank und machte mir etwas zu essen oder suchte mir etwas zu trinken. Manchmal schaute ich auch nur aus dem Fenster auf die triste, regnerische Straße. Dabei stellte ich fest, dass ich den schwarzen Geländewagen, der mir aufgefallen war, in den letzten beiden Tagen nicht mehr gesehen hatte.

Nach wie vor wartete ich auf ein Lebenszeichen von Hannah und stellte mir immer vor, dass dies telefonisch geschehen würde.

Als es dann an diesem Abend an der Wohnungstür klingelte, dachte ich auch sofort wieder an sie. Mein Herzschlag beschleunigte sich. Doch als ich die Tür öffnete, stand Connie mit einem Regenschirm und einem Korb in der Hand vor mir. Sie grinste.

„Überraschung! Ich hab dir auch was mitgebracht."

Die Überrumpelung war ihr total gelungen. Sie wartete auch nicht darauf, dass ich sie hereinbat, sondern drängelte sich an mir vorbei und ging in die Küche, wo sie ihren Korb auf den Tisch stellte, auf dem noch das schmutzige Geschirr des Frühstücks stand. Sie streifte ihren Mantel ab und legte ihn über die Rückenlehne eines Stuhls.

„Ich hab mir gedacht, dass du bestimmt noch nichts Richtiges gegessen hast", sagte sie dann und begann das benutzte Geschirr abzutragen. Da die Spülmaschine schon voll war, stellte sie alles in die Küchenspüle, in der sich ebenfalls bereits Teller und Tassen befanden.

„Ich glaube, du solltest hier mal ein wenig aufklaren", sagte sie, als ich aus dem Flur zurückkam, wo ich ihren Mantel aufgehängt hatte.

Sie begann dann, auf dem Tisch ihr „Picknick", wie sie sagte, auszupacken. So weit ich erkennen konnte, hatte sie verschiedene Pasteten, Salate und eine Flasche französischen Rotwein in ihrem Korb mitgebracht. Ich holte Gläser, neues Geschirr und machte mich daran, die Weinflasche zu öffnen.

„Ich hab mir gedacht, Brot und Butter kannst du beisteuern."

Sie öffnete den Kühlschrank.

„Oh – Oh, auch hier sieht das ziemlich traurig aus", sagte sie und nahm ein angebrochenes Paket Butter heraus.

„Ich hab ja nicht gewusst, dass du kommst. Sonst hätte ich mich auf deinen Besuch bestimmt ganz anders vorbereitet", entgegnete ich und versuchte zu grinsen.

Doch komisch war das alles wirklich nicht. Auch die Brotscheiben, die ich in einem angebrochenen Päckchen auf den Tisch legte, waren schon etwas alt. Aber schließlich machte das alles gar nichts, denn es stellte sich heraus, dass ich einen gewaltigen Appetit hatte. Auch Connie schien diesen Imbiss in meiner Küche sehr zu genießen. Es war eben doch etwas Anderes, wenn man bei Mahlzeiten nicht alleine an einem Küchentisch saß. Und die

Spezialitäten, die Connie ausgesucht hatte, waren wirklich ausgezeichnet.

Erst hinterher fiel mir auf, dass wir gar nicht über Hannah sprachen. Connie erzählte vor allem von der Stimmung bei *deltapharm* und von der Nervosität die überall herrschte, seitdem die Staatsanwaltschaft dort aufgetaucht war. Sie blieb bis kurz vor elf. Als sie ihren Korb nahm, um zu gehen, blieb sie plötzlich stehen.

„Mensch, das hätte ich ja fast vergessen!", sagte sie und griff in den Korb und holte ein dickes Taschenbuch heraus. „Ich wollte das hier zurückgeben. Hannah hat es mir geliehen."

Ich warf einen kurzen Blick auf den Titel. *The Constant Gardener*. Das sagte mir nichts. Der Einband kam mir aber irgendwie bekannt vor. Vielleicht hatte ich das Buch einmal bei Hannah gesehen.

Connie umarmte mich und gab mir nach französischem Vorbild ein Küsschen auf beide Wangen. Sie hielt mich fest und sah mich an.

„Kommst du hier auch wirklich alleine klar? Wenn du mit der Wohnung Hilfe brauchst, sag mir Bescheid."

„Danke, Connie. Aber ich schaff das schon. Frau Jessen kommt ja auch einmal in der Woche und hilft mir. Das muss eben reichen."

Bevor sie mich losließ machte sie etwas, was mich etwas verwirrte. Sie gab mir noch einen letzten Kuss auf beide Wangen und streifte dabei wohl aus Versehen mit ihren Lippen meinen Mund. Ich sah sie überrascht an und stellte fest, dass sie rot geworden war.

„Es wird bestimmt alles gut, Jo", sagte sie. Dann drehte sie sich schnell um und ging.

Er blieb etwas verdutzt zurück. Was war das denn gewesen? War das etwa ernst gemeint? Nein, ich war mir ganz sicher, dass Connie diese Berührung nicht beabsichtigt hatte.

Ich ging zurück in die Küche und räumte den Tisch ab. Dann stellte ich die Spülmaschine an. Das musste sein, denn sonst würde ich am nächsten Tag kein sauberes Geschirr mehr haben.

Später fiel mir noch das Buch ein, das mir Connie für Hannah zurückgegeben hatte und das ich in der Küche gelassen hatte. Ich holte es und setzte mich in meinen Sessel. Irgendwie wunderte ich mich, denn John Le Carré galt für mich immer als Verfasser von

Spionageromanen, und für diese Art von Literatur hatte sich Hannah eigentlich nie interessiert. Wir kamen beide normalerweise selten zum Lesen. Meistens im Urlaub oder manchmal im Bett kurz vor dem Einschlafen. Jetzt erinnerte ich mich. Dieses Taschenbuch hatte vor einigen Monaten eine Zeit lang auf ihrem Nachttisch gelegen. Für Hannah, die ja auch zwei Semester in Manchester studiert hatte, war es kein Problem, sich mit englischsprachigen Texten auseinanderzusetzen, zumal ihre Fachliteratur auch häufig in dieser Sprache abgefasst war. Diesen Roman, den sie an Connie weitergegeben hatte, musste sie sich wohl von jemandem geliehen haben. Vielleicht aber hatte sie ihn auch geschenkt bekommen, denn auf der Titelseite gab es einen handschriftlichen Vermerk: „Viel Spaß damit! Simon". Simon? Ein Simon existierte nicht in unserem gemeinsamen Bekanntenkreis. Ich vermutete, dass ein Kollege ihr diesen Band weitergegeben hatte. Nach einigen Überlegungen tat ich dann etwas, was ich lange nicht mehr gemacht hatte. Ich goss mir einen Whisky ein, setzte mich in meinen Sessel und machte wieder einmal den Versuch, mich in einen englischen Text einzulesen.

Als ich am nächsten Morgen aufwachte, stellte ich fest, dass ich den Wecker wieder einmal nicht gehört hatte. Wie lange ich am Abend noch aufgesessen hatte, wusste ich nicht mehr. Auf alle Fälle war es spät geworden. Ich erinnerte mich allerdings, dass ich die Lektüre des Romans irgendwann aufgegeben hatte. Der englische Text hatte mich doch vor erhebliche Schwierigkeiten gestellt. An das Gelesene konnte ich mich nur noch bruchstückhaft erinnern.

Für eine Rasur und ein Frühstück hatte ich keine Zeit mehr. Ich zog mich schnell an und eilte in die Kanzlei. Frau Dammann, die ja inzwischen auch über meine privaten Probleme informiert war, verzichtete diesmal auf den strafenden Blick, mit dem sie mich bei solchen Gelegenheiten sonst immer bedachte, und brachte mir unaufgefordert einen Kaffee. Dann nahm ich mein „Notfallbesteck", das ich für solche Gelegenheiten in meinem Schreibtisch aufbewahrte, und ging in den Waschraum, um mich zu rasieren. Es war mir etwas unangenehm, dass ausgerechnet der Seniorchef mich dabei überraschte. Er hatte wahrscheinlich die Toilette aufsuchen wollen und verzichtete nun darauf, als er mich sah. Er wünschte mir freundlich einen „guten Morgen", wusch sich im benachbarten Waschbecken die Hände und verließ kommentarlos den Raum.

Ich hatte meine Utensilien gerade wieder in der Schublade verstaut und an meinem Schreibtisch Platz genommen, da meldete mir die Sekretärin telefonisch, dass mich zwei Herren zu sprechen wünschten. Mit ihren grauen Anzügen und jeweils einem Trenchcoat über dem Arm wirkten die beiden beinahe uniformiert. Es handelte sich um die Herren Lessmann und Merk von der Hamburger Staatsanwaltschaft, wie ich ihren Dienstausweisen entnehmen konnte. Sie nahmen an dem kleinen Tisch in meiner Sitzecke Platz. Lessmann, ein Mann um die fünfzig mit dunklen kurzen Haaren und einem kleinen Schnauzbart, war offensichtlich der Verhandlungsführer in diesem Gespann. Ohne Umschweife kam er auf den Kern ihres Anliegens zu sprechen.

„Herr Dr. Weber, wie Sie wahrscheinlich bereits gehört haben, führt die Hamburger Staatsanwaltschaft im Moment Ermittlungen bei der Firma *deltapharm* durch. Im Rahmen unserer Recherchen hätten wir gerne auch ihre Frau als Zeugin befragt."

Bevor ich reagieren konnte, hob Lessmann die Hand.

„Wir wissen bereits, dass Ihre Frau vermisst wird", sagte er schnell und zupfte an einer Manschette seines Hemdes. „Aber bitte gestatten Sie mir, Ihnen die allgemeinen Zusammenhänge kurz zu skizzieren."

Der Kollege Merk, der deutlich älter war als sein Begleiter, hatte inzwischen eine Mappe aus seiner Aktentasche genommen und diese vor sich auf den Tisch gelegt. In das Gespräch griff er allerdings nicht ein. Lessmann berichtet nun, dass seine Behörde einer anonymen Anzeige nachginge, in der deltapharm bezichtigt wurde, bei dem Schmerzmittel „Benerol", für das die Firma im Moment eine Zulassung beantragt habe, wichtige Testergebnisse manipuliert zu haben. Es wurde in diesem Zusammenhang behauptet, dass Tests, bei denen gefährliche Nebeneffekte aufgetreten waren, verschwiegen und durch „günstigere" Bewertungen ersetzt worden seien. Angesichts des schwebenden Zulassungsverfahrens sei es für die Staatsanwaltschaft sehr wichtig, Kontakt zu allen Wissenschaftlern aufzunehmen, die sich mit der Wirksamkeit des Medikaments beschäftigt hatten.

Lessmann machte eine kleine Pause und legte eine Hand auf die Mappe, die sein Kollege auf den Tisch gelegt hatte.

„Unser Problem ist nun, dass uns die Unterlagen, die wir in der Firma gefunden haben, nicht weiter helfen. Es scheint nur Aufzeichnungen von den Testern zu geben, deren Zeugnisse auch offiziell eingereicht wurden. Wir sind aber überzeugt davon, dass es auch noch andere gegeben haben muss. Die ganze Situation wird dadurch erschwert, dass wir davon ausgehen können, dass alle Betroffenen nicht besonders geneigt sind, uns zu helfen, denn Gutachter werden gut bezahlt und nicht wenige wissenschaftliche Labors sind von ihren Auftraggebern geradezu finanziell abhängig."

Wieder machte er eine kleine Pause. Ich sah ihn an und fragte mich, was dies denn alles mit Hannah zu tun hatte. Lessmann schien zu erraten, was in meinem Kopf vorging.

„Es ist Ihnen wahrscheinlich bekannt, dass eine der Tätigkeiten, mit der Ihre Frau in der Firma seit längerem betraut ist, darin besteht, Verbindungen zu den wissenschaftlichen Gutachtern zu organisieren und zu pflegen."

Natürlich erinnerte ich mich, dass Hannah in ihrem Beruf mit Wissenschaftlern Kontakt hatte, die für ihre Firma arbeiteten und mit denen sie sich auch verschiedentlich außerhalb Hamburgs traf. Aber was ihre Aufgaben dabei im Detail waren und an welchem Projekt sie gerade arbeitete, das wusste ich nicht. Lessmann wartete offensichtlich auf eine Reaktion von meiner Seite. Ich hatte die ganze Zeit über Merk beobachtet, der in seiner Mappe blätterte. Schließlich räusperte ich mich.

„Ja, das ist mir bekannt", sagte ich und sah Lessmann an. „Aber darf ich Sie fragen, warum Sie mir das erzählen?"

Lessmann nickte.

„Natürlich. Ich wollte deutlich machen, dass Ihre Frau für uns eine sehr wichtige Zeugin ist und dass wir sie dringend sprechen müssen. Sie könnte uns in unserer Situation weiterhelfen. Vielleicht hat sie Ihnen über die Leute, mit denen sie bei ihrer Arbeit Kontakt hatte, ja irgendetwas angedeutet. Das wäre doch möglich."

„Nein, es tut mir leid. Wir haben privat so gut wie nie über unsere Arbeit gesprochen. Das wollen wir beide so. Ich habe auch von dem Gebiet, in dem sie tätig ist, wenig Ahnung und weiß im Grunde auch nicht, worin im Detail ihre Aufgaben in der Firma bestehen. Ich fürchte, ich kann Ihnen da wenig helfen."

Lessmann nickte wieder. Meine Antwort schien ihn nicht besonders überrascht zu haben.

„Und Sie haben auch gar keine Idee, wo sich Ihre Frau im Augenblick aufhalten könnte? Vielleicht haben Sie eine vage Vermutung."

Dieses Gespräch hatte etwas Unwirkliches bekommen. Ich kam mir vor, als sei ich in einen Film geraten, den ich nicht verstand. Was meinte dieser Mann? Ich schüttelte den Kopf.

„Ich wünschte, ich hätte eine Idee. Das können Sie mir glauben. Allerdings beschäftigt mich im Augenblick vor allem der Gedanke, dass meiner Frau etwas zugestoßen sein könnte."

Lessmann schien meine Verwirrung zu spüren. Auch er fühlte sich offenbar in diesem Moment in seiner Rolle nicht besonders wohl.

„Herr Dr. Weber, es tut mir leid, Ihnen diese Fragen zu stellen. Ich kann mir vorstellen, was sie im Moment durchmachen. Aber wie ich bereits sagte, es wäre für uns schon sehr wichtig, mit ihrer Frau zu sprechen."

Er sah zu seinem Kollegen hinüber, der daraufhin seine Mappe zuklappte, in die er zwischendurch einige wenige Notizen gemacht hatte. Das war es dann wohl. Lessmann nahm eine kleine Karte aus der Innentasche seines Jacketts und gab sie mir.

„Dies ist meine Telefonnummer, unter der Sie mich jederzeit erreichen können. Bitte rufen Sie mich an, wenn Sie etwas von Ihrer Frau hören."

Merk nahm seine Mappe und verstaute sie wieder in seiner Aktentasche. Er nahm etwas heraus, das wie ein Tischkalender aussah.

„Das ist der Terminkalender Ihrer Frau", sagte er mit einer näselnden Stimme und legte ihn auf den Tisch. „Wir haben ihn inzwischen ausgewertet."

Sie erhoben sich. Ich begleitete die beiden Herren noch an die Tür, wo wir uns voneinander verabschiedeten.

Dieser überraschende Besuch ließ mich etwas beunruhigt zurück. Wenn ich jetzt darüber nachdachte, musste ich mir eingestehen, dass es eigentlich ein wenig merkwürdig war, dass ich so wenig Ahnung von dem hatte, was Hannah beruflich tatsächlich machte. Das war mir noch nie so bewusst gewesen. Bisher hatte mich das auch nicht weiter gestört. Ich glaube, ich habe sogar manchmal damit etwas kokettiert, dass ich von der Arbeitswelt meiner Frau nur eine verschwommene Vorstellung hatte. Es hatte mich ja auch nicht wirklich interessiert. Ich war auch immer davon ausgegangen, dass es Hannah in Bezug auf meinen Beruf ähnlich ging.

Ich setzte mich wieder an meinen Schreibtisch und blätterte in Hannahs Terminkalender, den mir die beiden Beamten übergeben hatten. Es gab darin, soweit ich auf den ersten Blick erkennen konnte, nur dienstliche Eintragungen. Hannahs letzte Notizen bezogen sich offenbar auf Besprechungen in ihrer Abteilung. Ich schlug den Kalender zu.

Vielleicht hätte ich mir selber denken können, dass sie irgendwie mit diesem neuen Medikament zu tun hatte. Ein Medikament mit dem Namen „Benerol" jedenfalls hatte sie verschiedentlich erwähnt, und ich wusste auch, dass sie in den vergangenen Jahren „Verhandlungen", wie sie sagte, mit Wissenschaftlern an Instituten in Berlin, Hannover, Köln und München geführt hatte. In diesem Zusammenhang erinnerte ich mich besonders an verschiedene Fahrten nach Berlin. Ich hatte dieser Angelegenheit keine Bedeutung beigemessen. Von ihrer Tätigkeit verstand ich ja ohnehin so gut wie nichts. Jetzt begriff ich aber, dass auch Hannah im Zusammenhang mit Lessmanns Untersuchungen in eine schwierige Lage geraten könnte, denn in einem solchen Verfahren konnte aus einer Zeugin schnell eine Beschuldigte werden. Überhaupt wunderte ich mich jetzt ein wenig darüber, dass der Staatsanwalt in dem Gespräch über eine mögliche Verbindung zwischen den Ermittlungen und dem plötzlichen Verschwinden meiner Frau keine Spekulationen angestellt hatte. Aber das wäre ja auch wirklich absurd gewesen.

Es klopfte, und Nico steckte seinen Kopf durch den Türspalt.

„Was war das denn?"

Er kam herein und machte die Tür hinter sich zu.

„Was wollten die denn von dir?"

Frau Dammann hatte ihn wohl über die beiden Besucher informiert. Ich berichtete ihm kurz, was die beiden Beamten mir gerade erklärt hatten. Nico sah mich an und schüttelte den Kopf.

„Das hört sich überhaupt nicht gut an", sagte er dann. „Das ist doch klar. Die meinen offenbar, Hannah hat mit dem Mist, der bei *deltapharm* läuft, etwas zu tun. Du solltest aufpassen, dass du da nicht auch noch reingezogen wirst."

Daran hatte ich allerdings überhaupt noch nicht gedacht. Aber das war doch auch blanker Unsinn, denn das würde doch bedeuten, dass ich etwas mit Hannahs Verschwinden zu tun hatte und dass ich vielleicht sogar wusste, wo sie sich jetzt aufhielt. Das würde auch den überraschenden Besuch der beiden Beamten erklären. Bevor Nico mich wieder verließ, wiederholte er den Rat, den er mir schon vor einigen Tagen gegeben hatte.

„Ich meine, du solltest jetzt aber wirklich einen Privatdetektiv einschalten."

Als wie uns dann in der Mittagspause bei Mario wiedersahen, eröffnete er mir, dass er für mich am nächsten Tag einen Termin mit Arkenau vereinbart hatte. Ich unterdrückte meinen Unmut über diese Eigenmächtigkeit, denn ich sah ein, dass ich etwas tun musste. Nico hatte meine Unentschlossenheit erkannt und wollte mir ja nur helfen. Auch ich hatte inzwischen begriffen, dass ich dringend Unterstützung brauchte.

„Übrigens, Jo, da ist noch etwas, was ich dir sagen möchte", sagte Nico schließlich und betrachtete sein Glas mit dem Mineralwasser, das er in der Hand drehte. „Ich wollte schon vor ein paar Tagen deshalb mit dir reden."

Er stellte das Glas ab.

„Der Seniorchef hat mich darauf angesprochen. Wie wir alle macht er sich Sorgen um dich. Er weiß ja, wie schwer das alles für dich im Moment ist."

Man konnte es Nico ansehen, dass er sich nicht wohl in seiner Haut fühlte.

„Frau Dammann versucht ja so gut es geht, dir den Rücken frei zu halten, aber einige Dinge fallen einfach auf. Du kommst in letzter Zeit morgens oft zu spät, bist häufig verkatert und hast dazu eine Fahne. Manchmal hast du es auch nicht geschafft, dich vorher zu rasieren. Termine mit Mandanten werden von dir abgesagt, und es hat sich auch schon jemand bei ihm darüber beklagt. Zu allem Überfluss hast du auch schon eine Dienstbesprechung vergessen."

Er sah mich an.

„Das muss sich ändern, Jo."

Wir schwiegen beide. Was sollte ich denn auch dazu sagen? Ich wusste ja, dass alles zutraf, was er sagte. Nico schien auch gar nicht auf eine Reaktion von mir zu warten. Offensichtlich hatte er das übermittelt, was man ihm aufgetragen hatte. Wir winkten Mario heran und zahlten. Bevor wir die Gaststätte verließen sagte Nico noch:

„Jo, ich weiß, das es schwer ist, aber du musst versuchen, dein Leben wieder in den Griff zu bekommen."

Die Detektei „Arkenau" hatte ihre Räume in einem Bürohaus in der Innenstadt. Der Chef, den ich von früheren Begegnungen kannte, empfing mich in seinem modern eingerichteten Arbeitszimmer, das aber auch gar nichts mit den Büros gemein hatte, die ich aus alten Humphrey Bogart Filmen in Erinnerung hatte. Arkenau, der auf mich in seinem dunklen Anzug und den straff zurückgekämmten braunen Haaren wie der Leiter eines mittelständischen Unternehmens wirkte, saß hinter einem großen Glasschreibtisch und hatte einen Laptop vor sich. Er schaltete ein Aufnahmegerät ein, und ich schilderte, was mir und Hannah passiert war. Mein Bericht wurde verschiedentlich unterbrochen, wenn Arkenau Fragen zu dem Hergang hatte. Er schien besonders interessiert an den Äußerungen, die von den Vertretern der Staatsanwaltschaft gemacht worden waren. Schließlich wollte er wissen, ob ich in letzter Zeit etwas Ungewöhnliches bemerkt hatte. Ich erzählte von den anonymen Anrufen, die mich etwas beunruhigt hatten, und kam mir einigermaßen albern vor, als ich auch den unbekannten Geländewagen erwähnte, den ich in meiner Straße in letzter Zeit bemerkt hatte. Unser Gespräch dauerte fast eine Stunde, dann lehnte sich Arkenau in seinem großen Schreibtischstuhl zurück und strich sich über seine Krawatte.

„OK, ich verstehe, Herr Dr. Weber. Obwohl wir im Augenblick sehr ausgelastet sind, werden wir uns bemühen, dieser Sache nachzugehen. Ich muss Ihnen allerdings sagen, dass die Spur ihrer Frau sehr schwach zu sein scheint. Erwarten sie also nicht zu viel. Wir haben da auch einen Kollegen in Wien, mit dem wir verschiedentlich erfolgreich zusammengearbeitet haben. Vielleicht kann der uns etwas weiterhelfen."

Er war aufgestanden und kam um den Schreibtisch herum, um mir die Hand zu geben.

„Sie kennen unsere Tarife ja. Wir werden Ihnen einen unserer Standardverträge geben, den Sie dann uns bitte unterschrieben zurückschicken. Sie brauchen uns nicht anzurufen. Wir melden uns bei Ihnen."

Als ich wieder im Auto saß, musste ich mir eingestehen, dass ich mir das Gespräch mit dem Detektiv, der mir ja bereits in anderen Situationen begegnet war, im Vorhinein etwas anders vorgestellt hatte. Die durchgehend nüchterne und ausgesprochen geschäftsmäßige Vorgehensweise hatte mich doch ein wenig überrascht. Kein Zweifel, bei Arkenau handelte es sich um einen Profi, der bemüht war, die persönliche und geschäftliche Ebene streng zu trennen. Ich wusste nicht warum, aber irgendwie fühlte ich mich jetzt doch besser. Mir war, als hätte ich einen Teil der Last, die mich so bedrückte, einem anderen übergeben.

Ich nahm mir auch vor, Nicos Warnungen künftig zu beherzigen. Es stimmte ja. Ich musste mich wirklich mehr zusammenreißen. Unter den gegebenen Umständen musste es Kehrmann einfach schwerfallen, das Angebot, das er mir vor mehr als zwei Wochen gemacht hatte, aufrechtzuerhalten. Einen unzuverlässigen Partner konnte sich niemand wünschen. In der Folgezeit musste ich allerdings erkennen, dass es mir doch ziemlich schwerfiel, meinen Alkoholkonsum einzuschränken. Die Abende, die ich immer noch wartend alleine zu Hause verbrachte, waren lang, auch wenn es mir inzwischen gelungen war, mich ein wenig in den Roman einzulesen, den Connie mir gegeben hatte. Die Versuchung war trotzdem groß, meine Angstgefühle, die sich in Verbindung mit Hannahs Verschwinden immer wieder einstellten, mit einem „Gläschen" zu bekämpfen.

Einige Tage später kam aus München ein Brief von Brigitte, in dem sie mir Fotos schickte, die sie während des Aufenthaltes in Wien gemacht hatte. An die Möglichkeit, dass es von diesem Wochenende Aufnahmen geben könnte, hatte ich überhaupt nicht mehr gedacht. Es handelte sich um acht typische Touristenfotos, auf deren Rückseite Brigitte den jeweiligen Ort handschriftlich festgehalten hatte: Hannah in einem Straßencafé in der Stadt, irgendwo auf einem Flohmarkt, auf dem Stephansplatz, im Foyer des Hoftheaters, vor der Staatsoper und mit Brigitte zusammen im Café Demel. Diese letzte Aufnahme musste wohl eine dritte Person von den beiden gemacht haben. Auf jedem Bild lächelte Hannah entspannt in die Kamera. Es war ihr anzusehen, wie wohl sie sich fühlte und wie sehr sie diesen Kurzurlaub mit ihrer Freundin genoss.

Ich war nicht darauf gefasst, wie stark mich diese letzten Bilder meiner Frau berührten. Ich musste mich hinsetzen. Es war so, als könnte ich zum ersten Mal einen Gedanken, der mich immer wieder kurzzeitig in Panik versetzt hatte und den ich immer abgeblockt hatte, nicht mehr abwehren. Hannah würde nicht mehr wiederkommen, und durch diese banalen Fotos wurde mir in aller Deutlichkeit vor Augen geführt, wie unendlich groß dieser Verlust war. Für den Rest des Abends waren alle meine Vorsätze, meinen Single Malt in dieser Woche nicht anzurühren, vergessen.

Natürlich fiel mir der nächste Arbeitstag wieder entsprechend schwer, und als ich dann endlich gegen Abend nach Hause kam, blinkte der Anrufbeantworter. Es war Kommissar Becker, der mich schonungsvoll darüber informierte, dass man in Wien bei einer Frauenleiche, die man bisher noch nicht identifiziert hatte, Hannahs EC- und Kreditkarte gefunden habe.

9

Als ich aufgelegt hatte, stand ich zunächst wie benommen da und starrte auf das Telefon. Es dauerte ein wenig, bis die Nachricht so richtig zu mir durchdrang. Mir wurde schwindlig, und ich musste mich setzen. Der Albtraum, der mich so viele Nächte beunruhigt und wach gehalten hatte, war Wirklichkeit geworden. Mir war es ja selber inzwischen schwer gefallen, an ein glückliches Ende von Hannahs plötzlichem Verschwinden zu glauben. Denn dann hätte man doch schon längst von ihr hören müssen. Und trotzdem, ein kleiner Rest Hoffnung war immer geblieben. Und natürlich kam mir jetzt auch der Gedanke, dass es sich bei der Toten vielleicht gar nicht um meine Frau handelte. Aber mir war jetzt klar, dass ich endlich aufhören musste, mir etwas vorzumachen. Es war doch offensichtlich, dass mich mit dieser Nachricht aus Wien die Realität eingeholt hatte.

Wie lange ich so dagesessen hatte, wusste ich hinterher nicht mehr. Ich hatte wieder angefangen zu heulen und brauchte eine ganze Weile, bevor ich dann im Stande war, über meine nächsten Schritte nachzudenken. Ich musste mich bei Becker melden. Der Kommissar, der mich in seiner Nachricht um Rückruf gebeten hatte, sagte mir dann, dass es ihm sehr leid tue, keine bessere Nachricht für mich zu haben. Er fügte hinzu, dass man in Wien meine Hilfe bei der Identifizierung der Toten benötige. Becker gab mir noch einmal Landauers Telefonnummer und riet mir, mich gleich mit dem Kollegen in Verbindung zu setzen. Zum Abschluss versuchte er mir noch ein wenig Mut zu machen. Auch er hielt mir den bekannten Strohhalm hin: Wer weiß, vielleicht war es ja gar nicht meine Frau, die man gefunden hatte.

Nein, damit musste jetzt Schluss sein. Das war vorbei. Ab sofort wollte ich nicht mehr die Augen vor der Wirklichkeit verschließen. Ich rief Chefinspektor Landauer in Wien an. Der meldete sich gleich nach dem ersten Rufzeichen. Es war beinahe so, als hätte er auf meinen Anruf gewartet. Auch ihm war anzumerken, dass er sich nicht wohlfühlte, der Überbringer der unangenehmen Nachricht zu sein. Ich sagte ihm, dass ich versuchen würde, am nächsten Tag einen Flug nach Wien zu bekommen. Landauer erklärte mir, dass er aber erst am darauf folgenden Tag einen Termin mit der Pathologie habe „arrangieren" können. Wir verabredeten, uns dann für den Freitagvormittag. Er würde mich gegen elf im Wiener Institut für Gerichtsmedizin erwarten. Ich notierte mir noch die Adresse. Dann legten wir auf.

Was jetzt? Connie. Ich wusste nicht, ob sie bereits zu Hause war und wählte ihre Handynummer. Ich erwischte sie noch im Labor. Es machte mir Mühe zu sprechen, und ich musste meinen Bericht mehrfach unterbrechen. Wir sagten dann beide eine Zeit lang nichts.

„Möchtest du, dass ich zu dir komme?", fragte sie dann. Ich konnte hören, dass sie weinte.

„Bitte nicht, Connie. Ich kann im Moment mit niemandem darüber reden. Aber danke für das Angebot."

Ich lehnte auch ihren Vorschlag ab, mich nach Wien zu begleiten. Ich musste das jetzt alleine tun. Aber ich versprach ihr, sie über alles, was sich in Wien ergeben sollte, telefonisch zu informieren.

Ich brauchte jetzt wieder eine Weile, um mich zu beruhigen. Dann suchte ich die Nummer von Hannahs Wiener Hotel heraus, in dem ich auch bei meinem letzten Besuch übernachtet hatte, und ließ ein Zimmer für mich reservieren. Ich vermutete, dass ich wieder Frau Gerber am Apparat hatte, mit der ich zuletzt im „Erzherzog Albrecht" zu tun gehabt hatte. Sie ließ aber nicht erkennen, dass sie wusste, wer ich war.

Eine andere Sache musste ich auch noch regeln. Ich rief Nico an und berichtete ihm von der neuen Entwicklung. Nico hörte mir zu, ohne mich zu unterbrechen. Als ich fertig war, bat ich meinen Freund, den Seniorchef über meine Reise nach Wien zu informieren. Nico meinte, dass dies kein Problem sei und dass er sich um meine Angelegenheiten im Büro kümmern würde. Wir schwiegen dann eine längere Zeit.

„Julie und ich drücken dir beide Daumen, Jo", sagte Nico schließlich. Bevor wir auflegten, fügte er noch hinzu: „Wir denken an dich."

Nach diesen Telefonaten, die ich in der Wohnung auf und ab gehend geführt hatte, musste ich mich wieder setzen. Dann fiel mir plötzlich ein, dass ich mich ja noch um einen Flug kümmern wollte. Ich sprang auf und schaltete am Arbeitstisch den Computer ein. Ich fand für den nächsten Tag um 13.15 Uhr ab Hamburg einen Flug, den ich dann auch gleich buchte. Vielleicht war es ganz gut, dass

Landauer mich erst am Freitag treffen konnte. Dadurch wurde alles etwas weniger hektisch. Ich bekam so auch noch etwas Zeit, mich auf das, was mich erwartete, innerlich einzustellen.

Ich begann wieder in der Wohnung hin und her zu gehen. Was war Hannah passiert? Wie kam es dazu, dass man sie erst nach so vielen Tagen gefunden hatte? Was hatte sie so lange in Wien gemacht, ohne sich zu melden?

Ich brauchte frische Luft. Ich nahm mein Jackett, das ich über die Lehne eines Stuhls geworfen hatte, und verließ die Wohnung. Draußen vor der Haustür entschloss ich mich dann, die „kleine Rentnerrunde" zu machen, wie Hannah den kurzen Spaziergang nannte, den wir manchmal zusammen um die Häuserblöcke unternahmen. Die Bewegung tat mir gut, und ich hatte auch das Gefühl, dass ich mich langsam etwas beruhigte und etwas Ordnung in meine Gedanken bringen konnte. Was immer mit Hannah geschehen war, es hatte bereits vor vielen Tagen begonnen, als sie aus irgendeinem Grund ihren Flug zurück nach Hamburg nicht angetreten hatte. Mir fiel ein, dass ich ja auch Arkenau über die Nachricht aus Wien informieren musste. Als ich dann nach einer knappen Stunde wieder in meine Straße einbog, hatte die Dunkelheit bereits eingesetzt. Ich hielt vergeblich Ausschau nach dem schwarzen Geländewagen, aber der war seit Tagen nicht mehr aufgetaucht.

Ich hatte in der Wohnung die Tür gerade hinter mir zugemacht, da klingelte das Telefon. Es war Connie, die wissen wollte, ob bei mir alles in Ordnung sei. Ich versicherte ihr noch einmal, dass sie nicht zu kommen brauche. Ich wollte wirklich allein sein und mich auf das vorbereiten, was mich in Wien erwartete. Dabei konnte mir wirklich niemand helfen. Ich sagte ihr noch, dass ich wieder im „Erzherzog Albrecht" ein Zimmer gebucht hätte und dass sie mich dort auch erreichen könne. Schließlich musste ich ihr noch einmal versprechen, sie über alles auf dem Laufenden zu halten.

Dann wählte ich Arkenaus Nummer. Natürlich lief in seinem Büro nur der automatische Anrufbeantworter. Ich hinterließ eine Nachricht, in der ich kurz die neue Entwicklung schilderte. Etwas später rief dann auch Nico noch einmal an. Er bot wieder seine Hilfe an, und auch ihm sagte ich, dass ich etwas Zeit für mich brauchte und allein sein wollte. Er hatte mit Kehrmann gesprochen und der hatte ihm aufgetragen, sich in meiner Abwesenheit um meine Mandanten zu kümmern.

Irgendwann holte ich noch einmal die letzten Fotos von Hannah hervor, die Brigitte mir geschickt hatte. Verdammt, Brigitte! An die hatte ich noch gar nicht gedacht. Die musste ich doch auch noch anrufen. Ich schaute auf die Uhr. Es war schon zu spät. Ich würde morgen mit ihr telefonieren. Dafür war ja am nächsten Tag immer noch Zeit.

Noch einmal sah ich mir die Bilder an, die Brigitte gemacht hatte. Hannah lächelte auf jedem von ihnen. Sie hatte an diesem Tag in Wien ihre Haare hinten zu einem kleinen Pferdeschwanz zusammengebunden. Diese Frisur, die sie ebenso wie Connie vor allem beim Sport trug, hatte ich immer besonders an ihr gemocht, da sie ihr etwas Jugendliches gab. Normalerweise trug sie ihre blonden Haare schulterlang. Mit ihren blauen Augen und ihrem hübschen Mund war Hannah schon immer eine sehr attraktive Frau. Sie war sich sehr wohl bewusst, welchen Eindruck sie auf Männer machte, und ich erinnerte mich noch gut daran, wie gekonnt unauffällig sie ihre langen Beine zur Geltung brachte, als sie sich bei unserem ersten Zusammentreffen in meinem Büro in dem Mandantensessel niederließ. Ich glaube, es war vor allem dieses natürlich wirkende Lächeln, das sie so leicht und mühelos aufrufen konnte und das sie so sicher einschalten konnte, wenn eine Kamera auf sie gerichtet war, in das ich mich zu erst verliebte. Damals hatte sie ihre Haare noch dunkler getragen, und wenn ich mir das so überlegte, konnte ich gar nicht genau sagen, welcher natürliche Farbton zu Hannah gehörte.

Wann ich schließlich ins Bett ging, wusste ich später nicht mehr. Immerhin musste ich sofort eingeschlafen sein. Als ich dann am Morgen aufwachte, hatte ich starke Kopfschmerzen. Zusätzlich tat mir meine Schulter wieder weh. Das passierte manchmal, wenn ich nachts im Schlaf unglücklich auf ihr zu liegen kam. Ich brauchte einige Zeit, bevor ich mich endlich mit Hilfe von Aspirin wieder einigermaßen „normal" bewegen konnte.

Von den Vorbereitungen und dem Flug nach Wien gab es nur wenig Konkretes, an das ich mich später erinnern konnte. Die Angst und Beklemmung, die ich empfand, wenn ich an das dachte, was mich in Wien erwartete, lag wie ein Schleier über allem, was ich an diesem Vormittag tat. Natürlich hatte ich meine Reisetasche gepackt. Auch dachte ich daran, Brigitte anzurufen, der ich versprach, mich später wieder bei ihr zu melden. Schließlich bestellte ich ein Taxi, von dem ich mich zum Flughafen bringen ließ. Vom Flug selber wusste ich später noch, dass in meiner Reihe die beiden Plätze neben mir nicht besetzt waren, dass die Zeitung, die ich mir beim Einsteigen von einem Stapel genommen hatte, ungelesen blieb und dass der freundliche Flugbegleiter, der sich um mich bemühte, ganz offensichtlich schwul war.

Vom Wiener Flughafen nahm ich ein Taxi zum Hotel. Diesmal erwischte ich eine Fahrerin, die von mir wie üblich wissen wollte, woher ich kam und wie lange ich in Wien bleiben wollte. Sie begann danach sofort über die „Zustände" in ihrer Stadt zu klagen, die ihrer Meinung nach immer schlimmer wurden. Und das lag, so meinte sie, vor allem an dem ungebremsten Zuzug von Ausländern, und besonders an den vielen „Kriminellen vom Balkan". Sie sprach sehr schnell und außerdem in einem breiten Wiener Dialekt, und ich war nicht unglücklich darüber, dass ich ihren politisch nicht ganz korrekten Ausführungen nur zum Teil folgen konnte. Ich fragte mich, ob sie alle ihre Fahrgäste auf diese Weise unterhielt oder ob sie in mir, der ich ja aus Deutschland kam, einen Gleichgesinnten vermutete.

Ich war froh, als wir endlich unser Ziel erreichten, und ich in die Lobby des Hotels flüchten konnte, die ich noch von meinem letzten Aufenthalt gut in Erinnerung hatte. Frau Gerber, die Dame am Empfang, erkannte mich auch sofort wieder. Auf ihre Frage, wie es denn mit meiner Frau weitergegangen sei, sagte ich ihr, dass ich immer noch auf sie wartete. Ich sah wenig Sinn darin, sie über den eigentlichen Grund dieses Wienbesuchs zu informieren.

„Das tut mir sehr leid", sagte sie und sah mich wie bei unserem ersten Zusammentreffen voller Mitgefühl an. Sie gab mir die Schlüsselkarte zu meinem Zimmer im zweiten Stock und fragte mich, ob sie für mich das Gepäck nachbringen lassen sollte. Ich verzichtete auf das Angebot und machte mich mit meiner Tasche auf den Weg nach oben.

Ich hatte mit dem Öffnen der Zimmertür wieder einmal Schwierigkeiten. Erst beim dritten Versuch funktionierte die Chipkarte, die ich schließlich mit der richtigen Seite in den dafür vorgesehenen Schlitz einführte. Ein kleines grünes Licht im Türschloss zeigte mir an, dass es geklappt hatte. Im Zimmer dann stellte ich mein

Gepäck ab und sah mich um. Dann streifte ich die Schuhe ab, warf mein Jackett über die Lehne eines Stuhls vor dem kleinen Schreibtisch und legte mich aufs Bett. Ich schloss die Augen. Meine rechte Schulter tat wieder weh. Ich fühlte mich erschöpft, doch schlafen konnte ich nicht. Draußen auf dem Flur hörte ich Schritte und das Klappen einer Zimmertür. Als ich nach einiger Zeit auf meine Uhr guckte, war es bereits kurz nach sechs. Ich erhob mich, nahm die Dinge, die ich brauchen würde, aus meiner Tasche und ging unter die Dusche. Danach fühlte ich mich etwas besser. Ich zog mir ein frisches Hemd an und verließ das Zimmer. Unten an der Rezeption fragte ich Frau Gerber nach einem Restaurant in der Nähe, und sie empfahl mir „Werners Beisel". Ein gemütliches Lokal, so sagte sie, nur einen Häuserblock weiter die Straße entlang. Ich hätte bestimmt keine Probleme, es zu finden. Es sei nicht „abgehoben" und bekannt wegen seiner guten Küche. Nein, ihrer Meinung nach brauchte ich zu dieser Tageszeit einen Tisch nicht reservieren zu lassen.

Ich fand „Werners Beisel" tatsächlich ohne Schwierigkeiten. Es war nicht besonders groß und wirkte in der Tat „gemütlich". Anders als Frau Gerber vermutet hatte, war es aber bereits gut besucht, aber ich fand in der Mitte des Raumes noch einen freien Tisch. Wahrscheinlich hatten Hannah und Brigitte hier ebenfalls zu Abend gegessen, denn Hannah hatte ja am Telefon von einem Lokal „ganz in der Nähe" gesprochen. Ich bestellte mir ein Bier und studierte die Speisekarte. Die Küche hier hatte sich offensichtlich auf Schnitzel spezialisiert, die in allen möglichen Variationen offeriert wurden. Ich konnte mit den meisten der Angebote wenig anfangen und entschied mich für ein „klassisches" Wiener Schnitzel. Dies war ohnehin mein bevorzugtes Gericht, wenn ich in dieser Stadt war, und häufig genug war das für Hannah Anlass gewesen, sich über meinen Mangel an „Fantasie", wie sie sagte, ein wenig lustig zu machen.

Während ich so alleine an meinem Tisch auf das Essen warte-te, schaute ich mich im Lokal um und kam mir plötzlich inmitten der anderen Gäste wie auf einem Präsentierteller vor. Ich fühlte mich unsicher und beobachtet. Vielleicht hätte ich Connie doch bitten sollen, mich zu begleiten. Diesen Gedanken versuchte ich abzuwehren. Nein, auf dieser Fahrt konnte mir niemand helfen. Hier musste ich alleine durch.

Dann kam mein Schnitzel, und es war so groß, dass es kaum auf den Teller passte. Ich hatte sich schon immer gewundert, wie die Köche es hier schafften, das Fleisch so flach zu klopfen. Zusätzlich bestellte ich mir noch einen halben Liter des weißen Hausweins. Obwohl dies die erste warme Mahlzeit war, die ich seit vielen Stunden hatte, und das Schnitzel sehr gut war, konnte ich mein Essen nicht so recht genießen. Der Anlass, der mich hier nach Wien geführt hatte, machte dies wohl unmöglich.

Als ich zurück ins Hotel ging, war es draußen bereits dunkel geworden. An der Rezeption war Frau Gerber inzwischen von einem jungen Kollegen abgelöst worden. Vor dem Fahrstuhl wartend, konnte ich leise Klaviermusik hören, die offenbar aus der Hotelbar am Ende der Lobby kam. Oben in meinem Zimmer rief ich Connie an. Ich musste mit jemandem reden. Sie wollte wissen, wie es mir soweit ergangen war, und fragte mich dann, wie ich mich fühlte. Als ich ihr darauf nicht antwortete, konnte ich hören, dass sie wieder angefangen hatte zu weinen. Wir schwiegen eine Zeit lang, und bevor wir dann das Gespräch beendeten, sagte sie noch: „Wir werden morgen alle in Gedanken bei dir sein, Jo."

Mir wurde wieder schwindlig. Ich musste mich setzen. Den ganzen Tag über war es mir gelungen, das Treffen mit Landauer ein wenig zu verdrängen. Jetzt, nach dem Gespräch mit Connie, war das anders. Ich hatte wieder Angst bekommen vor dem, was mich am nächsten Tag erwartete.

Ich legte mich wieder aufs Bett und schaute die Decke an. Ich hatte verschiedentlich gehört, dass in Fällen, in denen Personen vermisst wurden, die Ungewissheit für die Angehörigen immer am schwersten zu ertragen sei. Das bezweifelte ich jetzt. Das Wissen, dass jemandem, den man liebte, tatsächlich etwas passiert war, konnte bestimmt für niemanden eine Erleichterung sein. Was sollte denn daran besser sein, wenn es keine Hoffnung mehr gab?

Ich brauchte etwas zu trinken. Ein Blick in die Minibar überzeugte mich davon, dass es hier nichts gab, was mich reizen konnte. Irgendwie musste ich auch raus hier. Ich überlegte einen Moment und nahm dann mein Jackett, das ich wieder auf dem Stuhl abgelegt hatte. Dann steckte ich meine Schlüsselkarte ein, zog die Zimmertür hinter mir zu und machte mich mit dem Fahrstuhl auf den Weg in die Hotelbar.

Meine Befürchtungen, ich könnte dort der einzige Gast sein, waren unbegründet. Ich sah mit einem Blick, dass mindestens drei der Tische besetzt waren. Die Plätze an der rechtwinkligen Bar waren nicht belegt. Ich wählte einen der Hocker an der kürzeren Seite und setzte mich. Die dezente Klaviermusik kam von einem Tonband. Der Barkeeper, ein junger Mann in einer weißen Jacke, bediente gerade an einem Tisch zwei ältere Gäste, von denen ich annahm, dass es sich um Eheleute handelte. Nicht weit davon entfernt schien sich eine Gruppe von sechs Bier trinkenden jüngeren Frauen königlich zu amüsieren, das jedenfalls ließ das laute Gelächter vermuten, in das die Damen zwischendurch immer wieder ausbrachen. Etwas abseits, in einer hinteren Ecke des diskret beleuchteten Raumes, saßen zwei junge Männer vor einem Laptop, an dem einer dem anderen etwas zu demonstrieren schien. Kurz nach mir war noch ein Pärchen gekommen, das sich an einen der hinteren Tische zurückzog. Die Frau war erheblich jünger als ihr Begleiter, und es sah für mich ein bisschen so aus, als würde hier ein Chef seine Sekretärin ausführen. Der Barkeeper, der auf seiner weißen Jacke ein Schild mit dem Namen „Alex" trug, kam zurück und fragte mich, was er für mich tun könne. Er brachte auf meinen Wunsch einen doppelten Malt Whisky und bewegte sich dann zu dem Tisch der beiden Neuankömmlinge. Ich schaute ihm nach und nahm einen ersten Schluck aus meinem Glas.

Ich hatte sie überhaupt nicht kommen sehen. Plötzlich stand sie an der langen Seite der Bar, legte ihre kleine Handtasche neben sich auf einen Hocker und setzte sich. Sie hatte kurze, dunkle Haare, trug Jeans und eine schlichte, weiße Bluse unter einem grauen Blazer. Sie lächelte zur Begrüßung flüchtig zu mir herüber und sagte leise „Hallo". Irgendwie kam sie mir bekannt vor. Aber das passierte mir mit attraktiven Frauen manchmal. Alex kam wieder zurück, und ich konnte hören, dass sie sich einen Gin Tonic bestellte. Sie musste ungefähr mein Alter haben und sah wirklich gut aus. Sie gehörte zu den Frauen, denen eine kurze Frisur ausgesprochen gut stand, was wahrscheinlich vor allem an ihrem langen, schlanken Hals lag und dem hübschen Gesicht, für das sie ganz offensichtlich nicht viel Make-up benötigte.

Sie musste irgendwie gespürt haben, dass ich sie beobachtete, denn plötzlich sah sie auf, lächelte mich wieder ganz unbefangen an und verblüffte mich mit einer etwas überraschenden Frage.

„Na, hat Ihnen das Schnitzel auch geschmeckt?"

Jetzt erinnerte ich mich. Ich hatte sie vorhin in dem Beisel gesehen. Es hatten noch zwei andere Männer mit ihr an einem Tisch gesessen. Ihr Akzent war eindeutig norddeutsch.

„Ja. Danke", antwortete ich. „Ich vermute, dass Sie ebenfalls zufrieden waren."

Sie sah mich an und lachte plötzlich los.

„Wenn das mal keine originelle Gesprächseröffnung war, dann weiß ich auch nicht."

Ihr Lachen war ansteckend. Ich hob mein Glas, und wir tranken uns zu. Dann nahmen wir wie auf Verabredung unsere Getränke und setzten uns schräg nebeneinander an die Ecke der Bar.

„So ist es besser", sagte sie. „Jetzt brauchen wir auch nicht mehr so laut zu reden."

Mein erster Eindruck war richtig. Sie war eindeutig älter als Hannah oder Connie, wahrscheinlich um die vierzig, so wie ich. Auch aus der Nähe betrachtet war sie eine sehr gutaussehende Frau. Daran änderten auch die kleinen Fältchen nichts, die ich in ihren Augenwinkeln erkennen konnte. Auf ihrer linken Wange dicht am Ohr entdeckte ich ein kleines Muttermal. Das ganz Besondere an ihrem Gesicht aber waren ihre großen, braunen Augen. Wieder schien sie zu fühlen, dass ich sie betrachtete. Sie sah von ihrem Glas auf und lächelte mich wieder an. Dabei vertieften sich die Fältchen an ihren Augen etwas.

„Was denken Sie gerade?", fragte sie und zwinkerte mir zu. „Hegen Sie jetzt vielleicht Zweifel an der Lauterkeit meiner Absichten?"

Nun war ich aber an der Reihe zu lachen. Auf diese Gedanken war ich tatsächlich einen Moment gekommen. Aber ich hatte ihn schnell verworfen. Sie war meiner Einschätzung nach einfach nicht der Typ. Außerdem konnte ich an ihrer direkten und durchsichtigen Art der Kontaktaufnahme überhaupt nichts „Professionelles" erkennen.

„Unsinn. Ich denke gerade an etwas ganz anderes", sagte ich dann. „Ich frage mich, was eine Norddeutsche wie Sie hier in Wien eigentlich macht."

Meine neue Bekanntschaft kam aus Lübeck, hieß Sabine Malthus und nahm in Wien gerade an einem dreitägigen Kongress für Labormedizin teil. Sie war mit zwei Kollegen aus dem Norden angereist, die ebenfalls in diesem Hotel abgestiegen waren und mit denen sie auch zu Abend gegessen hatte.

Es fiel mir leicht, mich mit ihr zu unterhalten. Wenn ich später an dieses Treffen zurückdachte, wunderte es mich immer, wie schnell wir uns in dieser Hotelbar näher gekommen waren und wie beinahe selbstverständlich wir uns darüber einigten, uns mit unseren Vornamen anzureden. Bestimmt spielten dabei auch die Getränke, zu denen wir uns im Laufe des Abends gegenseitig einluden, eine erhebliche Rolle. Es traf sicherlich auch zu, dass ich froh war, jemanden gefunden zu haben, der mich von meiner Situation ein wenig ablenken konnte, und es war bestimmt auch nicht unwichtig, dass dieser „jemand" eine äußerst attraktive Frau war. Aber ausschlaggebend war wohl, dass zwischen uns von Anfang an, wie Nico sagen würde, die „Chemie" stimmte.

Ich hörte von ihr, dass sie eine kleine Tochter hatte, seit über einem Jahr geschieden war und dass ihr Ex-Mann Arzt in einer Klinik in Hildesheim war, wo er mit seiner neuen Partnerin lebte. Meike, ihre Tochter, war elf Jahre alt und hatte die Trennung der Eltern, die am Ende dann trotz aller guten Vorsätze doch ziemlich unerfreulich wurde, natürlich voll miterlebt. Im Moment befand sich das Mädchen in der Obhut der Großmutter, die ebenfalls in Lübeck lebte. Das Kind war die eigentliche Leidtragende der ganzen Geschichte, und es bekümmerte meine neue Bekannte offenbar sehr, dass sie dies nicht hatte verhindern können.

Ich enthielt mich eines Kommentars. Mit diesem Problem hatte ich ja beruflich reichlich Erfahrung und wusste auch, dass sich daran wenig ändern ließ. Unabhängigkeit der Eltern gab es nun einmal nicht zum Nulltarif. Irgendeiner musste den Preis für unsere Fehlentscheidungen ja schließlich bezahlen. Und bei Scheidungen waren dies fast immer die Kinder.

Per Handzeichen bestellte ich jetzt für uns einen neuen Drink. Sabine schwieg und wartete, bis Alex unsere Gläser ausgetauscht hatte.

„Mein Ex-Mann ist auch hier in Wien bei diesem Kongress. Das war eine echte Überraschung, denn mit Labormedizin hat er selber wenig zu tun. Wahrscheinlich hat er darauf spekuliert, mich hier zu treffen."

Sie machte eine Pause.

„Es geht natürlich um Meike. Er stellt sich vor, dass sie die ganzen Herbstferien bei ihm verbringt und wollte das wohl mit mir besprechen. Ich habe ihn einfach stehen lassen."

Jetzt nahm sie ihr Glas, stellte es dann aber ohne zu trinken wieder zurück auf die Bar.

„Das war wieder typisch für ihn. Das hat er immer so gemacht. Ich fühlte mich so überfahren."

Wir schwiegen wieder. Was sollte ich auch dazu sagen? Sie sah mich jetzt an und lächelte. Sie hatte wirklich wunderschöne Augen.

„Entschuldigung! Aber ich war so wütend und musste das einfach mal loswerden", sagte sie dann. Nach einer kleinen Pause fügte sie lächelnd hinzu: „Es scheint übrigens geholfen zu haben. Ich fühle mich jetzt schon richtig besser."

Sie sah mich dann wieder mit ihren großen Augen an und erzählte mir, dass für die Teilnehmer ihres Kongresses im Moment gerade irgendwo in der Stadt ein geselliger Abend vorgesehen sei. Ihre beiden recht unternehmungslustigen Kollegen, mit denen sie angereist war, hatten sich nach dem Essen von ihr verabschiedet und waren dort hingefahren. Sie hatte darauf verzichtet, da sie überhaupt keine Lust hatte, wieder ihrem Ex über den Weg zu laufen. Sie war froh, dass sie sich dazu durchgerungen hatte, sich vorm Schlafengehen alleine in dieser Bar noch einen Drink zu genehmigen.

„Das wenigstens, so scheint es, habe ich heute wohl richtig gemacht."

„Das glaube ich auch", sagte ich. „Zumindest hat dieser mutige Entschluss mich heute Abend auch gerettet."

Sie schwieg einen Moment, und es sah so aus, als würde sie über das, was ich gesagt hatte, nachdenken. Dann gab sie eine weitere Kostprobe ihres Einfühlungsvermögens.

„Es ist der Termin morgen, oder? Ist es denn so schlimm?"

Ich hatte ihr am Anfang erzählt, dass ich Rechtsanwalt in Hamburg sei und dass ich am nächsten Tag eine Verabredung mit einem Vertreter der hiesigen Staatsanwaltschaft hätte. Ich hatte zunächst keinerlei Neigung verspürt, vor einer Unbekannten die bedrückenden Umstände dieses Wienbesuches auszubreiten. Es lag wahrscheinlich an dem Whisky, den ich inzwischen getrunken hatte, dass sich das geändert hatte, denn diese Frau, die mir so viel über ihre eigenen Probleme erzählt hatte, kam mir inzwischen gar nicht mehr so „unbekannt" vor. Ich begann nun, wenn auch zunächst etwas stockend, ihr von Hannah und dem eigentlichen Zweck meines Wienaufenthalts zu erzählen. Sie hatte mich die ganze Zeit mit ihren großen Augen angesehen.

„Mein Gott! Das ist ja furchtbar", sagte sie schließlich leise.

Wir schwiegen wieder eine Weile. Dann zeigte auf mein leeres Glas.

„Möchtest du noch etwas?"

Ich schüttelte den Kopf. Für diesen Abend hatte ich genug getrunken. Ein Blick auf meine Uhr sagte mir, dass es bereits halb eins war. Ich drehte mich auf seinem Barhocker um und sah, dass wir inzwischen die letzten Gäste in dieser Bar waren.

„Ich glaube, wir sollten jetzt auch gehen".

Sie nickte und nahm ihre Tasche, die auf dem leeren Hocker neben ihr lag. Wir gaben Alex, der seit einiger Zeit diskret am hinteren Ende des Tresens aufgehalten und Gläser poliert hatte, ein Zeichen. Wir teilten uns die Rechnung, und ich bedankte mich bei Alex mit einem großzügigen Trinkgeld für die Geduld, die er mit uns gehabt hatte.

Vor dem Lift stellten wir fest, dass wir im gleichen Flur untergebracht waren. Auf der Fahrt in den zweiten Stock redeten wir nicht. Ich nahm zum ersten Mal ihr Parfum bewusst wahr, und als ich von dem gemusterten Teppichboden aufblickte, bemerkte ich, dass sie mich offenbar die ganze Zeit über in der verspiegelten Seitenwand des Fahrstuhls angesehen hatte. Ich versuchte ein Lächeln.

Als wir uns dann schließlich vor ihrer Zimmertür voneinander verabschiedeten, bedankte sie sich für den „netten" Abend. Ich versuchte abzuwehren.

„Unsinn. Bedanken muss ich mich. Ich hatte nämlich richtig Angst davor, an diesem Abend alleine zu sein."

Sie gab mir die Hand.

„Gute Nacht", sagte sie und sah mich mit diesen unglaublichen Augen an.

„Ich drück dir für morgen die Daumen."

Wir gaben uns die Hand, und ich hatte in diesem Moment das Bedürfnis, mich an ihr festzuhalten. Aber sie hatte meine Hand losgelassen und öffnete mit ihrer Schlüsselkarte ihre Tür. Sie drehte sich dann noch einmal um.

„Ich hoffe, wir sehen uns noch, bevor du wieder abreist."
Dann hob sie noch einmal die Hand und war hinter ihrer Tür verschwunden.

Auch in dieser Nacht lag ich noch eine Zeit lang wach. Die Geräusche der vorbeifahrenden Autos, die ich in meinem Bett trotz der doppelt verglasten Fenster hören konnte, erinnerten mich an etwas, was lange zurück lag. So sehr ich mich auch bemühte, es wollte mir nicht einfallen, was es gewesen war.

10

Als ich am nächsten Morgen aufwachte und auf die Uhr schaute, war es kurz vor neun. Meine lädierte Schulter, von der ich in am Abend zuvor nichts mehr gespürt hatte, meldete sich jetzt wieder. Ich hatte miserabel geschlafen, wild geträumt und war zweimal schweißgebadet aufgewacht. Wie sonst auch häufig hatte ich den Inhalt meiner Albträume vergessen. Allerdings erinnerte ich mich daran, dass in einem von ihnen irgendwann mein Vater aufgetaucht war, an den ich lange nicht mehr gedacht hatte. Welche Rolle er in diesem Traum gespielt hatte, wusste ich nicht mehr, aber das ernste Gesicht, mit dem er mich stumm angesehen hatte, verfolgte mich an diesem Morgen noch bis ins Bad.

Nach dem Duschen fühlte ich mich etwas besser. Es sah so aus, als würde es wieder ein recht warmer Tag werden, und so entschied ich mich für ein dünnes, kurzärmliges Hemd unter meinem leichten Jackett. Da ich nach dem Frühstück nicht mehr in mein Zimmer zurückkehren wollte, steckte ich alles ein, was ich an diesem Vormittag brauchen würde, und schloss die Tür hinter mir. Im Fahrstuhl bekam ich auf einmal Zweifel, ob ich für den Anlass auch die angemessene Kleidung gewählt hatte. Aber dann sagte ich mir, dass dies an diesem Tag meine geringste Sorge sein sollte.

Auf meinem Weg in den Frühstücksraum wurde ich von Frau Gerber angesprochen, die ihren Dienst an der Rezeption wieder aufgenommen hatte. Sie überreichte mir einen Briefumschlag mit einer Nachricht von meiner Barbekanntschaft Sabine.

Guten Morgen Johann!
Ich denke heute Morgen an dich und hoffe, dass das alles für dich nicht so schwer wird.
Vielleicht ist es ja möglich, dass wir uns danach treffen und zusammen irgendwo zu Mittag essen. Ich werde auf alle Fälle um halb eins am Graben an der Pestsäule auf dich warten.
Gruß,
Sabine

Ich hatte an diesem Morgen schon einige Male kurz an sie und den vergangenen Abend gedacht, aber meine Verabredung mit

Landauer und die Vorstellung, was mich in der Gerichtsmedizin erwartete, hatten mich so sehr beschäftigt, dass alles andere in den Hintergrund gedrängt wurde. Ich steckte den Brief ein und ging in den immer noch gut besetzten Frühstücksraum. Dort suchte ich mir einen freien Tisch und ließ mir von einer der Serviererinnen Kaffee bringen. Mir war ja morgens nie so richtig nach Essen zumute, aber ein nüchterner Magen war an diesem Vormittag wohl auch keine so gute Idee. Ich ging an das reichhaltige Buffet und versuchte dort neben einem Fruchtsaft etwas zu finden, worauf ich vielleicht Appetit haben könnte. Das Rührei, das ich mir dann von dort mitbrachte, war aber schon etwas kalt. Ein paar Tische weiter erkannte ich das Pärchen, das mir am Abend zuvor in der Bar des Hotels wegen des deutlichen Altersunterschieds aufgefallen war. Besonders günstig schien die Nacht für beide aber nicht verlaufen zu sein, denn ich sah, dass sie so gut wie gar nicht miteinander redeten.

Es wurde dann auch Zeit für mich. An der Rezeption bat ich Frau Gerber, ein Taxi kommen zu lassen. Ich nahm mir eine Zeitung vom Tresen und setzte mich in der Lobby in einen der Sessel. Aber ich musste nicht lange warten. Ich hätte es mir denken können, dass der Wagen, der mich abholte, ein „Kalinke Taxi" war. Der junge Mann, der mich zur Gerichtsmedizin fuhr, schien relativ schnell zu begreifen, dass sein Gast an diesem Morgen zum Plaudern nicht besonders aufgelegt war, und ließ mich in Ruhe. Ich hatte mir den Weg, der durch mir unbekannt Teile Wiens führte, vorher auf dem Stadtplan angesehen und war jetzt doch überrascht, dass er erheblich weiter war, als ich gedacht hatte. Als das Taxi schließlich vor dem Haupteingang des Instituts hielt, war ich immer noch etwas früh dran. Ich bezahlte den Fahrer, der über Funk von der Zentrale bereits einen neuen Auftrag erhalten hatte und sofort weiterfuhr, und betrachtete das Portal des imposanten Bauwerks, das auf mich allerdings auch ein wenig altertümlich wirkte. Ich sah einige junge Leute, wahrscheinlich Studenten, die aus der Tür kamen und die irgendwie erleichtert wirkten, das Gebäude wieder verlassen zu können. Dann atmete ich tief durch und machte mich auf den Weg zu meiner Verabredung.

Die letzten Schritte fielen mir doch schwerer als ich mir das vorgestellt hatte. Langsam stieg ich die ausgetretenen Steinstufen zum Haupteingang hinauf und öffnete die große, schwere Tür zur Eingangshalle des Gerichtsmedizinischen Instituts. Ein unangenehmer Geruch von alten Akten gemischt mit leichten Spuren von Karbol war das erste, was ich wahrnahm. Nach ein paar Schritten blieb ich stehen und schaute mich verwundert um. Die Größe dieses Foyers überraschte mich. Mein Blick fiel auf einen Mann in Uniform, der in seiner gläsernen Kabine eine Zeitung las und der erst aufsah, als ich vor der Fensteröffnung stehen blieb.

„Guten Tag! Ich habe hier eine Verabredung mit Inspektor Landauer. Mein Name ist Weber."

Der Portier ließ die Zeitung sinken, griff ohne sie zusammenzulegen zum Telefon und wählte eine Nummer. Ein Schildchen neben dem Fenster informierte darüber, dass der Mann „Cerny" hieß.

„Hier gibt es einen Besucher für Sie", sagte er in den Hörer. „Ein Herr Weber."

Er hielt das Gerät noch einen Moment an sein Ohr und legte dann auf.

„Der Herr Chefinspektor kommt sofort. Sie sollen hier auf ihn warten."

Ohne mich noch eines weiteren Blickes zu würdigen, nahm er die Zeitung auf und begann erneut in ihr zu lesen. Wieder einmal stellte ich fest, dass der Wiener Dialekt, in dem für mich als Norddeutschen immer so viel Leichtigkeit und Liebenswürdigkeit mitschwang, auch ausgesprochen abweisend und unfreundlich sein konnte. Ich wandte mich von ihm ab und sah mich in der Eingangshalle um. Dieses Gebäude hatte wohl schon bessere Zeiten gesehen. Besonders der Steinfußboden wirkte schon ziemlich mitgenommen. Eine beträchtliche Anzahl der großen alten Fliesen war beschädigt. Die Wände brauchten einen neuen Anstrich, und auch die hohe, mit Stuckaturen verzierte Decke musste dringend überholt werden. Im Hintergrund, der Eingangstür gegenüber, entdeckte ich den Zugang zu einem Fahrstuhl. Daneben führte eine recht breite steinerne Treppe mit einem gusseisernen Geländer zu den oberen Stockwerken.

Als Landauer schließlich die Stufen herunter kam, erkannte ich ihn sofort. Wie bei unserem ersten Treffen trug er das graue Tweed Sakko, und ich musste unwillkürlich daran denken, dass dieses

Kleidungsstück an einem Tag wie heute viel zu warm sein musste. Ich selber spürte, dass mein Hemd unter meiner dünnen Leinenjacke auf dem Rücken schweißnass war. Ich ging Landauer langsam entgegen und bemerkte, dass mein Herzschlag sich beschleunigt hatte.

„Herr Dr. Weber! Danke, dass Sie gekommen sind", sagte er und schüttelte mir die Hand. „Ich kann mir vorstellen, dass Ihnen der Weg hierher nicht leichtgefallen ist."

Ich zuckte mit den Schultern und schwieg dazu.

„Kommen Sie bitte, Herr Dr. Weber, ich möchte Ihnen oben zuerst noch etwas zeigen."

Der Ausdruck „zuerst noch" war wenig beruhigend. Mir wurde schlecht. Ich ging hinter ihm her und versuchte mich auf das Muster der Steinfliesen zu konzentrieren. Wir erreichten die Treppe, und Landauer drehte sich zu mir um.

„Ich bin in diesem Haus selber nur Gast. Man hat mir hier aber freundlicherweise für unser Treffen einen kleinen Raum zur Verfügung gestellt."

Auf unserem Weg in den ersten Stock wandte er sich auf den Stufen dann noch einmal an mich.

„Dieses historische Gebäude ist für die Gerichtsmedizin hier seit längerem ein Problem. Es ist einfach zu alt", erklärte er. Es war mir klar, dass Landauer mir mit diesen Bemühungen um Konversation die Situation erleichtern wollte. „Das Institut wird daher demnächst auch umziehen."

„Ich verstehe", antwortete ich und sah mich in dem für meinen Geschmack überdimensionierten Treppenhaus um.

Wir gingen weiter. Landauer führte mich im ersten Stock ein Stück den Flur entlang. Er blieb dann vor einer Tür mit der Nummer 109 stehen und öffnete sie.

„Bitte treten Sie ein", sagte er. „Dies hier ist das Büro, das man mir für den heutigen Vormittag überlassen hat."

Das Zimmer war wirklich klein. Die Regale an den Wänden waren vollgestopft mit Akten. Das Linoleum auf dem Fußboden war brüchig und hatte schwarze Flecken. Das Mobiliar hätte insgesamt auf jeden Trödelmarkt gepasst. Aber was mich am meisten störte, war die Temperatur in diesem Raum. Es war einfach zu warm, und ich konnte mir nicht vorstellen, wie man hier im Sommer ohne eine Klimaanlage arbeiten konnte. Landauer bot mir einen Stuhl an und ging um einen abgestoßenen Schreibtisch herum, der vor einem winzigen ovalen Fenster platziert war. Bevor er sich setzte, zog er sich noch sein Sakko aus und hängte es über die Rückenlehne eines abgewetzten Bürosessels. Die Schweißflecken unter seinen Achseln zeichneten sich auf dem blauen Hemd deutlich ab. Ich verwarf den Gedanken, mich ebenfalls meines Jacketts zu entledigen.

„Kann ich Ihnen etwas anbieten? Einen Kaffee vielleicht?", fragte er.

Ich lehnte dankend ab. Nach einem warmen Getränk war mir in diesem Moment überhaupt nicht zumute. Außerdem hatte ich auch wenig Interesse daran, meinen Aufenthalt an diesem Ort unnötig in die Länge ziehen.

„OK. Dann können wir ja gleich anfangen."

Landauer räusperte sich und rückte etwas dichter an den Schreibtisch heran. Ich konnte im Gegenlicht sehen, dass sich auf seiner Halbglatze kleine Schweißperlen gebildet hatten.

„Die Tote – wir schätzen ungefähr im Alter ihrer Frau – wurde mit einem Kopfschuss auf der Toilette eines Lokals des Wiener Rotlichtmilieus aufgefunden. Wir gehen davon aus, dass es sich einmal mehr um ein osteuropäisches Opfer der Zwangsprostitution handelte. Damit haben wir in Wien seit längerem große Probleme."

Er machte eine kurze Pause. Das Wort „Zwangsprostitution" löste bei mir eine Kette von furchtbaren Assoziationen aus. Es schien so, als würde sich Landauer über die Wirkung, die seine Ausführungen auf mich haben musste, keine großen Gedanken machen.

„Aber dann fanden wir außer den Kreditkarten, die ich am Telefon bereits erwähnt habe, bei der Toten auch einige andere Dinge, die ihnen vielleicht bekannt sein könnten. Es wäre vielleicht hilfreich, wenn Sie sich diese Sachen einmal ansehen würden."

Ich bemerkte jetzt einen Pappkarton, der sich neben einigen Aktenordnern auf dem Tisch befand und den er zu sich heranzog. Er öffnete ihn und nahm einige Gegenstände heraus, die er behutsam vor sich ausbreitete. Er sah mich an.

„Kennen Sie diese Sachen?"

Ich war aufgestanden und trat dichter heran und sah, dass es sich um eine Handtasche, ein Portmonee, eine EC- und eine Visakarte handelte. Ich musste mich an der Tischplatte festhalten.

Mir war wieder schwindlig. Die Handtasche erkannte ich sofort. Auch bei dem Portmonee, das ich meiner Frau geschenkt hatte, war ich mir sicher. Die Karten waren auf Hannahs Namen ausgestellt. Ich nickte. Schließlich räusperte ich mich und sagte leise:

„Ja, die kenne ich."

Landauer nickte ebenfalls. Dann griff er noch einmal in den Karton und zeigte mir ein silbernes Armband und einen goldenen Fingerring, der offenbar mit einem Brillanten verziert war. Diesmal schüttelte ich den Kopf.

„Nein, die habe ich noch nie gesehen."

Der Chefinspektor nickte wieder.

„Vielen Dank, Herr Dr. Weber."

Er legte die Gegenstände wieder in die Box und schloss den Deckel. Ich war vor dem Schreibtisch stehen geblieben. Landauer stand nun ebenfalls auf.

„Ich schlage vor, dass wir die ganze Sache hier schnell hinter uns bringen", sagte er. „Wären Sie bereit dazu?"

Ich nickte wieder. Das Sprechen fiel mir in diesem Moment schwer.

„OK, dann. Kommen Sie. Ich glaube, wir sollten jetzt runter in die Pathologie gehen."

Landauer nahm sein Jackett von der Rückenlehne seines Stuhls und streifte es über. Wir verließen das kleine Zimmer, und er führte mich an Türen vorbei den Flur entlang zum Fahrstuhl.

„Wir müssen runter in den Keller", erklärte er.

Es dauerte ein wenig, bevor der Aufzug kam. Ich stellte jetzt fest, dass der Schweiß auf meinem Rücken unangenehm kalt geworden war.

Auf unserer Fahrt nach unten schwiegen wir beide. Mir war es recht so, denn ich benötigte all meine Konzentration, um die entsetzlichen Gedanken abzuwehren, die im Moment auf mich einstürmten. Es war mir war immer noch schlecht. Ich starrte auf den Boden der Kabine und merkte, dass mein rechtes Bein unabhängig von meinem Willen angefangen hatte zu zittern. Als sich die Tür dann endlich öffnete und wir den Fahrstuhl verlassen konnten, war ich froh, dass ich mich wieder bewegen konnte.

Was mir in dem langen Gang, in dem wir uns jetzt befanden, am stärksten ins Auge fiel, waren die blass-grünen Kacheln, mit denen die Wände auf beiden Seiten bis zur Schulterhöhe bedeckt waren. An der Decke gab es Neonröhren, die in gleichmäßigen Abständen angebracht waren und die mit ihrem grellen, weißen Licht die Farbe aus allen Gegenständen zu ziehen schienen. Ich konzentrierte mich auf das Geräusch unserer Schritte auf dem alten Steinfußboden.

„Das Institut befindet sich am Ende des Flures", bemerkte Landauer wohl aus dem Gefühl heraus, etwas sagen zu müssen. „Wir sind gleich da."

Sein Gesicht sah in der Beleuchtung ungesund und blass aus. Ich fragte mich, welchen Eindruck ich selber in diesem Moment wohl machte. Mir war jetzt richtig kalt, und ich spürte die unangenehme Nässe meines durchgeschwitzten Hemdes, das auf meinem Rücken klebte. Und was war denn auch plötzlich mit meinem rechten Auge los? Irgendwie hatte es auf einmal zu flimmern begonnen. Aber als wir dann schließlich um eine letzte Ecke des Gangs bogen, erkannte ich, dass dies an einer defekten Neonröhre lag, die an der Decke unregelmäßig flackerte.

Dann standen wir vor einer großen, weißlackierten Metalltür mit der Aufschrift „Department für Gerichtliche Medizin". Landauer klingelte. Als nach einer Weile der Summer ertönte, drückte er die Tür auf. Der starke Karbolgeruch, der uns jetzt entgegenschlug, verstärkte bei mir das Gefühl der Übelkeit, das mich die ganze Zeit nicht verlassen hatte. Eine Frau in einem grünen Kittel kam auf uns zu.

„Ich habe Sie schon erwartet, Herr Landauer", sagte sie und gab dem Inspektor die Hand.

„Frau Dr. Herder, dies ist Dr. Weber aus Hamburg, den ich Ihnen ja bereits angekündigt habe und der uns vielleicht bei der Identifizierung der Toten behilflich sein kann."

Die Ärztin, deren Alter ich auf Mitte fünfzig schätzte, sah müde aus und hatte kurze, dunkelblonde Haare. Sie sah mich durch ihre randlose Brille an und reichte mir auch stumm die Hand, die sich auffallend schmal und zierlich anfühlte.

„Wir sind Ihnen dankbar, dass Sie gekommen sind, Herr Dr. Weber."

Es war mir, als hielte sie meine Hand etwas länger fest. Dann ließ sie los und wandte sich wieder an Landauer.

„Ich werde dann mal vorgehen. Kommen Sie, bitte!"

104

Sie drehte sich um, und wir folgten ihr den weißen Flur entlang, bis sie vor der dritten Tür auf der linken Seite stehen blieb und sich zu uns umdrehte.

„Hier sind wir", sagte sie und öffnete die Tür.

Ich spürte einen kalten Luftzug und bemerkte, dass mein Herz wieder wie rasend angefangen hatte zu schlagen. Dr. Herder, die vorangegangen war, blieb innen stehen und drehte sich wieder zu uns um. Ich, der ihr als erster gefolgt war, stand auf der Schwelle und blickte in den großen, fensterlosen Raum, der durch mehrere Deckenlampen hell erleuchtet war. Den Tisch in der Mitte sah ich sofort. Unter einem grünen Laken, das die gleiche Farbe hatte wie Dr. Herders Kittel, lag offenbar eine Leiche.

Ich hatte einen Schwindelanfall. Schwankend versuchte ich mich am Türrahmen festzuhalten. Von hinten spürte ich, dass Landauer meinen Arm ergriffen hatte. Auch die Ärztin hatte einen Schritt auf mich zugemacht. Mir wurde auf einmal schwarz vor Augen.

11

Landauer hatte mich so fest am rechten Arm gepackt, dass ich wieder den bekannten Schmerz in meiner Schulter spürte. Dr. Herder, die Pathologin, die ebenfalls auf mich zugeeilt war, stützte mich von der anderen Seite. Wir standen immer noch an der Tür. Ich konnte nur einen Moment wirklich „weg" gewesen sein.

„Herr Dr. Weber? Hallo!", sagte der Inspektor und schüttelte meinen Arm. „Geht's jetzt wieder?"

Ich zuckte zusammen.

„Vorsichtig! Ich habe eine kaputte Schulter", presste ich zwischen den Zähnen hervor. Dann nickte ich. „Ja, es ist alles OK."

Sie führten mich behutsam zu einem Stuhl und setzten mich dort ab.

„Ich hole Ihnen etwas zu trinken", sagte die Ärztin und ließ mich mit dem Inspektor einen Augenblick allein. Ich versuchte zu grinsen.

„Ich glaube, ich hätte gut daran getan, heute Morgen etwas besser zu frühstücken."

Landauer wirkte immer noch besorgt und zwang sich zu einem Lächeln.

„Das wäre wohl keine schlechte Idee gewesen", antwortete er.

Dr. Herder kam mit einem Glas Wasser zurück. Ich nahm einen Schluck und reichte es ihr zurück.

„Danke", sagte ich. „Es geht schon wieder."

Ich spürte jetzt wieder die Kälte des Raumes und konnte hinter Landauer einen Teil des Tisches sehen, auf dem unter dem grünen Laken allem Anschein nach meine tote Frau lag. Ich schluckte und sah den Inspektor an.

„Von mir aus können wir weitermachen."

Dr. Herder stellte das Glas ab. Als Landauer Anstalten machte, mir auf die Beine zu helfen, schüttelte ich den Kopf und erhob mich. Langsam gingen wir zusammen auf den Tisch zu. Mein Herz hatte begonnen, wie wild zu schlagen. Die Ärztin trat an das Kopfende und deckte vorsichtig das Gesicht der Toten auf.

Ich sah mit einem Blick, dass es nicht Hannah war. Bis auf die blonden Haare gab es überhaupt keine Ähnlichkeit mit ihr. Sie schien auch jünger zu sein. Ich schüttelte den Kopf.

„Nein. Das ist nicht meine Frau."

Während ich mich abwandte, konnte ich noch sehen, dass Dr. Herder mit dem grünen Laken das Gesicht der Toten wieder behutsam zudeckte. Wir gingen dann zusammen vor die Tür, wo wir uns von der Pathologin verabschiedeten. Den Weg zurück in das Büro, das man dem Inspektor in diesem Haus zu Verfügung gestellt hatte, legten wir schweigend zurück. Mir war ohnehin nicht nach Reden zumute, und auch Landauer war offensichtlich mit seinen eigenen Gedanken beschäftigt. Erst im Fahrstuhl wurde mir langsam bewusst, welch bitterer Kelch an mir vorübergegangen war. Es war nicht Hannah, die da unten unter diesem grünen Tuch lag. Hannah lebte. Alles andere war im Moment im Grunde nebensächlich.

Die Luft in Landauers Zimmer war immer noch stickig. Wir nahmen beide Platz auf den Stühlen, auf denen wir auch zuvor gesessen hatten. Diesmal zog ich ebenfalls mein Jackett aus und legte es zusammengefaltet über meine Knie. Landauer, wieder in Hemdsärmeln, nahm ein Taschentuch aus seiner Hosentasche und wischte sich den Schweiß von der Stirne. Er steckte das Tuch wieder ein und sah mich über den Schreibtisch hinweg an.

„Ich bin sehr froh, Herr Dr. Weber, dass es sich bei unserem Opfer nicht um Ihre Frau handelt", sagte er und versuchte vergeblich, einen erleichterten Eindruck zu machen. „Und es tut mir auch sehr leid, dass Sie das hier bei uns haben durchmachen müssen. Aber unter den gegebenen Umständen sahen wir keine andere Möglichkeit, bei unserer Untersuchung etwas schneller voranzukommen."

Er machte eine kleine Pause und legte dann eine Hand auf den Pappkarton, dessen Inhalt die Polizei bei der Frau gefunden hatte.

„Die Gegenstände hier brauchen wir hier noch für unsere Untersuchungen im Zusammenhang mit der toten Unbekannten. Die Dinge, die Ihrer Frau gehören, werden wir Ihnen zu gegebener Zeit zuschicken", sagte er. „Es bleibt ja immer noch die Frage, wie die Tote in den Besitz dieser Sachen gekommen ist."

Er schien einen Moment zu überlegen.

„Aber darüber lassen sich soweit nur Vermutungen anstellen. Vielleicht ist die Handtasche gestohlen worden. Wir hören häufig davon, dass es am Flughafen zu solchen Diebstählen kommt. Aber es ist auch möglich, dass Ihre Frau die Tasche verloren hat."

Er öffnete den Karton und nahm nach einigem Suchen Hannahs Bankkarten heraus.

„Uns ist aufgefallen, dass die beiden Karten Ihrer Frau durch einen Knick, mit dem die Magnetbänder gebrochen wurden, unbrauchbar gemacht worden sind."

Was hatte Landauer eigentlich vor? Worauf wollte er hinaus? Ich versuchte mich zu konzentrieren. Er schien nachzudenken und legte die Karten wieder zurück in den Karton. Er wischte sich noch einmal den Schweiß von der Stirn, behielt diesmal aber das Taschentuch in der Hand.

„Wir wissen nicht, warum die Unbekannte, die da unten in der Pathologie liegt, die entwerteten Karten überhaupt behalten hat. Vielleicht glaubte sie, man könne sie wieder aktivieren oder sonst irgendwie gebrauchen."

Nach einer kleinen Atempause setzte er seinen Monolog fort.

„Die eigentliche Frage, die uns aber in diesem Zusammenhang beschäftigen sollte, ist eine andere: Wer war es, der die Magnetstreifen der Karten unbrauchbar gemacht hat?"

Ich hatte immer noch keine Ahnung, warum Landauer mir das alles so umständlich erzählte. Das hatte doch alles überhaupt keine Verbindung zu Hannah und ihrem Verschwinden. Aber dann ließ der Inspektor die kleine Bombe fallen.

„Herr Dr. Weber, wir halten es für möglich, dass Ihre Frau dies selber gemacht hat."

Wovon redete der Mann eigentlich? Warum sollte Hannah dies denn tun? Ich sah den Chefinspektor an und wartete auf eine Erklärung.

„Wenn das zutrifft, dann müssen wir davon ausgehen, dass Ihre Frau untergetaucht ist und nicht gefunden werden will", fuhr er dann fort. „Wir glauben inzwischen tatsächlich, dass sie die Karten selber entwertet hat, bevor sie sich ihrer Tasche entledigte und verschwand. Für das, was sie vorhatte, brauchte sie die Karten nicht mehr. Sie stellte auf diese Weise sicher, dass sie keine elektronische Spur hinterließ. Die ermordete Frau, bei der wir die Gegenstände gefunden haben, hat diese Tasche wahrscheinlich zufällig irgendwo gefunden."

Er schien jetzt auf eine Reaktion von mir zu warten. Ich räusperte mich.

„Ich verstehe", sagte ich, aber genau das tat ich eigentlich nicht.

Wieder saßen wir uns beide eine Weile stumm gegenüber. Es war fast so, als wollte Landauer mir etwas Zeit zum Nachdenken geben. Aber während ich noch versuchte, die neuen Informationen zu verarbeiten, hatte er ganz offenbar das Bedürfnis, mir noch etwas anderes mitzuteilen.

„Es tut mir leid, aber alles andere macht für uns momentan wenig Sinn", sagte er leise. „Herr Dr. Weber, da wir inzwischen nicht mehr davon überzeugt sind, dass es sich bei dem Verschwinden ihrer Frau um ein Verbrechen handelt, werden wir auch offiziell die Fahndung nach ihr einstellen."

Wie zuvor saßen wir uns eine Zeitlang schweigend gegenüber. Schließlich erhob ich mich langsam von meinem Stuhl mit dem Jackett in der Hand. Auch der Inspektor war aufgestanden und reichte mir die Hand.

„Auf Wiedersehen, Herr Dr. Weber! Und noch einmal: Vielen Dank, dass Sie gekommen sind", sagte er zum Abschied und gab mir dann noch einen Trost mit auf den Weg. „Ich verspreche Ihnen, dass ich auch weiterhin meine Augen offen halte für den Fall, dass sich in dieser Angelegenheit etwas Neues ergeben sollte."

Er brachte mich noch zur Tür und wünschte mir „einen guten Flug zurück nach Hamburg".

Auf dem Flur blieb ich nach wenigen Schritten stehen. Ich fühlte mich wie benommen und versuchte das, was Landauer mir gerade mitgeteilt hatte, langsam zu verdauen. Nein, ich konnte ihn nicht missverstanden haben. Der Chefinspektor war zweifellos der Ansicht, dass die Fahndung nach Hannah bisher deshalb ergebnislos verlaufen war, weil sie nicht gefunden werden wollte. Aber das war doch absurd!

Ich musste raus aus diesem Gebäude. Mir fiel Sabine ein. Vielleicht wäre es gar nicht schlecht, wenn ich jetzt mit jemandem reden könnte. Auf meiner Uhr war es bereits zehn nach zwölf, und ich musste mich beeilen, wenn ich sie noch erwischen wollte. Ich eilte die Treppe hinunter und bat in der Eingangshalle den Beamten in der Glaskabine, ein Taxi zu rufen. Ich war überrascht, dass der Mann, den ich nicht als besonders entgegenkommend in Erinnerung hatte, meinem Wunsch ohne Widerstand nachkam.

Es dauerte ein wenig, bevor der Wagen kam, und ich nutzte die Zeit, um mit Connie zu telefonieren. Ich erreichte sie auf ihrem

Handy und erzählte ihr, dass es sich bei der Toten nicht um Hannah handelte.

„Mensch, Gott sei Dank", sagte sie schließlich nach einer langen Pause. „Jo, ich habe das so gehofft."

Ich hatte den Eindruck, dass sie, die ebenso wie ich auf das Schlimmste gefasst gewesen war, wieder angefangen hatte zu weinen. Von meiner Unterhaltung mit Landauer sagte ich ihr nichts. Ich bat sie auch noch, Nico zu informieren. Bevor wir das Gespräch beendeten, versprach ich ihr, mich zu melden, sobald ich wieder in Hamburg war.

Als das Taxi mich nach einer schleppenden Fahrt durch den dichten Verkehr, bei der mir Landauers Schlussfolgerung nicht aus dem Kopf gehen wollte, endlich in der Nähe des Stephanplatzes absetzte, war es bereits zwanzig vor eins. Von weitem konnte ich die Pestsäule erkennen, aber es dauerte doch eine Weile, bevor ich mich durch die vielen Touristen, die sich hier an diesem schönen Junitag aufhielten, durchgekämpft hatte. Ich hatte mich um über zwanzig Minuten verspätet, und Sabine war nirgends zu sehen. Schade. Aber früher hätte ich eigentlich auch gar nicht hier sein können. Da stand ich nun mit meinem Jackett in der Hand und sah mich um. Wenn ich mir das so überlegte, war es wohl das Gescheiteste, wenn ich mich an einen der Tische setzte, die hier vor den Cafés und Restaurants unter den Markisen aufgebaut waren. Denn mit oder ohne Sabine, essen musste ich dringend etwas.

Während ich noch überlegte, für welches der verschiedenen gastronomischen Angebote ich mich hier entscheiden sollte, tippte mir jemand von hinten auf die Schulter. Es war Sabine. Sie trug eine weiße Bluse und einen engen beigen Rock, dazu elegante Sandaletten in der gleichen Farbe mit einem mittleren Absatz.

„Ich dachte mir schon, dass du es nicht rechtzeitig schaffen würdest", sagte sie und lächelte mich an. „Ich habe dahinten schon einen Tisch ausgesucht und auf dich gewartet. Komm!"

Sie zeigte auf ein Restaurant ganz in der Nähe, das mit seinen roten Sonnenschirmen sehr einladend wirkte. Dann griff sie meinen Arm, blieb aber nach zwei Schritten stehen und sah mich mit ihren unvergleichlichen Augen an.

„Entschuldigung! Das habe ich eben ja ganz vergessen! Wie war es? Wie ist es in der Pathologie gelaufen?"

„Das war nicht meine Frau."

Sabine sah mich mit großen Augen an.

„Mensch, das ist doch eine gute Nachricht! Ich weiß nicht, aber irgendwie hatte ich mir so etwas schon gedacht", sagte sie und nahm wieder meinen Arm.

Ich sagte ihr nicht, dass sich dabei meine Schulter wieder meldete. Sie führte mich an den Tisch, an dem sie offenbar bereits gesessen hatte und auf dem ein Glas und eine angebrochene Flasche Mineralwasser stand. Eine Jacke, die zu ihrem Rock passte, hatte sie über ihre Stuhllehne gehängt. Wir setzten uns, und ich schaute mich um. Soweit ich erkennen konnte, waren alle Tische besetzt. Dies Lokal war ganz offensichtlich bei Touristen beliebt. Es wunderte mich auch nicht, dass ich in einer Ecke unter einem weiteren roten Sonnenschirm das Pärchen entdeckte, das ich auch schon beim Frühstück im Hotel wiedererkannt hatte. Ich schaute kurz in die Speisekarte und schloss mich dann aber Sabine an, die sich bei der Serviererin Lasagne bestellte. Dazu wählten wir eine Karaffe Weißwein.

Ich sah der Kellnerin nach, die geschickt den frei gewordenen Nachbartisch abräumte und sich mit ihrem Tablett zwischen den Tischen umsichtig in Richtung Restaurant bewegte, wo sie durch die Eingangstür verschwand. Sabine berührte meine Hand und lächelte mich an.

„He, was ist denn los mit dir?", fragte sie. „Irgendetwas ist doch passiert."

Wie am Abend zuvor in der Bar musste ich mich wieder über ihr großes Einfühlungsvermögen wundern und versuchte erst gar nicht zurückzulächeln. Ich nickte.

„Das weiß ich selber nicht", sagte ich und fügte hinzu, dass ich natürlich ziemlich erleichtert sei, dass sich meine schlimmsten Befürchtungen nicht bestätigt hätten. Aber was mit meiner Frau wirklich passiert sei, wisse man ja immer noch nicht. Im Grunde fühlte ich mich inzwischen stärker verunsichert als zuvor.

Ich erzählte ihr dann von Landauer und schilderte, was ich in der Pathologie erlebt hatte. Nach einigem Zögern berichtete ich ihr auch ausführlich von dem abschließenden Gespräch, das ich mit dem Inspektor geführt hatte. Ich gestand ihr, dass mich seine Ausführungen sehr beunruhigt hätten. Sabine, die meine Hand

111

nicht losgelassen hatte, hörte mir zu, ohne mich zu unterbrechen. Auch als ich mit meinem Bericht fertig war, schwieg sie zunächst.

Die Serviererin brachte unsere Bestellung, und wir widmeten uns zunächst stumm der Lasagne. Wie häufiger in letzter Zeit, hatte ich inzwischen wieder einmal ziemlich den Appetit verloren, sagte mir aber, dass ich dringend etwas essen müsse. Sabine schien zu merken, dass ich recht lustlos auf meinem Teller herumstocherte. Sie legte ihr Besteck hin und sah mich an.

„Du darfst das doch nicht so für bare Münze nehmen", sagte sie dann und griff wieder nach meiner Hand. „Alles, was dieser Inspektor gesagt hat, ist doch reine Spekulation."

Ich nickte, denn sie hatte ja recht. Ich musste mich beruhigen. Sie ließ meine Hand los, und wir konzentrierten uns wieder auf unsere Teller. Schließlich hatte auch ich den größten Teil meiner Lasagne geschafft. Ich verteilte den Rest des Weines auf unsere beiden Gläser. Etwas wollte Sabine noch wissen.

„Sag mal, Johann", sagte sie und nahm ihr Glas in die Hand. „Hältst du denn das für völlig abwegig, was dieser Inspektor vermutet?"

Ich leerte mein Glas.

„Ja, das tu ich", antwortete ich und schüttelte dann den Kopf. „Natürlich hab ich auch immer wieder an so was gedacht. Aber das macht doch alles keinen Sinn. Es hat überhaupt nie ein Anzeichen dafür gegeben, dass Hannah mich verlassen wollte. So etwas merkt man doch! Nein, ich kann das nicht glauben."

Ihr Handy klingelte jetzt. Sie fischte es aus einer Tasche der Kostümjacke, die über ihrer Stuhllehne hing. Es handelte sich offenbar um eine Textmitteilung

„Oh-Oh! Ich muss zurück zu dieser Veranstaltung", sagte sie. „Man vermisst mich bereits."

Wir verabschiedeten uns dann auf der Straße vor dem Restaurant.

„Was wirst du jetzt machen?", fragte sie und hielt meine Hand fest. „Bleibst du noch bis morgen?"

Ich hatte vorgehabt, so schnell wie möglich nach Hamburg zurückzufliegen. Das hatte ich ihr gegenüber am Abend zuvor bei unserem Gespräch in der Bar auch angedeutet. Doch in dem Taxi, das ich von der Gerichtsmedizin genommen hatte, war mir selber der Gedanke gekommen, dass ich mir vielleicht etwas mehr Zeit geben sollte. Die Rückkehr in meine leere Wohnung stand mir im Grunde ziemlich bevor, und die Gespräche, die ich mit Connie und Nico über meinen Aufenthalt in Wien führen musste, wollte ich im Moment auch ganz gerne verschieben. Das hatte keine Eile.

„Daran habe ich auch schon gedacht", antwortete ich. „Im Moment zieht es mich eigentlich nicht so schnell nach Hause."

Sabine strahlte mich an.

„Super! Dann können wir uns ja heute Abend doch noch einmal sehen. Das heißt natürlich, wenn du möchtest."

Ich versuchte zurückzulächeln und nickte.

„Das fände ich sehr schön."

Sie schaute noch einmal auf ihre Uhr.

„Ich weiß nicht, wann genau unsere Veranstaltung heute zu Ende geht. Ich werde mich aber so schnell wie möglich absetzen und versuchen, dich im Hotel zu treffen", sagte sie dann und zog einen offenbar vorbereiteten Zettel aus ihrer Jackentasche. „Hier ist meine Handynummer. Für alle Fälle. Du solltest mir vielleicht auch deine Nummer geben."

Sie tippte meine Nummer, die ich ihr nannte, umgehend in ihr Gerät, lächelte mich zum Abschied noch einmal an und mischte sich mit einem „Ich bin schon spät dran" nach wenigen Schritten unter die vielen anderen Touristen, die zu dieser Tageszeit in der belebten Geschäftsstraße unterwegs waren.

Ich sah ihr nach, bis sie verschwunden war, und beschloss, den Weg in unser Hotel zu Fuß zurückzulegen. Zum „Erzherzog Albrecht" konnte es von der Innenstadt nicht besonders weit sein. Außerdem glaubte ich, dass mir ein wenig Bewegung gut tun müsste. In der Innentasche meines Jacketts hatte ich einen Stadtplan. Ich nahm ihn heraus, orientierte mich noch einmal kurz und machte mich dann auf den Weg.

Als ich dann nach mehr als einer halben Stunde völlig verschwitzt das Hotel erreichte, musste ich mir eingestehen, dass der lange Fußmarsch überhaupt keine gute Idee gewesen war. Der dichte Verkehr, der Lärm und der Benzingestank der Autos hatten mich in der Hitze zunehmend irritiert. Ich fühlte mich müde und abgekämpft. An der Rezeption wollte ich Frau Gerber darüber informieren, dass ich noch eine weitere Nacht bleiben wollte, und stellte dabei fest, dass sie davon ohnehin ausgegangen war. Oben in meinem Zimmer ging ich als Erstes unter die Dusche und legte mich dann in einem frischen T-Shirt und Boxershorts auf das Bett.

Mein Besuch in der Gerichtsmedizin und die tote Frau, die dort lag, hatten an meiner Situation eigentlich nichts geändert. Von Hannah fehlte immer noch jede Spur. Und selbst wenn man Landauers reichlich spekulative Schlussfolgerung in Betracht zog, bliebe es völlig unklar, aus welchem Grund meine Frau denn „untergetaucht" sein sollte. Im Übrigen gab es außer den entwerteten Bankkarten nicht einen einzigen Hinweis, der die Theorie des Inspektors stützen konnte. Wenn meine Frau tatsächlich die Absicht gehabt hätte, mich zu verlassen, hätte ich es doch als Erster spüren müssen. Davon war ich nach wie vor überzeugt.

Etwas hatte sich an meiner Situation aber doch geändert: Die Polizei hier würde die offizielle Fahndung nach Hannah einstellen. Ich konnte also froh sein, dass ich selber eine private Ermittlung eingeleitet hatte. Arkenau! Den musste ich ja auch noch informieren. Ich setzte mich auf, nahm mein Handy und wählte die Nummer der Detektei. Die Sekretärin, die meinen Anruf annahm, stellte mich zu ihrem Chef durch. Als Arkenau sich meldete, berichtete ich ihm von meinem Besuch in der Pathologie und dem Gespräch, das ich mit dem Wiener Inspektor gehabt hatte. Er unterbrach mich nur einmal mit einer Frage zu den Gegenständen, die man bei der Toten gefunden hatte. Ansonsten verzichtete er auf irgendeinen Kommentar und schlug mir schließlich vor, mich mit ihm am kommenden Dienstag zu einer Lagebesprechung in seinem Büro zu treffen.

Für mich selber war Sachlichkeit im Umgang mit Mandanten immer sehr wichtig. Trotzdem wunderte ich mich über die Andeutung von Distanziertheit, die ich bei Arkenau gespürt hatte. Aber vielleicht lag das daran, dass man solche Gespräche nicht gut über das Telefon führen konnte. Ich ließ mich zurück auf das Bett fallen und schloss die Augen. Wieder drangen die Geräusche des nachmittäglichen Verkehrs von der Straße zu mir herauf, und wieder fühlte ich mich an eine beklemmende Situation in meiner Kindheit erinnert, ohne dass mir einfallen wollte, was genau dies gewesen war.

Das Klingelzeichen meines Handys weckte mich. Es war Sabine, die mir sagen wollte, sie würde auf das Buffet, das man zum Abschluss für die Kongressteilnehmer eingerichtet hatte, verzichten und zurück ins Hotel kommen. Sie schlug vor, uns gegen sieben in dem Lokal zu treffen, in dem wir auch am Vorabend getrennt gegessen hatten.

„Wie spät ist es eigentlich", fragte ich etwas verwirrt.

„Es ist kurz nach sechs", antwortete sie. „Hast du geschlafen?"

„Ja, ich bin vorhin eingepennt."

„Das wäre mir hier auch fast passiert", lachte sie. „Also, bis nachher."

Das Restaurant war bereits gut besucht, als ich es kurz vor sieben betrat. Ich nahm an einem der wenigen freien Tische Platz, bestellte mir ein Bier und öffnete die Speisekarte. Es überraschte mich nicht sehr, dass kurz nach mir auch das ungleiche Paar eintraf, das mir am Abend zuvor aufgefallen war und das mir an diesem Tag bereits zweimal begegnet war. Die junge Frau, die mich anlächelte und mir zunickte, hatte mich offenbar auch wieder erkannt.

Sabine kam zehn Minuten später und als sie mich mit einem Kuss auf die Wange begrüßte, spürte ich, dass ich einen roten Kopf bekam. Sie schien meine Verlegenheit überhaupt nicht wahrzunehmen und mit der gleichen natürlichen Selbstsicherheit, die mich schon am Vorabend so beeindruckt hatte, setzte sie sich zu mir. Sie überredete mich zu einem Tafelspitz, und beim Essen erzählten wir uns dann gegenseitig, auf welche Weise wir den Nachmittag verbracht hatten. Sie war in ein Taxi gestiegen, nachdem wir uns verabschiedet hatten, und hatte sich zu ihrem Kongress bringen lassen, wo sie von ihren beiden Kollegen, mit denen sie nach Wien gekommen war, schon erwartet wurde. Die Veranstaltung sei dann für sie aber doch enttäuschend und ziemlich langweilig gewesen.

„Aber im Grunde habe ich die ganze Zeit sowieso nur darauf gewartet, zu dir ins Hotel zurückzukommen."

Ich wollte ihr mit einem passenden ironischen Spruch antworten, doch als ich von meinem Teller aufsah, stellte ich fest, dass sie ihre Bemerkung offenbar ernst gemeint hatte. Ich senkte meinen Blick wieder auf meinen Teller und versuchte, mich auf meinen Tafelspitz zu konzentrieren.

Als wir später das Lokal verließen, ergriff Sabine meinen Arm und blieb auf der Straße stehen.

„Komm! Lass uns doch noch etwas gehen. Ich habe heute den ganzen Tag eigentlich nur gesessen und möchte mich noch ein bisschen bewegen."

Sie hakte sich bei mir ein, und als uns auf dem Weg die lange Geschäftsstraße entlang eine kleine Gruppe lachender junger Leute entgegenkam, begann sie unvermittelt von sich zu erzählen. Sie hatte in Göttingen studiert, wo sie an der Uni auch ihren späteren Mann kennen lernte. Nach dem Examen fanden beide in Hannover an einer Klinik eine Stelle und heirateten. Als ihre Tochter geboren wurde, suchte sie sich eine Tätigkeit mit einer günstigeren Arbeitszeitregelung und nahm das Angebot eines medizinischen Labors an. Sie war immer der Überzeugung gewesen, dass sie eine glückliche Ehe führte, bis sie nach Jahren herausfand, dass ihr Mann seit längerem ein Verhältnis mit einer jüngeren Kollegin hatte. Nach der Scheidung zog sie mit ihrer Tochter zu ihrer Mutter nach Lübeck, wo sie auch aufgewachsen und zur Schule gegangen war. Ihr Vater war schon vor der Geburt ihrer kleinen Tochter gestorben.

Nach ungefähr einer halben Stunde fanden wir, dass es an der Zeit war, auf die andere Straßenseite zu wechseln und wieder zurück in Richtung Hotel zu gehen. Ich begann nun auch von mir zu sprechen. Ich erzählte, dass ich wie sie nach meinem Studium in meine Heimatstadt zurückgekehrt sei. Auch ich hatte meine persönlichen Erfahrungen mit Scheidung. Ich war damals vierzehn gewesen, als meine Mutter bei einem Kuraufenthalt jemanden kennen lernte, in den sie sich verliebte. Ich erwähnte auch die schlimmen Auseinandersetzungen, die damals bei der Trennung in meinem Elternhaus stattfanden, und dass ich mich entschied, bei meiner Mutter zu bleiben und mit ihr zu ihrem neuen Partner nach Düsseldorf zu ziehen.

Die Temperaturen waren immer noch angenehm warm. Es wurde jetzt auch langsam dunkel. Die alten elektrischen Straßenlaternen waren bereits angegangen, und auch die meisten Autofahrer hatten ihr Licht inzwischen eingeschaltet. Der Verkehr hatte nur unwesentlich nachgelassen. Vor einem Gartenlokal blieb Sabine plötzlich stehen.

„Das sieht da aber gemütlich aus!", sagte sie und sah hinüber zu den einladenden Tischen mit ihren Windlichtern, die man hinter einer schützenden Hecke erkennen konnte. „Wollen wir nicht noch

116

ein Glas Wein trinken? Das schöne Wetter sollten wir doch ausnutzen."

Ohne auf eine Antwort zu warten zog sie mich an meinem Arm in Richtung Eingang. Bei diesem Manöver spürte ich erneut meine ramponierte Schulter, die ich zwischendurch wieder vergessen hatte. Wir setzten uns unter einen Schirm an einen der Tische, und als der Kellner kam, bestellte ich auf Sabines Wunsch für uns beide einen Grünen Veltliner. Ich schaute mich um. Die Gäste an den anderen Tischen waren allem Anschein nach ebenfalls Touristen. Ich hätte mich nicht gewundert, wenn auch hier wieder das bekannte Paar aus dem Hotel aufgetaucht wäre. Mir fiel auf, dass dieses Gartenlokal mit den stimmungsvollen Windlichtern offenbar besonders von Liebespaaren geschätzt wurde

Sabine hatte mich die ganze Zeit über angesehen, und als wir unseren Wein hatten, tranken wir uns gegenseitig zu.

„Und was wirst du jetzt tun, wenn du wieder in Hamburg bist?"

Ich stellte mein Glas langsam wieder ab.

„Das weiß ich nicht", antwortete ich. „Wahrscheinlich wird alles so weiter gehen wie bisher".

Ich machte eine Pause. Mir war es schon von jeher nicht leicht gefallen, andere Menschen nahe an mich heranzulassen, schon gar nicht, wenn ich die Betreffenden nicht schon lange kannte. Es war merkwürdig, aber mit Sabine hatte ich das Problem nicht. Ich begann, wenn auch zögernd, ihr gegenüber zum ersten Mal ausführlicher von mir zu sprechen. Ich erzählte ihr von der Trostlosigkeit der vergangenen Wochen, besonders von meiner Angst, meiner Frau könnte etwas passiert sein. Zu keiner Zeit hatte ich den Gedanken loswerden können, dass sie irgendwo meine Hilfe brauchte und dass ich keine Möglichkeit hatte, sie zu erreichen. Ich beschrieb das entsetzliche Gefühl der Hilflosigkeit und erwähnte die vielen schlaflosen Nächte, in denen ich mir vorstellte, was Hannah alles zugestoßen sein konnte. Meine vergeblichen Versuche, meine Angst in Alkohol zu ertränken, verschwieg ich auch nicht.

Sabine hörte mir zu und unterbrach mich nicht. Sie hatte gleich am Anfang wieder meine Hand ergriffen und ließ sie die ganze Zeit über nicht los. Sie blieb auch stumm, wenn es mir zwischendurch schwerfiel weiterzusprechen. Ich nahm dann einen Schluck und

117

versuchte, mich wieder zu beruhigen. Durch Handzeichen sorgte sie dafür, dass unsere Weingläser nachgefüllt wurden.

Ich erklärte ihr auch, welche Probleme ich hatte, mich auf meine Arbeit zu konzentrieren. Im Grunde wartete ich nach wie vor in jedem Moment darauf, dass Hannah zurückkam. Ich zuckte mit den Schultern.

„Nun hast du vielleicht eine Vorstellung davon, wie es mir in der letzten Zeit ergangen ist", sagte ich und stellte mein Glas wieder ab. „Ich erwarte nicht, dass sich das sobald ändern wird."

Wir schwiegen jetzt eine Weile. Ich hatte das Gefühl, dass ich zu viel geredet hatte. Sabine drückte meine Hand, die sie immer noch nicht losgelassen hatte.

„Johann, ich glaube, du musst jetzt anfangen, auch an dich zu denken, und versuchen, wieder ein normales Leben zu führen", sagte sie endlich leise und rückte etwas dichter an den Tisch heran. „Was anderes kannst du doch im Augenblick ohnehin nicht machen."

Sie machte eine Pause und lächelte mir dann aufmunternd zu. Ich erinnerte mich an das, was mein Freund Nico mir auch schon gesagt hatte.

„Außerdem finde ich, dass du das Schlimmste jetzt auch hinter dir hast. Nach dem letzten Stand der Ermittlungen ist deine Frau keinem Verbrechen zum Opfer gefallen. Sie lebt, und das ist doch zunächst das Allerwichtigste, egal welche Erklärung es für ihr Verschwinden geben mag."

Sie sah mich mit ihren unbeschreiblichen Augen an und drückte wieder meine Hand.

„Lass uns gehen", sagte sie leise.

Diesmal bestand sie darauf, die Rechnung zu begleichen, denn schließlich sei es ja auch ihre Idee gewesen, hier noch einmal einzukehren. Als ich vom Tisch aufstand, hatte ich dann für einen Moment ein leichtes Schwindelgefühl. Wahrscheinlich hatte ich in meiner Anspannung den Wein etwas schnell getrunken. Draußen auf der Straße nahm Sabine wieder meinen Arm, blieb aber nach einigen Schritten stehen und stellte sich vor mich. Sie trat dicht an mich heran und nahm mein Gesicht in beide Hände.

„Mensch, mach doch nicht so ein Gesicht! Jetzt kann doch alles nur noch besser werden", sagte sie und sah mir in die Augen.

Sie wischte mit einem Daumen über meine Oberlippe und überraschte mich mit einem Kuss auf den Mund. Ich legte beide Arme um ihren Hals und hielt mich fest an ihr. Ihre Finger streichelten meinen Nacken, und ich fühlte, wie ihre Lippen mein Ohr berührten. Ich nahm jetzt wieder intensiv ihr Parfum wahr und schloss die Augen. Mir wurde in diesem Moment bewusst, wie sehr ich mir in den letzten Wochen eine solche Zärtlichkeit gewünscht hatte. Wir küssten uns lange und hielten uns danach ein wenig atemlos in den Armen.

„Komm! Lass uns zurück ins Hotel gehen", flüsterte sie.

Wir blieben unterwegs noch mehrfach stehen und ließen erst kurz vor unserem Hotel von einander ab. In der Lobby grüßten wir den jungen Mann, der an diesem Abend an der Rezeption wieder den Dienst aufgenommen hatte, und im Fahrstuhl, den wir uns mit einem älteren Ehepaar teilten, suchte Sabine wieder meine Hand und ließ sie nicht wieder los. Die Nacht verbrachten wir in meinem Zimmer.

12

Als ich am nächsten Morgen aufwachte, war ich allein. Ich fühlte mich noch ziemlich benommen, und es dauerte dann auch eine Weile, bevor mir wieder einfiel, dass Sabine mir zuvor gesagt hatte, dass sie für die Rückreise mit ihren beiden Kollegen einen frühen Flug gebucht hatte. Sie war also gegangen, ohne mich zu wecken. Ich setzte mich langsam auf und sah, dass auf der anderen Seite des Bettes ein Zettel lag. Sie hatte mir offenbar eine Nachricht auf dem Briefpapier des Hotels hinterlassen.

Guten Morgen!
Ich hätte den Flug am liebsten verschoben. Aber du weißt ja, meine Tochter wartet zu Hause.
Wenn du möchtest, rufe mich doch in den nächsten Tagen an. Meine Telefonnummer hast du ja. Ich würde mich sehr freuen!
xxx
Sabine
P.S.
Es war schön!

Ich legte mich wieder hin und schloss die Augen. Noch immer fühlte ich mich ein bisschen duselig und spürte ein leichtes Stechen in meiner Schulter. Wahrscheinlich war es gut, dass Sabine mich nicht geweckt hatte. Vielleicht wäre das sogar etwas peinlich geworden. Was hätte ich ihr denn zum Abschied auch noch sagen sollen? Vermutlich hätte sie erwartet, dass wir ein neues Treffen vereinbaren. Aber mein Leben war im Moment wirklich chaotisch genug. Und Probleme hatte ich auch mehr als ich brauchen konnte. Soweit ich verstanden hatte, war ja auch ihre Situation alles andere als unkompliziert. Ich konnte mir nicht vorstellen, dass sie wirklich an einer Fortsetzung und Entwicklung unserer Beziehung interessiert war. Ich öffnete langsam die Augen. Irgendwie kannte ich dieses Gefühl. Ich hatte einen moralischen Kater. Seit ich Hannah kennen gelernt hatte, war es das erste Mal gewesen, dass ich mit einer anderen Frau geschlafen hatte. Ich hatte ein schlechtes Gewissen. Mir fiel jetzt meine erste große Liebe ein, an die ich lange nicht mehr gedacht hatte. Auch wenn es eine andere

Situation gewesen war: Lea hatte ich damals auch betrogen, und unter den Folgen hatte ich lange gelitten.

Und trotzdem, ich musste mir eingestehen, dass auch für mich die letzte Nacht „schön" gewesen war und dass ich, als Sabine mich auf der Straße küsste, zunächst an Hannah überhaupt nicht gedacht hatte. Später im Hotelzimmer war das allerdings anders gewesen. Es gab für mich keinen Zweifel. Ich fühlte mich von dieser Frau angezogen und hatte auch bei Sabine ein ähnliches Verlangen nach körperlicher Nähe und Zärtlichkeit gespürt. Wir waren beide sehr behutsam miteinander umgegangen. Zu einer großen Nacht der Leidenschaft war es auch gar nicht gekommen. Woran ich mich besonders erinnerte, war die lange und zärtliche Umarmung, in der wir einander am Ende festgehalten hatten und in der ich dann auch eingeschlafen war.

Auf dem Flur hörte ich Stimmen und Geräusche eines rollenden Koffers. Es waren einige Gäste offenbar bereits unterwegs. Ich schaute auf die Uhr. Viertel nach acht. Es war Zeit aufzustehen. Ich musste mich ja auch noch um einen Flug zurück nach Hamburg kümmern. Ich kam gerade wieder aus dem Badezimmer, da klingelte mein Handy. Sofort dachte ich an Sabine, doch das Display zeigte mir an, dass es Brigitte in München war, die mich zu erreichen versuchte. Sie hatte ich ja völlig vergessen!

Ich nahm den Anruf an. Noch bevor Brigitte mir eine Frage stellen konnte, entschuldigte ich mich bei ihr dafür, dass ich es am Tag zuvor in dem Stress und in meiner Aufregung versäumt hatte, sie sofort zu informieren, und sagte ihr, dass es sich bei der Toten in der Wiener Pathologie nicht um Hannah handelte. Ich hörte, wie sie am anderen Ende der Leitung erleichtert durchatmete. Dann berichtete ich ihr von dem Termin in der Gerichtsmedizin, wobei ich auch erwähnte, was Landauer abschließend angedeutet hatte. Schließlich sagte ich ihr, dass ich mich noch in Wien aufhielte und gerade dabei sei, Vorbereitungen für den Rückflug nach Hamburg zu treffen. Brigitte schwieg einen Moment.

„Sag mal, Johann, warum kommst denn nicht noch zu uns nach München, bevor du wieder nach Hamburg zurück fliegst?", sagte sie dann. „Du musst uns hier doch einmal alles, was passiert ist, in Ruhe erzählen."

Als ich nun auf diesen Vorschlag nicht gleich reagierte, setzte sie nach.

„Das wäre jetzt doch eine gute Gelegenheit. Du bist sowieso schon hier bei uns in der Gegend", fügte sie hinzu und schien einen Moment zu überlegen. „Am besten mietest du dir ein Auto. Spätestens in drei Stunden bist du dann hier bei uns in Ottobrunn. Der Flughafen ist hier ziemlich in der Nähe, und du kannst morgen dann nach Hamburg weiterfliegen."

So sehr ich mich auch bemühte, es wollte mir so schnell kein Argument einfallen, das ich mit einem guten Gewissen gegen diesen Vorschlag hätte einsetzen können. Ein bisschen fühlte ich mich schon überrumpelt, aber ich musste mir auch eingestehen, dass ich ja selber das Bedürfnis hatte, mit Brigitte zu sprechen, der letzten Person, die mit Hannah zusammen gewesen war. Ich dachte einen Augenblick nach und gab mir dann innerlich einen Stoß.

„OK. Ich werde es versuchen. Ich ruf dich noch von unterwegs an", sagte ich schließlich.

Nach diesem Gespräch überlegte ich, was als nächstes zu tun war. Ich brauchte ein Auto. Mit der Hilfe von Frau Gerber an der Rezeption ließ ich mich telefonisch mit einer nahegelegenen Zweigstelle der Sixt Autovermietung verbinden. Die junge Dame, mit der ich verhandelte, sagte zu, mir in ungefähr einer Stunde einen Golf zur Verfügung zu stellen. Den wollte man mir auch zum Hotel bringen. Die Vertragsunterlagen müsse ich dann bei der Übergabe unterzeichnen. Wenn ich den Wagen in München am Flughafen abgeben wollte, war das auch kein Problem.

Ich verließ dann mein Zimmer und bat Frau Gerber unten an der Rezeption, die Rechnung vorzubereiten. Im Frühstücksraum konnte ich an diesem Morgen das ungleiche Pärchen, das mir zuvor verschiedentlich aufgefallen war, jedoch nirgends entdecken. Mein Appetit hielt sich wieder einmal in Grenzen. Anschließend bezahlte ich am Empfang und fuhr nach oben in mein Zimmer, wo ich meine Tasche packte und mich für meine Abreise fertig machte. Anschließend begab ich mich in die Lobby, nahm mir eine der ausliegenden Zeitungen und wartete auf die Überstellung meines Mietwagens. Die fand aber erst mit einer 20-minütigen Verspätung statt. Als dann endlich die letzten Formalitäten erledigt waren und mir erklärt worden war, wie ich am besten die Autobahn erreichen würde, konnte ich mich auf meinen Weg nach München machen.

Die Fahrt durch die Stadt ging zunächst besser als erwartet, aber als ich dann auf die Autobahn kam, wurde ich von einem dichten Verkehr überrascht. Der Himmel hatte sich zugezogen und kurz hinter der Abzweigung nach Salzburg hatte es sogar einen Schauer gegeben. Es waren dann auch nicht drei, wie Brigitte gesagt hatte, sondern beinahe vier Stunden, die ich bis Ottobrunn benötigte. Ich hielt an einer Tankstelle und rief über mein Handy Brigitte an, die mir dann den Weg zu ihrem Haus beschrieb.

Dieser Wohnstätte nach zu urteilen musste Helmut, Brigittes Mann, gut verdienen. Sie lag etwas von der Straße entfernt auf einem riesigen, gepflegten Grundstück und sah nach Geld aus. Von etwas Ähnlichem hatten Hannah und ich immer geträumt, wenn wir uns unser neues Haus vorgestellt hatten. Ich wusste, dass Helmut, ein gebürtiger Rheinländer, der deutlich älter war als seine Frau und den ich erst einmal bei einem kurzen Besuch in Hamburg getroffen hatte, in Ottobrunn für ADS arbeitete.

Er war es auch, der öffnete, als ich an der Tür klingelte. Er hatte seine wenigen Haare kurz geschoren und trug ein langärmliges grünes Polohemd mit einer hellbraunen Cordhose. Er schien, seit ich ihn gesehen hatte, etwas zugelegt zu haben. Brigitte, hinter ihm, hatte Jeans an und darüber ein blau-weiß gestreiftes Hemd. Worüber ich mich ein wenig wunderte, war ihre Sonnenbrille, die sie selbst im Hause über ihre dunklen, krausen Haare geklemmt hatte. Sie drängte sich an ihrem gutmütig grinsenden Mann vorbei, umarmte mich lange und führte mich dann ins Haus. Es war beiden anzumerken, dass sie stolz auf ihr geschmackvolles Heim waren und sich besondere Mühe gaben, ihrem Gast den Aufenthalt so angenehm wie möglich zu machen. Es schien, als hätten sie sich für meinen kurzen Besuch eine Art Programm überlegt. Wir setzten uns zunächst an einen bereits gedeckten Kaffeetisch. Die 13-jährige Tochter Mia, ein hübsches und etwas schüchtern wirkendes Mädchen, erschien nach kurzer Zeit, um mich zu begrüßen, zog sich danach aber wieder sehr diskret in ihr Zimmer zurück. Wahrscheinlich war das vorher so verabredet worden, um mir das Sprechen über meine Situation zu erleichtern. Natürlich redeten wir vor allem über Hannah und ihr Verschwinden. Dafür war ich ja auch gekommen. Das taten wir bereits während des Kaffeetrinkens und auch auf dem sich anschließenden kurzen Spaziergang, bei dem mir die nähere Umgebung gezeigt werden sollte. Helmut übernahm durchgehend die Rolle des freundlichen Begleiters, dessen Aufgabe vornehmlich darin bestand, sich um unser Wohl zu kümmern. Beim Abendessen, das Brigitte vorbereitet hatte, wurde in Mias Gegenwart das Thema gewechselt. Als das Mädchen dann später wieder in ihr Zimmer gegangen war und die Erwachsenen es sich vor dem Kamin noch einmal gemütlich gemacht hatten, kamen sie erneut auf meine Probleme zurück. Ich hatte ihnen bereits von meinen Erfahrungen in Wien berichtet, von dem quälenden Besuch in der Pathologie und von Landauers Vermutungen. Brigitte hatte den Kopf geschüttelt, als sie von mir gefragt wurde, ob sie sich im Nachhinein vielleicht vorstellen könnte, dass Hannah nicht vorgehabt hatte, nach Hamburg zurückzukehren. Sie erzählte dann von dem letzten Wochenende in Wien, von ihren gemeinsamen Unternehmungen, die sie die ganze Zeit über auf Trapp gehalten hatten. Ich wollte wissen, ob sie denn unter diesen Umständen überhaupt die Möglichkeit gehabt hatten, sich Fotos anzusehen. Brigitte sah mich etwas verdutzt an.

„Welche Fotos?"

„Hannah hatte doch extra ihren Laptop mitgenommen, damit sie dir Fotos zeigen konnte."

Sie schüttelte den Kopf.

„Den Laptop? Gesehen habe ich den. Sie sagte, sie wollte unterwegs noch etwas arbeiten. Von Fotos war nicht die Rede."

Sie dachte dann einen Augenblick nach, als ich sie fragte, ob sie denn in Wien die ganze Zeit über zusammen gewesen seien.

„Im Grund ja", antwortete sie dann. „Um Zeit zu sparen haben wir uns nur einmal am Samstag kurz für eine Stunde zum Einkaufen getrennt. Hannah wollte sich unbedingt ein Paar Schuhe kaufen, und ich suchte noch ein Geschenk für Mia."

Sie hatten sich danach wieder in der Stadt in einem Kaffee getroffen. Hannah hatte die gewünschten Schuhe gefunden und dazu auch noch zwei hübsche Blusen gekauft.

Es wurde ein langer Abend, und wir leerten auch noch die zweite Flasche des ausgezeichneten Bordeaux, den Helmut in seinem Weinkeller hatte. Ganz am Schluss erzählte ich auch noch von dem Abend vor Hannahs Abflug, an dem doch alles so normal gewesen war: Ich erinnerte mich an Hannah in der Rolle der perfekten Gastgeberin, und schilderte, wie sehr sie sich auf ihren Ausflug nach Wien gefreut hatte. Das sei besonders deutlich geworden, nachdem Brigitte sie an diesem Abend ja noch einmal angerufen habe.

Es war schon spät, als wir beschlossen, schlafen zu gehen. Brigitte bot noch an, mich in das Zimmer zu bringen, das man für mich vorgesehen hatte. Ich nahm meine Reisetasche, die ich bei meiner Ankunft im Eingang an der Garderobe abgestellt hatte, und folgte ihr die Treppe hinauf in einen stilvoll eingerichteten Raum, in dem sich ein Gast des Hauses wohlfühlen konnte. Brigitte zeigte mir auch das kleine Bad, das zu diesem Zimmer gehörte und wünschte mir eine gute Nacht. In der Tür drehte sie sich noch einmal um.

„Übrigens, Johann", sagte sie, bevor sie ging. „Ich habe Hannah am Abend vor unserem Treffen in Wien nicht angerufen."

In dieser Nacht wurde es wieder nichts mit einem erholsamen Schlaf. Zu viel ging mir im Kopf herum. So sehr ich mich auch bemühte, ich konnte nicht eine auch nur halbwegs plausible Erklärung dafür finden, dass Hannah mich wegen eines Telefonanrufs belogen haben könnte. Es war für mich schon ein Schock, erkennen zu müssen, dass es im Leben meiner Frau offenbar Dinge gab, von denen ich keine Ahnung hatte und die sie vor mir verheimlichte. Natürlich musste ich jetzt auch daran denken, dass es zwischen diesem merkwürdigen Anruf und Landauers Überlegungen vielleicht einen Zusammenhang gab. Und die Geschichte mit dem Laptop war auch merkwürdig. Sonst hatte Hannah ihren Computer auf diesen Kurzreisen nie mitgenommen, da nach ihren eigenen Aussagen die Zeit zum Arbeiten immer zu knapp war. Vielleicht war es Brigitte, die nicht die Wahrheit sagte. Aber warum sollte sie das tun? Das ergab alles überhaupt keinen Sinn. Und wen hatte Hannah am Flughafen denn noch angerufen? Wieder musste ich an Landauer denken und hatte ein unangenehmes Gefühl in der Magengegend. Es dauerte in dieser Nacht wieder einmal lange, bevor ich einschlief.

Am nächsten Morgen beschrieb mir Helmut nach dem Frühstück, bei dem es mir nur zum Teil gelang, seine Tochter Mia mit gezielten Fragen zu mehr als nur einsilbigen Antworten zu bewegen, den Weg zum Flughafen. Brigitte brachte mich dann noch zum Auto und umarmte mich zum Abschied. Wir versprachen uns gegenseitig, in Kontakt zu bleiben, und ich stieg in den Wagen.

Bevor ich mich auf den Weg machte, fiel mir noch etwas ein. Ich fuhr noch einmal das Fahrerfenster herunter.

„Brigitte, hast du dich bei eurem Aufenthalt in Wien an der Hotelrezeption irgendwann nach einer Nachricht erkundigt?"

Sie sah mich verblüfft an und schüttelte den Kopf. Ich winkte ihr noch einmal zu, startete den Wagen und fuhr los. Die Strecke zum Flughafen, die recht gut ausgeschildert war, bereitete mir keine Schwierigkeiten. Auch bei der Rückgabe des Mietwagens gab es, wie man mir ja auch zugesagt hatte, keine Probleme. Ich löste am Schalter der Lufthansa ein Ticket nach Hamburg und kaufte mir nach dem Einchecken noch eine Tageszeitung. Dann passierte ich die Sicherheitskontrolle und wartete auf den Aufruf meines Fluges. Dieser erfolgte einigermaßen pünktlich und es dauerte dann auch nicht lange, bis ich in der Maschine meinen Platz eingenommen hatte. Ich war froh, dass der junge Mann neben mir an einer Unterhaltung kein Interesse zu haben schien und sich der Lektüre eines Buches über Marktanalyse widmete, wie man dem Titel entnehmen konnte. Ich öffnete meine Zeitung, stellte aber bald fest, dass mir die Konzentration schwerfiel. Außerdem fand ich das Lesen des großformatigen Blattes in der viel zu engen Sitzreihe beschwerlich. Ich faltete das Blatt umständlich zusammen und klemmte es in das Netz an der Rückenlehne des Vordersitzes.

Ich schaute aus meinem Fenster, als die Maschine nach dem Start eine dichte Wolkendecke durchstieß und sich schließlich über uns der gleißend blaue Himmel auftat. Weit in der Ferne entdeckte ich ein weiteres Flugzeug, das anscheinend auf einem ähnlichen Kurs unterwegs war. Ich lehnte mich in meinem Sitz zurück und schloss die Augen.

Was war nur mit Hannah passiert? Ich war völlig verunsichert, denn mir war inzwischen klar geworden, dass es durchaus die Möglichkeit gab, dass ich meine Frau doch nicht so gut kannte, wie ich immer geglaubt hatte, und dass Landauers Überlegungen vielleicht doch nicht völlig unmöglich waren. Ich liebte Hannah und hatte nie einen Moment daran gezweifelt, dass meine Gefühle von ihr erwidert wurden. Aber hieß das denn auch, dass ich sie wirklich kannte? Es gab ja auch in Hannahs Vergangenheit Bereiche, über die ich herzlich wenig wusste. Während sie über ihre Erfahrungen während ihres Studienjahres in England häufiger sprach oder auch über ihre Schulfreundschaft mit Brigitte, waren Bemerkungen über ihre Familie selten und dann immer recht allgemein gehalten. Das hatte mich nicht weiter gestört, denn das war ja vor meiner Zeit und hatte mit mir und Hannah ebenso wenig zu tun wie ihre Beziehungen zu früheren Partnern, über die ich ja auch gar nichts Genaueres wissen wollte.

Außerdem gab es, was meine eigene Familie betraf, auch gewisse Bereiche, die ich für mich behielt, selbst Hannah gegenüber. So hatte ich ihr nie erzählt, dass mein Vater, nachdem ich mich bei der Trennung der Eltern für die Mutter entschieden hatte, alle Verbindungen zu mir abgeschnitten und alle meine späteren Versuche, mit ihm Kontakt aufzunehmen, ignoriert hatte. Ich hat auch nie erwähnt, dass ich mir später schwere Vorwürfe machte, mich nicht stärker um ihn bemüht zu haben.

Als Hannah mir einmal die Frage stellte, warum ich mich damals entschieden hatte, meinen Vater zu verlassen und der Mutter mit ihrem neuen Partner zu folgen, hatte ich geantwortet, dass ich mit meinen 14 Jahren vor allem Angst hatte, meine Mutter zu verlieren, die mir immer besonders nahe gestanden hatte. Das entsprach auch der Wahrheit, zumal ich davor lange in der großen Furcht gelebt hatte, dass meine Mutter nicht mehr aus der Klinik zurückkehren würde, in der sie lange gegen ihren Krebs behandelt wurde. Aber da gab es auch etwas, das ich nicht erwähnte. Ich verschwieg, dass bei meiner Entscheidung auch noch etwas anderes eine Rolle gespielt hatte. Bei allen Trennungsängsten, unter denen ich litt und die mich später ein Leben lang begleiten sollten, war es auch so, dass es mir damals reizvoller erschien, mit meiner lebenslustigen Mutter nach Düsseldorf zu ziehen, als bei meinem Vater zu bleiben, der ohnehin immer sehr viel ernster gewesen war als seine Frau und für den bei der Trennung eine Welt zusammen gebrochen war. Ich hatte mir wohl vorgestellt, dass das Leben mit meiner Mutter, die mit ihrem neuen Partner irgendwie befreit wirkte, einfach mehr „Spaß" machen würde als mit meinem enttäuschten und verbitterten Vater. Ich hatte später den Gedanken nie loswerden können, dass ich mit meiner Flucht nach Düsseldorf meinen Vater in einer schweren Zeit im Stich gelassen hatte und dass mir dies damals trotz meines Alters auch bewusst gewesen war. Von meinen Schuldgefühlen, die noch verstärkt wurden, als ich nach dem Tod meines Vaters erfuhr, dass er mich in seiner Lebensversicherung als Bezugsberechtigten eingesetzt hatte, wusste niemand etwas, auch Hannah nicht.

Es hatte zu regnen begonnen, als wir in Hamburg landeten. Noch bevor ich die Flughalle verließ, dachte ich daran, Connie anzurufen, entschied dann aber, dieses später von meiner Wohnung aus zu tun. Ich nahm eines der Taxis, die vor der Ankunftshalle warteten, und ließ mich nach Hause fahren. Unterwegs fragte ich mich, wie viele verregnete Sonntage ich wohl schon in dieser Stadt erlebt hatte. Im Treppenhaus vor meiner Wohnung gab es eine Überraschung für mich: Meine Tür war nicht verschlossen. Ich erinnerte mich aber ganz genau, dass ich bei meiner Abreise den Schlüssel sogar zweimal umgedreht hatte, was ich normalerweise nicht tat. Sofort schoss mir ein Gedanke durch den Kopf: Hannah! Ich stieß die Wohnungstür auf, setzte meinen kleinen Koffer im Flur ab und eilte auf die offene Wohnzimmertür zu. Aber dann blieb ich in der Tür stehen, denn ich sah mit einem Blick, dass bei mir eingebrochen worden war.

13

Jemand hatte die Wohnung gründlich durchsucht. Daran gab es für mich keinen Zweifel. Bücher aus den Regalen lagen auf dem Teppich, Bilder waren abgehängt und die Türen des Schranks, in denen wir unsere Gläser aufbewahrten, standen offen. Überhaupt hatte man fast alle Möbel irgendwie verrückt. In einer Ecke des Raumes hatte man den Inhalt von Schubladen auf Fußboden und Schreibplatte verstreut.

Das Schlafzimmer bot ein ähnliches Bild. Was immer Hannah und ich in unseren Nachtschränkchen aufbewahrten, man hatte es auf den Betten ausgebreitet. Auch unter den Matratzen hatte man offensichtlich gehofft, irgendetwas zu finden. Die Kleiderschränke waren durchwühlt. Die anderen Räume hatte man auf ähnliche Weise gründlich durchsucht. Im Bad war sogar der Deckel des Spülkastens abgenommen worden.

Ich brauchte einige Zeit, um mit dieser Überraschung fertig zu werden. Mit einer gewissen Erleichterung stellte ich fest, dass in unserer Wohnung, soweit ich erkennen konnte, nichts mutwillig demoliert oder zerstört worden war. Bis auf die Unordnung konnte ich keinen wirklichen Schaden erkennen. Wahrscheinlich hatten die Täter - und ich ging davon aus, dass es mehrere gewesen sein mussten - nicht unnötig die Aufmerksamkeit der Nachbarn erregen wollen.

Am Telefon blinkte der Anrufbeantworter. Es war am Freitag dreimal angerufen worden, aber eine Nachricht hatte niemand hinterlassen. Wahrscheinlich hatten die Einbrecher vorher noch sicherstellen wollen, dass tatsächlich keiner zu Hause war.

Langsam ging ich zurück ins Wohnzimmer. Ich musste die Polizei benachrichtigen, schon allein wegen der Versicherung. Mir fiel als erstes Kommissar Becker ein, von dem ich ja die Handynummer hatte. Es war Sonntag und vielleicht war es wirklich das Beste, zunächst ihn anzurufen. Wie es schien, war das die richtige Entscheidung. Becker hörte sich meine Geschichte an und versprach, einen Mitarbeiter zu informieren, der an diesem Tag Dienst hatte. Er bat mich, bis zum Eintreffen des Kollegen in der Wohnung nichts zu verändern und erwähnte noch, dass es allerdings hilfreich wäre, wenn ich in der Zwischenzeit feststellen könnte, ob irgendetwas gestohlen worden sei. Was Wien betraf, so schien Becker bereits gehört zu haben, was bei meinem Besuch dort herausgekommen war, denn bevor wir auflegten, erwähnte er noch, dass er mit mir in den nächsten Tagen über das weitere Vorgehen in Sachen Hannah sprechen müsse.

Während ich auf das Eintreffen der Polizei wartete, ging ich noch einmal langsam durch die Wohnung und konnte trotz aller Bemühungen aber nirgends entdecken, dass die Einbrecher etwas mitgenommen hatten. Soweit ich erkennen konnte, fehlte auch nichts vom Inhalt der Schubläden, der von den Einbrechern auf Möbeln und Fußboden verteilt worden war. In dieser Wohnung gab es ohnedies nicht viel zu holen. Bargeld bewahrte ich sowieso nicht zu Hause auf, und von dem Inhalt des geöffneten Schmuckkästchens auf dem Nachttisch, das ich Hannah Weihnachten geschenkt hatte, fehlte allem Anschein nach auch nichts. Aber der bestand ja, soweit mir bekannt war, ohnehin vor allem aus Modeschmuck.

Aber dann, als ich noch einmal an meine durchwühlte Arbeitsplatte trat, sah ich es. Mein Laptop war weg. Auf den ersten Blick war ich davon ausgegangen, dass der Computer sich unter dem Stapel von Papier, Mappen, Schachteln und Büchern befand, den man dort aufgetürmt hatte. Aber bei genauem Hinsehen musste ich jetzt feststellen, dass das Gerät verschwunden war. Ich machte mir sofort Gedanken darüber, welche Bedeutung dieser Verlust für mich hatte. Beruflich hatte mein privater Computer nie eine große Rolle gespielt. Es waren nicht viele Texte, die ich auf ihm geschrieben und in einer Datei aufbewahrt hatte. Wenn ich mir aus dem Büro Arbeit mit nach Hause nahm, dann ging es eigentlich fast immer darum, Akten durchzusehen oder Briefe in mein Aufnahmegerät zu diktieren. Mein Laptop diente mir in erster Linie als eine nützliche Informationsquelle. Die privaten Fotos, die ich auf der Festplatte gespeichert hatte und die fast alle von Hannah gemacht worden waren, konnte ich wohl abschreiben.

Ich musste Connie anrufen, die ja noch gar nicht wusste, dass ich wieder zurück war. Sie hatte schon auf eine Nachricht gewartet und war geschockt, als ich ihr von dem Einbruch erzählte. Sie versprach, sofort zu mir zu kommen. Ich beendete das Gespräch, weil es in diesem Moment an der Haustür klingelte. Es war der Kollege, den Becker benachrichtigt hatte. Er war jünger als sein Chef, hatte einen Dreitagebart und trug eine modische schwarze

Lederjacke. Sein Ausweis verriet, dass es sich bei ihm um Kommissar Jansen handelte. Er ging zunächst mit mir durch die Wohnung und ließ sich den Schaden zeigen, wobei er eine Reihe Fragen stellte und mit einer kleinen digitalen Kamera eine Reihe von Fotos machte. Anschließend untersuchte er die Eingangstür und stellte fest, dass das Schloss von außen manipuliert und geöffnet worden war.

„Das waren Profis. Sie werden ein neues Schloss brauchen", sagte er.

Danach bewegte er sich noch einmal langsam alleine durch die Zimmer und sprach einen Kommentar in ein Diktiergerät. Ich wartete mit Connie, die inzwischen eingetroffen war, auf den Abschluss seiner Untersuchung. Schließlich wollte Jansen noch einiges über den gestohlenen Laptop wissen. Am Ende steckte er das Aufnahmegerät wieder ein. Wir setzten uns an den Esstisch, den ich zuvor mit dem Einverständnis des Polizisten freigeräumt hatte. Auf meine Frage, ob ich ihm etwas zu trinken anbieten könne, bat er um ein Glas Mineralwasser. Für mich selber nahm ich ein Bier aus dem Kühlschrank. Connie, die ich bereits mit dem Kommissar bekannt gemacht hatte, verzichtete auf ein Getränk.

„Uns wurden in diesem Teil der Stadt in den letzten Wochen eine Reihe von Einbrüchen gemeldet, wenn auch nicht in ihrer unmittelbaren Nachbarschaft", sagte Jansen, nachdem ich die Getränke auf dem Tisch abgestellt hatte.

„Dabei hatte man es vornehmlich auf Bargeld abgesehen und auf wertvolle Gegenstände, die sich von den Dieben ohne große Probleme transportieren und ‚versilbern' lassen", fuhr er dann fort und nahm einen Schluck von seinem Wasser. „Wir gehen in fast allen diesen Fällen davon aus, dass wir es dabei wahrscheinlich mit Beschaffungskriminalität zu tun haben."

Als ich mich anschickte, etwas zu sagen, hob Jansen die Hand.

„Ich weiß! Dies hier sieht anders aus", sagte er. „Diese Wohnung ist offensichtlich gezielt durchsucht worden. Können Sie sich vorstellen, was man bei Ihnen finden wollte?"

Ich schüttelte den Kopf.

„Nein, beim besten Willen nicht. Und bis auf den Computer gab es hier offensichtlich nichts, was für den oder die Einbrecher interessant gewesen wäre."

„Gibt es denn auf dem Laptop irgendetwas, was für einen Außenstehenden von Wert sein könnte?"

„Nein, auch das kann ich mir nicht vorstellen. Wer sollte denn zum Beispiel schon an meinen privaten Fotos interessiert sein?"

Jansen verzog sein Gesicht zu einem vorsichtigen Grinsen.

„Das weiß man nie."

Er erhob sich.

„Ich glaube, das wär's dann fürs erste", sagte er und sah sich im Zimmer noch einmal um. „Und wie ich sehe, haben Sie ja auch noch eine Menge zu tun."

Auf dem Weg zur Tür hatte ich noch eine Frage.

„Und was geschieht nun?"

„Ich habe Ihre Anzeige aufgenommen, und wir werden der Sache nachgehen", antwortete der Polizist, bevor er uns dann allein ließ. „Allerdings, Sie dürfen jetzt nicht zu viel erwarten. Ein gestohlener Laptop genießt bei uns im Moment keine besondere Priorität."

Danach begannen Connie und ich, uns gemeinsam dem großen Durcheinander in der Wohnung zu widmen. Während wir zusammen Bilder aufhängten, Möbel rückten und verstreute Gegenstände aufsammelten, um sie wieder an dem für sie vorgesehenen Platz abzustellen, erzählte ich ihr ausführlich von meinem Aufenthalt in Wien, dem Besuch in der Pathologie und von meinem Gespräch mit Landauer. Connie, die zwischendurch Fragen gestellt hatte, schwieg, als ich von den abschließenden Überlegungen des Wiener Inspektors berichtete. Von Sabine sagte ich nichts. Dann schilderte ich auch noch kurz meinen kurzen Abstecher zu Brigitte in München und erzählte von ihrem Haus, ihrer Familie und den Gesprächen, die ich dort geführt hatte. Was Brigitte über den Anruf gesagt hatte, den Hannah am letzten Abend auf ihrem Handy von ihr bekommen haben wollte, behielt ich zunächst auch für mich.

Unsere Aufräumarbeit nahm uns länger in Anspruch, als ich gedacht hatte. Es war inzwischen sieben Uhr geworden, und ich merkte, dass ich Hunger hatte. Ich sah mich um. Das meiste hatten wir geschafft, und den Rest würde ich mit Frau Jessen erledigen können. Ich wollte mich jetzt bei Connie für ihre tatkräftige Hilfe bedanken und machte den Vorschlag, irgendwo etwas essen zu gehen. Sie hatte eine andere Idee.

132

„Um halb acht warten Nico und Julie auf uns bei Fiete. Da können wir dann ja auch eine Kleinigkeit essen", sagte sie. Sie zog die Schultern hoch. „Das war Nicos Idee. Er hat mich vorhin angerufen. Von dem Einbruch weiß er natürlich noch nichts."

Als wir eine halbe Stunde später bei Fiete eintrafen, warteten die beiden schon auf uns. Julie begrüßte mich mit einem Küsschen auf beide Wangen, und Nico stand auf, um mich in die Arme zu schließen. Ich war überrascht, denn das war ungewöhnlich für meinen Freund, der ansonsten formlose und saloppe Begrüßungen bevorzugte. Natürlich wollten sie sofort von mir wissen, was in Wien passiert war. Aber ich bestellte zunächst für mich und Connie jeweils ein Bier und dazu Bratkartoffeln mit Rührei und Krabben, eine Spezialität dieser Gaststätte. Nico hatte mit seiner Freundin bereits im „Club" gegessen, wo sie am Nachmittag „neun Löcher" " gespielt hatten. Dann begann ich ihnen langsam zu erzählen, was ich in Wien erlebt hatte. Ich hatte inzwischen Routine mit diesen Berichten. Auch diesmal erwähnte ich meine neue Bekanntschaft Sabine mit keinem Wort. Meine Darstellung fiel jedoch erheblich kürzer aus als die, mit der ich Connie bereits bei mir zu Hause informiert hatte. Diesmal reagierte sie aber, als ich von der Vermutung des Wiener Kriminalbeamten sprach, Hannah sei untergetaucht.

„Das ist Unsinn", sagte sie und schüttelte ebenso wie Nico den Kopf. „Ich bin Hannahs beste Freundin. Ich hätte doch irgendetwas merken müssen!"

Ich registrierte, dass Connie genauso argumentierte, wie ich es in Wien getan hatte. Julie hatte die ganze Zeit über geschwiegen und mich mitfühlend angesehen. Jetzt ließ sie Nicos Hand los, die sie lange gehalten hatte.

„Und was wirst du jetzt machen?"

Ich zuckte mit den Schultern.

„Ich weiß auch nicht. Im Grunde hat sich ja für mich nichts geändert. Ich werde also weiter auf Hannah warten."

Eine Weile sagte niemand etwas. Ich fühlte, dass man mehr als das von mir erwartete. Ich räusperte mich.

„In dieser Woche werde ich mich mit dem Privatdetektiv treffen", ergänzte ich dann. „Vielleicht hat der ja etwas herausgefunden."

Nico nickte. Das Einschalten eines privaten Ermittlers war ja auch seine Idee gewesen.

„OK", sagte er. „Dem trau ich in solchen Fällen sowieso mehr zu als der Polizei. Die sind einfach zu schwerfällig. Wenn es eine Spur gibt, da bin ich sicher, Arkenau findet sie."

Ich musste an Brigitte denken. Nach kurzer Überlegung erzählte ich den Freunden nun von der Bemerkung, die sie bei meinem Besuch in München gemacht hatte, als ich beim Abschied den Anruf erwähnt hatte, den Hannah am Abend vor der Reise allem Anschein nach von ihr bekommen hatte.

Waren sich meine Freunde noch zuvor einig gewesen, dass Landauers Mutmaßungen in Bezug auf Hannahs Verschwinden abwegig waren, fiel die Reaktion auf diese Neuigkeit anders aus. Sie starrten mich ungläubig an. Schließlich waren sie an dem Abend alle dabei gewesen, als Hannah diesen Anruf auf ihrem Handy entgegen genommen hatte. Sie erinnerten sich noch ebenso wie ich daran, wie sie reagiert und was sie dabei gesagt hatte.

„Und du glaubst dieser Freundin?", fragte Nico, der sich als erster wieder gefangen hatte.

„Absolut. Warum sollte sie mich denn auch anlügen?"

„Vielleicht hat sie etwas mit Hannahs Verschwinden zu tun. Sie war ja auch als Letzte mit ihr zusammen."

Ich schüttelte den Kopf.

„Das glaube ich nicht. Dann hätte sie doch nicht erwähnt, dass nicht sie es war, die an diesem Abend mit Hannah telefoniert hat."

Ich hatte den Eindruck, dass diese Einschätzung von allen geteilt wurde. Eine Zeit lang suchten wir dann vergeblich nach logischen Erklärungen dafür, dass Hannah über den Anruf offenbar die Unwahrheit gesagt hatte. Ich war schließlich froh, dass Nico auf unsere Firma zu sprechen kam. Er berichtete mir, was dort in meiner Abwesenheit geschehen war und was die kommende Woche bringen würde. Ich war ihm dankbar für diesen Themenwechsel.

Später, als Connie mich in ihrem kleinen Polo wieder nach Hause fuhr, fragte ich mich, was die Freunde nach den letzten Informationen, die ich ihnen heute gegeben hatte, wirklich über Hannah dachten. Denn eines musste auch ihnen jetzt klar sein: Hannah hatte uns alle belogen und uns etwas vorgespielt. War es vielleicht doch möglich, dass es da einen anderen Mann gab? Und genau diese Frage stellte ich Connie, als sie mich vor meiner Haustür absetzte. Ihre Antwort kam sofort.

134

„Das kann ich mir überhaupt nicht vorstellen", sagte sie. Sie sah mich von der Seite an und legte ihre Hand auf meinen Arm. „Jo, lass dich doch nicht verrückt machen. Hannah liebt dich! Da bin ich ganz sicher."

Ich beugte mich zu ihr und küsste sie auf die Wange.

„Danke, Connie! Ich weiß gar nicht, was ich ohne dich machen würde."

Beim Abschied versprachen wir uns gegenseitig, am nächsten Tag miteinander zu telefonieren, aber als ich dann die Treppe zu meiner unverschlossenen Wohnung hinaufstieg, war mir klar, dass auch Connies gut gemeinte moralische Unterstützung mir nicht die Unsicherheit nehmen konnte, die sich inzwischen bei mir festgesetzt hatte. Etwas stimmte nicht mit Hannah, und das war schon sehr beunruhigend. Landauers Einschätzung, dass sie untergetaucht sei, kam mir inzwischen gar nicht mehr völlig abwegig vor.

In der Wohnung galt mein erster Blick dem Anrufbeantworter. Der blinkte diesmal nicht. Im Wohnzimmer sah ich mich einen Moment lang um und überlegte. Die restlichen Aufräumarbeiten würde ich auf die nächsten Tage verschieben. Ich fühlte mich plötzlich erschöpft. Die Ereignisse der letzten Tage hatten mich doch ziemlich mitgenommen. Meine Reisetasche hatte ich bei meiner Ankunft im Flur stehen lassen. Jetzt holte ich sie und packte sie aus. Nur einmal hatte ich dabei ganz kurz das Gesicht von Sabine vor Augen. Als das Telefon klingelte, zuckte ich zusammen. Mein Herz begann wieder wie verrückt zu schlagen. Aber es war wieder nicht Hannah. Ich hörte jemanden am anderen Ende der Leitung schwer atmen. Dann hörte ich ein Knacken, und der anonyme Teilnehmer hatte aufgelegt. Ich stand einen Moment regungslos und starrte auf den Hörer in meiner Hand.

Später, als ich schließlich im Bett lag, bemühte ich mich, wieder den Anschluss an die Handlung des Le Carré Romans zu finden. Ich hatte ihn auch nach Wien mitgenommen, war dort aber nicht dazu gekommen, darin weiterzulesen. Nach dem für mich schwierigen Anfang, stellte ich fest, dass es sich hier keineswegs um eine einfache Mordgeschichte handelte. Als ich dann nach einiger Zeit das Licht ausmachte, konnte ich auch in dieser Nacht in meinem eigenen Bett lange keinen Schlaf finden. Schließlich fiel ich, ohne dass ich es merkte, in eine dunkle und traumlose Leere.

Als erstes suchte ich am nächsten Morgen Kehrmann in der Kanzlei auf, um ihn darüber zu informieren, was bei der Reise nach Wien herausgekommen war. Diesmal enthielt sich mein Chef eines Kommentars. Er nickte nachdenklich, sicherte mir auch künftig die Unterstützung der Firma zu und wünschte mir viel Glück bei meinen weiteren Unternehmungen. Ich war bereits aufgestanden, um den Raum zu verlassen, als Kehrmann mich auf die Beförderung ansprach, die er mir vor einiger Zeit in Aussicht gestellt hatte.

„Übrigens, Johann, wie ich vermutet habe, sind die anderen Mitglieder der Sozietät mit deiner Übernahme in die Partnerschaft sehr einverstanden."

Er hatte sich ebenfalls erhoben, ging um seinen Schreibtisch herum und legte mir die Hand auf die Schulter.

„Wir sind allerdings der Meinung, dass wir im Moment auf deine persönliche Situation Rücksicht nehmen sollten. Wir möchten dich bei deinen augenblicklichen Schwierigkeiten nicht zusätzlich mit neuen Verantwortlichkeiten belasten. Du kannst dich aber drauf verlassen, das Thema wird zu passender Zeit von uns wieder aufgegriffen."

Ich sagte dazu nichts, nickte und verließ wortlos das Zimmer. Kehrmanns Mitteilung hatte mich nicht besonders überrascht. Seit Nicos Warnung hatte ich so etwas Ähnliches erwartet. An diesem Morgen kümmerte ich mich zwischen Mandantengesprächen auch noch darum, dass das beschädigte Schloss meiner Wohnungstür ausgewechselt wurde. Außerdem informierte ich meinen Versicherungsvertreter über den Diebstahl meines Laptops. Schließlich telefonierte ich mit Frau Jessen. Ich berichtete ihr von dem Einbruch und bat sie, sobald wie möglich in der Wohnung für mich nach dem Rechten zu sehen. Sie versprach, sich um den Schlosser zu kümmern, der sich für den Nachmittag angesagt hatte.

Später bekam ich wieder überraschenden Besuch von der Staatsanwaltschaft. Herr Lessmann trat diesmal alleine auf. Er hatte keine Unterlagen bei sich und wirkte diesmal in einem dunklen Anzug eher wie ein Banker, der sich im Gebäude geirrt hatte. Als wir an meinem kleinen Tisch Platz genommen hatten, kam er ohne Umschweife auf den Grund seines Besuches zu sprechen. Seine Dienststelle sei von der Polizei über den Einbruch in meiner Wohnung informiert worden, und er habe die Vermutung, dass es zwischen diesem Ereignis und dem Verschwinden Hannahs eine Verbindung gebe. Er habe den Unterlagen der Polizei entnommen, dass die Wohnung sehr gründlich durchsucht worden sei und dass es den Einbrechern augenscheinlich um etwas anderes als Geld oder Wertsachen gegangen sei. Wahrscheinlich habe man nach Informationen gesucht, die nach Lessmanns Überzeugung mit Hannah zu tun haben mussten. Es sehe so aus, als suchten außer der Polizei auch noch andere Kreise nach ihr. Es sei durchaus vorstellbar, dass die Firma *deltapharm* hinter diesen Bemühungen stehe: Hannah hatte in ihrer Position Zugang zu vertraulichen Firmenunterlagen, und er könne sich vorstellen, dass man befürchtete, sie habe bei ihrem Verschwinden geheimes Betriebsmaterial mitgehen lassen.

Er selber sei inzwischen der Ansicht, dass Hannah in den Fall des umstrittenen Medikaments stärker verstrickt sei, als man zuvor angenommen habe. Lessmann hatte sogar eine Theorie: Die anonyme Anzeige gegen *deltapharm* sei von Hannah ausgegangen. Es sei denkbar, dass sie eine Art „Whistleblower" sei und vor gefährlichen Missständen in der Firma warnen wollte. Vielleicht sei sie deshalb unmittelbar danach abgetaucht. Sie habe diesen Weg wahrscheinlich deshalb gewählt, weil sie durch Vertrag zur Verschwiegenheit verpflichtet sei und vonseiten ihrer Firma Repressalien befürchten musste. Diese hätte gewiss auch meine Person zu spüren bekommen. Es sei daher wahrscheinlich, dass davon ausgegangen wurde, ich sei als ihr Ehemann über ihre Pläne unterrichtet und wisse auch, wo sie sich im Augenblick aufhielte. Möglicherweise habe meine Frau versucht, sich dadurch abzusichern, dass sie sich Unterlagen beschafft und mitgenommen habe, mit denen sie ihre anonymen Vorwürfe belegen könne. Und hinter diesen Beweisen sei man jetzt vielleicht her. Das würde dann auch den Einbruch erklären.

„Sollten wir mit unseren Vermutungen auch nur annähernd richtig liegen", fuhr Lessmann fort, „dann befindet sich Ihre Frau im Augenblick in einer nicht ungefährlichen Lage. Die Entwicklung eines neuen Medikaments ist sehr teuer, und wir könnten uns vorstellen, dass die einflussreiche Konzernleitung in Frankfurt einige Hebel in Bewegung setzen würde, um sicherzustellen, dass die für das Schmerzmittel „Benerol" beantragte Zulassung nicht gefährdet wird. Deshalb wäre es wirklich besser für ihre Frau, wenn sie sich so schnell wie möglich mit uns in Verbindung setzen würde."

Lessmann machte jetzt eine Pause. Als ich nicht reagierte, erhob er sich. Er hatte seine Botschaft überbracht und sah das Gespräch, wie es schien, als beendet an.

„Daran sollten Sie denken, Herr Dr. Weber, sollte Ihre Frau doch noch mit Ihnen Kontakt aufnehmen."

Ich begleitete ihn noch zur Tür. Bevor er ging, hatte der Staatsanwalt mir aber noch etwas anderes mitzuteilen.

„Unsere Ermittlungen bei der Firma *deltapharm* haben übrigens auch ergeben, dass Ihre Frau dort in diesem Jahr eine Gratifikation von 50.000 Euro erhalten hat. Die Summe ist von ihr wenige Tage or ihrem Verschwinden von einem Konto abgehoben worden, das e bei der Deutschen Bank hatte."

14

Erst als sich Lessmann verabschiedet hatte und ich wieder allein an meinem Schreibtisch saß, begann ich das, was mir gerade eröffnet worden war, langsam zu begreifen. 50 000 Euro auf einem Konto, von dem ich nichts wusste. Klar, es war Hannahs Geld und sie konnte schließlich damit machen, was sie wollte. Aber warum hatte sie mir denn davon nichts gesagt? Ganz offensichtlich kannte ich meine Frau wirklich nicht.

Ich sah auf die Uhr auf meinem Schreibtisch. Es war bereits nach vier. Erst jetzt fiel mir auf, dass hier jemand für mich eine neue Batterie besorgt und eingesetzt haben musste. Wahrscheinlich Frau Dammann. Ich nahm eine Akte, an der ich noch zu Hause weiterarbeiten wollte, und verließ mein Büro. Der Sekretärin erklärte ich, dass ich mich noch um das neue Türschloss in meiner Wohnung kümmern müsse. Sie sah mich verständnisvoll an und nickte. Von dem Einbruch hatte ich ihr schon am Morgen erzählt.

„Und vielen Dank für die neue Batterie in meiner Uhr."

Ich war bereits auf dem Weg zur Tür und hatte mich noch einmal zu ihr umgedreht. Sie lächelte, was bei ihr nicht häufig vorkam, und schenkte mir zum Abschied sogar noch die Andeutung eines Winkens. Offensichtlich hatte sie für ihren Service schon auf eine anerkennende Reaktion von meiner Seite gewartet.

Bei mir zu Hause hatte sich Frau Jessen inzwischen um alles gekümmert. Ich sah sofort, dass sie in der Wohnung gründlich aufgeräumt hatte. Sie berichtete mir, es habe mit dem Schlosser keine Probleme gegeben, und überreichte mir die neuen Schlüssel, von denen ich ihr wieder ein Exemplar überließ. Es war ihr anzusehen, wie sehr sie sich freute, als ich ihr für ihre Hilfe zusätzlich noch 50 Euro zusteckte.

Als dann ich wieder alleine in der Wohnung war, musste ich wieder an Lessmann denken. Sein Besuch hatte mich doch ziemlich beunruhigt. Für die Theorie des Staatsanwalts sprach einiges. Das musste ich zugeben. Aber bei diesem Mann war bestimmt Vorsicht geboten. Die verwirrende Information über Hannahs heimliches Konto hatte Lessmann wohl absichtlich erst am Schluss unserer Unterredung herausgegeben. Bevor er gegangen war hatte er damit für mich sozusagen einen Sprengsatz hinterlegt, mit dem ich erst einmal fertig werden sollte. Offenbar war er wohl immer noch nicht überzeugt davon, dass ich keine Ahnung von Hannahs Plänen hatte, wenn es solche überhaupt gegeben hat.

Und trotzdem, je länger ich darüber nachdachte, desto mehr musste ich mir eingestehen, dass diese „Theorie", wie Lessmann seine Überlegungen genannt hatte, mehr Sinn machte als alles, was mir selber in den letzten Tagen durch den Kopf gegangen war. Auch Landauers Spekulationen würden eigentlich dazu passen, und vielleicht ließen sich auf diese Weise auch die anderen Widersprüche erklären, die mich so verwirrt hatten. Aber warum hatte Hannah mir nichts davon gesagt? War es wirklich möglich, dass ihre Heimlichtuerei auch dem Zweck diente, ihren Ehemann vor den Konsequenzen ihrer Entscheidung zu schützen? Lessmann hatte so etwas Ähnliches ja angedeutet. Irgendwie fühlte ich mich bei diesem Gedanken etwas besser.

Aber dann musste ich auch wieder an die 50 000 Euro denken. Warum hatte Hannah dieses Konto vor mir verheimlicht? Und das schon seit einiger Zeit. Dabei hatten wir, wenn wir gemeinsam darüber nachdachten, ob wir uns eine andere Wohnung leisten konnten, häufig über unsere Finanzen gesprochen. Aber vielleicht hatte sie mich mit dieser Mitteilung überraschen wollen, sobald wir ein wirklich lohnendes Objekt gefunden hatten. Hatte nicht auch ich die erfreuliche Nachricht von meiner bevorstehenden Beförderung zurückgehalten und auf eine passende Gelegenheit verschoben? Vielleicht gab es doch noch für alles eine ganz einfache Erklärung.

Wenn es also zutraf, was der Staatsanwalt vermutete, dann brauchte Hannah dieses Geld, damit sie untertauchen konnte. In diesem Fall hätte sie mir davon auch gar nichts erzählen können, ohne mich zum Mitwisser ihres Plans zu machen und ohne mich zu gefährden.

Als ich dann am Abend mit Connie telefonierte und ihr von dem zweiten Besuch der Staatsanwaltschaft erzählte, schien sie Lessmanns „Theorie" etwas skeptischer gegenüber zu stehen als ich. Wenn Hannah eine solche Aktion gegen *deltapharm* geplant hätte, wäre Connie dann nicht von ihr eingeweiht worden? Sie war schließlich ihre enge Freundin und arbeitete mit ihr in der selben Firma, über die sie sich häufig unterhielten. Und von einer Gratifikation in dieser Höhe hatte sie von ihr auch nichts gehört. Wofür sollte Hannah diese denn bekommen haben? Ich glaubte aus Connies Bemerkungen herauszuhören, dass spätestens jetzt auch ihr der Gedanke gekommen war, dass Hannah nicht nur mich hintergangen haben könnte.

Als ich später wieder das englische Taschenbuch zur Hand nahm, das Connie mir von Hannah gegeben hatte, und noch einmal den Versuch machte, den Handlungsfaden aufzunehmen, hatte ich doch erhebliche Schwierigkeiten. Mein Englisch war einfach nicht gut genug. Mir fehlten zu viele Vokabeln, und ich musste zu oft zum Wörterbuch greifen. Aber selbst das half häufig nicht. Vielleicht lag es an Lessmanns „Theorie", die mich den Tag so sehr beschäftigt hatte, dass ich schließlich sogar das Gefühl hatte, auch in diesem Text ginge es vor allem um ungesetzliche Machenschaften der Pharmaindustrie. Ich legt das Buch am Ende an die Seite und nahm mir vor, mich bei Gelegenheit um eine Übersetzung des Romans zu kümmern.

Bevor ich am nächsten Morgen in die Kanzlei fuhr, suchte ich Oberkommissar Becker auf. Mir war so, als behandelte er mich diesmal mit besonderer Höflichkeit. Er äußerte sein Mitgefühl für meine Situation und reagierte verständnisvoll auf alle meine Fragen. Ja, er hatte bereits mit Landauer gesprochen und schätzte die Ergebnisse der Ermittlungen ähnlich ein wie der Wiener Kollege. Ebenso wie dieser sah er sich inzwischen gezwungen, die offizielle Fahndung nach Hannah einzustellen. Ich war mir sicher, dass er inzwischen in die Untersuchung der Staatsanwaltschaft, seiner vorgesetzten Behörde, einbezogen war und Lessmanns Überlegungen kannte. Becker schien zu bedauern, dass er nicht mehr in diesem Fall tun konnte. Ich war ihm beinahe dankbar, dass er mir beim Abschied ebenfalls zusicherte, er werde natürlich auch weiterhin seine Augen offen halten. Sollten sich doch noch irgendwann neue Spuren ergeben, würde er sich bei mir melden.

Am späten Nachmittag hatte ich meine Verabredung mit Arkenau. Die Sekretärin begleitete mich in das Büro ihres Chefs, der bereits auf mich zu warten schien. Er war wieder makellos gekleidet und wie bei unserem ersten Treffen bat er mich, auf der anderen Seite des Glasschreibtisches Platz zu nehmen. Es war typisch für diesen Mann, dass er sich nicht lange mit höflichen Vorbemerkungen aufhielt. Er fragte mich als erstes nach dem ja Verlauf meines Besuchs in Wien. Das Wichtigste hatte ich ihm bereits telefonisch mitgeteilt. Die abschließenden Bemerkungen Landauers schienen ihn besonders zu interessieren. Er nickte.

„Das deckt sich im Grunde mit unseren Ermittlungen", sagte er und öffnete einen Aktenordner, der vor ihm lag.

Er erläuterte kurz, dass die Ermittlungen seines Büros sich ebenfalls auf Wien konzentriert hätten, wo sich Hannah ja auch zuletzt aufgehalten hatte. Sein Wiener Kollege, der dort für ihn tätig gewesen sei, habe Hannahs Spur bis zum Flughafen sehr genau verfolgt. Mit Hilfe besonderer persönlicher Beziehungen, habe dieser Mitarbeiter sich dort auch Zugang zu den Aufnahmen der wichtigsten Überwachungskameras verschafft. Danach ließ sich feststellen, dass Hannah den Eingang zum Geldautomaten von außen benutzt, aber danach die Abflughalle des Flughafens nie betreten hatte. Ihre Spur verlor sich auf dem Parkplatz des Flughafengeländes. Schließlich fasste Arkenau seine Ergebnisse zusammen.

„Wenn man auch die Möglichkeit eines Gewaltverbrechens nicht völlig ausschließen kann, so würde ich doch ebenfalls davon ausgehen, dass Ihre Frau untergetaucht ist. Das Auffallende dabei ist, dass ihre Spuren äußerst sorgfältig verwischt worden sind. Und wir glauben auch, dass sie dabei Hilfe gehabt haben muss."

Arkenau schloss seinen Ordner und lehnte sich in seinem Designerstuhl zurück. Er sah mich an.

„Nach unserer Einschätzung muss jemand auf dem Parkplatz mit einem Auto auf sie gewartet haben", sagte er. „Wie hätte sie sonst von dort verschwinden können? Ein Taxi oder auch ein öffentliches Verkehrsmittel hat sie allem Anschein nach nicht genommen. Wir haben das überprüft. Die Benutzung eines Fahrrads können wir ebenfalls ausschließen, und zu Fuß ist sie auch nicht gegangen. Auch das haben wir untersucht."

Ich hatte plötzlich ein flaues Gefühl in der Magengegend. Eine so deutliche Unterstützung der Untersuchungsergebnisse der Polizei hatte ich hier nicht erwartet. Zusätzlich beunruhigte mich der Gedanke, dass Hannah, sollten die Schlussfolgerungen der Ermittler zutreffen, bei ihrem Untertauchen „Hilfe" gehabt haben musste. Bis zu Lessmanns letztem Auftritt in seinem Büro war ihr Verschwinden für mich eine Angelegenheit gewesen, die vor allem mich und meine Frau betraf. So wie es jetzt aussah, musste ich mich wohl mit dem Gedanken auseinandersetzen, dass bei dieser

Sache zumindest eine weitere Figur eine wichtige Rolle gespielt haben musste. Und dieser Person hatte meine Frau offenbar mehr vertraut als mir. Arkenau hatte dann noch eine Information für mich, die mich inzwischen nicht mehr besonders überraschen konnte.

„Wir haben übrigens auch festgestellt, dass außer uns und der Polizei noch andere Personen nach Ihrer Frau zu suchen scheinen. Der Kollege in Wien ist bei seinen Nachforschungen diesbezüglich auf verschiedene Hinweise gestoßen. Wir können davon ausgehen, dass auch die Firma *deltapharm* ein großes Interesse daran hat, Ihre Frau zu finden. Wahrscheinlich stecken sie dahinter. Allerdings, was den Geländewagen betrifft, der ihnen vor Ihrer Wohnung aufgefallen ist, haben unsere Ermittlungen keinen Erfolg gehabt."

In diesem Moment fiel mir der Einbruch ein, über den ich Arkenau bisher ebenso wenig informiert hatte wie über den neuen anonymen Anruf, den ich anschließend bekommen hatte. Auch den letzten Besuch der Staatsanwaltschaft hatte ich ja bisher noch mit keinem Wort erwähnt. Dies holte ich nun nach. Mein Gesprächspartner hörte aufmerksam zu und nickte wieder.

„Diese Überlegungen könnten für mich durchaus Sinn machen. Wie ich Ihnen schon andeutete, auch wir halten es für nicht unwahrscheinlich, dass es einen Zusammenhang gibt zwischen dem Verschwinden ihrer Frau und den Untersuchungen der Staatsanwaltschaft bei *deltapharm*", sagte er. „Auch ich kann mir gut vorstellen, dass der Arbeitgeber ihrer Frau ein großes Interesse daran hat herauszufinden, was mit ihr passiert ist."

Es entstand jetzt eine Pause, in der ich mich fragte, was nun weiter geschehen sollte. Arkenau schien an dem gleichen Punkt angekommen zu sein.

„Ich halte es für durchaus wahrscheinlich, dass Ihre Frau ihr Verschwinden sorgfältig vorbereitet hat. Allem Anschein nach hat sie auch dafür gesorgt, dass so gut wie keine Spuren hinterlassen wurden. Auch wenn Ihnen dieser Gedanke schwerfällt, ich gehe davon aus, dass Ihre Frau offenbar nicht gefunden werden möchte. Die Schlussfolgerungen der Polizei sind für mich verständlich und nachvollziehbar", sagte er und schien auf eine Reaktion von mir zu warten. Als die nicht erfolgte, fuhr er fort.

„Ich möchte ehrlich zu Ihnen sein, Herr Dr. Weber. Nach den bisherigen dünnen Ergebnissen kann ich nur wenig Sinn darin sehen, unsere Nachforschungen fortzusetzen. Das hätte, wie es sich im Moment darstellt, wenig Aussicht auf einen Erfolg und wäre außerdem langwierig und kostspielig."

Ich schwieg immer noch. In den vergangenen Tagen war der Privatdetektiv für mich zur letzten Hoffnung geworden und nun brauchte ich einen Moment, um ansatzweise zu verstehen, was diese neue Einschätzung für mich bedeutete. Arkenau schien mir die Enttäuschung anzusehen.

„Das muss ja nicht das Ende in dieser Sache sein", fügte er hinzu. „Sollten sich neue, erfolgversprechende Hinweise ergeben, wären wir natürlich bereit, die Spur wieder aufzunehmen. Das heißt natürlich, wenn Sie das wünschen sollten."

Ich saß eine Weile schweigend da. Was gab es denn auch noch zu sagen? Das war es dann wohl. Ich holte einmal tief Luft und erhob mich. Der Detektiv war ebenfalls aufgestanden und begleitete mich noch zur Tür. Zum Abschied bedankte ich mich für die ehrliche, wenn auch für mich schmerzhafte Beurteilung der Situation. Ich erinnerte ihn auch daran, mir die Rechnung für seine Bemühungen zuzuschicken. Aber dieser Hinweis war bei einem Geschäftsmann wie Arkenau wahrscheinlich überflüssig.

Draußen saß ich noch eine Zeit lang in meinem Auto. An dem Vorgehen des Detektivs war im Grunde nichts auszusetzen. Er hätte die Lage ja auch schön reden und seinen Klienten, der bereit war, sich an jeden Strohhalm zu klammern, auf unnötige Kosten treiben können. An seiner seriösen und professionellen Arbeit gab es wohl keinen Zweifel.

Was mir allerdings besonders nachging, war der Gedanke, dass Hannah, wenn sie denn tatsächlich untergetaucht war und nicht gefunden werden wollte, von einer unbekannten Seite Hilfe bekommen haben musste. Wahrscheinlich hatte sie dann ihr Vorhaben zusammen mit jemandem geplant und vorbereitet. Es war fast automatisch, dass ich jetzt an Brigitte dachte. Sie war mit Hannah zur fraglichen Zeit in Wien und hätte sich doch als ihre langjährige Vertraute als eine ideale Komplizin angeboten. Aber ich glaubte Brigitte. Ihre Betroffenheit hatte auf mich echt gewirkt, und außerdem hatte sie durch ihren nachweislichen Aufenthalt im Hotel und ihren eigenen Rückflug ein wasserdichtes Alibi. Ich brauchte jetzt jemanden, mit dem ich reden konnte. Ich nahm mein Handy aus der Tasche und wählte Connies Nummer. Sie war noch im

Labor, wollte dort aber eher Schluss machen und sich mit mir in einer halben Stunde in einem Café am Gänsemarkt treffen.

Ich brauchte so lange, um einen Platz in einem Parkhaus zu finden, dass wir beinahe gleichzeitig unseren Treffpunkt erreichten. Wir setzten uns an einen freien Tisch. Connie bestellte sich einen Cappuccino und ich entschied mich nach einigem Zögern für einen Latte Macchiato. Ich konnte mich nicht erinnern, ob mir dieses Getränk beim letzten Mal, als Hannah mich dazu überredet hatte, geschmeckt hatte oder nicht. Dann begann ich Connie von meinem Gespräch mit dem Privatdetektiv zu erzählen. Auch ihr, das wusste ich, fiel es schwer sich vorzustellen, dass Hannah uns alle so getäuscht haben könnte. Allerdings schien sie, ebenso wie ich, durch die Ergebnisse aller Ermittler inzwischen ziemlich verunsichert zu sein. Wir schwiegen eine Weile. Meine italienische Kaffeevariation erinnerte mich an meine Kindertage und schmeckte mir überhaupt nicht. Ich schob das Glas mit dem Rest des Getränks an die Seite, überlegte einen Moment und bestellte mir jetzt ein Bier.

„Sag mal, Connie, hältst du den Gedanken denn wirklich für völlig abwegig, dass es da einen anderen Mann gibt?", fragte ich und sah sie an.

Sie schüttelte den Kopf.

„Nein, das kann ich mir einfach nicht vorstellen", antwortete sie. „Hannah liebt dich. Das hat sie mir ja auch selber gesagt, wenn wir über dich gesprochen haben."

Einige Sekunden fragte ich mich, bei welcher Gelegenheit die beiden wohl über mich geredet haben konnten, und musste an die kritische Bemerkung denken, die ihr Freund Tobias über die beiden Freundinnen gemacht hatte.

„Hannah ist eine attraktive Frau", fügte Connie hinzu. „Und soweit ich das beurteilen kann, ist es ihr auch nie unangenehm gewesen, wenn sie von anderen Männern „angebaggert" wurde. Verschiedentlich war ich ja dabei. Ich kann das verstehen. Sie nahm das als eine Art von Kompliment. Aber ich bin ganz sicher, sie hätte sich nie ernsthaft mit jemandem eingelassen."

Was meinte Connie denn damit? Was bedeutete für sie, sich „ernsthaft" mit jemandem einzulassen? Ich hatte wieder dieses merkwürdige Gefühl in der Magengegend. Bei der Vorstellung, dass Hannah mit anderen Männern flirtete, fühlte ich mich

145

unbehaglich. Connie erzählte mir danach, dass sich in der Firma die Aufregung um die Untersuchung der Staatsanwaltschaft etwas gelegt hatte. Über Hannah wurde nicht mehr so viel gesprochen.

Sie erzählte mir dann, dass sie am Wochenende ihre Eltern in Lüneburg besuchen würde. Ihr Vater wurde siebzig, und sie hatte sich länger nicht zu Hause sehen lassen.

„Hoffentlich muss ich nicht mit der Bahn fahren", sagte sie. „Mein Auto ist in der Werkstatt. Aber ich gehe eigentlich davon aus, dass es rechtzeitig fertig wird."

„Was ist denn los damit?"

„Keine Ahnung", antwortete sie. „Da ist irgendwas mit den Bremsen. Ich hoffe nur, es wird nicht zu teuer."

Ich musste grinsen.

„Da halte ich dir die Daumen. Aber nach meinen Erfahrungen mit Werkstätten solltest du nicht zu optimistisch sein."

Später, als wir uns schließlich auf der Straße voneinander verabschiedeten, umarmte sie mich noch einmal.

„Ich melde mich, wenn ich aus Lüneburg wieder zurück bin", sagte sie, bevor wir dann auseinander gingen.

Zu Hause fiel mir dann ein, dass ich mich noch nicht bei Brigitte gemeldet hatte, um mich für die Mühe zu bedanken, die man sich mit mir bei meinem Besuch gegeben hatte. Ich wählte die Münchner Nummer und war froh, dass es Brigitte und nicht Helmut war, die meinen Anruf entgegennahm. Ich berichtete ihr, dass ich wieder sicher in Hamburg gelandet sei, und sagte ihr noch einmal, wie sehr ich die Gastfreundschaft in ihrem Haus genossen hatte. Als ich ihr von dem Einbruch in meiner Wohnung erzählte, war sie zunächst sprachlos.

„Meine Güte, Johann", sagte sie dann. „Dir bleibt in der letzten Zeit wirklich nicht viel erspart."

„Den Eindruck habe ich inzwischen auch."

Dann berichtete ich ihr auch noch kurz von den Gesprächen, die ich mit Lessmann und Arkenau geführt hatte.

„Es sieht wohl so aus, dass hier fast alle überzeugt sind, dass Hannah mich sitzen gelassen hat", sagte ich dann. „Kannst du dir vorstellen, dass es für sie noch einen anderen Mann gab?"

„Nein, das kann ich überhaupt nicht", antwortete sie sofort.

Sie machte eine kleine Pause, bevor sie weiter sprach.

146

„Aber es ist auch so, dass sie mir nicht alles anvertraut hat. Da gab es immer Bereiche, in denen sie keinen an sich heran ließ."

Dann kam sie mit einer Überraschung heraus.

„Worüber sich Hannah zum Beispiel nicht äußerte, waren ihre Eltern. Auch nicht über den Selbstmord ihres Vaters. Ich erinnere mich noch, dass sie früher immer sehr an ihm hing. Über ihre Mutter hat sie ebenfalls nicht gesprochen. Auch mit mir nicht. Kurz bevor das mit ihrem Vater passierte, hatte ihre Mutter ihren Mann verlassen. Ich glaube, die lebt mit einem neuen Partner in Kanada oder so. Aber das weißt du bestimmt alles."

Ich war sprachlos. Diese Neuigkeiten musste ich erst einmal sacken lassen. Mir hatte Hannah etwas anderes über ihre Eltern erzählt. Nach einer Pause merkte Brigitte, dass etwas nicht stimmte.

„Johann, hast du das denn nicht gewusst?"

„Nein. Mir hat sie gesagt, ihre Eltern hätten einen Unfall nicht überlebt."

Jetzt war sie es, die offenbar nicht wusste, wie sie reagieren sollte. Es gab da eine Frage, die sich mir nun aufdrängte.

„Wenn ihre Mutter noch lebt, glaubst du, dass Hannah vielleicht noch Kontakt zu ihr hat?"

„Nein, das kann ich mir überhaupt nicht vorstellen. Hannah hat ihre Mutter eigentlich immer für den Tod des Vaters verantwortlich gemacht. Die Frau ist für sie tabu. Da bin ich mir ganz sicher."

An den Rest des Telefonats konnte ich mich später kaum noch erinnern. Brigittes Bemerkungen über Hannah hatten mich zu sehr durcheinander gebracht. Als wir dann schließlich aufgelegt hatten, musste ich mich setzen. Mir war wieder schlecht. Was bedeutete das alles? Es sah jetzt tatsächlich so aus, als hätte ich meine Frau, die mir von allen Menschen am nächsten stand und der ich jederzeit mein Leben anvertraut hätte, nie wirklich gekannt. Und wenn das so war, wie konnte ich dann sicher sein, dass es für Hannah neben mir keinen anderen Mann gab?

Mein Handy, das ich auf meinem Schreibtisch abgelegt hatte, klingelte. Es war natürlich nicht Hannah, die mir wie immer reflexartig einfiel, wenn sich das Telefon meldete, sondern Sabine, an die ich in den letzten Tagen überhaupt nicht mehr gedacht hatte. Die Überraschung war so groß, dass es mir für einen Moment die Sprache verschlug.

„Hallo, Johann", sagte sie. „Eigentlich hatte ich ein bisschen gehofft, dass du dich mal meldest."

„Mensch, Sabine, das hatte ich auch vor", log ich, als ich mich ein wenig gefangen hatte. „Aber ich bin einfach noch nicht dazu gekommen. Hier war der Teufel los."

„Was ist denn passiert?"

Ich erzählte von dem Zustand, in dem ich meine Wohnung bei meiner Rückkehr aus Wien vorgefunden hatte. Jetzt war sie es, die einen Moment brauchte, bevor sie weiterreden konnte.

„Das gibt's doch nicht! Ist der Schaden groß?"

„Nein. Die Polizei ist der Ansicht, dass man bei mir irgendwas ganz gezielt gesucht hat."

Dann berichtete ich ihr von meiner Vermutung, dass es einen Zusammenhang zwischen diesem Einbruch, dem Verschwinden meiner Frau und den Ermittlungen der Staatsanwaltschaft in ihrer Firma geben musste. Mir war klar, dass Sabine mit dieser Aussage nicht viel anfangen konnte.

„Das ist eine längere Geschichte", sagte ich. „Bei Gelegenheit werde ich versuchen, dir das alles zu erklären."

„Wie wär's, wenn du das am Samstag machen würdest?"

Sie hatte offensichtlich mit meiner Verblüffung gerechnet. Sie lachte.

„Ich kann mir so richtig vorstellen, was du jetzt für ein Gesicht machst."

Bevor sie weiter sprach entstand eine kleine Pause.

„Deshalb habe ich eigentlich angerufen."

Sie erklärte mir dann, dass sie am kommenden Wochenende an einer betriebsinternen Fortbildungsveranstaltung im Ostseebad Timmendorf teilnehmen würde.

„Die ganze Sache ist spätestens Samstagmittag zu Ende", sagte sie. Ihre Stimme war inzwischen ernst geworden. „Ich habe mir eigentlich gedacht, dass wir beide uns danach dort treffen könnten. Um ein Zimmer für dich im Hotel würde ich mich kümmern."

15

Sabine musste mich nicht lange überreden. Die Vorstellung, sie wiederzusehen, hatte etwas sehr Verlockendes, zumal mir ihr Angebot die Möglichkeit eröffnete, einem weiteren leeren und quälenden Wochenende zu entkommen. Und natürlich hoffte ich auch, wir könnten in Timmendorf nahtlos dort weitermachen, wo wir in Wien aufgehört hatten. Was mich allerdings etwas nervös machte, war die Tatsache, dass ich ja gar nicht wusste, wie vertraut und eng mein Verhältnis zu ihr tatsächlich war. Dazu war unsere Begegnung einfach zu kurz gewesen. Hinzu kam, dass mich in Wien der Besuch in der Gerichtsmedizin ganz schön durcheinander geschüttelt hatte. Das schlechte Gewissen, das mich nach unserer Nacht im Hotel belastet hatte, meldete sich jetzt auch sofort wieder. Nein, mir war schnell klar, so glatt und unkompliziert, wie ich mir meinen kleinen Ausflug an die Ostsee zunächst vorstellte, würde der wohl doch nicht werden.

Als ich am Samstagnachmittag bei strahlendem Wetter auf der A1 vor Lübeck die Abfahrt in Richtung Timmendorf nahm, musste ich an Connie denken, die an diesem Wochenende nach Lüneburg gefahren war und der ich von meinen eigenen Plänen nichts gesagt hatte. Wie ich vorher schon vermutet hatte, war ihr Auto nicht fertig geworden, und sie hatte dann doch den Zug nehmen müssen. Auch Nico, der mich am Abend zuvor zusammen mit seiner Freundin zu einem gemeinsamen Kinobesuch abgeholt hatte, wusste nichts von Sabine. Den Film, eine amerikanische Beziehungskomödie, hatte Julie offensichtlich wegen des attraktiven Hauptdarstellers vorgeschlagen. Nach der Vorstellung waren wir noch „auf einen Drink" ins „4U" gefahren. Ich hatte den Eindruck, dass diese Bar inzwischen zu Nicos Stammlokal geworden war. Jedenfalls begrüßte ihn der Barkeeper mit Vornamen und auch einige der anderen Gäste schienen ihn gut zu kennen. Nico hatte auch davon berichtet, dass er Tobias dort verschiedentlich getroffen hatte. Es überraschte mich ein wenig, als er erzählte, dass nach seinem Eindruck für Tobias das Kapitel Connie noch nicht ganz beendet zu sein schien .

„Wenn man so lange wie die beiden zusammen war, kann man wohl nur schwer damit leben, dass alles vorbei sein soll", sagte er.

Natürlich kamen wir an diesem Abend auch wieder auf Hannah zu sprechen. Ich erzählte von meiner Unterredung mit Arkenau und von meinen Schwierigkeiten, die Ergebnisse der Ermittler zu akzeptieren. Julie, die schweigend zugehört und mich wie sonst auch immer die ganze Zeit über mitfühlend angesehen hatte, überraschte mich dann mit einer Frage.

„Hältst du es denn immer noch für ganz unmöglich, dass Hannah untergetaucht ist und nicht gefunden werden will?"

Die Direktheit, mit der die sonst immer so zurückhaltende Julie dieses Problem ansprach, verblüffte mich. Ich merkte, dass auch Nico mich jetzt beobachtete.

„Das fällt mir schwer", antwortete ich dann nach einer kleinen Pause und zuckte mit den Schultern. „Ich muss aber zugeben, dass mir mittlerweile die Gegenargumente ausgehen."

In diesem Moment begriff ich etwas, was mir vorher so noch nicht klar gewesen war. Das, was ich in Julies großen Augen immer zu erkennen geglaubt hatte, war nicht nur reines Mitgefühl für einen Freund, dessen Frau so plötzlich auf unerklärliche Weise verschollen war und der sich große Sorgen um sie machte. Was ich in Julies Blick lesen konnte war, dass sie vor allem Mitleid hatte mit dem Ehemann, der von seiner Partnerin verlassen worden war. Wahrscheinlich war sie von Anfang an überzeugt davon gewesen, dass Hannah mich sitzen gelassen hatte. Und das traf wahrscheinlich auf alle Leute zu, die von Hannahs Verschwinden gehört hatten.

Das „Strandhotel", das Sabine mir am Telefon beschrieben hatte und über das ich mich auch im Internet informiert hatte, konnte ich schon von weitem erkennen. Es wirkte neu und war für meinen Geschmack zu groß. Mit zehn Stockwerken war es mit Abstand das höchste Gebäude der Umgebung und schien sich für Tagungen und ähnliche Veranstaltungen geradezu anzubieten. Es war dicht an der Strandpromenade gelegen und verfügte über einen geräumigen Parkplatz. Offenbar war es nicht ausgebucht, und so hatte ich auch keine Schwierigkeiten, einen passenden Stellplatz zu finden. Wie es schien, hatte Sabine bereits Ausschau nach mir gehalten, denn als ich ausgestiegen war und meine Reisetasche aus dem Wagen nahm, stand sie plötzlich neben mir. Sie trug wieder Jeans, ein blass-grünes T-Shirt und sah großartig aus. Man hätte glauben können, sie sei gerade aus einem Badeurlaub zurückgekehrt, denn anscheinend besaß sie diese beneidenswerte Haut, mit der sie eigentlich immer leicht gebräunt wirkte. Ich selber konnte mich gar nicht so recht erinnern, wann ich selber zuletzt in der Sonne gewesen war. Sabine musste meine Verlegenheit gespürt haben, denn sie strahlte mich wieder mit ihren wunderschönen großen Augen an, und bevor bei diesem ersten Wiedersehen zwischen uns die Unsicherheit zu groß werden konnte, umarmte sie mich.

„Hallo, Johann", sagte sie und drückte ihren Kopf an meine Schulter. „Ich hab schon auf dich gewartet."

Ich hatte meine Tasche auf den Boden fallen lassen. Diese unerwartet stürmische Begrüßung überraschte mich so sehr, dass ich mich zunächst nur steif an ihr festhalten konnte. Nach einer Weile nahm sie ihren Kopf etwas zurück, lächelte mich an und gab mir einen kleinen Kuss auf die Wange. Sie fragte mich nach meiner Fahrt, und ich beeilte mich ihr zu versichern, dass es keine Schwierigkeiten gegeben habe.

„Komm", sagte sie dann und zeigte mir eine Schlüsselkarte, die sie die ganze Zeit in der Hand gehalten hatte. „Wir bringen erst deine Sachen in dein Zimmer."

Sie wartete, bis ich die Tasche aufgehoben hatte, nahm dann meinen Arm und steuerte mich in Richtung Eingang. Als wir durch die Drehtür in die riesige Lobby kamen, wurde mir deutlich, dass das „Strandhotel" keineswegs so neu war, wie es aus der Ferne den Anschein hatte und wie die eigene Internetseite glauben machen wollte. Man hatte sich hier offenbar bemüht, die Gäste mit einem mondänen „Ambiente" zu beeindrucken. Dabei war wohl alles etwas zu groß geraten. Hinter dem überdimensionierten Tresen wirkten die beiden uniformierten Angestellten in der Rezeption des Hauses ein wenig verloren, und die wenigen Gäste, die in massiven Sesseln in verschiedenen Sitzgruppen des Raumes Platz genommen hatten, schienen sich dort auch nicht besonders wohl zu fühlen. Die Tatsache, dass dieses Hotel in die Jahre gekommen war, konnte man insbesondere an dem abgenutzten Teppichboden sehen, der dringend erneuert werden musste.

Das galt auch für den Fußboden des Fahrstuhls, auf dem irgendjemand vor einiger Zeit eine Flüssigkeit verschüttet haben musste, die einen großen Fleck hinterlassen hatte. Wir stiegen im vierten Stock aus. Sabine führte mich den langen Flur entlang zu dem Zimmer, das sie für mich gebucht hatte. Sie öffnete mit der Chipkarte die Tür und trat an die Seite, damit ich eintreten konnte. Ich stellte meine Reisetasche ab, sah mich im Raum um und war positiv überrascht. Der Teppich schien hier neu zu sein. Die Tapete, die Vorhänge und ein hübscher Bettüberwurf waren farblich gut auf einander abgestimmt. Am besten gefiel mir, dass das große Fenster, vor dem es noch einen geräumigen Balkon gab, den Blick auf die Ostsee freigab. Sabine zog die Vorhänge vollständig auf.

„Mein Zimmer ist übrigens gleich nebenan", sagte sie und sah mich dann fragend an. „Was möchtest du machen? Soll ich dich erst mal allein lassen?"

„Nein. Aber ich würde gerne etwas trinken", sagte ich und streifte mein Jackett ab. „Aber warte einen Moment. Ich muss mir nur noch schnell die Hände waschen."

Ich warf das Sakko auf das Bett und ging ins Bad, das ebenfalls einen guten Eindruck machte. Es war angenehm groß und - wie man an den neuen Armaturen und Installationen sehen konnte - augenscheinlich kürzlich renoviert worden. Beim Blick in den großen Spiegel erschrak ich kurz. In der gnadenlosen Helligkeit der Halogenlampen konnte ich unter meinen Augen dunkle Ränder erkennen. Es kam mir vor, als sei ich wieder älter geworden, seit ich mich das letzte Mal bewusst in einem Spiegel betrachtet hatte. Wahrscheinlich lag das auch an dem Anteil der grauen Haare, der bei mir ganz offensichtlich auch größer geworden war. Ich wusch mir Gesicht und Hände und strich mir abschließend glättend über das Haar, eine Verlegenheitsgeste, die Hannah mir immer abgewöhnen wollte. Ich konnte hören, wie Sabine im Zimmer die Balkontür öffnete.

Als ich aus dem Bad herauskam, stand sie draußen. Sie hatte beide Hände auf das Geländer gelegt, und es sah so aus, als beobachtete sie die Leute unten auf der Promenade. Sie hörte mich kommen und drehte sich zu mir um.

„OK? Können wir?", fragte sie und lächelte mich an. Dann ging sie auf mich zu und nahm meinen Arm. „Da unten gibt es ein ganz nettes Lokal mit einer Terrasse. Dort kriegen wir für dich bestimmt etwas zu trinken."

152

Sie führte mich aus dem Hotel heraus in ein Straßencafé, das sich allem Anschein nach großer Beliebtheit erfreute. Ein wenig schien Sabine selber überrascht zu sein.

„Bei gutem Wetter ist hier an Wochenenden der Teufel los."

Doch wir hatten Glück. Während wir noch die Terrasse mit den Augen nach freien Plätzen absuchten, erhob sich ganz in unserer Nähe ein junges Pärchen und machte uns einen Tisch frei. Wir setzten uns, und als die Kellnerin die benutzten Gläser abräumte, bestellte sich Sabine eine Weißweinschorle und ich für mich ein großes Hefeweizen, das es hier zu meiner Verwunderung vom Fass gab. Auf ein solches Bier hatte ich mich schon während der Autofahrt gefreut. Sabine erkundigte sich dann, ob ich Probleme gehabt hätte, das Hotel zu finden. Eine ähnliche Frage hatte ich ihr bereits bei meiner Ankunft auf dem Parkplatz beantwortet. Ganz augenscheinlich war sie genauso nervös wie ich bei diesem ersten Wiedersehen.

Als die Servierein die Getränke brachte, sprach mich Sabine auf den Einbruch an. Ich erzählte ihr von meiner Rückkehr aus Wien und dem Zustand, in dem ich meine Wohnung vorgefunden hatte. Sabine hörte mir aufmerksam zu, ohne mich zu unterbrechen. Nachdem ich ihr auch das Vorgehen des untersuchenden Kommissars geschildert hatte, schüttelte sie den Kopf.

„Das ist schon alles ziemlich komisch", sagte sie dann. „Hast du denn irgendeine Vermutung, wonach man bei dir gesucht haben könnte?"

Ich zuckte mit den Schultern.

„Keine Ahnung."

„Könnten es vielleicht berufliche Daten sein, die du auf deinem Computer hast?"

Diesmal schüttelte ich den Kopf.

„Kann ich mir nicht vorstellen. Da ist nichts Interessantes drauf."

„Aber das kann ja niemand von vornherein wissen."

Wir schwiegen eine Weile und beobachteten die Spaziergänger, die auf der Strandpromenade in beiden Richtungen vor uns vorbeizogen. Sabine nahm meine Hand.

„Komm. Wir sollten uns auch noch etwas bewegen."

Wir zahlten und mischten uns dann unter die vielen Leute, die an diesem Samstagnachmittag die Promenade bevölkerten. Es war nicht zu übersehen: Wir befanden uns mitten in der Feriensaison.

Sabine schlug vor, den Bereich der Seebrücke so schnell es ging hinter uns zu lassen. Wir bahnten uns mühsam einen Weg in Richtung Niendorfer Hafen, vorbei an sperrigen Kinderwagen, schwerfälligen Senioren und rücksichtslosen Jugendlichen auf Skateboards oder Fahrrädern. Je weiter wir uns vom Hauptstrand und dem Zentrum des Ortes entfernten, desto besser ging es. Sabine nahm meinen Arm.

Ich schreckte zusammen, als mein Handy klingelte. Sabine ließ meinen Arm los und blieb stehen. Auf dem Display konnte ich sehen, dass es Connie war. Ich fühlte mich ertappt und schaltete das Gerät ab. Als ich Sabines fragenden Blick sah, erklärte ich, dass sich meine Freunde offenbar Sorgen um mich machten. Ich grinste sie an.

„Sie denken, ich bin alleine zu Hause und langweile mich zu Tode."

Wir gingen langsam weiter, und nach und nach begann ich von den weiteren Ereignissen der vergangenen Woche zu berichten, insbesondere von den enttäuschenden Auskünften, die ich bei der Polizei und bei Arkenau erhalten hatte. Ich gab zu, dass es mir schwerfiel, die deprimierenden Schlussfolgerungen des Detektivs zu akzeptieren. Auch den erneuten Besuch Lessmanns erwähnte ich und erläuterte dessen Theorie über Hannahs Verbindung zu den laufenden Untersuchungen der Staatsanwaltschaft. Sabine hörte interessiert zu und fragte mich schließlich, ob ich dies denn selber für möglich hielte. Ich zuckte mit den Schultern.

„Ich weiß schon lange nicht mehr, was ich denken soll."

Sie hatte zwischendurch immer wieder einmal auf die Uhr gesehen. Nach einiger Zeit blieb sie stehen und erklärte, dass sie in einem Restaurant in der Nähe des Hotels einen Tisch bestellt hätte und dass wir umdrehen müssten, wenn wir uns nicht zu sehr verspäten wollten. Auf dem Weg zurück berichtete ich von meinem Abstecher nach München, den ich von Wien aus unternommen hatte und von dem sie noch nichts wusste. Warum ich die große Verunsicherung, die Brigitte bei mir ausgelöst hatte, ebenso für mich behielt wie die 50.000 Euro auf Hannahs heimlichem Konto, war mir selber nicht klar.

Das Restaurant, das mit etwas Verspätung erreichten, war an diesem frühen Abend bereits gut besucht und schien ein guter Tipp zu sein, denn es stellte sich heraus, dass die Küche hier wirklich vorzüglich war. Ich hatte schon in Wien festgestellt, dass Sabine gut zuhören konnte. Es machte einfach Spaß, mit ihr zu reden. Auch ihr schien es leicht zu fallen, mir ihre eigene Situation darzustellen. Dabei kreisten ihre Gedanken vor allem um ihre Tochter, die ihren Vater vermisste und um die sich Sabine viele Sorgen machte. Der Gedanke, dass sie als Mutter versagen könnte, schien sie sehr zu beschäftigen. Sie war inzwischen auch damit einverstanden, dass das Mädchen die Herbstferien mit dem Vater verbrachte. Aber so ganz glücklich schien sie mit dieser Regelung anscheinend immer noch nicht zu sein. Ich versuchte, sie in diesem Punkt ein wenig aufzurichten, und versicherte ihr, dass sie die richtige Entscheidung getroffen habe.

Wir schwiegen eine Weile. Dann sah sie mich einmal mehr mit ihren großen braunen Augen an und lächelte.

„Es ist schön, einen Freund zu haben, dem man alles erzählen kann", sagte sie. „Alleine kann das manchmal ziemlich trostlos sein."

Ich nickte und musste an Connie und Nico denken, die mir beide in den vergangenen Wochen eine so wichtige Stütze gewesen waren. Dann begann ich zum ersten Mal länger und ausführlicher von meinen Freunden zu erzählen. Ich beschrieb ihr meine langjährige Beziehung zu Nico, der mir beruflich in den letzten Wochen so häufig den Rücken frei gehalten hatte und auf den ich mich einfach immer verlassen konnte. Aber vor allen Dingen gab es da Connie, Hannahs Kollegin und beste Freundin, die sich nach wie vor sehr um mich kümmerte und mit mir litt. Ich konnte mir nicht vorstellen, was ich ohne sie, die immer für mich da gewesen war, gemacht hätte. Ja, was meine Freunde betraf, hatte ich tatsächlich Glück.

Wir waren in allerbester Stimmung, als wir dann schließlich aufbrachen. Auf der Straße hängte sie sich an meinen Arm und flüsterte mir ins Ohr:

„Ich glaube, ich bin beschwipst."

Ohne uns darüber verständigt zu haben, machten wir uns auf den Weg zurück in unser Hotel. Schon nach wenigen Schritten blieb Sabine stehen, drehte sich zu mir und legte mir die Arme um den Hals.

„Ich habe mich wirklich so sehr darauf gefreut, dich heute wiederzusehen", sagte sie und küsste mich auf den Mund.

Anders als in Wien, als Sabine mich mit ihrer Umarmung noch überraschte, hatte ich diesmal eine solche Zärtlichkeit ein wenig herbeigewünscht. Einen solchen Moment hatte ich mir schon vorgestellt, als ich ihr vorhin im Restaurant so lange gegenüber gesessen hatte.

Wir hatten es danach eiliger, zurück in unser Hotel zu kommen. Da wir beide unsere Schlüsselkarten bei uns hatten, gingen wir an der Rezeption vorbei in den Fahrstuhl. Auf dem Weg in den vierten Stock umarmten wir uns wieder. Vor ihrer Zimmertür blieb Sabine stehen. Sie sah mich an und grinste.

„Heute gehen wir aber zu mir", sagte sie dann und steckte ihre Chipkarte in das Schloss.

Diese zweite Nacht, die wir zusammen in einem Hotelzimmer verbrachten, verlief anders als die erste. Und das lag nicht nur an dem Wein, von dem wir an diesem Abend mehr getrunken hatten als in Wien. Es lag auch nicht daran, dass wir uns inzwischen besser kannten und vertrauter miteinander waren. In Wien war es mir nicht möglich gewesen, Hannah völlig aus meinem Kopf zu verdrängen. Zu groß waren noch die Sorgen, die ich mir um meine Frau machte. Vor allen Dingen aber hatte ich die ganze Zeit über das Gefühl nicht loswerden können, dass ich sie mit Sabine betrog. Das hatte sich inzwischen etwas geändert, obwohl ich dies lange nicht wahrhaben wollte. Auch wenn der Staatsanwalt vermutete, dass Hannah sich in einer gefährlichen Situation befand und auch der Privatdetektiv noch immer nicht ausschließen konnte, dass ihr etwas passiert war, so ging doch er ebenso wie Landauer davon aus, dass meine Frau mich verlassen und hintergangen hatte. Zwar hatten sie es in dieser Deutlichkeit mir gegenüber nicht ausgesprochen, aber ihre Äußerungen konnte man ja gar nicht anders verstehen. Ich fragte mich inzwischen, wer in meiner Ehe eigentlich wen betrogen hatte. Ich war mir sicher, dass auch Sabine spüren konnte, dass mich das schlechte Gewissen an diesem Tag weniger belastete als noch in Wien, denn ich hatte den Eindruck, dass auch sie den Beginn, die Mitte und das Ende unseres erneuten Zusammenseins in dieser Nacht sehr viel mehr genießen konnte als noch beim ersten Mal.

Als ich dann am frühen Morgen in mein eigenes Zimmer schlich, war ich froh, dass mir niemand auf dem Flur begegnete. Ich zog die Tür hinter mir zu und warf mein Jackett über den

Sessel. Dann legte ich Hemd und Hose ab und ließ mich auf mein unberührtes Bett fallen. Ich musste danach fest eingeschlafen sein, denn als ich nach einiger Zeit hochschreckte, hatte jemand an meine Tür geklopft. Ich schaute auf meine Uhr. Es war bereits kurz nach neun. Jetzt fiel mir ein, dass ich mich mit Sabine zum Frühstück verabredet hatte. Ich sprang aus dem Bett und öffnete die Tür. Sabine sah mich erstaunt an.

„Nanu, was ist das denn?", fragte sie verdutzt und betrachtete mich in meinem T-Shirt und meiner Unterhose. Dann grinste sie. „Du bist wieder eingeschlafen und hast verpennt, stimmt's?"

„Es tut mir leid", antwortete ich und zuckte mit den Achseln. „Komm rein! Ich bin auch gleich fertig."

Ich bewegte mich ein wenig an die Seite, damit sie an mir vorbeigehen konnte und machte die Tür hinter ihr zu. Als ich dann mit Hemd und Hose unter dem Arm an ihr vorbei ins Badezimmer gehen wollte, hielt sie mich fest. Sie nahm mein Gesicht in beide Hände und presste ihre Lippen auf meinen Mund. Ich ließ meine Sachen fallen und umarmte sie. Nach einer Weile ließ sie ihre kleine Handtasche, die sie über der Schulter trug, ebenfalls auf den Boden sinken und drückte sich an mich. Ich hatte meine Arme um ihren Hals gelegt und hielt sie ganz fest. Ich fühlte, dass sie beide Hände unter mein Hemd geschoben hatte, und war mir sicher, dass sie meine Erektion unter meinen Shorts spüren musste. Sie grinste mich an.

„Das Frühstück in diesem Hotel ist sowieso nicht besonders", sagte sie.

„Das ist gut zu wissen", antwortete ich.

Zwei Stunden später hatten wir unsere Rechnung an der Hotelrezeption beglichen, unsere Koffer in unseren Autos auf dem Parkplatz des Hauses verstaut und zwischen anderen Touristen auf der Terrasse des Straßencafés Platz genommen, auf der wir schon am Vortag gesessen hatten. Der Gedanke, dass wir das Frühstück im Hotel versäumt hatten, belastete uns nicht. Im Gegenteil. Was immer uns dabei entgangen war, es ließ sich hier im Freien und in der Sonne wunderbar nachholen.

Sabine hatte mir bereits vorher gesagt, dass sie gegen Mittag wieder in Lübeck erwartet wurde. Es blieb uns also nicht viel Zeit. Schließlich zahlte ich, und wir gingen dann langsam zu unseren

Autos auf dem Parkplatz des Hotels zurück. Sie hielt meine Hand, aber uns beiden war nicht sehr nach Reden zumute. Vor Sabines Wagen, einem dunkel-grünen Mini mit einer Lübecker Nummer, blieben wir stehen und umarmten uns. Sie sah mich mit ihren großen braunen Augen an.

„Es war sehr, sehr schön", sagte sie leise.

Ich küsste das kleine Muttermal auf ihrer linken Wange.

„Danke, Sabine", antwortete ich und drückte sie fest an mich. „Es war das tollste Wochenende, das ich seit langem erlebt habe."

Unser Abschied dauerte dann doch noch etwas. Wieder versprachen wir uns, in den nächsten Tagen bestimmt miteinander zu telefonieren.

„Diesmal bist du eigentlich dran, dich zu melden", sagte sie noch lachend, bevor sie in ihr Auto stieg.

Ich sah ihr nach, bis ihr Wagen verschwunden war. Dann ging ich zu meinem Golf und machte mich selber auf den Heimweg. Während der Fahrt aber hielt die positive Stimmung, in der Sabine mich zurückgelassen hatte, nicht lange an, denn ohne sie meldete sich die Wirklichkeit wieder bei mir, von der ich nur einen Tag Auszeit genommen hatte. Je näher ich Hamburg kam, desto deutlicher wurde mir das.

16

Wenn ich in der Folge dennoch das Gefühl bekam, dass sich meine Situation ein wenig gebessert hatte, lag das allein an Sabine, mit der ich in den nächsten Tagen regelmäßig telefonierte. Ich stellte fest, dass ich jetzt häufig auch im Büro an sie dachte und mich auf unsere abendlichen Gespräche freute. Es war schon erstaunlich, wie sehr mich bereits ihre Stimme aufmuntern konnte. Wir berichteten uns dann gegenseitig, wie es uns tagsüber ergangen war. Natürlich sprachen wir davon, uns so bald wie möglich wiederzusehen, und für Sabine war es wichtig, dass ich Meike, ihre elfjährige Tochter, bald kennen lernte. Sie hatte auch schon laut darüber nachgedacht, dass dies am Wochenende passieren könnte.

Ich hatte bislang Connie und Nico meine neue Bekanntschaft wohl vor allen Dingen deshalb verheimlicht, weil ich am Anfang ja nicht wissen konnte, wie sich diese Beziehung entwickeln würde und wie ernst die ganze Sache überhaupt war. Dass ich mich nach dem Wochenende in Timmendorf aber immer noch bedeckt hielt, ließ sich im Grunde wohl nur dadurch erklären, dass mir die ganze Angelegenheit peinlich war. Ich tat mich ziemlich schwer mit der Vorstellung, die beiden könnten von mir glauben, ich hätte bereits einen Ersatz für Hannah gefunden und mich mit Sabine inzwischen bestens getröstet. Dass ich dazu das Gefühl hatte, sie hätten damit ja auch nicht so ganz unrecht, machte die Angelegenheit für mich auch nicht gerade besser. Sie hatten beide schließlich mein Elend nach Hannahs Verschwinden hautnah miterlebt und, zumindest was Connie betraf, mit mir gelitten. Und so hatte ich jetzt zu allem Überfluss auch noch Nico und Connie gegenüber ein schlechtes Gewissen, weil ich das Gefühl nicht loswerden konnte, dass ich sie mit meiner Heimlichtuerei hinterging.

Natürlich wollten beide wissen, wie ich denn das Wochenende verbracht hatte. In meinem Bemühen, mich so eng wie möglich an die Wahrheit zu halten, erzählte ich, dass ich mich am Samstag bei dem schönen Wetter kurz entschlossen hatte, an die Ostsee zu fahren. So alleine sei das dann für mich jedoch ziemlich langweilig gewesen. Das glaubten sie mir. Nico, der sogar feststellte, dass ich „richtig etwas Farbe" bekommen hatte, schlug vor, dass wir das demnächst doch alle einmal gemeinsam tun sollten. Er selber hatte den Sonntag auf dem Golfplatz verbracht, wo er mit Julie an einem Clubturnier teilgenommen hatte.

Connie hatte ich bereits am Sonntagabend angerufen. Sie war gerade von ihrem Familientreffen in Lüneburg zurückgekehrt und musste zunächst ihren Ärger über die zeitraubende Bahnfahrt bei mir abladen. Auf so ein umständliches Unternehmen wollte sie sich so bald nicht wieder einlassen.

„Was ist den nun mit deinem Auto?"

„Ich weiß nicht. Die Reparatur ist im Grunde so teuer, dass es sich eigentlich bei einer so alten Karre nicht mehr lohnt."

„Das hört sich aber gar nicht gut an".

Wir schwiegen beide einen Moment. Aber dann hatte ich eine Idee. Warum war mir das denn nicht früher eingefallen?

„Sag mal, Connie, warum nimmst du denn nicht Hannahs Auto? Es steht hier im Moment nur in der Garage rum", sagte ich und fügte nach einer kleinen Pause hinzu: „Ich bin ganz sicher, Hannah hätte bestimmt nichts dagegen."

Connie brauchte etwas Zeit, bevor sie reagierte.

„Ich weiß nicht, Jo."

Es dauerte dann noch ein wenig, bis wir uns darüber verständigten, dass es wohl am einfachsten wäre, wenn ich ihr den Wagen am nächsten Abend bringen würde. Sie konnte mich dann wieder zurück nach Hause fahren.

Bevor ich Hannahs kleinen Peugeot dann am Montag bei Connie ablieferte, fiel mir auf, dass meine Frau wie in allen Dingen, mit denen sie sich beschäftigte, auch im Umgang mit ihrem Wagen sehr organisiert war. Das Auto, das sie in Hamburg fast täglich benutzte, wirkte sauber und ordentlich, beinahe so, als hätte sie es gerade gereinigt und aufgeräumt. In meinem Golf sah es anders aus. Nur auf dem Rücksitz lag noch ein Schal von ihr. Als ich ihn aufnahm, nahm ich sofort ihr Parfum wahr. Ich drückte mein Gesicht in das Tuch und musste für einen Moment die Augen schließen. Im Handschuhfach gab es außerdem eine Straßenkarte von Hamburg, und im Kofferraum fand ich auch noch einen Knirps Taschenschirm. Ich legte diese Dinge auf den Beifahrersitz und fuhr, wie verabredet, zu Connie.

Ich war lange nicht mehr in ihrem kleinen Appartement gewesen, das letzte Mal bei einer Geburtstagsfeier, zu der damals noch Tobias geladen hatte. Anders als in meiner Straße hatte ich vor dem Mietshaus, in dem Connie wohnte, kein Problem, einen Parkplatz zu finden. Nach meinem Klingeln betätigte Connie den elektrischen Türöffner und erwartete mich vor ihrer Wohnung im zweiten Stock. Sie begrüßte mich mit einem Kuss auf die Wange und führte mich in das Wohnzimmer, das noch genauso aussah, wie ich es in Erinnerung hatte. Irgendwie hatte ich mir vorgestellt, dass sich der Auszug von Tobias stärker bemerkbar machen würde. Ich vermutete, dass die beiden Umzugskartons, die ich in dem winzigen Flur neben der Garderobe gesehen hatte, auch noch ihm gehörten.

Connie hatte in der Küche für uns beide ein Abendbrot vorbereitet und hatte über ihr Wochenende viel zu erzählen. Sie beschrieb Details ihrer Zugfahrt, die sie besonders geärgert hatten, und berichtete von dem Zusammentreffen mit ihrer Familie. Natürlich war ihre Mutter ihr wieder einmal auf die Nerven gegangen. Wie sie es sonst ja auch immer tat, hatte sie Connie natürlich gefragt, wann sie denn endlich heiraten wolle.

Ich selber war darauf vorbereitet, als sie mich dann auch nach meinem Ausflug nach Timmendorf fragte, und hatte mir daher vorgenommen, meine Antworten so allgemein wie möglich zu halten. Ich gestand ihr, dass diese Unternehmung nur ein Versuch gewesen sei, der bekannten Eintönigkeit meiner Wochenenden zu entkommen. Ich sagte auch, dass ich das Ganze hätte besser planen sollen. Die Zeit sei ohnehin viel zu kurz gewesen. Das nächste Mal würde ich es anders machen. Anders als Nico, sagte Connie nicht, dass sie sich mir dabei vielleicht anschließen könnte.

Später brachte Connie mich dann wie verabredet nach Hause. Vor meiner Wohnung nahm sie mich noch einmal fest in ihre Arme, bedankte sich bei mir und sagte, dass in ihrer augenblicklichen Situation Hannahs Auto die Rettung bedeutete. Ich schüttelte den Kopf.

„Connie, das ist doch alles kein Problem. Das weißt du doch."

Dann nahm ich Schal, Schirm und Karte, die ich in Hannahs Auto gefunden hatte, und stieg aus dem Wagen. Sie winkte noch einmal, als sie davonfuhr.

Als ich zwei Tage später mit Sabine telefonierte, machte sie mir einen überraschenden Vorschlag. Sie hatte am folgenden Tag in Hamburg zu tun und stellte sich vor, dass sie sich mit mir am

Nachmittag in der Stadt treffen könnte. Natürlich nur, wenn ich keinen anderen dringenden Termin hätte.

„Na, was sagst du? Ist das nicht eine super Idee?"

Sie hatte eine ansteckende Art, sich zu freuen. Ich überlegte nur kurz. Die Verabredung mit einem Klienten, die ich am nächsten Tag hatte, ließ sich verlegen.

„Ich glaube, das wird sich einrichten lassen", sagte ich.

Sie wollte ab halb vier im Alsterpavillon auf mich warten.

„Das Lokal kenn ich und das kann ich auch leicht finden. Ich glaube, ich weiß auch, wo ich da mein Auto lassen kann", erklärte sie lachend. „Das Suchen nach einem Parkplatz geht mir in Hamburg immer ziemlich auf die Nerven."

Wir versicherten uns dann noch gegenseitig, wie sehr wir uns auf dieses Wiedersehn freuten, und bevor wir das Gespräch beendeten, sagte Sabine noch: „Übrigens, für das Wochenende habe ich schon eine super Idee. Aber davon erzähle ich dir morgen mehr."

Am nächsten Vormittag erhielt ich in der Kanzlei einen Anruf aus Hannahs Büro. Fräulein Roesch, die Sekretärin dort, informierte mich darüber, dass sie in der Firma einen Mantel meiner Frau gefunden habe, der bisher noch niemandem aufgefallen war. Sie fragte, was damit geschehen solle. Ich überlegte und sagte ihr dann, dass ich mich selber darum kümmern würde. Ich würde den Mantel noch am gleichen Tag nach der Mittagspause abholen.

Wenn Lessmann recht hatte mit seinen Überlegungen und *deltapharm* tatsächlich nach meiner Frau fahndete und vielleicht sogar den Einbruch bei mir veranlasst hatte, gab es jetzt für mich die Gelegenheit zu sehen, wie man mir in dieser Firma begegnete. Zumindest Dr. Witt musste doch über die Suchaktion informiert sein. Als Hannahs Chef hatte er sie wahrscheinlich sogar mit veranlasst.

Ich kannte den Weg zu Hannahs Firma, denn ich hatte sie dort verschiedentlich abgeholt. Dabei hatte ich ebenfalls Fräulein Roesch kennen gelernt. Hannahs Chef war mir gelegentlich dabei auch begegnet. Dr. Witt, ein gutaussehender Mann mittleren Alters, entsprach wohl genau der Vorstellung, die man sich landläufig von einem „leitenden Angestellten" in einem größeren Betrieb machte. Er war groß und schlank, hatte dichtes, braunes Haar und trug, wann immer ich ihn sah, einen dunklen, ein wenig eng sitzenden

162

Anzug. Seine Krawatten waren allerdings für meinen Geschmack etwas bunt. Doch ich musste zugeben, insgesamt fand ich diesen Witt nicht unsympathisch.

Unterwegs wartete dann noch eine kleine Überraschung auf mich. Als ich in der Nähe des Hauptbahnhofs an einer Ampel halten musste, sah ich in einem der vielen Straßencafés, die sich inzwischen überall in Hamburg auf den Bürgersteigen breit machten, Connie und Tobias an einem Tisch sitzen. Mir fielen die Umzugskartons in Connies Flur ein. Wahrscheinlich hatten die beiden noch Verschiedenes zu regeln. Sich nach so vielen Jahren endgültig zu trennen, war ganz bestimmt nicht einfach. Was mich allerdings wunderte, war, dass Connie sich für dieses Gespräch offenbar frei genommen hatte. Dann musste es sich wohl um etwas Wichtiges handeln. Aber warum hatte sie mir denn gar nichts davon gesagt? Sollte das vielleicht niemand wissen? Ich war also nicht der einzige, der meinen Freunden nicht alles erzählte. Hatte Nico nicht angedeutet, dass Tobias immer noch hoffte, die Sache mit Connie würde noch ein gutes Ende nehmen?

Die Fahrt nach Altona zog sich länger hin, als ich erwartet hatte. Ich ärgerte mich über die vielen Baustellen. Es hatte den Anschein, als würde in Hamburg überall der Untergrund aufgerissen. Es dauerte dann auch eine Weile, bevor ich den Parkplatz von *deltapharm* erreichte und mit Glück eine Lücke für meinen Wagen in der Nähe des Haupteingangs fand. Ich verschloss den Wagen und ging in das Gebäude. Der Pförtner hinter seiner Glasscheibe kannte mich offensichtlich noch von früher, denn er hob grüßend die Hand und widmete sich danach wieder einem Papier, das er vor sich liegen hatte. Während ich die breite Treppe zum Sekretariat hinaufstieg, bemerkte ich wieder einmal, wie sich mein Puls beschleunigte. Dieser Ort existierte für mich nur in Verbindung mit Hannah, und bei dem Gedanken an sie fühlte ich mich wieder ziemlich elend. Als ich die Tür zum Vorzimmer öffnete, blickte Fräulein Roesch von ihrem Computer auf, erhob sich und kam mir entgegen.

„Hallo, Herr Dr. Weber", begrüßte sie mich. Sie hielt meine Hand fest. „Es ist schön, Sie zu sehen. Wir haben hier in letzter Zeit viel an Sie gedacht."

In Verbindung mit den Überlegungen der Staatsanwaltschaft konnte dieser Satz auf unterschiedliche Weise verstanden werden.

Sie ließ meine Hand los.

„Herr Dr. Witt hat im Moment leider eine Besprechung. Aber vielleicht kann ich Ihnen inzwischen etwas anbieten? Mögen Sie einen Kaffee?", fragte sie.

Ich schüttelte den Kopf.

„Danke, das ist sehr nett, aber ich möchte Sie alle hier nicht unnötig lange aufhalten. Außerdem muss ich selber rechtzeitig wieder zurück sein."

Fräulein Roesch wirkte etwas erleichtert. Ich konnte es ihr nicht verdenken. Bestimmt konnte sie sich etwas Besseres vorstellen als ein längeres Gespräch mit einem Mann in meiner Situation. Sie nickte.

„Ich verstehe", sagte sie.

Dann ging sie zu dem Schrank, in dem sie anscheinend ihre eigene Garderobe aufbewahrte, und brachte mir Hannahs Mantel, den zu holen ich ja gekommen war. Den hellen Trenchcoat erkannte ich sofort. Hannah hatte ihn früher häufiger getragen. Ich legte ihn mir über den Arm und reichte Fräulein Roesch wieder die Hand.

„Weiß Herr Dr. Witt überhaupt, dass ich heute Nachmittag kommen wollte?", fragte ich.

Die Sekretärin schüttelte den Kopf. Ich hatte das Gefühl, dass ihr diese Frage etwas unangenehm war.

„Nein", antwortete sie. „Ich habe keinem von dem Mantel etwas erzählt."

Als ich sie ansah, stellte ich zu meiner Überraschung fest, dass sie Tränen in den Augen hatte. Ich drückte ihre Hand.

„Auf Wiedersehn, Herr Dr. Weber", sagte sie. „Rufen Sie mich an, wenn ich etwas für Sie tun kann."

Ich dankte ihr und ging. Im Foyer schaute der Pförtner wieder von seinem Papier auf und nickte mir freundlich zu. Draußen stieg ich dann in meinen Wagen und legte Hannahs Mantel auf den Beifahrersitz. Ich atmete jetzt tief durch. Das wäre also erledigt. Eigentlich war ich jetzt froh, dass ich Witt nicht angetroffen hatte. Was hätte dabei auch herauskommen sollen? Fräulein Roesch schien die Sache mit Hannah ziemlich nahezugehen. Vielleicht sollte ich sie bei Gelegenheit tatsächlich noch einmal anrufen.

Ein Blick auf die Uhr sagte mir, dass ich noch etwas Zeit hatte. Aber vielleicht sollte ich mich doch schon langsam auf den Weg machen. Bei dem Verkehr konnte man ja nicht wissen, wie lange man aufgehalten wurde. Als ich gerade anfahren wollte, sah ich den grünen Mini. Er stand schräg vor mir in der Parkreihreihe direkt vor dem Gebäude, die den Angehörigen des Betriebs vorbehalten war. Ja, es war Sabines Auto. Die Lübecker Zulassungsnummer hatte ich mir gemerkt.

Was war das denn? Was machte Sabine denn hier? Was hatte Sie denn mit *deltapharm* zu tun? Ich stellte den Motor wieder ab. Hatte ich ihr eigentlich erzählt, dass Hannah für diese Firma arbeitete? Natürlich hatte ich das. Ich konnte mich sofort an einzelne Gelegenheiten erinnern, bei denen ich in ihrer Gegenwart von Hannahs Firma gesprochen hatte. Ich sah noch einmal auf die Uhr. Zeit genug hatte ich ja, denn Sabine war ja auch noch hier. Ich entschloss mich zu warten.

Zehn Minuten später kam sie. Witt begleitete sie. Das war also die Besprechung gewesen, die von der Sekretärin erwähnt worden war. Nach der Art und Weise zu urteilen, in der sie miteinander sprachen, schienen sie sich recht gut zu kennen. Auf dem Weg zu ihrem Auto machte er wohl eine lustige Bemerkung, jedenfalls lachte Sabine laut auf. Als sie ihren Mini erreichten, sah es für mich sogar so aus, als wollte Witt den Arm um ihre Schulter legen. Sie entzog sich diesem Versuch durch eine geschickte Drehung und stieg in den Wagen. Sie öffnete das Fenster an der Fahrerseite, sagte noch etwas und fuhr davon. Witt sah ihr nach, bis sie den Parkplatz verlassen hatte. Dann ging er langsam zurück in das Gebäude. Ich wartete noch einige Minuten, um mich danach auch auf den Weg in die Stadt zu machen.

17

Die vielen Baustellen konnten mich auf dem Rückweg nicht mehr so sehr stören, denn nun hatte ich es auch nicht mehr eilig. Ich brauchte jetzt etwas Zeit um nachzudenken.

Was war da los? Was machte Sabine bei *deltapharm*? Es gab für mich überhaupt keinen Zweifel: Sie wusste, dass Hannah bei dieser Firma beschäftigt war. Da war ich mir nun absolut sicher. Ich erinnerte mich, dass der Name zwischen uns spätestens bei unserem Treffen nach meinem Termin in der Gerichtsmedizin in Wien gefallen war. Wenn sie nun selber mit diesem Unternehmen in Beziehung stand, warum hatte sie mir denn nie ein Wort davon gesagt? Und es hatte jetzt ja auch nicht so ausgesehen, als habe sie Witt an diesem Tag zum ersten Mal getroffen. Ich musste mir eingestehen: Die Andeutung von Vertrautheit, die ich im Verhalten der beiden auf dem Parkplatz erkannt zu haben glaubte, hatte schon etwas Beunruhigendes.

Und überhaupt, *deltapharm*. Ich konnte mich ganz genau daran erinnern, dass ich ihr auf unserem Spaziergang in Timmendorf ausführlich über meine letzten Unterredungen mit Arkenau und Lessmann erzählt hatte, die ja davon ausgingen, dass Hannah untergetaucht sei. Sabine wusste ebenso, dass die beiden den Verdacht geäußert hatten, dass auch die Firma *deltapharm* auf der Suche nach Hannah sei. Hannahs Arbeitgeber - das glaubte ja auch der Staatsanwalt - mussten ein großes Interesse daran haben, dass durch sie keine Informationen, die das Unternehmen belasten würden, öffentlich gemacht wurden. Lessmann hatte sogar angedeutet, dass meine Frau deshalb möglicherweise in Gefahr sei. Das alles hatte ich Sabine erzählt.

Ich hatte ihr gegenüber ebenfalls erwähnt, es sei denkbar, dass *deltapharm* auch hinter dem Einbruch in meiner Wohnung stand. Da hatte man wohl nach Spuren gesucht, die zu Hannah führen könnten. Aber wie passte Sabine in dieses Bild? Je länger ich darüber nachdachte, desto wahrscheinlicher wurde es für mich, dass sie für das Unternehmen aktiv war und dass sie mich für ihre Zwecke benutzt hatte. Sie hatte wahrscheinlich gehofft, durch mich Hinweise auf Hannahs Aufenthaltsort zu erhalten.

Mir war plötzlich schlecht. Ich musste einmal tief durchatmen. Wie hatte ich nur so naiv sein können? Wie konnte ich mir nur einbilden, eine Frau wie Sabine würde sich ausgerechnet in mich so schnell vergucken? Sie hatte mich mit ihren hübschen Augen angesehen, und sofort hatte ich meinen Verstand abgeschaltet.

Ich ließ mein Auto in der Tiefgarage des Büros und machte mich danach zu Fuß auf den Weg zum Alsterpavillon, wo Sabine wahrscheinlich inzwischen eingetroffen war. Unterwegs bekam ich dann aber doch noch einmal Zweifel. Vielleicht waren meine Schlüsse etwas voreilig. Was war, wenn ich mich irrte? Vielleicht schätzte ich die Situation völlig falsch ein. Möglicherweise gab es für das, was ich auf dem Parkplatz gesehen hatte, eine einfache Erklärung. Irgendwie passte das doch auch alles nicht zu Sabine. Eigentlich konnte ich mir gar nicht vorstellen, dass sie mich so an der Nase herumgeführt hatte. Als ich dann die Tür des Lokals öffnete, in dem ich mich mit ihr verabredet hatte und sah, dass sie bereits auf mich wartete, hoffte ich sehr, dass sie mir die Antworten geben könne, die alle meine Befürchtungen zerstreuen würden.

Sabine saß an einem der hinteren Tische und hob eine Hand, um mich auf sich aufmerksam zu machen. Sie begrüßte mich mit einem strahlenden Lächeln und einem Kuss auf den Mund. Wie sie bestellte ich bei dem Kellner einen Kaffee und dazu auch noch einen Cognac. Sabine sah mich erstaunt an, lehnte dann aber ein solches Getränk für sich selber lachend ab. Sie müsse ja noch nach Lübeck zurückfahren.

„Das heißt, wenn ich denn mein Auto auch wieder finde."

Sie hatte lange gebraucht, in der Nähe eine Parkmöglichkeit aufzuspüren. Ihren Wagen hatte sie schließlich irgendwo halb auf dem Bürgersteig abgestellt und hoffte, dass er in der Zwischenzeit nicht abgeschleppt wurde. Wir sprachen dann allgemein von dem Problem, in Hamburg in der Innenstadt einen Parkplatz zu finden. Es dauerte nicht lange, bevor Sabine spürte, dass etwas nicht stimmte. Sie nahm meine Hand.

„Was ist los, Johann? Ist etwas passiert?"

Jetzt merkte ich, dass meine Hand zitterte. Ich atmete tief durch und versuchte, mich zusammenzunehmen.

„Ich war vorhin bei *deltapharm*", sagte ich nach einer kleinen Pause. „Da habe ich einen Mantel von Hannah abgeholt. Der hing da immer noch."

Sabine ließ meine Hand los. Ihr Gesicht war ernst geworden.

„Dich habe ich übrigens auch gesehen. Auf dem Parkplatz. Mit Dr. Witt, Hannahs Chef", fügte ich hinzu. „Vielleicht kannst du mir mal sagen, was du mit dieser Firma zu tun hast?"

Es war augenscheinlich, dass ich sie auf dem falschen Fuß erwischt hatte. Ich konnte beobachten, wie sie unter ihrem Make-up blass geworden war. Mit meiner Frage hatte ich sie völlig überrascht.

„Scheiße!", sagte sie schließlich und senkte ihren Blick. Es war das erste Mal, dass sie in meiner Gegenwart einen solchen Kraftausdruck benutzte. „Es tut mir leid, Johann. So habe ich das wirklich nicht gewollt."

Ich gab ihr Zeit, sich ein wenig zu sammeln. Dann sprach sie weiter, ohne mich anzusehen.

„Es ist schon komisch, aber ich hatte wirklich vor, dir heute alles zu erklären. Deshalb wollte ich dich treffen", sagte sie. „Das habe ich nun gründlich vermasselt."

Wieder brauchte sie eine Weile, bevor sie weitermachen konnte. Sie schaute mich jetzt wieder an.

„Dieses Labor in Lübeck, für das ich arbeite, gehört zu *deltapharm*. Das hätte ich dir schon lange sagen sollen."

Ich wartete weiter.

„Und Rainer Witt war früher mal auch mein Chef, bevor ihm die Stelle in der Hamburger Direktion angeboten wurde."

Es war ihr anzusehen, wie schwer es ihr fiel, weiterzusprechen. Sie verzog das Gesicht.

„Ich hatte damals auch eine kurze Affäre mit ihm. Das war ziemlich bescheuert von mir, aber ich war nach meiner Scheidung doch ziemlich von der Rolle. Die ganze Sache war dann auch recht schnell beendet. Er ist ja, wie er selber sagt, glücklich verheiratet und hat auch zwei Kinder."

Ich verstand, dass es für sie nicht leicht war, mit mir über diese Erinnerungen zu reden.

„Ich habe dann gehört, dass er keine Schwierigkeiten hatte, für mich einen Ersatz zu finden." Sie versuchte ein Lächeln. „Solche Beziehungen mit Mitarbeiterinnen sind seine Spezialität."

Ich hatte noch deutlich vor Augen, wie Witt sich vorhin von ihr zu verabschieden versucht hatte. Mein Magen zog sich wieder zusammen. Ich nahm einen Schluck von meinem Cognac.

„Das kann ich mir gut vorstellen", sagte ich. „Vorhin auf dem Parkplatz wirktet ihr auf mich auch noch immer ziemlich vertraut miteinander."

Wieder verzog Sabine das Gesicht und schüttelte den Kopf.

„Diesen Fehler werde ich nicht noch einmal machen, da kannst du ganz sicher sein. Aber es stimmt schon. Er probiert es immer mal wieder. Ich glaube allerdings, dass er das bei allen macht."

Wir schwiegen jetzt beide eine Weile. Als Sabine noch einmal versuchte, meine Hand zu ergreifen, zog ich sie zurück. Ich war in diesem Augenblick zu aufgebracht, um mich auf versöhnliche Gesten einzulassen.

„Ich kann dann wohl davon ausgehen, dass Witt und auch andere in der Firma über uns gut bescheid wissen."

Sie starrte in ihre Kaffeetasse und antwortete nicht. Ich konnte jetzt erkennen, dass sie mit den Tränen kämpfte. Ich trank den Rest meines Cognacs.

„Mensch, Sabine! Kannst du dir vielleicht vorstellen, wie ich mir im Augenblick vorkomme?"

Sie hatte nun richtig angefangen zu weinen.

„Es tut mir leid, Johann", sagte sie leise. „Natürlich hätte ich dir alles sofort erklären müssen. Aber ich habe am Anfang ja nicht geahnt, wie sich das mit uns entwickelt. Und dann hatte ich auf einmal den richtigen Moment verpasst."

Über ihre Worte habe ich erst später nachgedacht. In diesem Augenblick war ich viel zu sehr mit mir selber und meiner Enttäuschung beschäftigt. Ich musste meinem Ärger Luft machen. In meiner Hilflosigkeit versuchte ich es mit Ironie.

„Diese Sache mit uns war ja auch für *deltapharm* ein super Arrangement", überlegte ich laut. „Auf diese Weise konnte die Firma kontrollieren, wie viel ich tatsächlich über das Verschwinden meiner Frau wusste. Zusätzlich wurde man durch mich auch noch über alle polizeilichen und privaten Ermittlungen auf dem Laufenden gehalten. Und als besonderen Bonus erfuhr man dann auch noch einiges von den Überlegungen der Staatsanwaltschaft. Ich muss sagen, das habt ihr gut hingekriegt. Die werden dir sicherlich alle sehr dankbar sein."

Ich musste in meiner Erregung etwas lauter geworden sein, denn jetzt bemerkte ich, dass zwei Damen an einem der Nebentische zu uns herüberschauten. Ich versuchte mich zu beruhigen.

Sabines Tränen waren wahrscheinlich auch schon anderen Gästen aufgefallen. Es war wohl kein Zufall, dass in diesem Moment der Kellner erschien und uns nach weiteren Wünschen fragte. Ich nutzte die Gelegenheit und zahlte. Danach saßen wir uns noch einige Zeit schweigend gegenüber. Aus den Plänen, von denen sie mir heute erzählen wollte, würde an diesem Wochenende wohl nichts mehr werden. Sie hatte dann aufgehört zu weinen. Eine Sache wollte ich aber doch noch klären, bevor wir gingen.

„Dass wir uns in Wien in dieser Hotelbar getroffen haben, war dann wohl auch kein Zufall?"

Es versetzte mir einen Stich, als sie mich jetzt mit ihren großen Augen ansah. Sie schüttelte den Kopf.

„Das ist Unsinn, Johann. Was zwischen dir und mir passiert ist, hat mit der Sache nichts zu tun."

Sie stand auf und nahm ihre Handtasche, die sie über die Lehne ihres Stuhls gehängt hatte.

Als wir uns draußen vor dem Restaurant verabschiedeten, fühlte ich mich entsetzlich elend. Mein Ärger war verflogen. Ich unterdrückte den Impuls, sie noch einmal in die Arme zu nehmen.

„Es tut mir wirklich alles sehr leid, Johann", sagte sie und gab mir die Hand. „Ich habe dir nie wehtun wollen. Das musst du mir glauben.

Ich nickte.

„Mach es gut, Sabine."

Sie drehte sich um und ging. Nach ein paar Schritten blieb sie noch einmal stehen.

„Übrigens, dein Staatsanwalt irrt sich. Ich glaube, deine Frau hatte überhaupt nicht die Absicht, bei *deltapharm* einen Skandal aufzudecken."

Ich sah ihr nach, wie sie langsam zwischen den anderen Passanten aus meinem Leben verschwand. Mir war jämmerlich zumute. Da war es wieder, dieses Gefühl der Leere. Erst jetzt wurde mir klar, wie wichtig Sabine mir in den letzten Wochen geworden war. Der deprimierende Alltag, dem ich mit ihrer Hilfe ein wenig entkommen zu sein schien, hatte mich erneut eingefangen. Das war es dann wieder. Ich machte mich auf den Weg in die Kanzlei.

Unterwegs fragte ich mich doch, ob ich in meiner Enttäuschung nicht überreagiert hatte. Welche Auswirkung hatte Sabines Nähe zu *deltapharm* für mich denn tatsächlich? Wenn ich mir das so überlegte, war es von geringer Bedeutung, was sie von mir weitergegeben haben konnte. Was sie bei mir gehört hatte, war doch allen bekannt: Ich hatte Angst um meine Frau und wusste nicht, wo sie geblieben war. Das hatte ich doch sowieso immer und überall erklärt. Es gab da doch nichts, was ich geheim halten wollte.

Nein, was mir wirklich wehgetan hatte, war ja etwas anderes. Abgesehen davon, dass ich mich von Sabine verraten fühlte, war es meine Dummheit, die mir zusetzte. Ich war nur zu gerne bereit gewesen zu glauben, dass ich mit ihr jemanden gefunden hatte, auf den ich mich verlassen konnte. Aber dafür kannte ich sie doch gar nicht lange genug. Wahrscheinlich hatte mir vorgeschwebt, in ihr das wiederzufinden, was ich gerade mit Hannah verloren zu haben glaubte. Es war denkbar, dass ich die Erwartungen, in denen mich meine Frau offenbar enttäuscht hatte, auf Sabine projiziert hatte. Das konnte ja auch nicht gutgehen.

Bevor ich in der Garage in meinen Wagen stieg, fuhr ich mit dem Fahrstuhl noch einmal hoch in die Kanzlei. Frau Dammann, die selber im Begriff war nach Hause zu gehen, sagte mir, dass niemand mehr da sei. Auch Nico hatte sich bereits verabschiedet. Sie wünschte mir ein schönes Wochenende und erinnerte mich daran, die Eingangstür zu verschließen, sollte ich nach ihr das Büro verlassen. Ich ging in mein Dienstzimmer und als ich mit zwei Akten zurückkam, für die ich nun am Wochenende ja genügend Zeit haben würde, war die Sekretärin bereits gegangen.

Aber an diesem Abend konnte ich mich nicht dazu bringen, mich an den Schreibtisch zu setzen und zu arbeiten. Die innere Unruhe, in der mich Sabine zurückgelassen hatte, war einfach zu groß. Ich machte mir in der Küche eine Scheibe Brot und aß sie stehend ohne großen Appetit. Ich musste mit jemandem reden. Ich ging zum Telefon und rief Connie an. Vielleicht könnte ich mit ihr nachher bei Fiete noch ein Bier trinken. Sie aber hatte bereits eine Verabredung.

„Du hättest mir eher Bescheid geben sollen", sagte sie. „Aber wie wär's, wenn wir uns ausnahmsweise morgen früh schon zum Joggen treffen. Am Sonntag kann ich nämlich nicht."

Ich sagte zu, mich am nächsten Morgen zur gewohnten Zeit an unserem Treffpunkt an der Alster einzufinden, wünschte ihr für den

Abend noch viel Spaß und legte auf. Es war einfach nicht mein Tag. Mir blieb also nichts anders übrig, als zu Hause zu bleiben, denn allein in eine Kneipe zu gehen, kam für mich nicht in Frage. Ich verbrachte den Abend dann einmal mehr vor dem Fernseher.

Meine lädierte Schulter, von der ich in den vergangenen Tagen nichts mehr gespürt hatte, machte sich wieder bemerkbar, als ich am nächsten Morgen aufwachte. Ich hatte in der Nacht schlecht und sehr unruhig geschlafen und war wahrscheinlich unglücklich auf ihr zu liegen gekommen. Das passte wieder einmal perfekt zu meiner allgemeinen Stimmung. Connie wartete bereits an unserem Treffpunkt in Hannahs Wagen, und nach einer kurzen Begrüßung gingen wir auf unsere gewohnte Strecke. Es war ein schöner Morgen, und es schienen weniger Jogger unterwegs zu sein. Die bekannten Gesichter, denen wir sonst auf unserer sonntäglichen Runde begegneten, fehlten an diesem Tag. Als wir dann wieder schwer atmend und verschwitzt bei unseren Autos ankamen, nahm Connie aus ihrem Kofferraum eine Wasserflasche und legte mir die Hand auf den Arm.

„Komm, setzen wir uns rein. Sonst erkälten wir uns hier noch. Ich muss dir auch noch was erzählen."

Sie öffnete die Beifahrertür, und ich stieg mit ihrer Flasche in der Hand in den Wagen. Connie ging um das Fahrzeug herum und setzte sich hinter das Steuer. Ohne große Umschweife kam sie auf das zu sprechen, was sie loswerden wollte.

„Du wirst wahrscheinlich lachen", sagte sie und grinste mich etwas verlegen an. „Ich finde es ja selber komisch. Aber Tobias und ich haben uns überlegt, dass wir es noch einmal miteinander versuchen sollten."

Damit hatte ich nun überhaupt nicht gerechnet.

„Mensch, Connie, das finde ich gut!", sagte ich, nachdem ich die Überraschung etwas verdaut hatte. „Im Grunde habe ich ja immer gedacht, dass ihr zusammengehört."

Wir blieben danach noch eine Weile im Auto sitzen. Connie erzählte mir, was passiert war. Die Initiative war von Tobias ausgegangen. Es hatte damit begonnen, dass er sich immer mehr Zeit gelassen hatte, seine letzten Sachen aus ihrer Wohnung abzuholen. Dann hatten sie sich auch einige Male gesehen und miteinander geredet und ein paar „Missverständnisse" ausgeräumt. Es war zu spüren, dass Connie in diese erneute Versöhnung große

Hoffnung setzte. Bevor ich mich dann von ihr verabschiedete, erklärte sie mir noch, dass Tobias mit ihr am nächsten Tag zu seinen Eltern nach Stade fahren würde.

„Seine Mutter hat nämlich Geburtstag", fügte sie hinzu. „Und jetzt verstehst du vielleicht auch, warum ich unseren Jogging Termin auf heute vorverlegen musste."

Ich lachte.

„Nun wird mir natürlich vieles klar."

Ich nahm sie zum Abschied in meine Arme und hielt sie lange fest. Meine Schulter tat mir dabei wieder ein bisschen weh.

„Ich freue mich riesig für euch, Connie", sagte ich. „Viel Glück! Ich drücke euch beiden sehr die Daumen. Ich habe das Gefühl, dass es diesmal mit euch gut gehen wird."

Auf der Rückfahrt nach Hause machte ich mir dann klar, dass Connies Versöhnung mit Tobias auch für mich Konsequenzen haben würde. Von nun an konnte sie mir nicht mehr so wie bisher zur Verfügung stehen. Ich hatte mich ja inzwischen sehr daran gewöhnt, dass sie immer da war, wenn ich sie brauchte. Ich würde künftig mehr alleine klarkommen müssen.

Den ganzen Nachmittag versuchte ich, weder an Hannah noch an Sabine zu denken, und war entschlossen, diesen Abend nicht wieder alleine zu Hause zu verbringen. Deshalb probierte ich, mit Nico Verbindung aufzunehmen. Schließlich erreichte ich ihn auf dem Handy und natürlich auf dem Golfplatz. Wir kamen überein, uns später im „4U" auf ein Bier zu treffen. Ich war froh über diese Verabredung. Obwohl ich nie das Gefühl ganz loswerden konnte, dass ich mich unter den meist jungen und „trendigen" Gästen dieser Bar immer ein wenig wie ein Fremdkörper ausnahm, freute ich mich doch darauf, wieder unter Leuten zu sein.

Als ich gegen halb neun von einem Taxi vor dem „4U" abgesetzt wurde, warteten Nico und Julie dort bereits auf mich. Es war noch eine hübsche, junge Frau bei ihnen. Sie hieß Kristin und war, wie mir gesagt wurde, Julies beste Freundin. Wir standen zunächst an der Bar und wechselten später an einen Tisch. Es war gleich zu erkennen, welche Rolle der blonden Kristin zugedacht war. Nico und Julie hofften offenbar, dass wir Gefallen aneinander finden würden. Kristin schien Julies langjährige Vertraute zu sein. Ich mochte sie sofort. Sie war nicht nur sehr gutaussehend, sondern auch intelligent und hatte allem Anschein nach einen feinen und hintergründigen Humor, mit dem sie Nicos Vorliebe für etwas schlüpfrige Geschichten geschickt in Schach halten konnte. Was mich allerdings ein wenig belastete, war der Eindruck, dass Julie ihrer Freundin schon eine Menge über mich erzählt haben musste. Jedenfalls hätte das erklären können, warum Kristin mich mit der mir bekannten Mischung aus Neugier und Mitleid zu beobachten schien. Vielleicht aber bildete ich mir dies in meiner Verunsicherung auch nur ein. Auf alle Fälle war mir klar, dass ich ohnehin zu alt für sie war.

Es war schon nach Mitternacht, als Kristin sich mit ihrem Handy ein Taxi bestellte. Nico und Julie hatten schon vorher darauf bestanden, dass ich von ihnen nach Hause gefahren wurde. Wir warteten dann alle gemeinsam vor dem Lokal auf das Taxi. Als der Wagen schließlich kam, bedankte sich Kristin bei uns für den schönen Abend. Sie gab mir zum Abschied die Hand.

„Es war schön, Sie kennen gelernt zu haben", sagte sie. „Vielleicht sehen wir uns ja bald einmal wieder."

Wir gingen dann zu Nicos BMW, den er frech nicht weit vom „4U" auf dem Gehweg abgestellt hatte. Ich musste an Sabine und ihre Parkprobleme denken. Wenn ich so etwas machte, konnte ich sicher sein, dass ich dafür mindestens ein Strafmandat bekam. Wahrscheinlich würde man meinen Wagen sogar abschleppen. Julie setzte sich hinter das Steuer, denn auch Nico hatte an diesem Abend etwas zu viel getrunken. Von der Fahrt zu meiner Wohnung blieb nur eine von Nicos Bemerkungen in Erinnerung.

„Dir würde es wahrscheinlich besser gefallen, wenn es Kristin wäre, die dich nach Hause fährt."

Ich lachte und sagte:

„Na klar doch! Davon wird sie sicherlich auch träumen."

Obwohl ich an diesem Abend für die nötige Bettschwere genug getrunken hatte, wurde es in dieser Nacht mit einem problemlosen Einschlafen auch wieder nichts. Es war wie ein Rückfall in frühere Zeiten. Das Karussell in meinem Kopf wollte überhaupt nicht zur Ruhe kommen.

Es war zunächst der Gedanke an Sabine, der mir keine Ruhe gab. Ich konnte mir einfach nicht erklären, warum sie sich gegen mich hatte benutzen lassen. Bei der Vorstellung, dass sie in Timmendorf nur Theater gespielt hatte, zog sich mir wieder der Magen zusammen. Und dennoch, es fiel mir schwer zu glauben, dass sie mich wirklich so schamlos an der Nase herumgeführt hatte. Danach hatte es sich für mich nicht angefühlt. Und was hatte sie mit ihrer letzten Bemerkung eigentlich gemeint? Hatte sie mir noch etwas über Hannah sagen wollen?

Immer wieder Hannah. Wie alle anderen glaubte ich ja inzwischen ebenfalls, dass sie mich sitzengelassen hatte. Wie konnte ich mich nur so übertölpeln lassen? Wie es aussah, hatte sie mir wohl die ganze Zeit nur vorgegaukelt, mit mir eine glückliche Ehe zu führen. Aber vielleicht hatte ich mir das selber auch nur vorgemacht. Es konnte doch sein, dass ich mir ganz allein eingeredet hatte, dass Hannah glücklich mit mir war. Und wie stand es eigentlich mit meinem eigenen Verhalten? Musste es nicht nachdenklich stimmen, dass ich bereits nach kurzer Zeit offenbar keine Probleme hatte, mich mit einer anderen Frau einzulassen? In Wien, als alles begann, hatte ich doch noch gar nicht wirklich geglaubt, dass ich von meiner Frau hintergangen worden war. Es war doch schon komisch, dass ich mich an diesem Abend in dieser Kneipe auch von der hübschen Kristin sofort angezogen gefühlt hatte.

Ich brauchte am Morgen länger als sonst, um mich auf den Tag vorzubereiten. Das Duschen, das mir normalerweise immer etwas auf die Beine half, konnte mich diesmal auch nicht munter machen. Es versprach wieder einer dieser deprimierenden Sonntage zu werden.

Und so wurde es auch. Am Vormittag begann es dann auch noch heftig und anhaltend zu regnen, so dass ich die Idee eines Spaziergangs, von dem ich mir eine Abwechslung versprochen hatte, gleich aufgab. Aber dieser Sonntag hatte allerdings noch eine Überraschung für mich. Mir fiel nämlich irgendwann Hannahs Mantel ins Auge, den ich ja am Freitag abgeholt hatte und der seitdem auf einem Sessel im Wohnzimmer lag. Als ich ihn in den Schrank hängen wollte, fand ich in einer der Taschen des Kleidungsstücks außer dem zierlichen Schminktäschchen, das ich ihr auf Connies Anregung zum letzten Geburtstag geschenkt hatte, eine Hotelrechnung.

Dieser Beleg des Hotels „Neue Residenz" in Berlin vom 11. Dezember des vergangenen Jahres war in sofern ungewöhnlich, als bei Hannahs Dienstreisen alle Hotelkosten immer von der Firma direkt übernommen und auch abgerechnet wurden. Das zumindest hatte sie mir erzählt. Ich hatte keinen Zweifel daran, dass dieser Beleg mit einer ihrer Dienstreisen im Zusammenhang stand, denn Berlin war ja auch das Ziel der meisten ihrer beruflichen Fahrten. Hannahs Terminkalender, der mir vor einiger Zeit von den Beamten der Staatsanwaltschaft übergeben worden war, lag auf meinem Schreibtisch. Für den fraglichen Tag gab es darin die Eintragung „Berlin", der aber offenbar später durchgestrichen worden war.

18

Wie es ja auch nicht anders sein konnte, ging mir diese Hotelrechnung für den Rest des Tages nicht mehr aus dem Kopf. Ich erinnerte mich, dass Hannah irgendwann im letzten Dezember tatsächlich auf Dienstreise gewesen war. Es war ja möglich, dass sie für Ihren Aufenthalt in Berlin die Kosten zunächst persönlich übernommen und diese später von der Firma erstattet bekommen hatte.

Am Montagmorgen nahm ich mir dann vor herauszufinden, was es mit diesem Eintrag auf sich hatte, den Hannah in ihrem Terminkalender durchgestrichen hatte. Dies musste allerdings zunächst ein bisschen warten, da sich dieser Vormittag überaus hektisch entwickelte. Ich hatte schon seit langem die Erfahrung gemacht, dass Mandanten das Wochenende häufig dazu nutzten, sich über ihre rechtlichen Schritte, die sie in die Wege geleitet hatten, Gedanken zu machen. Sie hatten dann auch meistens am nächsten Tag das dringende Bedürfnis, ihrem Anwalt die neuen Eingebungen so schnell wie möglich mitzuteilen. Das brachte manche Überraschung, aber fast immer auch zusätzliche Arbeit. Und so war es auch an diesem Montagmorgen. Selbst zu der Tasse Kaffee, die ich mir sonst zusammen mit Nico in einer kleinen Pause gönnte, kam ich nicht. Als wir uns aber auf dem Flur kurz begegneten, verabredeten wir, wenigstens in der Mittagspause wieder zusammen zu Mario zu gehen.

Es war dann auch schon nach elf, als ich endlich die Zeit fand, Hannahs Sekretärin anzurufen. Fräulein Roesch, die mir ja bei unserem letzten Treffen ihre Hilfe angeboten hatte, schwieg einen Moment, als ich mich nach Hannahs Terminen am 11. Dezember des vergangenen Jahres erkundigte. Wahrscheinlich fragte sie sich, ob sie mir diese Auskunft überhaupt geben dürfe. Dann bat sie mich, einen Augenblick zu warten. Als sie nach einiger Zeit an den Apparat zurückkam, erklärte sie mir, dass an diesem Tage für Hannah ursprünglich ein geschäftlicher Termin in Berlin vorgesehen war und dass dieser dann aber kurzfristig abgesagt worden sei. Aus welchem Grund dies geschehen war, könne sie mir aber nicht sagen. Ich dachte, dass Fräulein Roesch das Wort „dürfe" geschickt vermieden hatte. Ich bedankte mich, und nachdem wir uns noch gegenseitig eine „schöne Woche" gewünscht hatten, legten wir auf.

Irgendwie hatte mich dieses Gespräch auch nicht weitergebracht. Ich wusste immer noch nicht, wie diese Hotelrechnung in Hannahs Tasche kam, wenn die Reise nach Berlin gar nicht stattgefunden hatte. Ich nahm einen Stapel Unterlagen von meinem Schreibtisch und brachte sie unserer Sekretärin mit der Bitte, diese bei Gelegenheit für mich zu kopieren. Als ich in mein Arbeitszimmer zurückkam, klingelte mein Telefon. Es war wieder Fräulein Roesch.

„Herr Dr. Weber mir ist da noch etwas eingefallen."

Sie erinnerte sich, dass sie im Dezember wegen der Absage des Termins die Reservierung des Zimmer im Hotel „Kempinski", in dem die Mitarbeiter bei ihren Dienstreisen auch sonst immer abstiegen, storniert habe. Hannah hatte irgendwie verärgert darauf reagiert, dass ihr Treffen in Berlin geplatzt war. Fräulein Roesch vermutete, sie sei deshalb sauer gewesen, weil zuvor wegen dieses Termins eine andere offenbar wichtige Besprechung in Hamburg verschoben worden war. Sie wusste auch noch, dass Hannah ihr dann mitgeteilt habe, dass sie sich diesen Tag dann freinehmen wolle.

„Sie sagte mir, dann könne sie wenigstens den Tag nutzen, um Geschenke zu besorgen, denn vor Weihnachten würde sie sonst wohl kaum noch eine Gelegenheit dazu bekommen."

Eine Sache war für mich noch zu klären.

„Ist sie denn dazu nach Berlin gefahren?"

„Das weiß ich nicht. Darüber hat sie mit mir nicht gesprochen."

Ich bedankte mich für den Anruf, und wir beendeten das Gespräch. Ich setzte mich und versuchte, diese Informationen zu verarbeiten. Irgendwie passte das alles nicht zusammen. Um Weihnachtsgeschenke einzukaufen, musste man nun wirklich nicht extra von Hamburg nach Berlin fahren. Das kam mir unsinnig vor. Nach einiger Zeit nahm ich die Rechnung, die ich in Hannahs Mantel gefunden hatte, aus meiner Brieftasche und wählte die Nummer des Hotels „Neue Residenz" in Berlin. Als dort die Rezeption den Anruf annahm, meldete ich mich mit dem Namen der Kanzlei. Ich hoffte auf diese Weise eher an Informationen zu kommen, die man einem privaten Anrufer sicherlich automatisch verweigern würde. Ich gab vor, im Namen einer Mandantin zu sprechen, die einen Nachweis dafür brauchte, wo sie sich am 11. Dezember des vergangenen Jahres aufgehalten habe.

„Sie würden uns sehr helfen, wenn sie uns auf diesem kurzen Weg bestätigen könnten, dass an dem fraglichen Tag Frau Hannah Weber Gast in ihrem Hause gewesen ist. Auf diese Weise könnten wir den unnötigen und umständlichen Papierkram vermeiden."

Die Dame am anderen Ende der Leitung schien beeindruckt zu sein. Vielleicht aber hatte sie persönlich schlechte Erfahrungen mit Briefen von Rechtsanwälten gemacht. Nach einem kurzen „einen Moment, bitte" hörte ich das Klappern der Tastatur eines Computers. Dann nahm sie den Hörer wieder auf.

„Ja, das ist korrekt. Frau Weber aus Hamburg war am 11. Dezember Gast in unserem Haus", sagte sie. Ich glaubte bei ihr einen leichten polnischen Akzent ausmachen zu können. Nach einer kleinen Pause fügte sie hinzu: „Diese Auskunft hätten Sie aber auch von ihrem Mann bekommen können. Mit ihm war Frau Weber nämlich hier."

Dieser Schlag traf mich völlig unvorbereitet. Ich musste tief Luft holen. Dann bedankte ich mich bei der hilfsbereiten Angestellten des Hotels und legte auf. Es konnte nun keinen Zweifel mehr geben. Hannah hatte mich tatsächlich betrogen. Zu diesem Zweck war sie heimlich nach Berlin gefahren, hatte sich mit ihrem Liebhaber in einem Hotel getroffen und hatte diesen zu allem Überfluss auch noch als ihren Ehemann ausgegeben. Ich fragte mich, wie lange das schon so gegangen war. Und ich Idiot hatte nichts gemerkt! Wie blind und dämlich musste man sein, um so etwas mit sich geschehen zu lassen. Mir war schlecht. Mir fiel jetzt auch noch Sabine ein, die mich ja auch so wunderbar vorgeführt hatte. Was Frauen anging, hatte ich wirklich ein glückliches Händchen.

Als Nico mich in der Mittagspause abholte, war ich innerlich immer noch nicht zur Ruhe gekommen. Was hatte Hannah mir denn außerdem noch alles vorgemacht? Konnte ich denn noch davon ausgehen, dass überhaupt irgendetwas an unserer Ehe gestimmt hat? Bei dem Gedanken, dass wir beide über Kinder gesprochen hatten und zusammen geplant hatten, mit Hilfe der Maklerin eine neue Wohnung oder sogar ein Haus zu finden, zog sich mir der Magen zusammen.

Den Weg zum „La Torre" legten wir schweigend zurück. Das Lokal war voller als sonst um diese Zeit, aber Mario hatte wieder unseren gewohnten Tisch für uns reserviert. Wir wählten beide das Tagesgericht. Wir wussten, dass Mario uns unaufgefordert auch noch eine Flasche Mineralwasser bringen würde. Das Wasser kam dann sofort, und auch auf das Essen brauchten wir nicht lange zu warten, denn hier war man mittags auf die knappe Zeit der Gäste eingestellt.

Nico, der mich lange kannte, hatte natürlich inzwischen bemerkt, dass es offenbar etwas gab, das mich beunruhigte. Er wartete noch ein wenig, bevor er mich direkt darauf ansprach.

„Was ist los, Jo? Du hast doch was."

Ich hatte ziemlich lustlos auf meinem Teller herumgestochert und legte nun die Gabel an die Seite.

„Ich habe gerade herausbekommen, dass Hannah mich nach Strich und Faden betrogen hat und fremdgegangen ist", sagte ich. „Bestimmt mehr als einmal. In Berlin."

Nico, der gerade dabei war, zu trinken, stellte das Glas auf den Tisch und hustete. Er hatte sich verschluckt. Es dauerte einen Moment, bevor er sprechen konnte.

„Wie kommst du darauf?"

Ich berichtete von der Hotelrechnung, die ich am Abend zuvor in Hannahs Manteltasche gefunden hatte.

Nico schüttelte den Kopf.

„Aber das bedeutet doch gar nichts", sagte er.

„Leider gibt es da für mich überhaupt keinen Zweifel. Ich habe heute Morgen mit dem fraglichen Hotel telefoniert. Hannah hat dort offenbar mit jemandem übernachtet, den sie auch noch als ihren Ehemann ausgegeben hat."

Dann erzählte ich ihm, wie ich der Spur der Hotelrechnung gefolgt war und was ich dabei erfahren hatte. Nico schüttelte den Kopf.

„Das klingt überhaupt nicht gut", sagte er dann. „Aber vielleicht bist du zu voreilig und es gibt dafür doch noch irgendwie eine Erklärung."

Jetzt war ich es, der den Kopf zu schüttelte.

„Nein. Daran glaube ich nicht mehr. Ich bin jetzt sicher, dass Arkenau und die Polizei von Anfang richtig lagen. Hannah ist in Wien nichts passiert. Sie ist einfach abgehauen und untergetaucht.

Wahrscheinlich mit diesem Typ, mit dem sie mich betrogen hat. Und ich Idiot habe mir die ganze Zeit so große Sorgen um sie gemacht."

Wir saßen uns eine Zeit lang schweigend gegenüber. Auch Nico schienen jetzt die Argumente ausgegangen zu sein. Dann machte er aber eine Bemerkung, die mich aufmerken ließ.

„Ich weiß nicht, aber vielleicht sind wir alle zu naiv gewesen."

Ich sah meinen Freund erstaunt an.

„Was meinst du damit?"

„Hannah ist eine sehr attraktive Frau. Das weißt du ja selber. Und andere Männer sind auch nicht blind. Auf eine so hübsche und intelligente Frau versuchen Männer Eindruck zu machen." Nico sah mich mit einem schiefen Grinsen an. „Ich übrigens auch."

Ich wusste nicht so recht, wie ich diese Bemerkung verstehen sollte. Er schien aber auch mit keiner Antwort gerechnet zu haben.

„Ich glaube, dass keine Frau über eine Aufmerksamkeit dieser Art böse ist. Ich hatte mitunter sogar das Gefühl, dass Hannah manchmal dabei auch ein wenig mitspielte", fuhr er fort. Sein Gesicht war wieder ernst geworden. „Was ich eigentlich sagen will ist: Hannah hatte auch ein bisschen Spaß am Flirten."

Jetzt glaubte ich zu begreifen, worauf Nico hier anspielen wollte.

„Sag mal, Nico, willst du etwa andeuten ..."

Er stoppte mich sofort.

„Ich will gar nichts andeuten!", unterbrach er mich. „Ich will nur sagen, dass Hannah auch von anderen Männern bemerkt wurde, die eine so attraktive Frau gerne näher kennen lernen wollten. Mensch, du kennst das doch!"

Es war nicht so, dass ich mir solche Gedanken noch nie selber gemacht hätte. Auch Connie hatte sich mir gegenüber ja ähnlich geäußert, als sie mir sagte, dass Hannah sich nie „ernsthaft" mit jemandem eingelassen hätte. Jetzt hatte ich aber das Gefühl, dass Nico mir noch etwas anderes mitteilen wollte. Ich wartete. Und er war tatsächlich noch nicht fertig.

„Es ist schon eine Weile her", fuhr er nach einer kleinen Pause fort. „Da habe ich Hannah und Connie zufällig in einer Bar gesehen. Mich haben sie nicht bemerkt. Jedenfalls kamen sie da mit zwei Männern rein. Sie blieben nicht lange. Aber mir ist schon aufgefallen, dass einer der beiden ziemlich vertraut mit Hannah tat."

„Was meinst du mit ‚vertraut'?"

„Naja, er legte ihr die Hand auf den Arm und auf die Schulter. Ich hatte den Eindruck, dass er versuchte, sie immer irgendwie zu berühren. Es war nichts Dramatisches, aber ich wunderte mich doch, dass Hannah ihm nicht deutlich zu verstehen gab, dass sie das nicht wollte."

Nico schaute auf seine Uhr und gab Mario ein Zeichen, die Rechnung zu bringen.

„Wir müssen zurück. Zu der Besprechung heute können wir nicht wieder zu spät kommen", sagte er und legte seine Brieftasche auf den Tisch. „Ich habe Hannah übrigens auf diese Geschichte angesprochen. Sie hat gelacht und mir erklärt, ich solle mir keine Gedanken machen. Das in der Bar seien zwei Kollegen gewesen. Inzwischen wundert es mich, dass sie mich dann bat, dir davon nichts zu erzählen. Sie meinte, du könntest, genauso wie ich unnötig falsche Schlüsse ziehen."

Dieses Gespräch mit Nico beschäftigte mich noch eine Weile. Es hatte mir wieder vor Augen geführt, wie wenig ich über meine Frau tatsächlich wusste. Ich fand es schon etwas merkwürdig, dass sie Nico gebeten hatte, mir nichts von seiner Beobachtung in dieser Kneipe zu erzählen, denn dass sie sich verschiedentlich mit Kollegen traf, war mir doch nicht unbekannt.

Zu Hause dann rief ich Connie an. Tobias war bei Freunden und sie war allein, und als ich andeutete, dass ich mit ihr dringend über Hannah sprechen müsse, sagte sie, dass sie zu mir kommen würde.

Wie sonst auch immer ging sie gleich in die Küche, als sie nach einer guten halben Stunde bei mir eintraf, und wir setzten uns an den Tisch. Ich musste sie am Telefon ziemlich beunruhigt haben, denn sie kam gleich auf meine Äußerungen zu sprechen.

„OK. Was gibt es?"

Ich erzählte ihr nun von der Hotelrechnung und von den Telefonaten, die ich am Vormittag geführt hatte. Als ich fertig war, sah sie mich ungläubig an.

„Das kann doch gar nicht sein", sagte sie dann kopfschüttelnd. „Dass hätte ich gewusst. So etwas hätte sie mir bestimmt erzählt."

„Es gibt offenbar eine ganze Menge, die Hannah uns beiden eben nicht erzählt hat."

Connie fragte noch einmal nach dem Datum der Hotelrechnung und erinnerte sich ebenfalls, dass Hannah an diesem Tag nach Berlin gefahren war. Ebenso wie ich war sie auch immer davon ausgegangen, dass es sich dabei um eine Dienstreise gehandelt hatte.

Wir schwiegen beide. Ich musste an Nico denken, dem ich an diesem Tag auf ähnliche Weise gegenüber gesessen hatte. Ich erzählte Connie, was er mir in der Mittagspause mitgeteilt hatte. Sie schüttelte den Kopf, als ich ihr seine Beobachtungen in dieser Bar schilderte. Sie erinnerte sich, und es wunderte mich ein wenig, dass sie noch genau wusste, wann und mit wem sie zusammen mit ihrer Freundin an jenem Abend unterwegs gewesen war. Wahrscheinlich hatte Hannah ihr von Nicos Verdacht erzählt.

„Das war nach einer Dienstbesprechung. Wir sind danach noch mit zwei Kollegen etwas trinken gegangen", erklärte sie. „Übrigens, der Mann, auf den Nico so besonders geachtet hatte, war Hannahs Chef."

Mir schoss jetzt durch den Kopf, was ich durch Sabine über Witts Neigung erfahren hatte, sich mit hübschen Mitarbeiterinnen einzulassen. Man konnte wohl getrost davon ausgehen, dass er es auch mit Hannah zumindest versucht hatte.

Aber Connie hatte mir noch etwas anderes zu sagen.

„Nico sollte mit seinen Vermutungen überhaupt vorsichtiger sein", fügte sie noch hinzu. „Wie Hannah mir zu verstehen gab, hat er sie eine Zeit lang auch ganz schön angebaggert. Ich glaube, was Risikobereitschaft in diesem Bereich angeht, hat Nico es selber faustdick hinter den Ohren."

Sie schaute auf die Uhr.

„Ich muss jetzt aber zurück. Tobias wartet auf mich. Wir sind zum Essen verabredet."

Auf dem Weg zur Tür fragte ich sie, wie das Treffen mit seinen Eltern in Stade gelaufen war?"

Sie grinste.

„Die sind sehr nett. An ihnen liegt es nicht, wenn es zwischen mir und Tobias wieder nicht klappt."

Ich nickte.

„Na dann solltet ihr euch diesmal beide richtig Mühe geben."

Ich brachte sie noch zum Auto und umarmte sie zum Abschied. Als sie die Wagentür öffnet, legte ich eine Hand auf das Dach des Fahrzeugs.

„So wie es jetzt aussieht, braucht Hannah diese Kiste wohl nicht mehr", sagte ich. „Wenn du willst, kannst du sie behalten. Über den Preis werden wir uns schon einig."

Sie nahm mich noch einmal in die Arme und drückte mich. Mir fiel jetzt noch etwas ein.

„Sag mal, hat Hannah dir gegenüber irgendwann mal angedeutet, dass sie auf einer ihrer Dienstfahrten jemanden kennen gelernt hat?"

Connie sah mich verdutzt an. Sie schüttelte den Kopf.

„Nein, daran kann ich mich nicht erinnern."

Bevor sie aber einstieg, drehte sie sich dann doch noch einmal zu mir um.

„Hannah hat irgendwann einmal erwähnt, dass sie in Berlin jemanden von früher, ich glaube aus ihrer Studienzeit, zufällig wieder getroffen hat. Aber mehr weiß ich auch nicht."

Dann stieg sie in den Wagen und fuhr winkend davon.

Auch an diesem Abend setzte ich mich an meinen Schreibtisch und versuchte, noch etwas zu arbeiten. Aber es wollte mir wieder einmal nicht so recht gelingen. Es dauerte nicht lange, und ich klappte meinen neuen Laptop zu, den ich mir mit der Unterstützung der Versicherung angeschafft hatte. Es ging mir einfach zu viel im Kopf herum.

Wahrscheinlich war ich der einzige gewesen, der so lange nicht wahrhaben wollte, dass Hannah mich verlassen hatte. Es war Lessmann, der mich bei seinem zweiten Besuch verunsichert hatte. Wahrscheinlich hatte es an seiner „Whistleblower"-Theorie gelegen, dass ich mich damals auf diesen Gedanken überhaupt eingelassen hatte. Denn wenn meine Frau plötzlich aus Hamburg verschwunden war und - wie vermutet wurde - aus ihrer Firma vertrauliche Unterlagen gestohlen hatte, dann wollte ich mir lieber vorstellen, dass sie dies aus Gewissensgründen und außerdem für einen „guten" Zweck getan hatte.

Nun allerdings wusste ich, dass meine Frau mich nicht nur heimlich verlassen, sondern vorher auch noch betrogen hatte. Es war schon merkwürdig, dass mir diese neue Erkenntnis offenbar mehr zu schaffen machte als alles andere, was ich nach Hannahs

Verschwinden bisher durchgemacht hatte. Aber anders als bei all den Szenarien, die ich mir im Zusammenhang mit Hannahs Untertauchen vorgestellt hatte, gab es für mich bei einem solchen Vertrauensbruch keine Möglichkeit mehr, ihn zu verstehen oder vielleicht sogar zu rechtfertigen.

Durch die Andeutungen, die Connie vorhin über Nico und Hannah gemacht hatte, fühlte ich mich nun zusätzlich irritiert. Hatte sie das ernst gemeint? Ich konnte es mir einfach nicht vorstellen, dass Nico, mein bester Freund, versucht hatte, sich an meine Frau heranzumachen. Ich wusste, dass er, wenn es um Frauen ging, nicht zimperlich und auch überhaupt kein Freund von Traurigkeit war. Aber die Frau eines Freundes war eine andere Sache. Auch für Nico. Das hatte ich jedenfalls immer geglaubt.

19

Eine wichtige Frage hatte sich inzwischen wohl erledigt. Seit Arkenau mir schonend beizubringen versucht hatte, dass Hannah bei ihrem Untertauchen Unterstützung gehabt haben musste, hatte ich darüber nachgedacht, wer es denn gewesen sein könnte, der ihr bei ihrer Flucht geholfen hatte.

Dies war nun geklärt. Hannah hatte einen Liebhaber gehabt, und ich war mir jetzt sicher, dass sie zusammen mit dem Mann, den sie in diesem Berliner Hotel als ihren Ehepartner ausgegeben hatte, aus meinem Leben spurlos verschwunden war. Jetzt machten auch die verschiedenen verwirrenden Hinweise einen Sinn, auf die ich gestoßen war: der rätselhafte Anruf am Vorabend ihrer Wienreise; die Tatsache, dass sie augenscheinlich unter einem Vorwand ihren für sie wichtigen Laptop mitgenommen hatte; ihre Erkundigung nach einer Nachricht an der Rezeption des Hotels; das Telefonat vor ihrem Rückflug, das von dem Taxifahrer beobachtet worden war; die verheimlichten 50.000 Euro. Es tat weh, wenn ich mir vor Augen führte, mit welcher Kaltblütigkeit meine Frau ihr Verschwinden vorbereitet und durchgeführt hatte.

Jede weitere Suche nach Hannah war im Grunde sinnlos. Genau dies hatte mir Arkenau wohl sagen wollen. Denn selbst wenn ich sie fand, wozu sollte das noch gut sein? Dass sie nicht mehr mit mir zusammen leben wollte, wusste ich jetzt. Mehr Gewissheit brauchte ich nicht.

Aber wer war dieser Mann, mit dem meine Frau mich betrogen und dem zuliebe sie mich verlassen hatte? Dass dieser neue Partner eine Hamburger Bekanntschaft war, konnte ich mir nur schwer vorstellen. Soweit ich das beurteilen konnte, hätte das nicht so unbemerkt geschehen können. Dazu war unser persönliches Umfeld einfach zu begrenzt und überschaubar. Irgendjemandem wäre da etwas aufgefallen.

Anders war das allerdings bei ihren Dienstreisen. Was da im einzelnen ablief, wussten wir doch alle nicht. Die einzige, die darüber vielleicht etwas erfahren haben konnte, war ihre Vertraute Connie. Die hatte ja auch bei unserem letzten Gespräch diesen alten Studienfreund erwähnt, dem Hannah bei einer dieser Gelegenheiten wieder begegnet war.

Ich rief Connie dann noch einmal an und war nicht darauf gefasst, dass sich Tobias meldete. Er fragte mich, wie es mir ginge, und gab dann, ohne dass ich ihn ausdrücklich darum gebeten hatte, das Telefon an Connie weiter.

„Hallo, Jo", sagte sie. „Na, was gibt's?"

„Connie, ich hoffe, ich störe euch nicht zu sehr, aber ich habe da noch eine Frage. Du hast doch diesen Studienfreund erwähnt, den Hannah zufällig wieder getroffen hat. Kannst du dich noch erinnern, wann das ungefähr war?"

„So richtig weiß ich das auch nicht mehr", sagte sie nach einer kleinen Pause. „Das ist schon eine Zeit her. Ich glaube, das war noch im letzten Jahr."

„Hat Hannah was über ihn gesagt? Fällt dir vielleicht doch noch irgendwas ein?"

Wieder brauchte Connie etwas Zeit, bevor sie antwortete.

„Eigentlich hat sie ihn nur so nebenbei erwähnt. Sie sagte, sie hätte ihn zufällig nach langer Zeit getroffen."

Sie schien noch ein wenig zu überlegen.

„Ich glaube, er lebt im Ausland. Neu Seeland oder so", fügte sie dann hinzu. „Aber das weiß ich nicht genau."

„Sag mal Connie, könntest du dir vorstellen, dass Hannah mit diesem alten Freund vielleicht eine Affäre hatte und sich mit ihm davongemacht hat?"

Abermals nahm sich Connie etwas Zeit mit ihrer Antwort.

„Keine Ahnung, Jo", antwortete sie dann. „Es ist gar nicht lange her, da hätte ich dies alles überhaupt für unmöglich gehalten. Inzwischen weiß ich, dass ich meine beste Freundin überhaupt nicht richtig gekannt habe."

Willkommen im Club. Bevor wir dann auflegten, erinnerten wir uns noch gegenseitig an unsere sonntägliche Jogging Runde, an der diesmal auch Tobias teilnehmen wollte.

Hannahs Zurückhaltung, die für mich jedes Mal spürbar war, wenn es um Einzelheiten ihres früheren Lebens ging, hatte ich immer so verstanden, dass es Dinge gab, die sie für sich behalten wollte. Das hatte ich immer respektiert, zumal es mir mit meiner Biographie ja ähnlich ging. Aber vielleicht hätte ich mich eben doch stärker bemühen müssen, um mehr über ihr Vorleben zu erfahren. Und wer weiß, wahrscheinlich hatte Hannah dies auch von mir erwartet.

Ich kannte nur eine Person, die etwas mehr über ihre frühere Vergangenheit wissen konnte, und das war Brigitte. Sie hatte ja auch bereits meine alten Vorstellungen von Hannahs Eltern zurechtgerückt. Mir fiel jetzt ein, dass ich ihr ja auch versprochen hatte, sie auf dem Laufenden zu halten und dass ich sie über das, was ich inzwischen über Hannah herausgefunden hatte, noch gar nicht informiert hatte. Ich nahm das Telefon wieder auf und wählte Brigittes Nummer. Es meldete sich Helmut, ihr Mann. Brigitte war nicht da. Sie hatte sich mit Freundinnen zum Bridge verabredet. Helmut versicherte mir, dass sie sich bei mir melden würde, sobald sie wieder zu Hause war.

Sie rief dann auch tatsächlich nach einer guten Stunde an. Ich gab ihr einen kurzen Bericht darüber, was ich über Hannah inzwischen neu herausbekommen hatte. Ich hatte den Eindruck, dass es auch ihr schwer fiel, die Folgerungen zu akzeptieren, die sich daraus ableiten ließen. Sie schwieg, und ich wartete.

„Ich kann einfach nicht glauben, dass man sich so verstellen kann", sagte sie dann. „Irgendwie hätten wir das doch alle merken müssen. Ich besonders. Ich war schließlich in Wien noch zuletzt mit ihr zusammen."

Wieder entstand eine Pause, bevor sie weitersprach.

„Aber wir wissen ja, dass es bei Hannah schon immer Bereiche gab, die sie ganz für sich behielt. Da ließ sie niemanden an sich heran."

Ich erzählte Brigitte von dem alten Studienfreund, den Connie erwähnt hatte, und fragte sie, ob sie sich vielleicht an einen solchen Freund aus früherer Zeit erinnern könne. Es hatte den Anschein, dass Brigitte einen Moment überlegen musste, bevor sie antwortete.

„Soweit ich weiß, gab es da eigentlich nur einen. Der kam aus der Schweiz. Getroffen habe ich den allerdings nie. Sie studierte ja in Frankfurt und ich in München. Von dem hat sie damals viel gesprochen. Ich glaube, das war eine ziemlich dicke Sache mit den beiden."

Wieder dauerte es etwas, ehe sie weitermachte.

„Ich war überrascht, als das dann ganz plötzlich zu Ende war", sagte sie. „Woran das gelegen hatte, weiß ich nicht. Auf meine Fragen damals, hat sie, was für sie ja auch typisch war, nicht geantwortet. Ich glaube, er hatte sein Studium abgebrochen und war ins Ausland gegangen oder so was Ähnliches. Und Hannah wechselte danach an die Uni in Manchester."

Ich hatte dann noch eine Frage.

„Weißt du vielleicht noch wie dieser Freund hieß?"

„Das ist merkwürdig. Ich kann mich tatsächlich zufällig noch an seinen Nachnamen erinnern. Er hieß Rütli. Dass es da einen Schweizer gab, der wirklich so hieß, fand ich damals komisch. Den Vornamen habe ich vergessen. Ich glaube, das war so'n biblischer Name, wie zum Beispiel Lukas oder so."

„Könntest du dir vorstellen, dass es dieser Rütli ist, den Hannah wieder getroffen hat?"

Wieder zögerte Brigitte mit ihrer Antwort.

„Nein, das glaube ich nicht. Davon hätte sie mir doch erzählt!", sagte sie und schien dann aber selber zu merken, wie sich das inzwischen anhörte. „Das denke ich wenigstens."

Als wir aufgelegt hatten, setzte ich mich an meinen neuen Computer. Google bot mir unter dem Stichwort „Rütli" unzählige Eintragungen an, aber mit keiner von ihnen konnte ich etwas anfangen.

Am Samstag dann hatte ich Zeit, unter Hannahs Sachen noch einmal nach möglichen Hinweisen zu suchen. Aber weder in ihrem Schrank, noch in den Taschen der Mäntel und Jacken, die ich ja nicht das erste Mal überprüfte, konnte ich etwas finden, was mir irgendwie hätte weiterhelfen können. Ich sah mir auch noch einmal die Gegenstände an, die mir aus ihrem Büro zugeschickt worden waren. Es gab nichts, was ich auch nur andeutungsweise mit einem möglichen Studienfreund in Verbindung bringen konnte. Schließlich gab ich auf. Die ganze Geschichte war doch viel zu vage, und es gab doch auch überhaupt keine Anhaltspunkte dafür, dass Hannah vielleicht eine uralte Beziehung wieder aufgewärmt hatte.

Ich räumte alle Sachen wieder ein und nahm mir ein Bier aus dem Kühlschrank. Als ich dann mit dem Glas in der Hand an meinem Schreibtisch Platz nehmen wollte, fiel mein Blick auf den Roman von Le Carré, den Connie mir von Hannah gegeben hatte und für den ich mir noch eine deutsche Übersetzung anschaffen wollte. Ich nahm das Buch und schlug noch einmal die Titelseite mit der Widmung auf. Was stand da nochmal? Viel Spaß damit. Simon.

Ich ging zum Telefon und wählte wieder Brigittes Nummer. Ich hatte nur eine Frage:

„Sag mal, dieser Studienfreund von Hannah, den du vorhin erwähnt hast, hieß der mit Vornamen vielleicht Simon?"

Und Brigitte konnte sich erinnern. Hannahs Freund damals hieß tatsächlich Simon. Simon Rütli. Wie es aussah, hatte meine Frau ihren alten Intimus aus der Studienzeit also wieder getroffen. Mehr noch: Dieser neue Kontakt musste über eine zufällige Begegnung hinausgegangen sein. Zumindest mussten beide die Gelegenheit gehabt haben, ein Buch mit einer Widmung auszutauschen. Je länger ich mir das vorstellte, desto überzeugter war ich, dass dieser Studienfreund nicht nur mit Hannahs Verschwinden etwas zu tun haben musste. Er hatte bestimmt auch eine zentrale Rolle dabei gespielt. Es dauerte dann nicht lange, und ich war fest davon überzeugt, dass meine Frau sich mit keinem anderen als Simon Rütli aus Hamburg abgesetzt hatte.

Am nächsten Morgen zog ich mir nach dem Frühstück meine Laufschuhe und meinen Trainingsanzug an und fuhr, wie ich mit Connie abgesprochen hatte, zu unserem Treffpunkt. Ich war ein wenig früh dran, musste aber nicht lange auf meine Joggingpartner warten. Tobias, von dem ich wusste, dass er regelmäßig und sehr gut Tennis spielte, wirkte deprimierend fit. Ich hatte den Eindruck, dass er sich auf unserer Runde vor allem meinetwegen etwas zurückhielt und auf sein gewohntes Tempo verzichtete. Als wir dann nach einer guten halben Stunde wieder an unserem Ausgangspunkt waren, musste ich mir eingestehen, dass mich die Strecke offenbar doch mehr mitgenommen hatte als meine beiden Partner. Dann standen wir mit unseren Wasserflaschen noch eine Zeit an unseren Autos und unterhielten uns. Beim Abschied fragte ich Connie, ob Hannah irgendwann einmal den Namen Simon Rütli erwähnt hatte. Sie sah mich mit großen Augen an und schüttelte den Kopf. Ich war inzwischen so sehr verunsichert, dass ich für einen Moment den Gedanken hatte, dass Connie rot geworden war. Das war natürlich Unsinn, denn nach den Anstrengungen unseres Laufes war ich sicher, dass auch ich meine typische „rote Birne" bekommen hatte.

Es war reiner Zufall, dass ich an diesem Nachmittag das letzte Glied meiner „Indizienkette" fand. Beim Aufräumen meines Schreibtisches hielt ich plötzlich den Auszug aus dem Gästebuch in den Händen, den mir die hübsche Frau Gerber in Hannahs Wiener Hotel überlassen hatte und der mir bisher wenig geholfen hatte. Eigentlich hatte ich ihn bereits so ziemlich vergessen. Bevor ich die Kopie in den Papierkorb entsorgte, warf ich noch einen kurzen Blick darauf und stockte. Auf der Liste der Leute, die mit Hannah an jenem Pfingstwochenende Gäste in ihrem Hotel waren, fiel mir jetzt ein Eintrag sofort ins Auge, den ich zuvor noch gar nicht bemerkt hatte: *S.R. Rutil – Schweiz.*

Über dem „u" des Nachnamens konnte ich ein kleines Häkchen erkennen, das jemand mit der Hand hinzugefügt haben musste. Bei der Vertauschung der beiden letzten Buchstaben handelte es sich nach meiner Einschätzung um einen typischen Tippfehler. Ich jedenfalls war der Überzeugung, dass dies kein Zufall sein konnte: Simon Rütli war mit Hannah vor ihrem Verschwinden in Wien gewesen.

Um an weitere Informationen zu kommen, über die das Hotel möglicherweise verfügte, hätte ich die Polizei einschalten müssen. Aber diese, das hatte man mir ja deutlich gemacht, hatte keine Veranlassung mehr, nach meiner Frau zu fahnden.

Aber eigentlich war das auch nicht mehr so entscheidend. Was mir wichtig war, wusste ich jetzt: Meine Frau hat irgendwann ihre alte Jugendliebe wieder getroffen. Sie hatten eine Affäre und haben sich dann - wie es mir jetzt schien - verabredet, gemeinsam unterzutauchen. Wahrscheinlich, um zusammen ein neues Leben zu beginnen. Was mir allerdings immer noch Probleme bereitete, war die Frage, warum Hannah mich darüber so im Unklaren gelassen hatte. Das passte einfach nicht zu ihr. Dafür musste es einen Grund geben. Jedenfalls hatten die beiden verabredet, sich in Wien heimlich zu treffen. Rütli muss Hannah dann am Flughafen erwartet haben. So etwas Ähnliches hatte ja auch Arkenau vermutet. Von dort aus sind sie dann wahrscheinlich mit einem Auto weiter in die Schweiz gefahren, wo sie endgültig alle Spuren verwischen konnten. Hatte sie sich deshalb den Stadtplan von Zürich angeschafft, den ich unter ihren persönlichen Dingen gefunden hatte, die man mir aus ihrem Büro geschickt hatte?

Später rief Nico an und fragte mich, ob wir nicht am Abend zusammen ein Bier trinken wollten. Er hatte keine Lust, sich Julie und ihrer Freundin Kristin anzuschließen, die sich mal wieder einen

„Frauenfilm" ansehen wollten. Er sagte, die beiden Damen würden dann später zu uns stoßen. Wie zu erwarten war, schlug er sein neues Lieblingslokal „4U" als Treffpunkt vor. Mir kam diese Verabredung recht, denn ich hatte mit meinem Freund ja ohnehin noch etwas zu klären.

Als ich gegen 20 Uhr in diesem Lokal eintraf, war er noch nicht da. Ich überlegte einen Moment, ob ich nicht am Tresen auf ihn warten sollte, entschied mich dann aber doch, mich an einen der wenigen freien Tische zu setzen. An der Bar, an der es auch an diesem Abend das übliche Gedränge junger Leute gab, hätte ich sowieso Schwierigkeiten gehabt, einen Platz zu finden. Nico entdeckte mich sofort, als er endlich eintraf, ging aber zunächst in Richtung Tresen, wo er mit lautem Hallo begrüßt wurde. Dann aber löste er sich von der Gruppe und setzte sich zu mir an den Tisch. Kurz darauf brachte ihm die Serviererin ebenfalls ein Bier, das er bereits an der Bar in Auftrag gegeben haben musste.

Ich wartete auch nicht lange und sprach ihn auf das an, was Connie mir über ihn und Hannah angedeutet hatte.

Diese unerwartete Eröffnung schien Nico die Sprache zu verschlagen. Er starrte wortlos auf sein Bier. Aber dann zeigte er mir einmal mehr, warum er ein so guter Anwalt war.

„Siehst du, das ist, was ich meine", sagte er und sah mich jetzt an. „Wenn Hannah mit irgendjemandem in Hamburg was gehabt hätte, dann wäre das nicht verborgen geblieben. Connie hätte ganz bestimmt davon gewusst."

Wir schwiegen beide. Ich wartete.

„Was Connie da sagt, ist richtig", sagte er endlich. „Ich habe mich mal wie ein Idiot benommen. Das war bescheuert von mir und ist lange her."

Ich wartete weiter.

„Wir haben uns vor Jahren in Berlin zufällig in einem Hotel getroffen. Ich selber hatte da einen Termin. Dass Hannah auch in der Stadt war, hatte ich vorher nicht gewusst."

Er machte erneut eine Pause.

„Wir haben uns später in der Hotelbar verabredet und haben dieses zufällige Zusammentreffen ordentlich mit Champagner begossen. Irgendwie waren wir beide froh, den Abend nicht alleine verbringen zu müssen."

Wieder brauchte er etwas Zeit, bevor er weitermachen konnte.

„Wir hatten beide zu viel getrunken. Als ich ihr schließlich oben im Flur den Vorschlag machte, die Nacht in meinem Zimmer zu verbringen, lachte sie nur. Ich habe sie dann noch weiter bedrängt, bis sie mir schließlich eine geknallt hat. Danach war ich wieder einigermaßen nüchtern."

Ich wusste nicht, was ich sagen sollte. Nico schien auf eine Reaktion von mir zu warten. Uns wurde ein zweites Bier gebracht, das Nico ebenfalls schon am Tresen bestellt haben musste. Schweigend beobachteten wir, wie die Serviererin die leeren Gläser abräumte.

„Du kannst mir glauben: Ich habe mich danach sehr geschämt", fuhr Nico fort, als wir wieder allein waren. „Ich war Hannah immer dankbar für die Souveränität, mit der sie damals mit dieser für mich sehr peinlichen Angelegenheit umgegangen ist. Sie hat sich mir gegenüber immer so verhalten, als sei diese Sache, die ja auch nur uns beide etwas anging, nie passiert."

Er hob sein Bierglas und nahm einen Schluck.

„Und nüchtern betrachtet, ist ja auch wirklich nichts passiert", fügte er dann noch hinzu.

Ich wusste immer noch nicht, was ich sagen und wie ich auf dieses Geständnis meines Freundes reagieren sollte. Was mir am meisten zusetzte, war seine Einschätzung, dass „ja wirklich nichts passiert" sei. Das konnte er doch nicht wirklich meinen. So dumm war er doch nicht. Ich sah Julie, die an der Eingangstür stand und, wie es schien, das Lokal mit den Augen nach uns absuchte. Eine junge Frau in der Gruppe an der Bar winkte ihr zu. Julie winkte zurück. Dann aber entdeckte sie uns und nahm lächelnd Kurs auf unseren Tisch. Sie umarmte uns beide zur Begrüßung.

„Kristin konnte leider nicht mitkommen", sagte sie, während Nico ihr aus dem Mantel half. „Sie musste dringend nach Hause. Ich soll euch aber von ihr grüßen."

Wahrscheinlich waren der hübschen Kristin die Absichten unserer gemeinsamen Freunde auch nicht verborgen geblieben. Ich vermutete, dass sie sich auf diese Weise den Kuppelversuchen der beiden entzogen hatte. Verdenken konnte ich es ihr nicht. Auf alle Fälle hatte ich durch Julies Erscheinen etwas Zeit gewonnen und konnte mir überlegen, wie ich auf das, was Nico mir gesagt hatte, reagieren sollte.

Wenn Julie an diesem Abend wahrgenommen hatte, dass mit Nico und mir etwas nicht stimmte, so ließ sie sich das nicht anmerken. Vielleicht redete sie deshalb etwas mehr als sie es sonst tat. Aber das lag wahrscheinlich vor allem daran, dass sie damit auch ein wenig die Tatsache überspielen wollte, dass ihre Freundin Kristin uns diesmal einen Korb gegeben hatte. Sie erzählte von dem Film, den sie gerade gesehen und den sie „super" gefunden hatte. Es ging dabei, soweit ich verstand, um eine Frau, die sich zwischen zwei Männern entscheiden musste. Julie war sich sicher, dass der Streifen Nico und mir auch sehr gefallen hätte. Ich hatte da meine Zweifel.

Auf ihren Vorschlag bestellten wir uns dann etwas zu essen, aber meinen Spaghetti, die mir in diesem Lokal vor einiger Zeit noch sehr gut geschmeckt hatten, konnte ich diesmal nur wenig abgewinnen. An diesem Abend war mir wohl der Appetit insgesamt verloren gegangen.

Es wurde kein langer Abend. Ich war dankbar, dass Julie, die sich angesichts meiner und Nicos Schweigsamkeit dann doch zunehmend unwohl zu fühlen schien, irgendwann auf ihre Uhr schaute und bemerkte, dass es für sie Zeit wurde. Sie müsse am nächsten Morgen früh aufstehen und habe eine Menge Schlaf nachzuholen. Wir beschlossen zu zahlen und aufzubrechen. Als ich mich vor dem Lokal von ihnen verabschieden wollte, um die S-Bahn zu nehmen, bestand vor allem Julie darauf, dass ich von ihnen nach Hause gefahren wurde. Ich hatte den Eindruck, dass sie meine Einsilbigkeit an diesem Tag auf meinen privaten Kummer zurückführte. Wahrscheinlich hatte sie mich deshalb auch die ganze Zeit nicht ein einziges Mal auf Hannah angesprochen.

Sie setzten mich dann zu Hause ab, und ich ging zurück in meine leere Wohnung. Irgendwie hatte ich keine Ruhe. Um ins Bett zu gehen war es für mich noch zu früh. Ich wusste, ich würde lange nicht einschlafen können. Den Fernseher einzuschalten, hatte ich überhaupt keine Lust. Dazu war ich auch nach dem Gespräch mit Nico noch viel zu angespannt. Ich wanderte eine Weile ziellos durch die Wohnung. Dann sah ich auf meine Uhr. Es war kurz vor elf. Ich dachte daran, dass Hannah und ich vorm Schlafengehen manchmal noch einen kleinen Spaziergang machten. Unsere kleine „Rentnerrunde". Ich nahm meine Schlüssel und streifte mir das Jackett über.

194

Überhaupt hätte mir Hannah an diesem Abend bei meinem Gang um den Block gut helfen können. Und das nicht nur, weil sie mir hätte erklären können, was da zwischen ihr und Nico in Berlin tatsächlich abgelaufen war. Sie hätte mir in ihrer ruhigen und unaufgeregten Art, in der sie mir so häufig mit ihrem Rat zur Seite gestanden hatte, vor allem sagen können, wie ich mich Nico gegenüber künftig verhalten sollte. Bestimmt hätte sie mich davor gewarnt, von nun an die „beleidigte Leberwurst" zu spielen. Sie wusste, dass es mir schon immer schwer fiel, mich in meinen Entscheidungen nicht von Gefühlen leiten zu lassen.

Unterwegs an der frischen Luft fiel es mir dann ein: Ja, sie hatte vor längerer Zeit einmal davon gesprochen, dass sie Nico auf einer Dienstreise getroffen hatte. Die Einzelheiten dieser Begegnung in Berlin, von denen Nico Andeutungen gemacht hatte, waren von ihr allerdings nicht erwähnt worden. Ich verstand jetzt, warum sie das nicht getan hatte. Das hatte sie nicht ihretwegen gemacht. Ihr war es wohl in erster Linie darum gegangen, meine Freundschaft zu Nico nicht zu gefährden. Als ich nach meinem Rundgang wieder zu Hause ankam, nahm ich mir dann vor, auf Nicos Beichte mit Besonnenheit zu reagieren.

In der Nacht hatte ich einen Traum, der mich lange nicht mehr heimgesucht hatte: Ich träumte, dass ich mich wieder einmal vor Lea, meiner ersten großen Liebe, rechtfertigen musste, weil ich sie mit ihrer besten Freundin betrogen hatte.

20

Es war nicht ungewöhnlich, dass Nico am folgenden Montag in mein Büro kam. Wir suchten uns häufig gegenseitig in der Kanzlei auf, zumal wir in einigen Rechtsfällen auch gemeinsam tätig waren. An diesem Vormittag hatte ich sogar auf ihn gewartet. Nico kam sofort auf sich und Hannah zu sprechen und bedauerte, dass wir am Vorabend unsere Unterhaltung nicht zu Ende geführt hatten. Er sagte, er sei sich im Klaren darüber, dass die ganze Sache für mich noch nicht abgeschlossen sein konnte und dass ich auf ihn bestimmt sehr sauer sein müsse.

„Ich kann dir nur sagen, dass mir das Ganze furchtbar leidtut. Ich weiß selber, es durfte mir einfach nicht passieren."

Er schien zu zögern. Offenbar fiel es ihm an diesem Punkt überhaupt nicht leicht weiterzumachen.

„Eine Erklärung, die mich entlasten könnte, habe ich nicht", fuhr er dann fort. „Ich habe ja nie ein Geheimnis daraus gemacht, dass ich Hannah attraktiv finde. Damals in Berlin habe ich mir dann idiotischer Weise Dinge eingebildet, die es überhaupt nicht gab. Ich hatte einfach zu viel getrunken. Ich weiß, dass das keine Entschuldigung ist. Gottseidank hat Hannah einen klaren Kopf behalten. Sie hat mich vor einer ganz großen Dummheit bewahrt."

Er brauchte nun einen Moment, um dann das zu sagen, worauf ich wartete.

„Ich habe gestern gesagt, dass ja nichts passiert ist. Das war eine bescheuerte Bemerkung. Ich weiß sehr wohl, was ich da gemacht habe. Es tut mir leid, Jo."

Ich hatte das Gefühl, dass auch ich jetzt etwas sagen musste, wusste aber nicht so recht was. Aus völlig unerklärlichen Gründen war er es plötzlich, der mir leidtat.

„Es ist gut, Nico. Ich habe verstanden", war dann alles, was mir einfiel. Ich versuchte es mit einem Grinsen. „Wie ist es? Gehen wir nachher zusammen essen?"

Jetzt grinste er zurück. Die Erleichterung war nun auch ihm anzusehen.

„Na klar! Was glaubst du denn?"

Als ich dann wieder allein war, ging ich in meinem Zimmer eine Zeit lang auf und ab. Ich fühlte mich erleichtert. Probleme oder gar Auseinandersetzungen mit Menschen, die mir nahestanden, waren für mich immer schon schwer zu ertragen. Zerwürfnisse dieser Art verursachten mir Magenschmerzen. Ich war dankbar, dass ich den einzigen Freund, den ich hatte, nicht auch noch verloren hatte. Nico und ich haben danach diese Geschichte nie wieder erwähnt.

Ich traf ihn dann wie verabredet in der Mittagspause in unserem Stammlokal. Mein Gespräch mit einem Mandanten hatte noch etwas länger gedauert. Nico wartete bereits auf mich. Mario brachte uns wieder unaufgefordert eine Flasche Mineralwasser. Dann nahm er unsere Bestellung entgegen. Ich informierte Nico über Hannahs Studienfreund Simon Rütli und darüber, was ich gerade im Zusammenhang mit dem Auszug aus dem Gästebuch in Wien entdeckt hatte. Dazu war ich am Abend zuvor ja nicht gekommen. Nico hörte sich schweigend die Überlegungen an, die ich zu Hannah und diesem Mann angestellt hatte, und es war erst als Mario unsere Bestellung gebracht hatte und wir schließlich mit dem Essen beinahe fertig waren, dass er sich zu meinen Schluss-folgerungen äußerte.

„Das sieht ja wirklich alles ziemlich eindeutig aus", sagte er. Er schien immer noch zu überlegen. „Trotzdem, es fällt mir schwer, das zu glauben. Dass Hannah ein Doppelleben führen könnte, hätte ich niemals gedacht."

Er sah mich an.

„Was wirst du jetzt machen?", fragte er.

Ich zuckte mit den Schultern.

„Für mich ist die Sache jetzt im Grunde erledigt. Was passiert ist, weiß ich ja nun. Und wenn ich ehrlich bin, will ich auch gar nicht mehr wissen. Was sollte das bringen?"

„Möchtest du denn nicht wenigstens wissen, wer das ist, dieser Rütli?"

„Wozu sollte das gut sein? Ich sehe wenig Sinn darin, weiter in der Wunde zu wühlen. Die Sache ist doch erledigt und lässt sich nicht mehr ändern. Hannah hat sich ganz offensichtig entschieden. Ich spiele in ihrem Leben keine Rolle mehr. Ich wünschte mir nur, sie hätte mir das selber gesagt. Es würde keinen Unterschied machen, wenn ich mehr über diesen Simon Rütli herausbekäme. Wahrscheinlich wäre dann alles nur noch schmerzhafter."

Wir schwiegen jetzt beide eine Weile. Mario, der wusste, dass unsere Mittagspause zu Ende war, brachte uns die Rechnung. Wir zahlten und machten uns wieder auf den Weg zurück ins Büro.

Bevor wir in der Kanzlei auseinander gingen, schüttelte Nico noch einmal den Kopf.

„Ich weiß nicht, Jo", sagte er. „An deiner Stelle würde ich schon gerne mehr wissen wollen über den Typ, für den mich meine Frau sitzengelassen hat. Vielleicht solltest du dir das noch einmal überlegen. Warum redest du nicht noch einmal mit Arkenau?"

Aber auf diese Frage wollte ich nicht mehr eingehen. Mir war im Moment vor allem eines wichtig: Die ganze Angelegenheit, die sich mit Hannahs Verschwinden verband, musste ich, so schnell wie möglich hinter mich bringen und vergessen.

Dass mir dieser Wunsch dann doch nicht erfüllt wurde, lag daran, dass ich am Abend einen an Hannah adressierten Brief zu Hause vorfand. Bei den wenigen Postsendungen, die es bei mir immer noch für sie gab, handelte es sich inzwischen fast nur noch um Werbung. Bei diesem Schreiben ging es jedoch um eine Zahlungserinnerung. Was mich aber vor allem wunderte, war die Tatsache, dass es eine Arztrechnung war, denn normalerweise wurden bei Hannahs Arztbesuchen Liquidationen direkt zwischen Praxis und ihrer Krankenversicherung abgewickelt. Vollends stutzig machte mich die Feststellung, dass die Rechnung von einem Dr. Goedde, einem Frauenarzt in Hannover, ausgestellt worden war. Von einem Arzt dieses Namens hatte ich bisher noch nie gehört. Soweit ich mich erinnerte, ging Hannah seit Jahren zu „ihrem" Frauenarzt in Hamburg, den ich dem Namen nach kannte.

Ich öffnete Hannahs Terminkalender, der immer noch auf dem Schreibtisch lag. Sie war tatsächlich vor ihrer Wienreise zu der in diesem Schreiben angegeben Zeit in Hannover gewesen. Es musste ihre letzte Dienstreise gewesen sein. Ich konnte mich jetzt sogar daran erinnern, vor allem deshalb, weil ich ihr von dieser Fahrt abgeraten hatte. Sie hatte einige Tage zuvor unter einem Mageninfekt gelitten. Ein Blick auf die Uhr sagte mir, dass es für einen Anruf nach Hannover inzwischen zu spät war.

Das holte ich dann aber am nächsten Vormittag nach. Die Sprechstundenhilfe, die den Anruf in der Praxis entgegennahm, stellte mich zu ihrem Chef durch. Ich meldete mich mit meinem Namen und kam gleich auf die Zahlungserinnerung zu sprechen, die der Anlass für meinen Anruf sei. Dr. Goedde fragte nach der Rechnungsnummer und bat mich, einen Moment zu warten. Als er zurück an den Apparat kam, entschuldigte er sich.

„Es ist mir sehr unangenehm", sagte er. „Aber uns ist da ein ganz dummer Fehler unterlaufen. Diese Rechnung ist natürlich längst bezahlt worden. Herr Weber, es tut mir leid. Bitte ignorieren Sie unser Schreiben."

Ich hatte mir vorgenommen, mich auch noch nach dem Grund für Hannahs damaligen Arztbesuch zu erkundigen, doch bevor ich etwas sagen konnte, kam Dr. Goedde dann mit einer ziemlichen Überraschung heraus.

„Ich erinnere mich an Sie beide, Herr Weber. Sie waren ja zusammen an diesem Tag mit Ihrer Frau hier. Ich hoffe, ihr geht es inzwischen wieder besser. Gewöhnlich legen sich ja solche Kreislaufprobleme und die damit einhergehende Übelkeit im Verlauf einer Schwangerschaft."

Was ich ihm darauf antwortete, wusste ich hinterher nicht mehr. Jedenfalls beendeten wir das Gespräch. Auch bei dieser neuen Nachricht dauerte es eine Weile, bevor mir langsam klar wurde, was sie bedeutete.

Da hatte ich also die Erklärung für die Übelkeit, unter der Hannah damals verschiedentlich litt. Von wegen Magen-Darm Virus. Mir wurde wieder ganz flau, als ich daran dachte, wie bestimmt Hannah mir gegenüber die Idee eines Kindes immer zurückgewiesen und mich auf einen späteren Termin vertröstet hatte. Es war einfach immer der falsche Zeitpunkt. Natürlich konnte sie für ihre Position auch gute Argumente anführen. Ihrer Meinung nach passte ein Kind noch nicht in unsere berufliche und persönliche Situation, und was unsere kleine Wohnung betraf, konnte ich ihr nicht widersprechen. Wenn sie es auch nicht sagte, ich verstand wohl, was sie ausdrücken wollte: Ich verdiente einfach nicht genug.

Es stand ja für mich bereits fest, dass sie mich betrogen und mit einem anderen Mann geschlafen hatte. Aber dann im schwangeren Zustand mit diesem Mann zu einer ärztlichen Untersuchung zu gehen und ihn auch noch als den eigenen Ehemann auszugeben, das hatte doch noch eine andere Qualität. Diese Schwangerschaft, da war ich mir jetzt sicher, war dann auch die Erklärung dafür, dass mir meine Frau von ihrer Absicht, ihr Leben in Hamburg aufzugeben, nichts gesagt hatte. Dieses Eingeständnis hatte sie uns beiden wohl ersparen wollen.

Ebenso sicher war ich nun, dass es sich bei dem Vater um Simon Rütli handelte. Jetzt verstand ich, warum Hannah sich ausgerechnet diesem Mann anvertraut hatte, als sie sich entschloss, heimlich aus Hamburg zu fliehen. Es war Simon Rütli, mit dem sie ein Kind haben und irgendwo ein neues Leben beginnen wollte.

Wer war dieser Mann, bei dem Hannah offensichtlich das fand, was sie bei mir vermisste? Ich musste ich mir eingestehen, dass die neuen Erkenntnisse es mir jetzt sehr viel schwerer machten, mich mit der Situation abzufinden, in der sie mich zurückgelassen hatte. Unwillkürlich dachte ich an das, was Nico mir zuletzt gesagt hatte. Dann griff ich erneut zum Telefon und rief Arkenau an. Wir vereinbarten einen Termin noch am gleichen Nachmittag.

In seinem durchgestylten Büro berichtete ich ihm dann später an diesem Tag, was ich seit unserem letzten Gespräch über Hannah herausbekommen hatte. Wie auch bei meinem ersten Besuch, der schon eine Weile zurücklag, hörte er mir aufmerksam zu. Er stellte zusätzlich noch einige Fragen und machte sich auch ein paar Notizen. Als ich fertig war, stellte er das Aufnahmegerät ab, mit dem er meine Ausführungen auch diesmal mitgeschnitten hatte. Er lehnte sich in seinem Designerstuhl zurück.

„Und nun möchten Sie, dass wir etwas über diesen Simon Rütli herausfinden", sagte er und machte eine Pause.

„Obwohl ich Sie verstehe, möchte ich Ihnen doch gerne davon abraten", fuhr er dann fort. „Auch wenn wir mehr über diesen Mann erfahren, wird das Ihre Situation nicht ändern. Es kostet nur Ihr Geld."

Ich nickte.

„Das ist mir klar. Aber ich weiß auch, dass ich es wenigstens versuchen muss. Sonst werde ich nie Ruhe haben. Vielleicht verstehen Sie das."

Jetzt war er es, der nickte.

Dann beugte er sich nach vorne und legte beide Unterarme auf seinen Schreibtisch.

„OK. Ich mach Ihnen einen Vorschlag, Herr Dr. Weber", sagte er. „Ich werde einen Kollegen in Frankfurt bitten, der Sache nachzugehen. Vielleicht lässt sich dort über die Uni etwas finden. Sollte die Sache zu aufwendig werden, brechen wir alles ab. Das würde sich dann nicht lohnen."

Er war aufgestanden. Ich erhob mich ebenfalls.

„Einverstanden", antwortete ich und reichte ihm die Hand.

Auf dem Weg zu meinem Auto sagte ich mir, dass Arkenau, ein erfahrener Detektiv, bei diesem Auftrag nicht besonders enthusiastisch gewirkt hatte. Es war deutlich, dass er nicht erwartete, irgendetwas Wichtiges über meine Frau herauszufinden. Ich erinnerte mich an den Trost, den er mir bei unserem letzten, enttäuschenden Treffen zum Abschied gegeben hatte. Er hatte seinerzeit versprochen, mir zu helfen, sollte sich bei meiner Suche nach Hannah etwas Neues ergeben. Ich vermutete, dass Arkenau mir vornehmlich aus diesem Grund sein heutiges Hilfsangebot gemacht hatte.

Das Interesse an meiner Frau schien inzwischen nicht nur bei ihm nachgelassen zu haben. Eine Woche später hielt ich mich bei einem Scheidungstermin im Gericht auf. Auf der Treppe, die zu den Sitzungsräumen im ersten Stock führten, begegnete mir Staatsanwalt Lessmann, der mich früher schon zweimal Hannahs wegen aufgesucht hatte und dem es bisher sehr wichtig gewesen war, sie als Zeugin in seinem Verfahren gegen *deltapharm* aufzubieten. Er schien erfreut zu sein, mich zu sehen.

„Herr Dr. Weber! Schön dass ich Sie treffe. Ich hatte ohnehin vor, Sie anzurufen."

Wir rückten etwas an die Seite, um den Durchgangsverkehr auf der breiten Treppe nicht unnötig zu behindern. Ohne meine Frau auch nur mit einem Wort zu erwähnen, klärte er mich darüber auf, dass in der Zwischenzeit das Verfahren gegen *deltapharm* offiziell eingestellt worden sei.

„Es hat sich nicht nachweisen lassen, dass das Unternehmen tatsächlich die Testergebnisse für das Medikament „Benerol" manipuliert hat. Alle klinischen Tester, die wir ausfindig machen konnten, haben ihre positiven Prüfungsergebnisse bestätigt. Das zeigt mal wieder, dass man mit anonymen Anzeigen vorsichtig umgehen muss."

Es war nicht zu übersehen. Der Staatsanwalt hatte offenkundig seine frühere Kampfbereitschaft, die er sonst in Bezug auf die Firma *deltapharm* an den Tag gelegt hatte, vollständig verloren. Er hatte aber noch eine andere Neuigkeit für mich.

„Die Sache ist ohnehin weitgehend gegenstandslos geworden, da *das* Unternehmen den Antrag auf Zulassung des Medikaments zurückgezogen hat."

Bevor wir uns dann trennten, kam Lessmann dann aber doch noch auf Hannah zu sprechen.

„Und Ihre Frau? Haben Sie inzwischen etwas von ihr gehört?"

Als ich die Frage verneinte, sah er mich an und schüttelte den Kopf, was wohl eine Geste des Bedauerns sein sollte. Dann hob er zum Abschied noch einmal die Hand und eilte die Treppe hinunter.

Es war nicht zu übersehen. Mit der Ermittlung hatte sich auch das Interesse der Staatsanwaltschaft an Hannah und ihrem Verschwinden erledigt. Das einzige, was sich noch feststellen ließ, war Lessmanns Andeutung eines persönlichen Mitgefühls. Doch das hatte sich bei ihm ja schon immer einigermaßen in Grenzen gehalten.

Je länger ich darüber nachdachte, desto stärker hatte ich das Empfinden, das hier irgendetwas nicht passte. Wenn es stimmte, dass es bei *deltapharm* zu keinen Unregelmäßigkeiten gekommen war und die Staatsanwaltschaft ihre Ermittlungen eingestellt hatte, warum hatte dann die Firma den Zulassungsantrag für das neue Medikament zurückgezogen? War da vielleicht doch etwas faul an der Sache? Man wusste doch, dass die Entwicklung eines neuen Arzneimittels sehr, sehr teuer war und dass eine schnelle Zulassung für den Hersteller außerordentlich wichtig war. Auf eine solche Chance verzichtete man doch nicht so ohne weiteres. Und warum denn hatte *deltapharm* sich bisher so sehr bemüht, Hannahs Aufenthaltsort zu ermitteln? Ich war mir immer noch sicher, dass auch der Einbruch bei mir auf das Konto der Firma ging. Man war ja auch nicht davor zurückgeschreckt, mich zu bespitzeln. Ich musste wieder einmal an Sabine denken und fühlte mich elend.

Zwei Tage später erhielt ich einen Anruf von Arkenau. Er hatte Neuigkeiten für mich. Sein Kontaktmann in Frankfurt hatte über die Universität herausgefunden, dass tatsächlich jemand mit dem Namen Simon Rütli bei den Juristen eingeschrieben war, und zwar zu der gleichen Zeit, als auch Hannah dort studierte. Er war Schweizer und etwas älter als die Kommilitonen seines Semesters, denn er hatte bereits eine abgeschlossene kaufmännische Lehre hinter sich. In dem Jahr, in dem Hannah nach ihren eigenen Angaben den Entschluss fasste, für ein Semester nach England zu gehen, hatte er sein Studium in Frankfurt abgebrochen und die Uni verlassen.

Arkenau berichtete dann, dass es dem Kollegen in Frankfurt gelungen sei, die alten Unterlagen an der Universität einzusehen. Dabei habe er die Züricher Adresse eines Mannes gefunden, der damals für Simon Rütli die Studiengebühren überwiesen hatte.

„Es handelt sich dabei um den älteren Bruder des Gesuchten, der allerdings bereits verstorben ist. Seine Frau lebt aber noch. Wir haben die alte Dame in einem Pflegeheim bei Zürich ausfindig gemacht. Sie kann sich leider nur sehr schwach an ihren Schwager Simon erinnern. Sie weiß aber noch, dass er damals nach seiner Rückkehr aus Frankfurt nach Australien ausgewandert ist. Wie es ihm dort ergangen und was aus ihm geworden ist, weiß sie nicht. Im Grunde kann sie sich nur noch an sehr wenig erinnern.“

Arkenau schien auf eine Reaktion von meiner Seite zu warten. Als die nicht erfolgte, zog er selber eine Schlussfolgerung.

„Das ist im Augenblick der Stand der Dinge. Ich sehe wenig Sinn darin, diese Spur weiter zu verfolgen. Ich glaube kaum, dass es hier noch etwas gibt, was uns weiterhelfen könnte. Außerdem wäre es auf die Dauer auch ziemlich kostspielig.“

Wir schwiegen beide einen Moment, bevor ich ihm sagte, dass ich seinem Rat folgen würde. Ich war inzwischen selber zu dem Schluss gekommen, dass diese Nachforschungen sinnlos waren. Was geschehen war, ließ sich ohnehin nicht mehr ändern. Hannah hatte sich schon lange entschieden. Ich hätte von Anfang an auf den erfahrenen Ermittler hören sollen. Die Kosten konnte ich mir wirklich sparen. Bevor wir auflegten, wünschte Arkenau mir noch „alles Gute“, und ich verzichtete diesmal darauf, ihn daran zu erinnern, mir für seine Bemühungen die fällige Rechnung zu schicken

Überhaupt musste ich feststellen, dass sich meine allgemeine Stimmungslage verschlechtert hatte. Das lag möglicherweise auch daran, dass der Sommer spürbar zu Ende ging und die ersten Herbsttage ahnen ließen, was hier im Norden Deutschlands an Regen, Wind und Kälte in nächster Zeit auf uns zukommen würde. Ich konnte mich nicht gegen das Gefühl wehren, langsam immer tiefer in ein dunkles Loch zu sacken.

Und dann kam der elfte September. Ich sehe mich noch immer im Zimmer des Chefs mit meinen Kollegen sprachlos auf den Fernseher starren, wo die entsetzlichen Bilder von der Zerstörung des World Trade Centers übertragen wurden. Wir versuchten zu verstehen, was da vor unseren Augen geschah, und begriffen, dass sich die Welt mit diesem Tag verändern würde. Mir ging damals auch durch den Kopf, dass hier im Großen gerade etwas ablief, das mir persönlich schon längst passiert war.

Auch am folgenden Sonntag hatte sich meine Stimmung nicht aufgehellt. Es hatte den ganzen Tag geregnet, und Connie und Tobias hatten wegen des schlechten Wetters unsere Joggingrunde abgesagt. Zusätzlich hatte ich seit Tagen wieder Probleme mit meiner Schulter und hatte in den letzten beiden Nächten nicht gut geschlafen. Connie, der gegenüber ich dies am Telefon erwähnt hatte, war trotz meines Protests später vorbeigekommen und hatte mir Schmerztabletten gebracht, bei denen sie sicher war, dass sie mir helfen würden. Bei ihr hatten sie jedenfalls immer gewirkt. Wir haben dann noch ein wenig bei mir in der Küche gesessen. Über Hannah sprachen wir eigentlich so gut wie gar nicht mehr, seitdem ich sie über Simon Rütli und die Rolle, die er in der ganzen Sache spielte, informiert hatte. Es war beinahe so, als wäre es uns gegenseitig peinlich, dass wir uns so sehr in ihr geirrt hatten. Bezeichnenderweise behielt ich Hannahs Schwangerschaft, die der Frauenarzt in Hannover erwähnt hatte, auch gegenüber meinen Freunden für mich. Der Gedanke und die Assoziationen, die sich bei diesem Gedanken sofort bei mir einstellten, waren für mich zu demütigend und beschämend.

Später dann hatte ich Connie wieder zu ihrem Auto gebracht, das sie von Hannah übernommen hatte, und war zurück in die Küche gegangen, um mich um den Abwasch zu kümmern, da klingelte es an der Wohnungstür. Ich war mir sicher, dass Connie etwas vergessen hatte.

21

Aber als ich die Tür öffnete, stand Sabine vor mir. Ich war so überrascht, dass ich sie nur anstarren konnte. Auch sie sah mich mit ihren großen Augen an.

„Hallo, Johann", sagte sie.

Auf diese Situation war ich nicht vorbereitet. Ich fühlte mich wie gelähmt und schaute sie immer noch an.

„Mensch, Sabine" war das einzige, was ich herausbrachte.

„Kann ich reinkommen?", fragte sie.

Ich fühlte mich völlig überrumpelt und war mir bewusst, wie tölpelhaft und trottelig ich in diesem Moment wirken musste. Mein Herz hatte wie verrückt angefangen zu schlagen.

„Ja, natürlich", stotterte ich. „Entschuldige."

Ich bewegte mich an die Seite, damit sie eintreten konnte. Dann schloss ich die Tür hinter mir und führte sie in mein Wohnzimmer, das mir auf einmal sehr unaufgeräumt vorkam. Auf dem Sofa lagen stapelweise ungelesene Zeitungen herum, die ich jetzt hastig aufsammelte und auf den Fußboden ablegte, damit mein Besuch sich setzen konnte. Gut sah sie wieder aus. Die blassgrüne Bluse passte zu ihren Augen. Sie legte ihre helle Leinenjacke, die sie in der Hand gehalten hatte, neben sich auf das Sofa. Ihre Jeans kannte ich schon. Sie schaute sich um.

„Schön hast du's hier", sagte sie.

Ich sah hinüber zu meinem mit Büchern und Aktenordnern bedeckten Arbeitsplatz und fragte mich, ob sie das ironisch meinte. Die allgemeine Unordnung, die bei mir überall herrschte und an die ich mich bereits gewöhnt hatte, war mir in dieser Situation ziemlich unangenehm.

„Ich muss hier dringend mal wieder aufräumen", entgegnete ich und fügte achselzuckend hinzu: „Das nehme ich mir eigentlich jedes Mal vor, wenn ich Besuch habe. Aber irgendwie vergesse ich das danach immer wieder."

Der Gedanke, dass sie meine Aufgeregtheit spüren musste, machte mich noch unsicherer. Ich fragte, ob ich ihr etwas zu trinken anbieten könne. Sie nickte.

„Etwas Wasser, wenn es geht."

Jetzt konnte ich sehen, dass sie genauso nervös war wie ich.

„War das vorhin deine Freundin Connie, von der du mir in Timmendorf erzählt hast?", erkundigte sie sich, als ich mich anschickte in die Küche zu gehen. "Ich glaube, ich habe sie schon mal bei *deltapharm* gesehen."

Sie hatte uns wahrscheinlich vorhin beobachtet, als ich mich vor dem Haus von Connie verabschiedete. Wie lange hatte sie da draußen wohl schon gewartet?

„Ja. Sie ist Chemikerin in der Firma", antwortete ich.

In der Küche überlegte ich nur kurz und entschied mich dann, auch eine angebrochen Flasche Weißwein mitzunehmen. Ich klemmte den Wein unter den Arm, nahm zwei leere Gläser in eine Hand und das gefüllte Wasserglas in die andere. Als ich dann so bestückt die Tür zum Wohnzimmer mit dem Ellenbogen aufstieß, erhob sich Sabine und eilte mir einige Schritte entgegen, um mir das Glas mit dem Wasser abzunehmen. Sie setzte sich wieder auf das Sofa. Ich stellte die Flasche und die beiden Gläser auf dem Tisch ab und nahm ihr gegenüber in meinem gewohnten Sessel Platz.

„Ich habe übrigens in den letzten beiden Tagen versucht, dich auf deinem Handy zu erreichen", sagte sie, und versuchte ein Lächeln. „Aber du hörst deine Sprachbox ja nie ab."

Mir fiel ein, dass das Gerät, das ich zu Hause ja so gut wie nie benutzte, schon seit einigen Tagen in meinem Auto lag. Sabine schaute mir zu, wie ich eines der beiden Weingläser füllte. Ich zeigte auf das andere und sah sie fragend an. Sie schüttelte den Kopf und nahm dann einen Schluck von ihrem Wasser. Die Anspannung, unter der sie stand, war ihr anzumerken.

„Ich hab es einfach nicht mehr ausgehalten", sagte sie nach einigem Zögern. „Ich musste dich sehen."

Es fiel ihr sichtlich schwer, mir zu sagen, was sie sich offenbar vorgenommen hatte.

„Ich weiss, dass du sehr enttäuscht von mir bist und dass du wahrscheinlich gar nicht so begeistert bist, mich wiederzusehen", begann sie dann. „Aber irgendwie muss ich dir doch erklären, wie ich in diese Geschichte überhaupt hineingeraten bin. Ich finde, das bin ich uns beiden auch schuldig."

Sie brauchte wieder etwas Zeit.

„Unser Zusammentreffen in Wien war zufällig. Ich hatte keine Ahnung, wer du warst. Mir ging es an diesem Abend nicht besonders, und ich war sehr froh, dass ich dich traf. In unserem Gespräch wurde mir klar, dass im Vergleich zu deinen Sorgen der Ärger mit meinem Ex gar nichts war."

Es hatte jetzt den Anschein, dass sich ihre Nervosität etwas gelegt hatte. Sie sah mich mit ihren großen Augen an und lächelte wieder.

„Ich wollte dich danach gerne wiedersehen. Deshalb hinterließ ich am nächsten Morgen auch die Nachricht für dich an der Rezeption."

Sie stockte einen Moment und nahm noch einen kleinen Schluck aus ihrem Glas.

„Später dann, auf dem Kongress begegnete ich dann Witt, der als Vertreter der Firma *deltapharm* ebenfalls nach Wien gekommen war."

Ich wartete wieder. Es dauerte diesmal etwas länger, bevor sie ihren Faden wieder aufnahm.

„Zu meiner Überraschung sprach Witt mich auf dich an", sagte sie schließlich. „Er überraschte mich damit, dass er dich kannte. Er wusste nicht nur, dass du in dem Hotel wohntest, sondern auch, wozu du nach Wien gekommen warst. Woher er seine Kenntnisse hatte, war mir unklar. Ihm war auch bekannt, dass wir beide uns am Abend in der Bar getroffen und uns lange unterhalten hatten. Ich glaube, dass man uns beobachtet hatte."

Ich dachte an das ungleiche Paar, dem ich in den Tagen in Wien mehrfach begegnet war.

„Von Witt erfuhr ich dann auch, wer deine Frau ist. Ich erinnerte mich sogar an sie. Wir haben einmal zusammen an einer Besprechung teilgenommen. Er wiederholte das, was ich ja schon von dir erfahren hatte, nämlich dass deine Frau vermisst wurde. Er deutete nun an, dass man bei *deltapharm* befürchtete, sie sei mit wichtigen Firmenunterlagen untergetaucht. Witt bat mich, meinen frischen Kontakt zu dir zu nutzen, um herauszufinden, ob du vielleicht eine Ahnung hättest, wo sich deine Frau aufhalten könnte."

Sie nippte an ihrem Wasserglas, bevor sie weitermachte.

„Ich weiß, ich hätte natürlich sofort ablehnen müssen, mich auf eine solche Sache einzulassen. Dass ich es nicht tat, war mein erster Fehler. Ich gebe zu, Witt hatte mich mit seiner Geschichte auch ein wenig neugierig gemacht. Außerdem, so sagte ich mir, wollte ich dich ja sowieso wiedersehen."

Ich konnte jetzt erkennen, dass sie Tränen in den Augen hatte. Sie sprach leise weiter.

„Eines ist mir aber ganz wichtig: Was zwischen dir und mir in Wien und danach passiert ist, hat mit dieser Sache nichts zu tun. Ich habe dich nie angelogen. Als ich Witt dann später wieder traf, habe ich ihm gesagt, dass der Gedanke, du wüsstest etwas über das Verschwinden deiner Frau, absurd sei. Man solle dich in Ruhe lassen. Ob er mir geglaubt hat, weiß ich nicht. Damit schien aber für mich - zumindest was meine Absprache mit Witt betraf - die Sache erledigt."

Vielleicht lag es an den vielen Nackenschlägen, die ich seit unserem letzten Zusammentreffen erhalten hatte und mit denen ich alleine fertigwerden musste. Meine Gefühle Sabine gegenüber hatten sich seit unserem letzten Treffen geändert. Die Erbitterung darüber, dass sie mir etwas vorgetäuscht hatte, war schon lange verflogen und hatte langsam einer Art Selbstmitleid Platz gemacht. Mir war mittlerweile klar geworden, dass Hannah mir weitaus schlimmer mitgespielt hatte als Sabine. Es schien mir jetzt, dass auch sie in dieser verwirrenden Geschichte, in die ich seit dem Verschwinden meiner Frau geraten war, eher die Rolle eines Opfers als die eines Täters hatte. Sie war mit ihrer Erklärung, auf die sie sich ganz offenbar vorbereitet hatte, aber noch nicht am Ende.

„Mein zweiter Fehler war, dass ich dir dann nicht sofort alles gesagt und reinen Tisch gemacht habe", fuhr sie dann fort. „Aber irgendwie fand ich einfach nicht den richtigen Zeitpunkt. Es schien nie zu passen. Spätestens in Timmendorf hätte ich die Gelegenheit nutzen sollen. Aber ich war einfach zu feige. Ich hatte Angst, dass ich das, was wir miteinander hatten, zerstören könnte."

Während sie die letzten Sätze sprach, hatte sie angefangen, richtig zu weinen. Ich stand auf, ging zu ihr und setzte mich neben sie.

„Es ist alles gut, Sabine. Ich verstehe", sagte ich und nahm ihre Hand. „Ich hab sowieso nie wirklich gedacht, dass du mir schaden wolltest."

„Es tut mir so leid, Johann", sagte sie unter Tränen und lehnte sich an mich.

Ich legte meinen Arm um ihre Schulter.

„Ich glaube, wir brauchen jetzt beide einen Schluck", sagte ich und bemühte mich um ein aufmunterndes Lächeln.

Sie nickte und fischte ein Papiertaschentuch aus einer Jeanstasche. Ich füllte jetzt auch das zweite Weinglas. Sie wartete, bis ich die Flasche wieder auf den Tisch gestellt hatte, und legte dann beide Arme um meinen Hals.

Wir saßen so eine Zeit lang und hielten uns aneinander fest. Irgendwann merkten wir dann, dass ich mich auf ihre Leinenjacke gesetzt hatte. Ich nahm das gute Stück, das augenscheinlich unter der Belastung etwas gelitten hatte, und legte es über eine Sessellehne. Wir nahmen jetzt wieder einen Schluck von unserem Wein, den wir beide zwischendurch völlig vergessen hatten.

„Der ist schon ziemlich warm geworden", sagte sie und sah mich mit diesen Augen an, denen es gar nichts auszumachen schien, dass ein Teil ihrer Wimperntusche den Tränen und dem Taschentuch zum Opfer gefallen war.

Sie erzählte mir noch, dass sie an dem Tag, an dem wir uns in Hamburg verabredet hatten, zu Witt in die Firma gefahren war, um ihn darüber zu informieren, dass sie die Absicht habe, mir die Wahrheit über ihre Rolle in Wien zu sagen. Zu ihrer Überraschung hatte Witt gar nicht erst den Versuch gemacht, sie von ihrem Vorhaben abzubringen. Ihm schien das völlig egal zu sein. Er hatte nur mit den Achseln gezuckt und ihr deutlich gemacht, dass sich die ganze „Aktion", wie er sagte, ohnehin erledigt habe.

Ich selber hatte ja bei meinem Gespräch mit Lessmann auch festgestellt, dass das Interesse an Hannah allgemein abgenommen hatte. Bei *deltapharm* also auch. Wenn ich mir überlegte, welche Anstrengungen so lange gemacht worden waren, um den Aufenthaltsort meiner Frau herauszufinden, war diese Entwicklung schon etwas merkwürdig.

Ich erzählte Sabine jetzt von der Hotelrechnung, die ich in Hannahs Manteltasche gefunden hatte, dann von der Auskunft, die man mir in diesem Berliner Hotel gegeben hatte, und schilderte ihr, wie ich auf Simon Rütli gekommen war, von dem ich jetzt ja annahm, dass er Hannahs Liebhaber war und dass sie sich mit ihm abgesetzt hatte.

„Du kannst dir sicher vorstellen, dass diese letzten Wochen alles andere als einfach für mich waren", versuchte ich zusammenzufassen. „Eines ist mir allerdings klar geworden: Auf meine Frau brauche ich nicht mehr weiter zu warten. Sie wird nicht mehr wiederkommen. Sie hat sich ganz augenscheinlich für ein Leben ohne mich entschieden."

Die ganze Zeit über hatte Sabine meine Hand festgehalten und mich mit ihren großen Augen angesehen. Ich hatte den Eindruck, dass meine neuen Erkenntnisse für sie weniger überraschend waren, als ich mir das vorgestellt hatte. Wie auch alle anderen, die von Hannahs Verschwinden erfahren hatten, hatte sie so etwas Ähnliches wohl schon längst vermutet. Ich war offenbar der Letzte, der begriffen hatte, was wirklich passiert war.

Aber als ich dann auch noch von Hannahs Schwangerschaft berichtete, von der meinen Freunden gegenüber zu sprechen mir bisher peinlich gewesen war, bekam ich dann doch den Eindruck, dass diese Wendung auch für sie überraschend war. Sie schien zu verstehen, was in mir vorging.

„Ich glaube auch, dass diese Schwangerschaft der eigentliche Grund dafür ist, dass Hannah so heimlich verschwunden ist", sagte ich. „Ich hatte mir die ganze Zeit nicht erklären können, warum sie mit mir über ihre Pläne nicht geredet hat. Mir zu gestehen, dass sie ein Kind von jemand anderem erwartete, war dann wohl zu viel für sie."

Wir schwiegen beide eine Weile, und es war dann Sabine, die einen neuen Gesichtspunkt ins Spiel brachte.

„Du hast wahrscheinlich recht", sagte sie und nahm wieder meine Hand. „Aber es gibt vielleicht auch noch einen anderen Grund, warum deine Frau dir von ihren Absichten nichts erzählt hat."

Sie wartete einen Moment, bevor sie weitersprach.

„Wie ich von Witt gehört habe, ist man bei *deltapharm* seit einiger Zeit überzeugt, dass sie nicht nur dich getäuscht hat."

Jetzt war ich es, der sie stumm ansah und wartete.

„Johann, du wirst inzwischen wissen, dass deine Frau mit der Entwicklung und Vermarktung von „Benerol" zu tun hatte. Ihre Aufgabe bestand vornehmlich darin, sich um die Mediziner zu kümmern, die im Auftrag von *deltapharm* die für das neue Produkt wichtigen klinischen Tests durchführten. Sie sollte zwischen ihnen und der Firma vermitteln, Missverständnisse ausräumen und für eine reibungslose Zusammenarbeit sorgen. In dieser Funktion war sie weitgehend selbstständig. Sie betreute die gesponserten

Wissenschaftler und war für sie der eigentliche Ansprechpartner. Sie war es dann auch, die am Ende die fertigen Ergebnisse der Studien entgegennahm und an die Firmenleitung weitergab."

Hier machte sie eine kleine Pause, um einen letzten kleinen Schluck aus ihrem Weinglas zu nehmen. Als ich Anstalten machte, es neu zu füllen, schüttelte sie den Kopf.

„Wie Witt mir weiter schilderte, war deine Frau sehr erfolgreich in dieser Tätigkeit, zumal die Testberichte, die sie ablieferte, fast durchgehend positiv waren und *deltapharm* ermutigte, in den wichtigen Fachzeitschriften entsprechende Artikel zu lancieren. Einer Zulassung von „Benerol" schien im Grunde nichts im Wege zu stehen. Man war so sehr zufrieden mit ihrer Arbeit, dass man sich entschied, ihr für ihre Leistung eine Prämie zu zahlen. Das passiert in dieser Firma wirklich nicht oft."

Ich musste sofort an das Konto mit den 50.000 Euro denken, von dem der Staatsanwalt mir erzählt hatte und das von Hannah vor ihrem Abtauchen leergeräumt worden war. Sabine war mit ihrem Bericht aber noch nicht fertig.

„Nach Witts Aussagen wusste aber niemand, dass diese tüchtige Mitarbeiterin offenbar alle nicht so günstigen Ergebnisse der klinischen Untersuchungen, von denen es anscheinend eine ganze Reihe gab, unterschlagen hatte. Man hat diese inzwischen in ihren Unterlagen gefunden."

Das Merkwürdige war, dass mich diese Neuigkeit, die ich da gerade hörte, nicht besonders schockierte. Irgendwie schienen alle schlimmen Nachrichten, die ich über Hannah bekam, zu dem Bild zu passen, das ich mir inzwischen von ihr machte. Das wäre vielleicht anders gewesen, wenn ich diese Information vor einiger Zeit bekommen hätte. Aber im Moment war es so, als könnte mich, was Hannah betraf, überhaupt nichts mehr wirklich überraschen.

„Es musste ihr klar gewesen sein, dass ihre Unterschlagung irgendwann auffliegen würde", fuhr Sabine fort. „So etwas lässt sich doch in einem Unternehmen wie *deltapharm* auf Dauer nicht geheim halten. Kurz bevor deine Frau dann verschwand, wurde in der Firma davon gesprochen, dass sich die Staatsanwaltschaft für die Zulassung des neuen Medikaments interessierte. Es wird vermutet, dass deine Frau in diesem Moment begriffen hat, dass es für sie höchste Zeit war unterzutauchen."

211

Wenn das, was Sabine mir da mitteilte, richtig war, dann war es erst recht verständlich, dass Hannah mir von ihren Fluchtplänen nichts erzählt hatte. Mir leuchtete ein, dass sie mir von ihren Problemen in der Firma nichts sagen konnte und wollte. In diesen Schlamassel, für den sie sich zu verantworten hatte, wollte sie mich wohl nicht mit hineinziehen. Aber ein Gefühl der Dankbarkeit für diese „Fürsorge" konnte bei mir nicht aufkommen, denn mir war schon klar, dass sie durch ihre heimliche Affäre mit Simon Rütli auch nicht unbedingt das Bedürfnis hatte, sich mir anzuvertrauen. Sie war auf meine Hilfe nicht mehr angewiesen. Ich hätte ihren perfekten Plan ohnehin nur gefährden können. Und außerdem gab es ja auch noch diese Schwangerschaft. So langsam begriff ich, warum Hannah mich hier sitzen gelassen hatte, ohne auch nur ein Wort zu sagen. Ich war wahrscheinlich der Letzte, dem sie sich in ihrer Situation anvertrauen wollte. Aber da gab es noch etwas, was mir nicht so ganz klar war.

„Wenn es denn tatsächlich so ist, dass die Ergebnisse der klinischen Tests durch Hannah manipuliert wurden und dass bei den Untersuchungen des neuen Medikaments wichtige Daten unterschlagen wurden, warum hat denn die Staatsanwaltschaft dies bei ihren Ermittlungen nicht nachweisen können?", fragte ich.

Sabine verzog das Gesicht.

„So etwas ist nicht so einfach", antwortete sie. „Firmen betrachten Studien, die sie finanziert haben, als ihr Eigentum, das sie nach Belieben unter Verschluss halten können. Das selektive Auswerten und Publizieren von Studien ist allgemein bekannt und wird in der Fachwelt schon seit längerem diskutiert, aber so lange es keine öffentliche Registrierung dieser Tests gibt, wird sich das wohl kaum ändern."

„OK, das versteh ich. Aber was ist mit den Medizinern, die diese Untersuchungen durchgeführt und ausgewertet haben. Warum wehren die sich nicht gegen diese Manipulation? Das müsste doch auch in ihrem Interesse sein."

Wieder schnitt Sabine eine Grimasse.

„Es ist wie überall. Viele Kollegen wollen und können auf die lukrativen Verträge mit der Pharmaindustrie nicht verzichten. Es gibt ganze Institute, die von solchen Aufträgen finanziell abhängig sind."

Davon hatte ich ja auch schon von Lessmann gehört. Und Sabine erinnerte mich noch an einen weiteren Punkt.

„Es gibt da noch etwas. Alle Tester haben nämlich vor Beginn ihrer Arbeit Geheimhaltungsvereinbarungen unterschrieben und wissen, dass sie bei Vertragsbruch mit Sanktionen rechnen müssen. Das riskiert man auch nicht so gerne", erklärte sie. „Deshalb war wohl die Anzeige, die bei der Hamburger Staatsanwaltschaft gegen *deltapharm* einging, auch anonym. Ich denke mir, dass sie aus den Reihen der beteiligten Mediziner kam. Aber ich glaube auf keinen Fall von deiner Frau, wie von deinem Staatsanwalt vermutet wurde."

„Das scheint ihm inzwischen auch klar zu sein", sagte ich.

Immerhin, jetzt verstand ich, warum *deltapharm* den Antrag auf Zulassung des neuen Medikaments zurückgezogen hatte. Das war eine logische Entscheidung, nachdem die Firmenleitung von Hannahs Täuschung wusste. Für das Unternehmen wäre eine Fortsetzung des Zulassungsverfahrens in mehrfacher Hinsicht viel zu riskant.

„Ich kann mir vorstellen, dass man bei *deltapharm* auf Hannah nicht gut zu sprechen ist", sagte ich. „Der Schaden, den sie da angerichtet hat, muss ja auch beträchtlich sein."

„Das kann man wohl sagen", antwortete sie und verzog wieder das Gesicht. „Witt hat mir außerdem angedeutet, dass man sie immer noch gerne aufspüren und gerichtlich zur Verantwortung ziehen würde. Aber auch ihm ist inzwischen klar, dass dafür die Chancen schlecht stehen. Wie es aussieht, ist und bleibt deine Frau spurlos verschwunden. Und ich glaube, das ist für alle auch besser so."

Sie schien sofort zu bemerken, was sie da gesagt hatte, und bekam einen knallroten Kopf. Ich nahm ihre Hand. Sie hatte nur ausgesprochen, was ich auch dachte. Sollte Hannah jemals gefunden und vor Gericht gestellt werden, wäre das auch für mich, ihren Ehemann, alles andere als angenehm.

Sabine schaute auf ihre Uhr.

„Ach du meine Güte! Es wird aber auch höchste Zeit", rief sie und stand auf. „Meine Tochter wartet schon auf mich. Ich habe ihr versprochen, nicht so spät zurückzukommen."

Als hätte es auf dieses Stichwort gewartet, begann in diesem Moment ihr Handy zu klingeln. Sie nahm ihr Jackett und fand ihr Gerät in einer der Taschen.

„Hallo, Häschen! Ja, ich bin ja schon unterwegs. Du musst noch ein bisschen Geduld haben. Na klar! Bis nachher!"

Sie steckte das Telefon wieder ein und schlüpfte in die Jacke, die immer noch ziemlich zerknittert aussah.

„Ich habe mit dir wieder einmal die Zeit völlig vergessen", sagte sie und drückte sich an mich. „Sehen wir uns am Wochenende?"

Als ich nickte, fügte sie hinzu:

„OK, ich ruf dich an. Hoffentlich findest du bis dahin dein Handy wieder."

Ich brachte sie noch zu ihrem Auto, das sie nicht weit entfernt vom Haus geparkt hatte. Der Abschied fiel kurz aus, denn sie hatte es eilig.

In dieser Nacht bereitete mir meine Schulter keine Probleme, was wohl an den Tabletten lag, die Connie mir gebracht hatte.

22

Es fiel uns beiden schwer, auf das nächste Wochenende zu warten. Wir telefonierten jetzt wieder täglich, und ich wunderte mich selber darüber, wie sehr ich mich auf unsere abendlichen Gespräche freute. Wir berichteten einander, wie unser Tag jeweils verlaufen war, doch vor allen Dingen versuchten wir uns gegenseitig aufzumuntern. Sabine sorgte sich um ihre Tochter. Die kleine Meike war schon immer ein „Papakind" gewesen und hing nach wie vor sehr an ihrem Vater. Sie vermisste ihn, und Sabine hatte den Eindruck, dass dies seit der Trennung der Eltern noch „schlimmer" geworden war. Sie wusste, dass sie ihrem Kind den Vater nicht ersetzen konnte. Was die kommenden Herbstferien betraf, hatte sie mittlerweile den Wünschen ihres Exmannes nachgegeben und zugesagt, dass Meike diese bei ihm und seiner neuen Familie in Hildesheim verbringen würde. Ich hatte den Eindruck, dass sie fürchtete, ihre Tochter so langsam ganz an den Mann zu verlieren, der sie so bitter enttäuscht hatte.

Es tat mir gut, mich auf Sabines Sorgen und Nöte einzulassen, schon allein weil ich so wenigstens zeitweilig nicht an meine eigene Situation denken musste. Über Hannah sprachen wir nicht mehr. Es war auch so, dass ich, wenn ich mit Sabine zusammen war, selten an meine Frau dachte. Auch wenn es mir damals nicht besonders bewusst war, mein Leben hatte wieder begonnen, sich zu ändern und zu „normalisieren". Es schien, als hätte ich wieder etwas mehr Boden unter den Füßen. Nico, dem ich immer noch nichts von Sabine erzählt hatte, sprach mich sogar darauf an. Er freute sich darüber, dass ich wieder einen etwas weniger „verbiesterten" Eindruck auf ihn machte.

Bei einem unserer täglichen Telefongespräche hatte Sabine eine Idee, über die wir anfänglich witzelten und die wir zunächst auch nicht besonders ernst nahmen. Sie hatte scherzhaft die Bemerkung gemacht, dass in der Zeit, in der die Tochter in Hildesheim ihre Herbstferien verbrachte, die Mutter eigentlich auch einmal Ferien machen sollte. Verdient - so fanden wir - hatte sie es allemal. Außerdem standen ihr auch noch einige Tage Resturlaub zu. Vielleicht sollten wir beide diese sogar zusammen nutzen. Und irgendwann war es so, als würden wir denken: „Warum eigentlich nicht?" Nach einigen Überlegungen verabredeten wir, zunächst einmal bei unseren Dienststellen herauszufinden, ob es denn für uns beide überhaupt die Möglichkeit gab, um das übernächste Wochenende herum zwei Tage frei zu nehmen.

Und es klappte tatsächlich. Auch für mich war es machbar. Da ich an den fraglichen Tagen keine wichtigen Termine hatte, konnten wir vom Freitag der folgenden Woche bis einschließlich Montag eine gemeinsame kleine „Auszeit" planen. Diese Aufgabe übernahm nun Sabine. Es war ihr richtig anzumerken, wie viel Spaß sie daran hatte, diesen Wochenendausflug zu organisieren. Sie schlug sofort Sylt vor, wo sie sich gut auskannte. Sie hatte auf dieser Insel in ihrer Jugend häufig ihre Sommerferien verbracht. In dieser Jahreszeit hatte sie dann auch keine Probleme, für uns ein Hotel zu finden, an dem besonders reizvoll war, dass es direkt hinter den Dünen lag. Über abschließende Details konnten wir dann bei unserem Treffen am Samstag sprechen. Dann würden die Schulferien beginnen und sie wollte zu mir nach Hamburg kommen, sobald ihr geschiedener Mann die Tochter in Lübeck mit dem Auto abgeholt hatte.

Sie traf dann wie verabredet am Nachmittag bei mir ein. Vom Fenster meines Wohnzimmers aus beobachtete ich, wie sie nicht weit vom Haus entfernt eine Parklücke fand. Ich eilte die Treppe hinunter und öffnete die Haustür, noch bevor sie klingeln konnte. Wir gingen hinauf in meine Wohnung, und Sabine umarmte mich sofort, kaum dass sich die Wohnungstür hinter uns geschlossen hatte. Es dauerte etwas, bevor ich die Chance bekam, ihr aus dem Mantel zu helfen. Sie sah sich um.

„Nanu, du hast ja richtig aufgeräumt", sagte sie grinsend.

Doch dann legte sie wieder schnell die Arme um meinen Hals und drückte sich an mich. Es ging danach fast automatisch. Ohne mehr als ein paar Begrüßungsworte miteinander gesprochen zu haben, bewegten wir uns Stück für Stück in Richtung Schlafzimmer und landeten schließlich in meinem Bett.

Dort befanden wir uns immer noch, als später das Telefon klingelte. Es war Nico. Ich hatte ihn drei Tage lang nicht gesehen, da er an einem Fortbildungskurs teilgenommen hatte, von dem er erst am Abend zuvor zurückgekehrt war. Er wollte wissen, ob wir uns später im „*4U*" nicht zu einem Bier treffen wollten. Er würde auch noch versuchen, Connie zu erreichen. Mir schoss sofort durch den Kopf, dass ich meine Freunde bei dieser Gelegenheit mit

Sabine bekannt machen könnte, von der sie ja alle noch nichts ahnten. Dies war überfällig und meine Heimlichtuerei hatte bereits begonnen, mich zu belasten. Ohne lange zu überlegen, sagte ich zu. Ich war gespannt, wie sie alle auf Sabine reagieren würden. Nico, der sowieso keine andere Antwort erwartet hatte, sagte mir dann noch, dass er für halb acht einen Tisch für uns reservieren würde. Wir legten auf.

Sabine hatte mich, neben mir liegend, während des Gesprächs mit ihren großen Augen beobachtet. Ich erklärte ihr, was Nico gewollt hatte und dass ich auf seinen Vorschlag eingegangen war. Mir war schon klar, einfach würde die ganze Sache für sie auch nicht werden. Aber irgendwann musste sie meine Freunde ja ohnehin kennen lernen. Und dies war eigentlich dafür eine prima Gelegenheit. Es war mir bisher schwer gefallen, Connie und Nico darüber zu informieren, dass es eine neue Frau in meinem Leben gab. Auch wenn ich mir immer sagte, dass nicht ich es war, der meine Ehe zerstört hatte, war mir die Vorstellung immer noch peinlich, meine Freunde könnten den Eindruck haben, ich hätte mich über den Verlust von Hannah offensichtlich ohne größere Probleme „hinweggetröstet".

Sabine schnitt eine Grimasse und grinste.

„Oh – Oh! Die werden sich aber wundern!"

Aber wie es schien, hatte sie mit der ganzen Sache kein großes Problem. Im Gegenteil. Ich hatte sogar das Gefühl, dass sie sich ein bisschen darauf freute, meine Freunde endlich zu treffen.

Am Ende blieb uns nur wenig Zeit, uns auf unsere Verabredung wenigstens äußerlich ein wenig vorzubereiten. Wir mussten uns beeilen. Für den Weg in die Stadt nahmen wir meinen Golf. Als wir einsteigen wollten, bekam Sabine noch einen Anruf von ihrer Tochter, die ihr mittelte, dass sie gut in Hildesheim angekommen war. Ich brauchte an diesem Abend mehr Zeit als gewöhnlich, um in die Innenstadt zu gelangen. Es war ja auch Samstag, und halb Hamburg schien unterwegs zu sein. Schließlich dauerte es auch noch eine Weile, bis ich in der Nähe des Restaurants endlich eine Parkmöglichkeit fand. Wie ich erwartet hatte, war auch das „4U" noch voller als ich es sonst immer kannte.

Wir kämpften uns durch das Gedränge an der Bar, und dann sah ich sie. Nico war es offenbar gelungen, in einer der Ecken des Raumes zwei kleine Tische zu erobern. Man hatte sie für uns extra

217

zusammengeschoben. Wie ich mir das bereits vorgestellt hatte, waren schon alle da.

Es schien etwas zu dauern, bis sie begriffen, dass ich nicht allein gekommen war. Aber noch bevor ich mit der allgemeinen Vorstellung beginnen konnte, war Nico aufgesprungen, um für den Überraschungsgast einen zusätzlichen Stuhl zu besorgen.

Dann hatten wir alle einen Platz, und ich konnte damit anfangen, jeden am Tisch mit Sabine bekanntzumachen. Ich konnte beobachten, wie leicht es ihr fiel, sich auf andere Menschen einzustellen. Es war offensichtlich, dass sie alle mochten und gerne mehr über sie erfahren wollten. Sie wirkte unverkrampft und gab auf die in solchen Situationen üblichen Fragen bereitwillig Antwort. Es war Connie, die dann die Frage stellte, wie lange wir uns denn schon kannten, und damit der allgemeinen Sondierung einen etwas anderen Charakter gab. Mir war klar, dass auch Sabine merkte, dass sie von allen am Tisch gespannt angesehen wurde.

„Das ist schon einige Zeit her. Im Sommer in Wien", sagte sie lächelnd.

Jeder der Anwesenden wusste, was mich in jener Zeit nach Wien geführt hatte. Es entstand eine kleine Pause, bis Nico sich räusperte und fragte:

„Na, wie ist es? Wollen wir uns nicht endlich was zu essen bestellen?"

Ich spürte die Erleichterung, mit der dieser Vorschlag sofort von allen aufgenommen wurde. Bis auf Julie, die eine Salatvariation wählte, bestellten wir uns alle eins der Pasta Gerichte, von denen wir wussten, dass sie zu den Spezialitäten des Hauses zählten.

Es wurde danach noch ein recht munterer und unterhaltsamer Abend. Mir fiel auf, dass sich Tobias nach seiner längeren Abwesenheit dabei ohne Probleme wieder in unseren kleinen Freundeskreis einfügte. Und auch Sabine, die zwischen mir und Nico saß, schien sich wohl zu fühlen. Sie hatte sichtlich Spaß an den komischen Geschichten meines Freundes. Ich stellte allerdings auch fest, dass Connie etwas schweigsamer war als sonst. Sie nickte nur, als ich ihr sagte, ich würde am nächsten Morgen an unserer Joggingrunde nicht teilnehmen können. Hannah wurde den ganzen Abend nicht einmal erwähnt. Aber das war wohl auch verständlich.

218

Es war kurz nach halb elf, als wir dann schließlich aufbrachen. Nico bot mir noch an, uns nach Hause zu fahren. Als ich ihm sagte, wir seien mit dem Auto gekommen, nickte er.

„Alles klar. Ich sehe dich dann am Montag."

Wir trennten uns vor dem „*4U*". Mir entging nicht, dass sich alle auch von Sabine mit einem Kuss auf die Wange verabschiedeten. Auf dem Weg zu mir, wo sie ja auch ihren Wagen geparkt hatte, fiel mir ein, dass wir bisher noch mit keinem Wort darüber gesprochen hatten, ob sie noch nach Lübeck zurückfahren würde. Ich war einfach ganz automatisch davon ausgegangen, dass sie bei mir bleiben würde.

Und so war es auch. Zu Hause sprachen wir dann noch über diese erste Begegnung mit meinen Freunden. Sie fand alle sehr sympathisch, besonders Nico, der es ihr, wie sie glaubte, an diesem Abend besonders leicht gemacht habe. Nur Connie sei ihr ziemlich reserviert vorgekommen. Wir waren uns einig, dass dies wahrscheinlich daran lag, dass sie Hannahs beste Freundin war und dass sie es mir vielleicht übel nahm, dass ich offenbar so schnell - nämlich bereits im Sommer - einen Ersatz für meine Frau gefunden hatte.

Es war nicht die erste Nacht, die wir beide zusammen erlebten, aber anders als zuvor brauchte diesmal keiner von uns morgens frühzeitig ein Hotelzimmer zu verlassen. Wir schliefen lange und standen auch entsprechend spät auf. Als Sabine im Bad war und ich etwas verspätet für sie Handtücher herauslegen wollte, wurde mir wieder bewusst, dass der Kleiderschrank im Schlafzimmer noch immer mit Hannahs Sachen gefüllt war.

Auf unserem Spaziergang, den wir dann nach dem Frühstück unternahmen, kam Sabine mit einer Überraschung heraus: Sie hatte die Absicht, die Firma *deltapharm* zu verlassen und hatte ihre Stellung in dem Lübecker Labor, in dem sie seit langem beschäftigt war, bereits gekündigt.

„Ich fühle mich in diesem Betrieb nicht mehr besonders wohl", sagte sie.

Sie sah mich an und grinste. „Vielleicht verstehst du das ja. Ich habe auch den Eindruck, dass man mich dort ohnehin gerne loswerden möchte. Das liegt wohl daran dass ich mich vor kurzem bei einem speziellen Auftrag nicht besonders kooperativ gezeigt habe."

Das konnte ich mir vorstellen. Mir ging sofort durch den Kopf, welche Auswirkungen diese Kündigung für mich haben könnte, denn möglicherweise würde sie jetzt gezwungen sein, ihren Wohnsitz zu wechseln. Sabine wartete einen Moment und erzählte mir dann die ganze Geschichte.

Von einer Kollegin hatte sie gehört, dass man am Institut für Anatomie an der Uni in Lübeck eine wissenschaftliche Mitarbeiterin suchte. Sie hatte mit dem Institut Kontakt aufgenommen und festgestellt, dass man an ihrer Person sehr interessiert war, zumal sie über die notwendige Laborerfahrung verfügte. Man hat ihr die Stellung angeboten und ihr gesagt, dass sie dort sofort anfangen könne. Auch wenn sie bei einem Wechsel wohl etwas weniger als jetzt verdienen würde, reizte sie die neue Tätigkeit sehr. Sie hatte große Lust, wieder wissenschaftlich zu arbeiten, schon allein weil ihr der Job in ihrem Labor inzwischen doch sehr eintönig geworden war. In ihrer Firma war man bereit, sie zum ersten Januar gehen zu lassen.

Sabine nahm jetzt meine Hand und hielt sie fest.

„Irgendwie habe ich das Gefühl, dass ein neuer Abschnitt in meinem Leben beginnt", sagte sie.

Sie war bereits etwas unruhig, als wir wieder bei mir zu Hause eintrafen. Wie immer wartete ja in Lübeck ihre Mutter auf sie. Sie hatte ihr versprochen, nicht zu spät zurückzukommen. Das hatte sie schon allein deshalb gemacht, weil sie sich am nächsten Wochenende wegen unseres Sylt Aufenthalts überhaupt nicht um sie würde kümmern können. Sabine sorgte sich ein wenig um ihre Mutter, die wegen der momentanen Abwesenheit der Enkeltochter ohnehin viel allein sein würde.

Ich brachte sie zu ihrem Auto. Wir umarmten uns noch einmal zum Abschied. Dann stieg sie ein, winkte noch einmal und fuhr davon. Ich sah ihr nach, bis sie am Ende der Straße um die Ecke gebogen war. Auf dem Weg zurück erkannte ich auf der anderen Straßenseite meinen Nachbarn, den Hobby-Jäger. Den hatte ich seit unserem Gespräch über den fremden Geländewagen nicht mehr getroffen. Er hatte seinen Jagdhund an der Leine und hob grüßend die Hand. Bei dem Gedanken, dass dieser Mann gesehen haben musste, wie Sabine und ich uns von einander verabschiedet hatten, fühlte ich mich ertappt. Ich erinnerte mich, dass er zu Hannahs heimlichen Verehrern gehörte, und hatte jetzt das Gefühl, dass er mich in flagranti beim Ehebruch erwischt hatte. Ihm war die Situation wahrscheinlich auch etwas peinlich, denn er schaute gleich wieder weg. Der Gedanke, dass er inzwischen bestimmt von Hannahs Verschwinden gehört haben müsste, half mir in diesem Moment auch nicht. Ich hätte ihn bei unserem letzten Gespräch, das nun schon einige Zeit zurücklag, selber darüber informieren sollen. Ich nahm mir vor, ihn bei der nächsten Gelegenheit darauf anzusprechen. Ich war dann froh, als ich die Haustür erreichte. Aber auch sie konnte mich nicht davor schützen, dass ich an diesem Abend noch länger an Hannah denken musste.

Ich war am Montagmorgen bereits darauf gefasst, dass Nico mich aufsuchen würde. Er kam kurz nach neun in mein Büro, setzte sich auf den Stuhl vor meinem Schreibtisch und grinste mich an.

„Mein lieber Mann", sagte er dann. „Die Überraschung gestern ist dir wirklich gelungen!"

Er nickte anerkennend.

„Da kann man dich nur beglückwünschen. Wie hast du denn diese tolle Frau kennen gelernt?"

Ich hatte diese Frage erwartet und erzählte ihm von unserer ersten Begegnung Wien. Ich schilderte, wie hilfreich es damals für mich war, sie getroffen zu haben. Ich fügte hinzu, dass wir danach in Kontakt geblieben waren und uns nach Wien auch einmal getroffen hatten. Über Sabines Verbindung zu *deltapharm* sagte ich nichts. Ich war der Ansicht, dass die Probleme, die sich aus dieser Verknüpfung ergeben hatten, niemand anderen etwas angingen und allein unsere Angelegenheit waren.

Nico schüttelte den Kopf.

„Mensch, und ich habe hier die ganze Zeit versucht, für dich eine neue Freundin zu finden!", sagte er und machte eine Pause. „Und jetzt? Ist das etwas Ernstes mit euch?"

Ich zuckte mit den Achseln.

„Abgesehen davon, dass ich ja immer noch mit Hannah verheiratet bin, ist das alles für uns nicht so einfach. Du hast ja gehört, dass sie in Lübeck wohnt. Das bedeutet, dass wir so eine Art „Wochenendbeziehung" haben. Außerdem ist sie geschieden und hat eine kleine Tochter. Und da gibt es auch noch ihre Mutter, mit der sie zusammen lebt. Die kennen mich noch gar nicht."

„Na, das wird bestimmt noch sehr spannend für dich!", sagte er mit einem breiten Grinsen. „Ich wünsche dir, dass es klappt."

Er stand langsam auf.

„Ich drücke euch jedenfalls die Daumen und hoffe, dass ich euch zusammen bald wiedersehe", sagte er, während er sich zur Tür bewegte. „Wir treffen uns ja nachher bei Mario."

Er zog die Tür hinter sich zu. Wahrscheinlich hatte er sich von mir noch mehr Details über Sabine erwartet, aber das hatte ja keine Eile.

Ein zweites Gespräch dieser Art hatte ich noch vor mir. Aber Connie rief nicht an. Ich wartete und wählte am Abend schließlich ihre Nummer. Sie nahm den Anruf selber an. Ich sagte ihr, dass ich sie gerne sprechen würde. Nach einer kleinen Pause schlug sie vor, uns in einer halben Stunde bei Fiete zu treffen. Tobias sei beim Sport. Sie würde alleine kommen.

Sie verspätete sich. Ich bestellte mir in der Kneipe ein Bier und wartete an der Theke auf sie. Fiete, der Wirt, den ich länger nicht gesehen hatte, fragte mich, ob ich verreist gewesen sei. Ich schüttelte den Kopf.

„Nein, aber ich hatte in den letzten Wochen viel um die Ohren."

Fiete überraschte mich dann mit der Frage, ob es Neuigkeiten über meine Frau gebe. Er hatte also von ihrem Verschwinden gehört. Ich schüttelte wieder den Kopf. Er legte mir wortlos seine Pranke auf die Schulter und drückte sie. Ich hatte Glück, dass er bei dieser Geste seines Mitgefühls nicht meinen kaputten Arm erwischte. Dann wandte er sich ab, um ein frisches Bier für einen seiner anderen Gäste zu zapfen.

Als Connie endlich erschien, wirkte sie ernst, was sich auch nicht änderte, als sie mich am Tresen entdeckte. Das war etwas ungewöhnlich, denn ich kannte sie bei solchen Gelegenheiten nur mit ihrem typischen und ansteckenden Lächeln. Wie sonst auch immer begrüßte sie mich mit einem Kuss auf die Wange. Ich nahm mein Bier, und wir setzten uns an einen der Tische. Sie signalisierte Fiete, dass sie ebenfalls ein Bier trinken wollte und sah sich im Lokal um. Sie hatte zu mir noch kein Wort gesprochen. Ich wartete einen Moment.

„Was ist los, Connie? Bist du eigentlich sauer auf mich?", fragte ich schließlich.

Sie sah mich an und schüttelte den Kopf.

„Mensch, Jo. Warum hast du mir denn nichts gesagt? Tauchst da ohne Ankündigung plötzlich mit einer neuen Freundin auf, die du schon monatelang kennst! Ich dachte eigentlich immer, wir seien Freunde. Ich kam mir gestern so was von bescheuert vor!"

Fiete brachte Connies Bier.

„Das tut mir leid, aber so mitteilungswürdig war die ganze Sache doch gar nicht für mich. Ich wusste doch selber lange nicht, wie sich das alles entwickeln würde", antwortete ich ihr, nachdem wir wieder allein waren.

Sie wartete.

„Wir haben uns zufällig in Wien getroffen. Ich war am Abend noch in die Hotelbar gegangen. Mir ging es nicht gut, denn ich befürchtete, am nächsten Tag in der Gerichtsmedizin Hannahs Leiche identifizieren zu müssen. Wir kamen ins Gespräch. Danach hat sie mich aus Lübeck einmal angerufen und wir sind in Kontakt geblieben."

Ich versuchte mich an das zu halten, was ich auch Nico gesagt hatte.

„Aber das mit Sabine und mir konnte damals doch noch nicht klappen. Du weißt doch, ich war zu der Zeit noch viel zu sehr mit Hannah beschäftigt. Jedenfalls brach der Kontakt zwischen uns dann irgendwie ab."

Wie bei Nico sah ich im Moment wenig Sinn darin, über die Rolle zu sprechen, die Sabines Verbindung zu *deltapharm* in jener Zeit gespielt hatte.

„Ich konzentrierte mich in dieser Zeit vor allem auf Hannah und den alten Studienfreund, den sie offenbar wiedergetroffen hatte und von dem du mir ja auch erzählt hattest."

Ich berichtete ihr, was ich in der Zwischenzeit über diesem Studienfreund in Erfahrung gebracht hatte. Connie hatte noch nicht gehört, dass er Simon Rütli hieß und aus der Schweiz stammte. Auch was Arkenau über ihn ermittelt hatte, war neu für sie.

Sie sah mich mit großen Augen an. Ich nahm ihre Hand.

„Aber das Schlimmste kommt noch. Vor einigen Tagen erhielt ich eine Frauenarztrechnung aus Hannover. Als ich da anrief, teilte mir der Arzt mit, dass Hannah vor einiger Zeit bei ihm gewesen sei. Sie habe unter Schwangerschaftsbeschwerden gelitten. Ihr ‚Mann' habe sie bei diesem Besuch begleitet. Von einer Schwangerschaft hat Hannah mir aber nie etwas erzählt. Ich bin ziemlich sicher, dass es sich bei diesem Begleiter um den Vater des Kindes handelt und dass er Rütli heißt."

Connie war jetzt sprachlos. Sie schluckte. Ich konnte sehen, dass sie Schwierigkeiten hatte, diese Neuigkeiten zu verarbeiten. Ich ließ ihre Hand los.

„Mein Gott, Jo", sagte sie leise. „Und ich dachte immer, ich kenne Hannah."

„So langsam glaube ich jetzt auch, dass an den Gerüchten etwas dran ist, die in der Firma kursieren", sagte sie nach einer Weile. „Ich habe nämlich gehört, dass Hannah mit der Sache zu tun haben soll, die vor einiger Zeit von der Staatsanwaltschaft bei uns untersucht worden ist."

Davon hatte mir ja auch schon Sabine erzählt. Wir saßen uns wieder eine Zeit lang stumm gegenüber.

„Glaubst du, dass sie sich mit diesem Rütli abgesetzt hat?", fragte sie dann.

Ich erwähnte jetzt den Namen, den ich auf der Gästeliste des Wiener Hotels gefunden hatte.

„Für mich ist es mehr als wahrscheinlich, dass die beiden von dort aus zusammen untergetaucht sind", sagte ich. „Nachdem das klar war, hatte sich die Lage für mich geändert, und als Sabine vor einigen Tagen wieder Verbindung zu mir aufnahm, hatte ich auch keine Bedenken mehr, mich auf eine neue Beziehung einzulassen. Ich hoffe, du verstehst das. Auf Hannah zu warten, macht ja keinen Sinn mehr."

Jetzt nahm sie meine Hand und drückte sie.

„Natürlich verstehe ich das."

Dann sah sie mich an und lächelte.

„Ich finde deine neue Freundin Sabine sehr sympathisch. Ich hoffe, es klappt zwischen euch beiden."

Ich erzählte ihr dann von dem Sylt Aufenthalt, den Sabine und ich für das kommende Wochenende planten. Connie sah mich erstaunt an.

„Das hört sich ja super an. Da könnte man richtig neidisch werden."

Sie grinste.

„Dann können wir also am nächsten Sonntag beim Joggen wieder nicht mit dir rechnen."

Ihr Handy, das sie neben sich auf den Tisch gelegt hatte, summte. Sie schaute auf das Display.

„Es ist Tobias. Er wartet schon auf mich."

Ich hatte bemerkt, dass Fiete wohl wegen des ungewohnten Rufzeichens aufgeschreckt zu uns herübersah. Ich machte ihm ein Zeichen, dass ich zahlen wollte.

Draußen brachte ich Connie dann noch zu ihrem Auto, wo wir uns zum Abschied noch einmal umarmten. Ich dankte ihr dafür, dass sie gekommen war und mir die Chance gegeben hatte, ihr zu erklären, was inzwischen passiert war.

„Übrigens, Connie, Nico weiß von Hannahs Schwangerschaft noch nichts. Du bist die erste, der ich das erzählt habe. Mit dieser Geschichte tue ich mich doch noch etwas schwer."

Sie nickte und drückte mich noch einmal. Dann stieg sie in das Auto, das einmal Hannah gehört hatte, und fuhr davon. Ich sah ihr mit einem Gefühl der Erleichterung nach. Mir war so, als wäre ein großes Hindernis beseitigt worden und als habe Connie für Sabine und mich den Weg in die Zukunft freigegeben.

23

In den nächsten Tagen widmete ich mich dann abends endlich der Aufgabe, die mir seit einiger Zeit bevorgestanden hatte. Es ging um Hannahs Kleidung, an die ich an dem Morgen, als Sabine bei mir übernachtet hatte, etwas unsanft erinnert worden war. Dass Hannah sie irgendwann noch einmal brauchen würde, konnte ich wohl inzwischen vergessen. Die Umstände, unter denen ich am Wochenende in Sabines Anwesenheit beinahe über diese Sachen gestolpert wäre, legten nahe, dass hier etwas geschehen musste. Denn was die Erinnerung an Hannah und meine Vergangenheit mit ihr betraf, war mein Verhältnis zu Sabine ja bereits belastet genug.

Ich besorgte mir zunächst im dem Baumarkt drei große Kartons und begann diese dann nacheinander mit Hannahs Kleidung zu füllen. Bei einigen Stücken konnte ich mich nicht erinnern, dass Hannah sie jemals getragen hatte. Allerdings, die meisten Kleider, Jacken, Blusen oder Pullover kannte ich sehr gut und hatte verschiedentlich auch noch vor Augen, wann und wo sie diese angehabt hatte.

Insgesamt stellte ich fest, dass mir die Trennung von Hannahs Garderobe weniger schwer fiel als ich befürchtet hatte. Ich hoffte, ich würde mit den einzelnen Stücken auch einen Teil der schlimmen Erfahrungen, die ich in letzter Zeit gemacht hatte, verpacken und endlich loswerden. Vielleicht würde es mir ohne diese Andenken an meine Frau leichter fallen, neu anzufangen. Als ich dann aber schließlich vor dem Schrank stand und in die leergeräumten Fächer blickte, hatte ich doch ein merkwürdiges Gefühl.

Nico hatte mir den Tipp mit der „Alsterdorfer Sachspende" gegeben. Ich fand die Nummer im Telefonbuch und rief dort an. Ich schilderte meine Situation und war froh, als man mir dort anbot, meine Kleiderspende durch Mitarbeiter abholen zu lassen. Und tatsächlich meldeten sich am nächsten Nachmittag zwei junge Männer und nahmen meine drei Kartons mit.

Am Mittwochabend hatte ich wieder ein Treffen mit meinen Freunden. Die Initiative dazu war erneut von Nico ausgegangen. Er hatte angekündigt, dass er und Julie uns etwas Wichtiges mitzuteilen hätten. Zwar gab es am Tresen im „4U" wieder das übliche Gedränge, doch ansonsten war in dem Lokal erkennbar weniger los als noch am Wochenende.

Ich hatte schon so eine klein Ahnung gehabt, was diese schwerwiegende Bekanntgabe der beiden sein würde: Sie hatten sich verlobt. Außerdem erklärten sie, im nächsten Jahr heiraten zu wollen. Ich freute mich aufrichtig für sie, denn ich fand, dass sie sehr gut zu einander passten. Und das nicht nur äußerlich. Mit ihrer ruhigen und zurückhaltenden Art bildete Julie einen wohltuenden Gegenpol zu dem etwas extrovertierten Wesen meines Freundes, der einem durch seine Umtriebigkeit manchmal ziemlich auf die Nerven gehen konnte. Connie bekam einen roten Kopf, als Nico in seiner typischen Art sagte, dass Tobias und sie nun keine Ausrede mehr hätten und seinem Beispiel folgen sollten. Ich hatte das Gefühl, dass auch mir etwas warm wurde, als Julie mir gleich darauf überraschend ihre Hand auf den Arm legte und sagte:

„Ich finde übrigens deine neue Freundin sehr sympathisch. Wir alle hoffen, dass wir sie bald wiedersehen."

Aber irgendwann an diesem Abend kamen wir dann doch auch wieder auf Hannah zu sprechen. Dieses Thema hatten wir ja bei unserem letzten Zusammentreffen, bei dem Sabine dabei gewesen war, aus verständlichen Gründen vermieden. Im Laufe unserer Unterhaltung erwähnte Nico an einer Stelle auch die Ermittlungen der Staatsanwaltschaft, die - wie er gehört hatte - bei *deltapharm* inzwischen eingestellt worden waren. Er fragte Connie, was sie in der Firma von dieser Sache gehört habe. Connie war anzumerken, dass ihr eine Antwort schwer fiel. Es dauerte ein wenig, bevor sie zögernd andeutete, was sie mir schon erzählt hatte und was ich ja auch schon von Sabine wusste: In der Firma wurde neuerdings darüber gesprochen, dass Hannah im Zusammenhang mit der Zulassung eines neuen Medikaments Unterlagen unterschlagen habe. Eine Weile herrschte betroffenes Schweigen am Tisch.

Dies schien mir nun eine passende Gelegenheit zu sein, alle Anwesenden auch darüber zu informieren, dass Hannah bei ihrem Verschwinden schwanger gewesen war. Ich berichtete auch von der Arztrechnung und davon, wie ich dieser Spur gefolgt war. Ich bat um Verständnis dafür, dass ich mich bislang schwer getan hatte, über diese neue Entdeckung zu reden.

„Ich musste mit dieser Sache erst einmal selber fertig werden", versuchte ich zu erklären.

Es war dann Nico, der das betroffene Schweigen an unserem Tisch beendete. Er erinnerte uns noch einmal an den eigentlichen Anlass für unser Treffen an diesem Abend. Er informierte uns darüber, dass er mit Julie seine Hochzeit für den August geplant habe, und lud uns alle zu diesem Ereignis ein.

Am Freitagvormittag holte mich Sabine wie verabredet mit ihrem Wagen zu unserem kurzen „Sylt Urlaub" ab, der sich für uns als ein großer Erfolg herausstellen sollte. In diesen drei Tagen stimmte einfach alles. Das lag nicht nur an dem tollen Hotel, das Sabine in Rantum in unmittelbarer Strandnähe für uns gefunden hatte. Wir hatten auch mit dem Wetter großes Glück.

Keine Frage, der wichtigste Ort in diesen drei Tagen aber war für uns das wunderbare Bett in unserem schönen Hotelzimmer. Natürlich erfreuten wir uns auch an unseren ausgedehnten Strandausflügen, bei denen mich Sabine mit den schönsten Seiten der Insel bekannt machte, oder an den guten Restaurants, von denen es auf Sylt eine erstaunliche Menge zu geben schien. Wenn ich später an dieses Wochenende zurückdachte, hatte ich jedoch vor allem dieses Zimmer vor Augen, in dem ich Sabines Nähe so sehr genossen hatte. Es war beinahe so, als hätten wir die Absicht, schon einmal „auf Vorrat" mit einander zu schlafen, denn wir wussten, dass wir in nächster Zeit nicht mehr so eng zusammen sein konnten. Wenn überhaupt, dann nur an Wochenenden. Über eine gemeinsame Zukunft haben wir auf Sylt nicht gesprochen.

Ich glaube, wir gingen wohl beide davon aus, dass wir zusammen bleiben wollten. Aber wie es im Detail mit uns weiter gehen sollte, war uns im Grunde überhaupt nicht klar. Sie lebte schließlich in Lübeck und ich in Hamburg. Wenn wir uns zusammentun wollten, dann müsste mindestens einer von uns den jetzigen Wohnsitz aufgeben. Und diese Tür wollte im Moment offenbar keiner von uns aufmachen.

Nur der nächste Schritt schien klar zu sein: Wir waren uns einig, dass ich ihre kleine Tochter so bald wie möglich kennen lernen musste. Wir dachten, dass es vielleicht das Beste wäre, wenn wir uns dazu in Hamburg treffen würden. Sabine könnte mich als einen alten Freund vorstellen, und ich wäre dann auch ganz automatisch in der Rolle eines ortskundigen Gastgebers, der die beiden zum Beispiel in den Tierpark Hagenbeck begleiten könnte. Das wäre sicher günstiger für mich, als irgendwann als Besuch in Lübeck aufzutauchen. Meike kam in der folgenden Woche aus den Ferien zurück. Möglicherweise könnten Mutter und Tochter einen solchen Ausflug nach Hamburg schon am kommenden Wochenende unternehmen.

Als wir von Sylt wieder zurückkamen, setzte mich Sabine vor meiner Wohnung ab. Ich wusste, dass sie in Lübeck bereits erwartet wurde. Wir umarmten uns zum Abschied noch ein letztes Mal. Sie drückte sich fest an mich.

„Es war für mich sehr, sehr schön", flüsterte sie mir ins Ohr. „Dieses Wochenende wird uns jetzt keiner mehr nehmen können."

Allerdings stellte sich bald heraus, dass ich mich getäuscht hatte, als ich mir in der Urlaubsstimmung von Sylt eingebildet hatte, dass das schmerzliche Kapitel meiner Ehe mit Hannah hinter mir lag. Mir hatte sogar vorgeschwebt, dass die Frau, die mich verlassen hatte, künftig keine Rolle mehr in meinem Leben spielen würde. Aber so leicht ging das nicht. Das war spätestens klar, als mich Connie am nächsten Tag anrief. Sie wirkte wie aufgedreht, denn sie hatte in der Firma gehört, dass Dr. Witt fristlos entlassen worden sei. Ihm sei Betrug vorgeworfen worden. Was Connie aber besonders bewegte, war das Gerücht, dass er bis zum Schluss versucht habe, seine Mitarbeiterin Hannah, die sich ja nach Lage der Dinge nicht wehren konnte, für seine eigenen Vergehen verantwortlich zu machen.

„Ich fühle mich richtig erleichtert", sagte Connie. „Wenigstens in dieser Beziehung habe ich mich in Hannah nicht getäuscht. Witt habe ich eigentlich auch immer für einen windigen Typ gehalten."

Am Abend bestätigte Sabine, was Connie mir erzählt hatte. Ja, die neuen Gerüchte über Witts Entlassung hatte sie auch gehört. Es wurde außerdem in Lübeck darüber geredet, dass er nach Hannahs Verschwinden belastendes Material in ihren Unterlagen versteckt haben solle.

„Jetzt bin ich gespannt, ob bei *deltapharm* noch weitere Köpfe rollen werden", fügte sie dann hinzu. „Aber vielleicht ist Witt auch nur so eine Art Bauernopfer."

Als wir aufgelegt hatten, musste ich wieder an Hannah denken. Zweifellos empfand auch ich es als eine Erleichterung, dass sie von dem Verdacht des Betrugs befreit worden war. Wenigstens in dieser Beziehung hatte ich mich in ihr nicht getäuscht. Das bedeutete auch, dass sie, wenn sie wollte, jederzeit wieder zurückkommen konnte, ohne eine Strafverfolgung fürchten zu müssen. Aber das war ja mehr als unwahrscheinlich.

Nico, den ich am nächsten Tag über die Neuigkeiten bei *deltapharm* informierte, schien sogar noch erleichterter zu sein als ich.

„Das ist gut", sagte er. „Sollte es tatsächlich noch zu einer Untersuchung in dieser Angelegenheit kommen, kannst du nicht mehr mit hineingezogen werden. Das hätte übrigens auch in Hannahs Abwesenheit geschehen können. Davor hatte ich die ganze Zeit ein bisschen Angst. So ist es besser für uns alle."

Ich begriff jetzt, was er meinte. Wenn es nämlich in Sachen *deltapharm* wirklich zu einem gerichtlichen Verfahren gekommen wäre, hätte man mich als Ehemann einer Beschuldigten bestimmt in die Ermittlungen mit einbezogen. Es war klar, dass dies auch für die Kanzlei, in der ich arbeitete, überhaupt nicht günstig gewesen wäre. Ich war bisher in dieser Angelegenheit so sehr auf mich und Hannah konzentriert gewesen, dass ich an einen solchen Fall noch gar nicht ernsthaft gedacht hatte.

Am gleichen Tag brachte sich meine Frau noch ein zweites Mal in Erinnerung. Als ich nämlich am Abend nach Hause kam und meine Post aufnahm, sah ich einen Brief, den ich zunächst für ein Werbeschreiben hielt. Nach dem Öffnen stellte ich fest, dass es sich dabei um einen Kontoauszug einer Wohnungsbaugesellschaft handelte. Er war für Johann und Hannah Weber ausgestellt und informierte darüber, wie viel Zinsen für den angesparten Betrag von 50.000,-- Euro fällig geworden waren.

Ich starrte auf das Papier und musste mich setzen. Was war das denn? Von einem Bausparvertrag wusste ich nichts. Ich schaute noch einmal auf das Einzahlungsdatum und zweifelte keinen Moment daran, dass es sich bei dem Betrag um die Gratifikation handeln musste, von der Lessmann gesprochen hatte. Hannah war mit diesem Geld also nicht verschwunden, wie ich gedacht hatte, sondern hatte damit für uns beide einen Bausparvertrag abgeschlossen. Aber das machte doch gar keinen Sinn. Warum sollte Hannah, die ihren heimlichen Ausstieg aus unserem gemeinsamen Leben so perfekt vorbereitet und durchgeführt hatte, mir hier eine solche Geldsumme zurücklassen? Und das auch noch in einem Bausparvertrag!

Als mich Sabine an diesem Abend anrief, erzählte ich ihr von dem Kontoausdruck und der Verwirrung, die dieser bei mir ausgelöst hatte. Aber ihr fiel es ebenfalls schwer, eine Erklärung zu finden. Es dauerte dann einige Zeit, bis ich mir schließlich sagte, dass dieser Bausparvertrag, den Hannah ja auch für mich abgeschlossen hatte, vielleicht eine Art „Wiedergutmachung" war. Die 50.000 Euro sollten vermutlich eine Entschädigung für ihren Betrug an mir darstellen, mit der sie versuchte, mich über die schmerzlichen Folgen ihres Verrats ein wenig hinwegzutrösten. Es war ja möglich, dass dieses Geld auch so etwas wie ein Abschiedsgeschenk war, mit dem sie mir helfen wollte, meinen Traum von einer schöneren Wohnung endlich zu erfüllen. In ihrem neuen Leben schien Geld offenbar kein Problem mehr zu sein.

Noch bevor ich am nächsten Morgen Nico ebenfalls von Hannahs Bausparvertrag erzählen konnte, bekam ich im Büro einen Anruf aus Wien. Es war Chefinspektor Landauer, der mich darüber informierte, dass man am Tag zuvor in Wien Hannahs Leiche gefunden hatte.

24

Als das Telefon klingelte, war ich in der Kanzlei gerade auf dem Weg in Nicos Büro. Ich eilte von der Tür zum Schreibtisch zurück, um den Anruf entgegenzunehmen. Wie gelähmt presste ich den Hörer an mein Ohr und versuchte zu begreifen, was der Wiener Polizeibeamte mir da sagte. Ich hatte plötzlich das Gefühl, mich in einem freien Fall zu befinden und musste mich am Tisch festhalten. Ich setzte mich. Landauers Stimme war immer noch da.

„Hallo! Herr Dr. Weber! Sind Sie noch dran?"

Ich meldete mich wieder, und er erklärte mir, dass man eine Frauenleiche nicht weit vom Wiener Flughafen entfernt in einem Straßengraben entdeckt habe. Es gebe Anhaltspunkte dafür, dass es sich bei dieser Toten um meine Frau handelte. Die vermutliche Todesursache sei eine schwere Kopfverletzung, aber man warte noch auf das Ergebnis der gerichtmedizinischen Untersuchung. Landauer bat mich so bald wie möglich nach Wien zu kommen. Es wäre hilfreich, wenn ich für einen DNA Vergleich eine Haarbürste oder etwas Ähnliches von Hannah mitbringen könnte. Er machte eine Pause und wartete auf eine Reaktion von mir. Ich hatte Schwierigkeiten zu sprechen und räusperte mich.

„Ich verstehe", sagte ich schließlich und räusperte mich noch einmal. „Ja, ich werde noch heute versuchen, nach Wien zu kommen. Ich werde mich dann später wieder bei Ihnen melden, damit wir einen Termin verabreden können."

Was wir uns beide zum Abschluss noch sagten, wusste ich später nicht mehr. Ich reagierte wie ein Automat. Ich ging zu meinem Laptop und rief die Seite der Austrian Airways auf. Es gab einen Flug um 12.45 Uhr, für den ich sofort ein Ticket buchte. Danach saß ich eine Weile da und starrte aus dem Fenster. Ich überlegte mir meine nächsten Schritte. Am Ende stand ich auf, um den Chef unserer Kanzlei zu informieren.

Kehrmann saß an seinem Schreibtisch vor einer geöffneten Akte und sah mich erwartungsvoll an. Es war nicht häufig, dass ich ihn persönlich in seinem Büro aufsuchte. Ich blieb vor seinem Schreibtisch stehen. Irgendwie schien er zu bemerken, dass etwas mit mir nicht stimmte. Er erhob sich und sah mich erwartungsvoll an.

„Ich habe soeben erfahren, dass man in Wien die Leiche meiner Frau gefunden hat", sagte ich mit zittriger Stimme.

Kehrmann kam mir jetzt mit schnellen Schritten entgegen.

„Mein Gott, Johann", stieß er hervor. „Das ist ja furchtbar!"

Er legte seinen Arm um mich und führte mich zu einem der Sessel in seiner Sitzecke.

„Komm setz dich", sagte er

Dann ging er an seinem Schrank und holte die Cognacflasche, die ich ja schon einmal kennen gelernt hatte. Die stellte er mit zwei Gläsern auf dem kleinen Tisch ab und setzte sich zu mir.

„Das hatte ich schon ein wenig befürchtet", sagte er und schenkte uns beiden einen Schluck ein. „Ich hatte von Anfang an ein ungutes Gefühl."

Ich schwieg. Der Cognac brannte scharf in meiner Kehle.

„Was wirst du jetzt machen?", fragte er.

Ich stellte mein Glas zurück auf den Tisch.

„Ich werde so schnell es geht nach Wien fliegen."

Er nickte.

„Natürlich."

Er hatte mich die ganze Zeit über nicht aus den Augen gelassen.

„Brauchst du Hilfe von uns?"

Ich schüttelte den Kopf.

„Weiß Nico das schon?"

Ich schüttelte wieder den Kopf.

„Nein. Ich wollte erst mit dir sprechen."

„OK", sagte er und leerte sein Glas. „Sprich mit ihm, bevor du gehst. Er kann dich in deiner Abwesenheit hier ja wieder vertreten. Und vergiss nicht: Wenn wir dir sonst noch helfen können, musst du uns Bescheid geben."

Auch ich trank den Rest meines Cognacs, bedankte mich und erhob mich. Er brachte mich noch zur Tür und legte mir zum Abschied noch einmal die Hand auf die Schulter.

„Ich kann gar nicht ausdrücken, wie leid mir das alles tut, Johann".

Auf dem Flur blieb ich noch einen Moment stehen und überlegte. Ich musste mit Nico sprechen. Ich blieb vor seinem Büro stehen, holte noch einmal tief Luft und trat nach einem kurzen Klopfen ein. Es fiel mir schwer, meinen Freund so sachlich wie möglich über den Anruf aus Wien zu informieren. Nico starrte mich ungläubig an. Dann stand er auf, kam zu mir und umarmte mich.

„Scheiße, Scheiße, Scheiße", sagte er und hielt mich fest.

Wir standen so eine Weile. Ich bekam jetzt einen Weinkrampf. Nico hielt mich fest. Als ich mich etwas beruhigt hatte und er mich schließlich losließ, sah ich, dass auch er Tränen in den Augen hatte. Ich erzählte ihm, dass ich praktisch bereits unterwegs nach Wien war und bat ihn, sich in meiner Abwesenheit um meine Mandanten zu kümmern.

„Frau Dammann kennt alle meine Termine", erklärte ich ihm. „Ich melde mich bei dir, sobald ich weiß, wie es weiter gehen soll."

Dann bat ich ihn noch darum, Connie zu informieren. Ich würde sie später anrufen. Nicos Angebot, mich nach Hause und dann zum Flughafen zu fahren, lehnte ich ab. Es wurde Zeit, dass ich die Möglichkeit bekam, mir um meine neue Situation Gedanken zu machen. Da konnte mir im Moment sowieso niemand helfen. Das konnte ich nur alleine tun. Hier, aus der Kanzlei musste ich raus.

Ich schaute auf meine Uhr. Dann versprach ich Nico, mit ihm in Kontakt zu bleiben, holte meinen Mantel aus dem Büro und stieg die Treppe hinunter zu meinem Auto. An Einzelheiten meiner Fahrt nach Hause konnte ich mich später ebenfalls nicht erinnern. Dort jedenfalls packte ich ein paar Sachen in eine Reisetasche. Mir fiel noch die Haarbürste ein, nach der Landauer gefragt hatte. Ich fand eine in einer Sporttasche, die Hannah manchmal benutzte, und tat sie zur Sicherheit in eine kleine Plastiktüte. Mit meinem Gepäck machte ich mich dann auf den Weg zum Flughafen. Ich ließ den Wagen auf einem der Parkdecks und bekam am Flugschalter mein Ticket ausgehändigt. Ich hatte gut daran getan, mich zu beeilen, denn kaum hatte ich die Sicherheitskontrolle passiert, wurde mein Flug aufgerufen.

Erst als ich an Bord meinen Platz eingenommen hatte, fiel mir ein, dass ich ja Sabine noch gar nicht informiert hatte. Ich nahm mein Handy und wählte ihre Nummer, erreichte aber nur ihre Mailbox. Ich hinterließ eine kurze Nachricht über das, was ich aus Wien gehört hatte, und sagte ihr, dass ich bereits auf dem Weg dorthin sei. Dann rief ich auch noch Landauer an. Er schien auf den Anruf gewartet zu haben. Ich nannte ihm meine Ankunftszeit, und er sagte mir, dass ich direkt in die Gerichtsmedizin kommen solle, wo er im Foyer auf mich warten würde. Dann schaltete ich mein Gerät ab.

Während des Fluges hatte ich dann schließlich die Gelegenheit, mich mit den widersprüchlichen Gefühlen zu befassen, die mir seit Landauers Anruf sehr zusetzten. Nun war doch das passiert, was ich von Anfang an am meisten befürchtet hatte. Ich hatte es doch geahnt! Hannah war nicht davongelaufen. Wieso hatte ich mich davon abbringen lassen und angefangen, mir etwas anderes vorzustellen? Ihr musste etwas Schreckliches passiert sein. Mir wurde schlecht bei den Bildern, die ich dabei vor Augen hatte. Ich löste den Sicherheitsgurt und ging zur Toilette des Fliegers, wo ich mich übergeben musste.

Auf dem Weg zurück zu meinem Sitz bat ich die Flugbegleiterin um ein Glas Wasser, und nach einiger Zeit ging es mir dann etwas besser. Vielleicht half es auch, dass ich mir jetzt sagen konnte, dass Hannah mich schließlich doch nicht so heimlich sitzen gelassen hatte. Es hatte den Anschein, dass sie zu mir nach Hamburg hatte zurückkehren wollen. Was immer sie mir verschwiegen hatte, sie hatte offensichtlich nicht vorgehabt, sich heimlich aus dem Staub zu machen.

Und da war es wieder, dieses lähmende Schuldgefühl, das mich im Grunde mein ganzes Leben lang begleitet hatte. Ich machte mir Vorwürfe, dass ich den Argumenten der Fachleute, die alle gleich von Hannahs „Abtauchen" überzeugt gewesen waren, am Ende so bereitwillig gefolgt war. Wie hatte ich nur so kleingläubig sein können!

Aber dann fiel mir der Name Simon Rütli wieder ein. So einfach war das ja alles nicht. Ich hatte doch schließlich selber herausbekommen, dass Hannah mich mit diesem Mann nicht nur betrogen hatte, sondern auch noch ein Kind von ihm erwartete. Mir war völlig unklar, wie wir nach ihrer Rückkehr dieses Problem hätten lösen sollen. Und es war dazu doch überhaupt nicht unwahrscheinlich, dass dieser Simon sogar etwas mit ihrem Tod zu tun hatte, denn es gab immerhin Anzeichen dafür, dass sie sich mit ihm zuletzt in Wien noch getroffen hatte. Ich nahm mir jetzt vor, Landauer auf einen möglichen Zusammenhang hinzuweisen.

Vom Flughafen nahm ich mir ein Taxi, und als mich dieses eine halbe Stunde später vor der Gerichtsmedizin absetzte, erinnert ich mich daran, mit welcher Erleichterung ich vor gar nicht langer Zeit dieses alte Gebäude verlassen hatte. Das würde wohl diesmal nicht passieren. In der Eingangshalle stand Landauer neben der gläsernen Kabine des uniformierten Pförtners. Er entdeckte mich, als ich das Foyer betrat, und kam mir entgegen. Er sah müde aus. Er hatte wieder die graue Tweed Jacke an, die ich ja noch von meinem letzten Besuch her kannte. Diesmal trug er darunter einen dunkelgrauen Rollkragen Pulli. Er begrüßte mich und schlug vor, in das Zimmer zu gehen, das man ihm in diesem Haus auch dieses Mal wieder zur Verfügung gestellt hatte.

Wir gingen jetzt schweigend die breite Steintreppe hinauf in den ersten Stock. Der Raum mit der Nummer 109 hatte sich wenig verändert. Nur die Hitze fehlte. Ansonsten wirkte das Zimmer genauso trostlos wie im Sommer. Ich stellte meine Tasche ab, und nahm auf eine Geste Landauers hin auf dem Stuhl vor dem Schreibtisch Platz. Er setzte sich ebenfalls und goss aus einer Thermoskanne Kaffee in zwei Becher und schob, ohne mich zu fragen, einen von ihnen zu mir herüber. Milch oder Zucker sah ich nirgends. Er blickte mich an.

„Herr Dr. Weber, ich kann gar nicht ausdrücken, wie sehr ich es bedaure, dass ich Ihnen diese furchtbare Nachricht übermitteln musste", sagte er. „Nach unserem damaligen Kenntnisstand war ich ziemlich sicher gewesen, dass Ihrer Frau nichts passiert war und dass sie nicht gefunden werden wollte. Es tut mir leid. Ich habe mich geirrt."

Er machte eine Pause. Nicht nur wegen der Kaffeebecher hatte ich jetzt den Eindruck, dass er sich auf dieses Gespräch gründlich vorbereitet hatte. Er schilderte zunächst, wie man Hannah gefunden hatte: Vor einigen Tagen hatten Straßenarbeiter nicht weit vom Flughafen entfernt eine stark verweste Frauenleiche entdeckt. Die Tote war in einem Abwassergraben versteckt und zusätzlich mit Steinen und Gestrüpp zugedeckt worden. Alle Anzeichen sprachen dafür, dass es sich hier um das Opfer eines Verbrechens handelte, zumal die Leiche eine schwere Verletzung an der Schläfe aufwies.

Landauer machte wieder eine Pause, wohl in der Absicht, mir ein wenig Zeit zu geben. Ich sollte vermutlich die Gelegenheit erhalten, diese Neuigkeiten etwas zu verarbeiten.

„Wir sind uns sicher, dass es sich hier um ihre Frau handelt", fügte er hinzu. „Der oder die Täter haben ihren kleinen Reisekoffer mit ihrem Namen und Adresse ebenfalls in dem Straßengraben versteckt. Nicht weit davon entfernt haben wir im Wasser auch die Tasche mit ihrem inzwischen unbrauchbaren Laptop gefunden."

Ich hatte vor Augen wie Hannah mit diesem Gepäck in Hamburg bei ihrem Abflug sich noch einmal umgedreht und mir ein letztes Mal zugewinkt hatte. Landauer sprach langsam weiter.

„Die Kleidung, der Zustand der Leiche und der Fundort legen nahe, dass das Verbrechen in der Zeit stattgefunden hat, in der ihre Frau verschwunden ist. Allerdings müssen wir da noch das endgültige Ergebnis der Autopsie abwarten. Von den Tätern fehlt bisher jede Spur."

Ich hatte jetzt Probleme, die vielen Informationen aufzunehmen, mit denen Landauer mich hier konfrontierte. Mein Magen hatte sich in einem Krampf zusammengezogen. Wahrscheinlich lag dies an dem schwarzen Kaffee, von dem ich gerade getrunken hatte. Auch dem Inspektor schien es gar nicht leichtzufallen, mit seinem Bericht weiterzumachen.

„Ich gehe davon aus, dass Sie wissen, dass Ihre Frau schwanger war", sagte er dann.

Ich nickte und war ihm dankbar, dass er mir jetzt wieder etwas Zeit gab. An Simon Rütli hatte ich während des Gesprächs bisher noch nicht gedacht. Ich musste tief durchatmen.

„Obwohl wir sicher sind, dass es sich bei der Toten um Ihre Frau handelt, brauchen wir doch noch eine abschließende Identifizierung, die auch Sie uns nicht geben können", fuhr mein Gegenüber schließlich fort. „Das Opfer hat monatelang in einem Straßengraben gelegen, und auch Sie wären jetzt nicht mehr in der Lage, Ihre Frau zweifelsfrei zu erkennen."

Wieder gewährte er mir einige Augenblicke, damit ich diese Feststellungen verdauen konnte.

„Deshalb habe ich Sie auch gebeten, uns etwas DNA Material mitzubringen. Ich hoffe, Sie haben daran gedacht."

Ich nickte. Ich öffnete den Reißverschluss meiner Reisetasche und nahm den Plastikbeutel mit der Haarbürste heraus, den ich ihm überreichte. Er bedankte sich und legte ihn neben sich auf seinen Schreibtisch. Ich wartete einen Moment.

„Kann ich meine Frau sehen?", fragte ich.

Er sah mich an und schüttelte den Kopf.

„Es tut mir leid. Es geht nicht. Und selbst, wenn es möglich wäre, würde ich Ihnen dringend davon abraten", antwortete er. „Wie ich schon sagte. In den Überresten, die wir gefunden haben, würden auch Sie Ihre Frau nicht mehr wiedererkennen können. Das Einzige, was Sie davon hätten, wären immer wiederkehrende Albträume."

Wir saßen uns wieder eine Weile schweigend gegenüber. Ich sah auf die Uhr. Es war inzwischen halb fünf. Durch das kleine ovale Fenster konnte ich sehen, dass es draußen bereits dunkel war. Landauer zuckte mit den Schultern.

„Wir wissen im Grunde noch gar nichts. Wovon wir ausgehen können ist, dass ein Verbrechen stattgefunden hat. Aber nach so vielen Monaten wird es sehr schwer werden, Spuren zu finden, die uns weiterhelfen könnten. Es ist gut möglich, dass wir nie wirklich herausfinden, was ihrer Frau passiert ist."

Dies hörte sich wie ein Schlusswort an. Wahrscheinlich wartete der Inspektor darauf, dass ich mich endlich verabschiedete. Aber da gab es ja noch etwas, was er wissen sollte.

„Ich habe inzwischen herausgefunden, dass meine Frau einen Liebhaber hatte. Wahrscheinlich hat er meine Frau hier in Wien getroffen. Es gibt im Gästebuch ihres Hotels einen Eintrag, der diese Vermutung nahelegt. Sein Name ist Simon Rütli. Er ist Schweizer und lebt irgendwo im Ausland."

Landauer machte sich Notizen.

„Danke, Herr Dr. Weber! Wir werden der Sache nachgehen", sagte er dann und sah mich an. „Ich glaube, das wäre dann alles. Hier können Sie nichts mehr tun. Wenn wir noch etwas von Ihnen benötigen, melden wir uns bei Ihnen."

„Und was geschieht nun mit meiner Frau?"

Mein Gegenüber lehnte sich in seinem Schreibtischstuhl zurück.

„Wenn der Staatsanwalt die Tote bei uns freigibt, werden Sie benachrichtigt", entgegnete er. „Ich gebe ihnen eine Nummer, über die Ihr Bestattungsunternehmer dann weitere Schritte veranlassen kann."

Er nahm eine Karte, die vor ihm lag, und schob sie mir über den Tisch zu. Ich sah mit einem Blick, dass es sich um ein offizielles Dokument des Gerichtsmedizinischen Instituts handelte. Ich nahm es auf und steckte es sorgfältig in meine Brieftasche. Landauer war aufgestanden und kam um den Schreibtisch herum. Auch ich hatte mich erhoben.

„Herr Dr. Weber, es tut mir sehr leid, dass diese Geschichte kein besseres Ende hatte", sagte er und gab mir die Hand.

Ich nickte und nahm meine Reisetasche auf. Landauer brachte mich noch zur Tür. Draußen auf dem Flur überlegte ich, was ich als nächstes machen wollte. Ich schaute wieder auf meine Uhr. Es gab noch einen Flug zurück nach Hamburg, den ich mir gemerkt hatte. Den würde ich aber nicht mehr schaffen. Es blieb mir also nichts anderes übrig, als in Wien zu übernachten und am nächsten Tag zurückzufliegen. Vielleicht sollte ich es in dem mir ja inzwischen gut bekannten Hotel „Erzherzog Albrecht" versuchen. Ich hoffte, dass mir der uniformierte Beamte am Eingang des Gebäudes auch diesmal behilflich sein würde, nach einem Taxi zu telefonieren.

Als ich die Treppe hinunterging, die in das Foyer führte, sah ich sie. Ich blieb stehen. Vor der gläsernen Kabine, zu der ich ja auch gerade unterwegs war, stand Sabine. Sie sprach mit dem Portier, der ihr etwas zu erklären schien und dabei in Richtung Treppe zeigte, auf der ich stand. Sabine drehte sich um. Als sie mich erkannte, eilte sie mir entgegen und fiel mir um den Hals. Ich ließ meine Tasche fallen und hielt mich an ihr fest. Schließlich setzten wir uns auf eine der Bänke, die man in dieser Empfangshalle für Besucher aufgestellt hatte.

Sie hielt meine Hand, während ich ihr dann erzählte, was mir an diesem Tag passiert war. Es wurde eine lange Geschichte. Es gelang mir dabei, zeitweise die Rolle eines Berichterstatters durchzuhalten und auf diese Weise das Grauen, mit dem Landauer mich an diesem Tag konfrontiert hatte, ein wenig auf Distanz zu halten. Sabine hörte mir zu, ohne mich zu unterbrechen. Ich schilderte ihr auch, wie man mir verweigert hatte, Hannah noch einmal zu sehen. Wir schwiegen beide eine Weile. Dann drückte sie meine Hand.

„Komm! Lass uns in unser Hotel fahren! Ich hab da für uns ein Zimmer reserviert", sagte sie und nahm ihr Handy aus der Manteltasche. „Außerdem sollten wir beide auch etwas essen."

Sie wählte die Nummer des Taxiunternehmens, das sie vom Flughafen in die Gerichtsmedizin gebracht hatte, und bestellte einen Wagen, von dem wir dann auch nach kurzer Zeit abgeholt wurden.

Unterwegs beschrieb sie mir, wie sie mich gefunden hatte. Sie hatte am Vormittag meine Nachricht verspätet erhalten und dann auch sofort versucht, mich zu erreichen, aber mein Handy war ausgeschaltet. Daraufhin fuhr sie kurzentschlossen nach Hamburg und buchte den nächsten Flug nach Wien. Dort angekommen, versuchte sie wieder vergeblich, Kontakt mit mir herzustellen.

„Da wusste ich, dass du nach deinem Flug mal wieder vergessen hattest, dein Handy einzuschalten", sagte sie und gab mir einen Kuss auf die Wange.

An mein Telefon hatte ich in meiner Anspannung überhaupt noch nicht wieder gedacht. Als ich jetzt in meine Tasche griff, grinste sie.

„Nun ist es sowieso zu spät".

Dann schilderte sie, wie es ihr trotz aller Schwierigkeiten gelungen war, mich aufzuspüren. Zunächst hatte sie das Hotel „Erzherzog Albrecht" angerufen. Sie vermutete richtig, dass ich vielleicht dort, wo ich mich auskannte, übernachten wollte. Aber da, so hörte sie, hatte ich mich noch nicht gemeldet. Sie buchte dort ein Zimmer für uns und überlegte sich dann, dass ich wahrscheinlich direkt in die Wiener Gerichtsmedizin gefahren war, wohin man mich damals ja auch bestellt hatte, als man schon einmal glaubte, meine Frau gefunden zu haben. Sie nahm ein Taxi dorthin und war gerade dabei, mit Hilfe des „freundlichen" Portiers herauszufinden, wo ich mich in dem Haus aufhalten könnte, als sie mich dann auf der Treppe sah.

„Ich bin froh, dass du da bist", sagte ich und drückte ihre Hand.

Und plötzlich, ohne dass es sich angekündigt hätte, fing ich in diesem Taxi lautlos zu heulen an. Es war so, als schüttelten mich kleine Krämpfe. Alles, was ich den ganzen Tag über so mühsam kontrolliert hatte, schien sich in diesem Moment in mir zu befreien. Sabine saß schweigend neben mir und hielt meine Hand fest. Es dauerte eine Zeit, bevor ich mich langsam beruhigte. Ich fand ein Taschentuch in meiner Jacke und bemühte mich dann, die Spuren dieses Ausbruchs zu beseitigen. Sabine drückte meinen Kopf auf ihre Schulter, und wir beide warteten, bis unser Taxi das Hotel erreichte. Ich ließ zu, dass sie diesmal den Fahrer bezahlte und hoffte, dass dieser in der Dunkelheit von meinem unerwarteten, kleinen Zusammenbruch auf dem Rücksitz seines Wagens nichts mitbekommen hatte.

Sabine ließ sich an der Rezeption den Schlüssel geben. Ich war froh, dass auch an diesem Abend Frau Gerber, die mich sicher wiedererkannt hätte, keinen Dienst hatte. Wir fuhren danach mit dem Fahrstuhl in den zweiten Stock, wo wir ohne Probleme unser Zimmer fanden. Ich erinnerte mich, dass ich auch beim letzten Mal in dieser Etage untergekommen war. Sabine und ich hatten vorher schon besprochen, dass wir als erstes etwas essen sollten. Ich ging vorher noch in das Bad und bekam wieder einmal einen Schreck, als ich mich im Spiegel sah. Ich wusch mir das Gesicht und hoffte, dass das kalte Wasser den Schaden wenigstens ein wenig reparieren konnte.

Wir hatten uns ohne viel Worte wieder auf „Werners Beisel" geeinigt, das wir beide ja in guter Erinnerung hatten. Die kurze Strecke dahin gingen wir zu Fuß, und ich hatte das Gefühl, dass mir die frische Luft guttat. Da es noch recht früh am Abend war, hatten wir auch keine Schwierigkeiten, in einer Ecke einen Tisch für uns zu finden. Wir bestellten beide ein Wiener Schnitzel und gemeinsam einen halben Liter Wein. Ich merkte dann beim Essen, wie hungrig ich tatsächlich war. Auch Sabine, die seit dem Frühstück ebenfalls nichts gegessen hatte, brauchte sich ganz offensichtlich über mangelnden Appetit nicht zu beklagen. Ich hatte den Eindruck, dass sie versuchte, mich ein wenig abzulenken, denn sie erzählte mir ausführlich von ihrer Tochter, die von dem Vater am Abend zuvor wieder bei ihr abgeliefert worden war. Meike hatte ihre Ferien sehr genossen, war aber auch froh, wieder zu Hause zu sein.

Ich fühlte mich besser, als wir das Lokal verließen, und hatte auch nichts dagegen, als Sabine den Vorschlag machte, wie im vergangenen Sommer einen kleinen Spaziergang zu machen, bevor wir in das Hotel zurückkehrten. Aber wir waren erst ein paar Schritte gegangen, da klingelte ihr Handy. Sie blieb stehen, um das Gespräch anzunehmen. Mir fiel jetzt ein, dass Connie in Hamburg bestimmt schon lange auf einen Anruf von mir wartete. Mit ihr hatte ich noch gar nicht gesprochen. Ich ging einige Schritte weiter, fand mein Telefon in meiner Manteltasche und wählte ihre Nummer. Connie meldete sich bereits nach dem zweiten Klingelzeichen. Ich erzählte ihr, dass ich noch in Wien sei und dass Sabine mich hier überrascht habe. Dann fasste ich für sie kurz zusammen, was Landauer mir mitgeteilt hatte. Auch wenn es mir schwer fiel, ich

241

bemühte mich, dies so sachlich wie möglich zu tun, denn ich konnte hören, dass Connie zu weinen angefangen hatte.

„Das ist ja schrecklich, Jo", brachte sie am Ende heraus und wollte wissen, wann ich wieder zurück in Hamburg sein würde.

Ich sagte ihr, dass ich das für den nächsten Tag geplant hätte und versprach ihr, dass sie dann von mir hören würde. Ich bat sie noch, Nico von diesem Plan zu unterrichten. Dann beendeten wir unser Gespräch. Ich drehte mich nach Sabine um und sah, dass sie ihr Gerät bereits verstaut hatte und auf mich wartete. Sie hakte sich bei mir ein und berichtete mir, dass ihre Tochter von ihr habe wissen wollen, wann sie am nächsten Tag wieder zu Hause sei.

„Sie hofft übrigens, dass du nicht mehr so traurig bist", fügte sie hinzu.

Als ich sie erstaunt anschaute, erklärte sie mir, dass sie dem Mädchen heute bei ihrer Abreise erklärt habe, sie müsse dringend einem sehr guten Freund helfen, der eine ganz schlimme Nachricht erhalten habe.

Es hatte mittlerweile ganz leicht zu regnen angefangen, und wir entschlossen uns umzukehren. Im Hotel ließen wir uns unseren Schlüssel geben. Vor dem Lift blieb ich stehen und nahm ihren Arm.

„Ich glaube, nach diesem Tag können wir beide noch einen kleinen Schluck gut gebrauchen."

Sie nickte, und ich versuchte mir einzureden, dass sie bestimmt den gleichen Gedanken gehabt hatte. Als wir dann die dezent ausgeleuchtete Hotelbar betraten, hatte ich eine Art Déjà-vu. Aus den versteckten Lausprechern der Musikanlage kam die bekannte Klaviermusik, die mich an den Abend erinnerte, an dem ich Sabine zum ersten Mal getroffen hatte. Und wie damals stand Alex, der Barkeeper, in seiner weißen Jacke hinter dem langen Tresen und polierte Gläser. Es war immer noch früh, und wahrscheinlich waren deshalb auch nur zwei der Tische in diesem Raum besetzt. Wir setzten uns wieder auf unsere Plätze an der Ecke der Bar. Auch Alex schien sich an uns zu erinnern, denn er begrüßte uns wie alte Bekannte. Wie vor einigen Monaten brauchte ich auch an diesem Abend etwas Kräftiges und bestellte mir wieder einen doppelten Single Malt, während Sabine bei einem Glas Wein blieb. Mir fiel jetzt ein, dass wir uns um unseren Rückflug kümmern mussten. Sabine ging zurück zur Rezeption und als sie zurückkam, hatte sie für 9.10 Uhr des folgenden Tages zwei Plätze auf einem Flug nach Hamburg für uns gebucht.

Ich hatte in der Zwischenzeit einen zweiten Whisky bestellt. Irgendwie musste ich sicherstellen, dass ich in dieser Nacht schlafen konnte. Sabine schien wieder einmal zu ahnen, was in mir vorging. Sie sah mich mit ihren großen Augen an.

„Besser?"

Ich nickte. Dann nahm ich ihre Hand.

„Ich danke dir dafür, dass du gekommen bist", sagte ich.

Sie schwieg einen Moment.

„Johann, ich weiß, dass du dir Vorwürfe machst", sagte sie und drückte meine Hand. „Aber was deiner Frau passiert ist, konnte doch keiner ahnen und ist nicht deine Schuld."

Sie machte eine kleine Pause.

„Alle waren davon überzeugt, dass deine Frau dich verlassen hatte und untergetaucht war", fuhr sie dann fort. „Die Polizei, deine Freunde, alle. Du warst es doch, der sich bis zum Schluss gegen diese Vorstellung gewehrt hat."

Sabines Worte spiegelten im Wesentlichen das, was ich mir schon selber einzureden versucht hatte. Aber so einfach war das alles nicht. Es blieb immer noch das Gefühl, dass ich Hannah im Stich gelassen hatte. Zuletzt, als ich in der Gerichtsmedizin ohne Widerstand akzeptiert hatte, dass ich sie nicht noch ein letztes Mal sehen konnte. Ich hätte Landauer gegenüber darauf bestehen müssen. Und dann saß ich auch noch hier an dem gleichen Tag, an dem ich vom Tod meiner Frau erfahren hatte, in einer Hotelbar und trank mit einer neuen Partnerin Whisky.

Aber dann, zum dritten Mal an diesem furchtbaren Tag, dachte ich an Simon Rütli und die Rolle, die dieser Mann dabei gespielt hatte, dass sich meine Frau von mir innerlich entfernt hatte. Was war denn von meiner Ehe übrig geblieben? Hannah hatte mich nicht nur belogen und betrogen, sie erwartete sogar ein Kind von ihrem geheimen Liebhaber. Warum sollte ich Sabines wegen eigentlich ein schlechtes Gewissen haben?

25

Als am nächsten Morgen Sabines Handy klingelte, dauerte es einige Zeit, bevor ich wusste, wo ich mich befand. Immerhin, meine Taktik war aufgegangen: Ich war, sobald ich mich ins Bett gelegt und die Augen geschlossen hatte, tatsächlich wie ein Stein in einen traumlosen Schlaf gefallen. Woran ich mich noch erinnern konnte, war, dass Sabine neben mir meine Hand gehalten hatte.

Als hätte sie bereits wachgelegen, hatte sie mir beim ersten Klingelzeichen ihres Handys einen Kuss auf die Wange gegeben und war ins Bad gegangen. Ich sah auf meine Uhr. Wir mussten uns beeilen, wenn wir unseren Flug nicht verpassen wollten. Ich griff zum Telefon und bat eine Dame an der Rezeption, unsere Rechnung fertig zu machen und für uns in einer halben Stunde ein Taxi zu rufen. Danach eilte auch ich ins Bad.

Als wir dann fertig waren, gab es für ein Frühstück keine Zeit mehr. Unten wartete bereits ein Taxi der Firma Kalinke auf uns. Ich bezahlte die Rechnung am Empfang, und wir ließen uns dann durch den dichten Berufsverkehr wieder nach Schwechat fahren. Im Flughafen hatten wir dann aber doch noch genügend Zeit für einen Kaffee und ein Sandwich.

Auf dem Weg nach Hamburg sprachen wir wenig. Wir beide beschäftigten uns gedanklich vor allem mit den Aufgaben, die zu Hause auf uns warteten. In Sabines Fall waren es wohl wieder Überlegungen, die ihre kleine Tochter betrafen, denn irgendwann legte sie mir die Hand auf den Arm und erinnerte mich an den Plan, den wir bereits für das Wochenende gemacht hatten.

„Unsere Verabredung am Sonntag gilt doch noch, oder...?", wollte sie wissen und fügte hinzu: „Ich habe Meike davon erzählt, und sie freut sich schon auf diesen Ausflug."

Ich sah sie an und versuchte zu lächeln.

„Na klar doch".

Nach der Landung brachte ich Sabine noch zu ihrem Auto, das sie auf dem gleichen Parkdeck abgestellt hatte wie ich. Ich bedankte mich beim Abschied noch einmal dafür, dass sie mir so spontan nach Wien gefolgt war und mir dort auch sehr geholfen hatte. Wir wollten vor dem Treffen am Sonntag mindestens noch einmal miteinander telefonieren.

Danach fuhr ich in die Kanzlei, um Kehrmann Bericht zu erstatten. Ich dachte, dass er, der sich mir gegenüber in der schwierigen Zeit immer verständnisvoll gezeigt hatte, auch einen Anspruch darauf hatte. In der Mittagspause hatte ich dann auch Gelegenheit, Nico zu erzählen, was ich in Wien erlebt hatte. Bei meiner Schilderung von Sabines unerwartetem Erscheinen dort merkte er sichtlich auf. Ich konnte sehen, dass ihm in diesem Moment klar wurde, wie eng meine Beziehung zu Sabine bereits war. Schließlich, als ich erwähnte, was Landauer über die Freigabe von Hannahs Leichnam gesagt hatte, zeigte sich wieder einmal die pragmatische Grundeinstellung meines Freundes. Er fragte mich, was ich zu tun beabsichtigte, wenn Hannahs sterbliche Überreste in Wien nicht mehr benötigt wurden. Er kannte mich gut und schien zu wissen, dass ich mich mit diesem Aspekt meines Problems überhaupt noch nicht befasst hatte. Ich war ihm dankbar, dass er mir ein Bestattungsunternehmen nannte, mit dem ich Verbindung aufnehmen sollte und das mir bei allen Problemen helfen würde. Es war mir ein Rätsel, woher er immer sofort diese nützlichen Adressen hatte.

Nachdem ich mich um die beiden Mandanten gekümmert hatte, denen Nico am Tag zuvor wegen meiner Abwesenheit abgesagt hatte, rief ich dann diese Firma an. Ich wurde mit dem Chef des Unternehmens verbunden und verabredete mit ihm für den Montag der kommenden Woche einen Termin. Bevor ich schließlich die Kanzlei verließ, wählte ich noch Connies Handynummer. Auch sie war gerade auf dem Weg nach Hause und schlug vor, später zu mir zu kommen, damit ich ihr ausführlich über Wien berichten konnte.

Wenn ich danach an diesen Tag zurückdachte, war mir klar, dass ich mich damals in eine Art „Aktivismus" flüchtete. Der Schock, den die Nachricht von Hannahs Tod bei mir ausgelöst hatte, wirkte offensichtlich nach, und die wenigen Einzelheiten, die ich dann in Wien über ihre Ermordung erfahren hatte, reichten aus, um diese Wirkung zu verstärken. Es war mir noch unmöglich, mich mit der neuen Situation auseinanderzusetzen und sie zu verstehen. Erst als ich später Brigitte in München anrief, begann mir meine neue Situation langsam bewusst zu werden.

Am Abend kam Connie zu mir. Ich war froh, dass Tobias sie nicht begleitete. Wir umarmten uns lange, und ich war darauf gefasst, als sie zu weinen begann. Auch sie hatte mit starken

Schuldgefühlen zu kämpfen. Nach einiger Zeit fing sie sich wieder ein wenig, und wir gingen wie gewohnt in die Küche. Sie wollte von mir nun Einzelheiten wissen, von denen ich ihr in Wien am Telefon noch nichts erzählt hatte. Nach einiger Zeit fing sie dann wieder an, still vor sich hinzuweinen. Auch ich musste jetzt wieder mit den Tränen kämpfen. Wir saßen uns lange schweigend gegenüber.

„Wir haben beide Hannah furchtbar Unrecht getan", sagte sie schließlich. „Es ist mir eigentlich immer schwer gefallen zu glauben, dass sie dich verlassen wollte."

Sie schien laut zu denken.

„Wir hätten beide den Ermittlern mit ihren Theorien nie glauben dürfen", fuhr sie fort. „Genauso wenig wie den Gerüchten in der Firma. Hannah war doch keine kriminelle Betrügerin. Das hätten zumindest wir wissen müssen."

Das waren die gleichen Gedanken, die mich seit Landauers Anruf verfolgten. Ich schwieg, denn ich wusste in diesem Moment nicht, was dazu noch gesagt werden konnte. Bevor Connie sich verabschiedete, musste ich ihr versprechen, am Sonntagmorgen wieder mit ihr und Tobias zu joggen. Als ich dann allein in meiner leeren Wohnung war, fiel mir ein, woran ich sie trotz aller Schuldgefühle vielleicht hätte erinnern können. Eine wichtige Angelegenheit schien nämlich durch das entsetzliche Verbrechen, dem Hannah in Wien zum Opfer gefallen war, bei uns allen in den Hintergrund geraten zu sein. Denn was immer Hannah in Wien an Schrecklichem passiert war, an einer Sache gab es für mich keinen Zweifel: Sie hatte mich mit Simon Rütli hintergangen und betrogen. Von diesem Mann erwartete sie ein Kind. Und wer weiß, vermutlich hatte er sogar etwas mit dem Mord an ihr zu tun. Oberinspektor Landauer von der Wiener Kripo wollte diesem Verdacht ja auch nachgehen.

Am Samstag telefonierte ich lange mit Sabine. Sie machte sich offensichtlich nach wie vor Sorgen um mich. Sie erzählte dann von ihrer Tochter, die sich auf Hagenbeck freute und sehr auf den „alten" Freund ihrer Mutter gespannt war. Diese gut gemeinte Bemerkung machte mich etwas nervös.

Am Abend holten mich Nico und Juli ab, um mich ein weiteres Mal ins „4U" mitzunehmen. Sie hatten mich kurz vorher angerufen und ihr Eintreffen angekündigt. Eine Absage meinerseits war von ihnen dabei von vornherein wohl nicht eingeplant gewesen. Das eigentliche Thema dieses Abends war ihre Hochzeit, die im August stattfinden sollte. Aber dann überraschten sie mich doch mit einer Bitte: Nach ihren Vorstellungen sollte ich bei diesem Ereignis die Rolle eines der beiden Trauzeugen übernehmen. Natürlich sagte ich sofort zu und hoffte, dass man mir nicht anmerkte, wie sehr mich diese Anfrage rührte. Als sie mich dann später nach Hause fuhren, wunderte ich mich dann doch, dass wir den ganzen Abend nicht ein einziges Mal über Hannah gesprochen hatten.

Das traf auch zu, als ich Connie und Tobias am nächsten Morgen beim Joggen traf. Allerdings ergab sich dabei auch nicht die Gelegenheit zu einem längeren Gespräch, weil ich sicherstellen musste, dass ich zu meinem Treffen mit Sabine und ihrer Tochter nicht zu spät kam.

Wie verabredet traf ich dann Sabine und Tochter Meike um 14.00 Uhr vor dem Haupteingang des Tierparks. Es war nicht zu übersehen, dass das Mädchen die Augen und das Haar von ihrer Mutter geerbt hatte. Sabine stellte mich als ihren alten Freund Johann vor, von dem sie ihrer Tochter „ja schon erzählt" habe. Das Mädchen nickte und sah mich mit großen und ernsten Augen an. Jetzt fiel mir ein, dass dem Kind klar sein musste, dass ich der Freund war, der vor ein paar Tagen „eine schlimme Nachricht" erhalten hatte. Ich wurde den ganzen Nachmittag den Eindruck nicht los, dass ich von dem recht verschlossen wirkenden Mädchen mit einer Mischung aus Neugier und Misstrauen beobachtet wurde. Leicht würde es nicht werden, das Vertrauen dieses Kindes zu gewinnen.

Dass dieser Nachmittag trotz allem kein Misserfolg wurde, lag wohl vor allem daran, dass Meike tatsächlich ein großes Interesse an den vielen verschiedenen Tieren hatte, die wir dort sahen. Und natürlich begeisterte sie sich besonders für die geschäftigen Affen, vor deren Gehege wir länger stehen bleiben mussten. Als ich dann Mutter und Tochter nach einem abschließenden Besuch des Restaurants zu ihrem Auto brachte, hatte ich das Gefühl, dass unsere erste gemeinsame Unternehmung gar nicht so schlecht gelaufen war. Darin wurde ich auch dadurch bestärkt, dass dieses kleine ernste Mädchen mir zum Abschied zum ersten Mal ein kleines Lächeln schenkte. Als Sabine mich dann später anrief, war auch sie mehr als zufrieden. Ähnlich wie ich hatte sie „das

247

Schlimmste" befürchtet, aber wie es aussah, würde sich Meike mit mir bestimmt bald „sehr gut verstehen".

Am Montagvormittag suchte ich dann das Beerdigungsinstitut Schroeder auf, mit dessen Chef ich ja einen Termin vereinbart hatte und der, wie sich herausstellte, nicht Schroeder, sondern Vollert hieß. Ich erklärte ihm ausführlich meine Situation und übergab ihm schließlich die Kontaktadresse, die ich von Landauer bekommen hatte mit der Bitte, sich um die Überführung und Bestattung der sterblichen Überreste meiner Frau zu kümmern. Vollert, der einen kompetenten Eindruck auf mich machte und dem solche Aufträge nichts Ungewöhnliches zu sein schienen, versprach außerdem, dass er mir bei der Wahl der Grabstätte und bei der Organisation der Beerdigung behilflich sein würde. Er kündigte an, dass er sich umgehend mit der Wiener Kontaktstelle in Verbindung setzen würde, um nach der Freigabe des Leichnams sofort reagieren zu können. Als ich eine runde Stunde später das Institut verließ, fühlte ich mich erleichtert.

Am Nachmittag kam der Anruf aus Wien. Landauer hatte eine Neuigkeit für mich: Das Verbrechen an meiner Frau war allem Anschein nach aufgeklärt. Bei einer andren Ermittlung zu einem Raubüberfall im Wiener Rotlichtmilieu habe die Polizei in der Wohnung eines Verdächtigen neben verschiedenen Scheckkarten auch Ausweise gefunden. Darunter sei auch Hannahs Reisepass gewesen. Der Verdächtige habe am Ende gestanden, im letzten Juni auf dem Parkplatz am Wiener Flughafen eine Frau überfallen zu haben.

Nach Darstellung dieses Mannes sei es damals an einem Abend in Schwechat bei seinem Raubversuch zu einem tödlichen Unfall gekommen. In Panik habe er die Tote in seinem Wagen verstaut und später, nachdem es dunkel geworden war, in der Nähe des Flughafens in einem Straßengraben abgelegt. Er habe die Leiche mit Steinen und Gestrüpp zugedeckt und sei in seiner Angst und Verwirrung Hals über Kopf geflohen.

Landauer machte eine Pause. In Wien, fuhr er dann fort, ging man davon aus, dass der Verdächtige tatsächlich der Täter war. Allerdings untersuchte man noch, ob er bei dem Überfall alleine gewesen war oder vielleicht einen Komplizen gehabt hatte. Er hatte zugegeben, dass er Hannah am Geldautomaten beobachtet habe und ihr gefolgt sei. Aber die Sache ging schief, denn sie weigerte

248

sich, ihm ihre Handtasche zu überlassen. Sie wehrte sich, und es kam auf dem Parkplatz zu einem heftigen Gerangel. Er behauptete nun, dass Hannah bei dieser Auseinandersetzung stürzte und durch mit dem Kopf auf die Anhängerkupplung eines Autos fiel. Sie sei, so sagte er, sofort tot gewesen.

Mein Magen hatte sich in einem Krampf zusammengezogen. Landauer schien mir wieder einen Augenblick Zeit geben zu wollen, bevor er seinen Faden wieder aufnahm.

„Soweit der Tathergang, wie ihn der Mann beschrieben hat. Ob es sich genauso abgespielt hat, wissen wir nicht. Mir fällt es etwas schwer, mir vorzustellen, dass ein solcher Vorgang tatsächlich von niemandem gesehen worden ist."

Der Inspektor machte eine Pause.

„Leider ist Vukovic, so hieß der Verdächtige, inzwischen an den Verletzungen gestorben, die er sich unglücklicherweise bei einem Fluchtversuch zugezogen hat", fuhr Landauer dann fort. „Allerdings wird ein wichtiger Teil seiner Darstellung des Tathergangs durch die gerichtsmedizinische Untersuchung gestützt, die inzwischen vorliegt. Die Todesursache ist aller Wahrscheinlichkeit nach die schwere Verletzung an der Schläfe des Opfers. Diese könnte sehr wohl von einem solchen Sturz auf eine solche Anhängerkupplung herrühren."

Am Ende seiner Erläuterungen teilte Landauer mir mit, dass ab sofort der Leichnam meiner Frau nach Hamburg überführt werden könne. Er riet mir, von meiner Seite die entsprechenden Schritte zu unternehmen.

Mir fiel noch ein, dass ich auch vorgehabt hatte, ihn zu fragen, was die Wiener Nachforschungen über Rütli ergeben hatten. Aber das hatte sich ja nun erledigt. Welche Rolle dieser Mann in Hannahs Leben auch immer gespielt hatte, als ihr Mörder kam er wohl nicht in Betracht.

Aber der Inspektor kam dann zu guter Letzt selber noch auf den Verdacht zu sprechen, den ich ihm gegenüber geäußert hatte.

„Übrigens, einen Gast Simon Rütli gab es nicht im Hotel Erzherzog Albrecht. Der Name, den Sie im Gästebuch des Hauses wahrscheinlich für Rütli gehalten haben, gehört zu einer Stefanie Ruti. Sie ist 71 Jahre alt."

In den Tagen, die jetzt folgten, gab es für mich sehr viel zu erledigen, so dass mir zum Glück nur wenig Zeit zum Nachdenken blieb. Abgesehen davon, dass sich in der Kanzlei die Arbeit häufte, gab es jetzt täglich mindestens eine Besprechung mit Vollert, dem Geschäftsführer des Beerdigungsinstituts, mit dem ich mich über Probleme im Zusammenhang mit der Überführung und Bestattung Hannahs beraten und abstimmen musste. Und es gab eine Menge zu regeln. Angefangen von der Organisation der Einäscherung des Leichnams in Wien und der Überführung der Urne nach Hamburg bis hin zur Gestaltung der Trauerfeier und der Beerdigung in Hamburg. Es war in diesen Tagen hilfreich und beruhigend, mich auf den erfahrenen Profi Vollert verlassen zu können, auch wenn ich ihn bei einer Reihe seiner Vorstellungen bremsen musste. Sabine, mit der ich täglich sprach und die auch zweimal nach Hamburg kam, um mich zu unterstützen, war mit ihrer ruhigen und einfühlsamen Art in dieser Zeit für mich eine große Hilfe, vor allem bei der Planung und Organisation der Trauerfeier, die mir doch sehr bevorstand. Ich weiß gar nicht, was ich ohne sie gemacht hätte.

Bis auf Nico, den ich im Büro regelmäßig traf, sah ich in dieser Zeit keinen meiner anderen Freunde. Sie verstanden die Situation, in der ich mich befand. Selbst Nico zeigte in diesen Tagen eine für seine Verhältnisse ungewöhnliche Zurückhaltung und behelligte mich auch nicht mit Fragen oder mit für ihn typischen Vorschlägen. Es war dann ich, der ihn bat, mir in einem weiteren Punkt zu helfen. Er kannte seit Schulzeiten den Pfarrer der St. Petri Kirche, den er für sehr geeignet hielt, die Trauerfeier für Hannah zu leiten. Als ich diesen Mann dann am Abend anrief, hatte Nico bereits mit ihm gesprochen und ihn auf mein Ansinnen vorbereitet. Pastor Wiechmann, der auf mich einen sehr verständnisvollen Eindruck machte, war bereit, die Aufgabe zu übernehmen. Wir verabredeten ein Treffen, bei dem ich ihn über Hannah und das, was mit ihr geschehen war, aufklären konnte.

Es ist merkwürdig, aber von dem Freitag, an dem die Beerdigung stattfand, ist mir nicht viel Konkretes in Erinnerung geblieben. Zu groß war die Anspannung, unter der ich stand. Die Anstrengungen, die nötig waren, um meine Gefühle halbwegs unter Kontrolle zu halten, machten es wohl unmöglich, was um mich herum geschah, bewusst aufzunehmen und zu speichern. Ein Detail, das ich allerdings nicht vergessen habe, war, dass Sabine neben mir fast die ganze Zeit meine Hand festhielt und drückte.

Und eine andere Beobachtung ist mir ebenfalls erhalten geblieben: Es waren weit mehr Menschen erschienen, als ich erwartet hatte. Möglicherweise lag das auch an den Berichten über Hannah, die in der lokalen Presse zu lesen waren. Jedenfalls gab es nicht für alle, die gekommen waren, um sich von Hannah zu verabschieden, in der kleinen Kapelle einen Platz. Ich registrierte nur wenige bekannte Gesichter. Vermutlich handelte es sich bei den meisten um Hannahs Mitarbeiter, denen ich nie begegnet war. Ich war etwas überrascht, Arkenau und Kommissar Becker unter den vielen Trauergästen zu entdecken.

Wenn ich an die Rede des Pfarrers denke, die später von allen sehr gelobt wurde, fällt mir ein, dass ich die ganze Zeit dachte, sie möge doch bald zu Ende sein. Den Gedanken, den offiziellen Abschnitt der Trauerfeier möglichst bald hinter mich zu bringen, habe ich auch während der sich anschließenden Beisetzung nicht ablegen können. Ansonsten habe ich das, was um mich herum geschah, im Grunde wie ein Zuschauer erlebt. An Einzelheiten kann ich mich kaum erinnern. Ich habe allerdings noch vor Augen, wie die Urne mit Hannahs Asche in das Grab gesenkt wurde, und ich mich an Sabines Hand klammerte. Auch sehe ich mich noch, wie ich schließlich die Hände einer Reihe mir unbekannter Menschen schüttelte und dass ich froh war, als auch das endlich vorbei war.

Auf meinen Wunsch hatte sich das Beerdigungsinstitut bemüht, für Hannah in der Nähe der Grabstätte meines Vaters einen Platz zu finden. Das war Vollert mit viel Glück tatsächlich gelungen. Als ich mir den Platz vorher noch einmal angesehen hatte, war mir aufgefallen, dass sich das Grab meines Vaters, das ich eine längere Zeit nicht besucht hatte, in keinem besonders guten Zustand befand. Natürlich meldeten sich bei mir wieder bekannte Schuldgefühle. Da half es auch wenig, dass ich umgehend die Gärtnerei anrief, die eigentlich mit der Pflege des Grabs beauftragt war, und diese aufforderte, sich sofort um diese Angelegenheit zu kümmern. Das schlechte Gewissen blieb. Auch während Hannahs Beerdigung hatte ich den Grabstein im Blick. Mir ging dabei durch den Kopf, dass ich an dieser Stelle für meine Frau, die ich ja nach

251

meinem Gefühl ebenso wie meinen Vater im Stich gelassen hatte, eine passende Ruhestätte gefunden hatte.

Vollerts ursprüngliche Idee, den Trauergästen nach der Bestattung bei Kaffee und Kuchen noch die Gelegenheit zu geben, mit mir zu sprechen, hatte ich sofort verworfen. Die quälenden Umstände, unter denen Hannah zu Tode gekommen war, machte mir die Vorstellung von einem wie auch immer gearteten „Leichenschmaus" unerträglich. Dafür hatte ich mich mit meinen engsten Freunden, mit denen ich in den vergangenen Tagen wenig Kontakt gehabt hatte, in einem Restaurant verabredet. Nico hatte die Organisation für dieses Treffen übernommen.

Sabine hatte abgelehnt, mich zu diesem letzten Termin zu begleiten.

„Ich gehöre nicht dazu", sagte sie, als wir uns auf dem Parkplatz vor dem Friedhof verabschiedeten. „Deine Freunde würden heute meine Anwesenheit zu recht als störend empfinden. Ich verstehe das. Außerdem muss ich auch zurück nach Lübeck."

Als ich in dem Lokal ankam, von dem aus man einen weiten Blick auf die Elbe und den Hafen hatte, warteten die anderen bereits auf mich. Vielleicht hätten wir uns dieses Treffen sparen sollen, denn irgendeine Entspannung, von der man bei solchen Zusammenkünften nach Beerdigungen so häufig spricht, konnte sich bei uns nicht einstellen. Hannahs Ende war einfach zu beklemmend, als dass man dies auch nur einen Moment hätte vergessen können. Das drückte auf die Stimmung, und zu allem Überfluss fing Connie irgendwann auch noch wieder zu weinen an.

Ich vermutete, dass es allen ein wenig ging wie mir. Wahrscheinlich machten auch sie sich Vorwürfe. Denn sie hatten ebenfalls irgendwann begonnen, an Hannah zu zweifeln. Wie ich hatten sie gedacht, dass meine Frau mich verlassen hatte und untergetaucht war. Auch Connie, obwohl sie nach meinem Gefühl von uns allen am längsten daran geglaubt hatte, dass ihrer Freundin etwas zugestoßen sein musste. Jetzt, da bei mir der Druck, der mir während der Trauerfeier doch sehr zu schaffen gemacht hatte, ein wenig nachzulassen begann, dachte ich zum ersten Mal an diesem Tag an Simon Rütli.

Obwohl ich überhaupt keinen Hunger hatte, bestellte mir ebenfalls etwas zu essen. Das schien mir schon deshalb geraten zu sein, weil ich das Gefühl hatte, dass mir das Bier, das ich wohl ein

252

wenig zu schnell getrunken hatte, sofort in den Kopf gestiegen war. Worüber wir bei unserem Treffen im Einzelnen sprachen, habe ich wie so vieles an diesem Tag nicht im Gedächtnis behalten. Allerdings erinnere ich mich noch daran, dass mir alle wieder ihre Hilfe anboten, sollte ich diese benötigen. Wahrscheinlich bildete ich mir nur ein, dass meine Freunde auch ein bisschen erleichtert waren, als ich mich dann nach einer knappen Stunde von ihnen verabschiedete. Man hatte Verständnis dafür, dass für mich an diesem Tag „alles ein bisschen viel gewesen" sei.

Im Auto konnte ich dann endlich tief durchatmen. Die Trauerfeier war also geschafft. Es dauerte jedoch nicht lange, bevor ich doch wieder an Hannahs Untreue denken musste. Ich stellte mir nämlich vor, dass nachdem ich nicht mehr dabei war, meine Freunde sich über das Doppelleben meiner Frau unterhalten würden. Hannah hatte ja nicht nur mich nach Strich und Faden belogen.

Zu Hause legte ich als erstes den schwarzen Anzug ab und ging unter die Dusche. Als ich nach langer Zeit aus dem Bad kam und noch dabei war, mich umzuziehen, klingelte das Telefon. Es war Sabine, die wissen wollte, wie es mir ergangen war. Ich erzählte ihr von unserem Treffen und sagte ihr, dass sie wirklich nichts versäumt habe. Wir waren uns einig, dass wir uns an diesem Wochenende wieder sehen wollten und verabredeten, am nächsten Tag noch einmal miteinander zu telefonieren. Kurz nachdem ich aufgelegt hatte, klingelte wieder das Telefon und ich dachte, dass Sabine vergessen hatte, mir noch etwas zu sagen. Aber es war jemand anderes.

„Guten Abend, Herr Dr. Weber", sagte eine mir unbekannte Männerstimme. „Es tut mir sehr leid, Sie gerade heute zu stören. Mein Name ist Simon Rütli. Ich möchte Ihnen mein Beileid aussprechen."

26

Ich musste mich einen Moment an meinem Schreibtisch festhalten. Ich spürte wie sich mein Puls beschleunigte und mein Magen zusammenzog. Sollte das vielleicht ein Scherz sein? Wollte sich da jemand über mich, den gehörnten Ehemann, vielleicht lustig machen? Aber das konnte nicht sein, denn von der Existenz eines Simon Rütli und von seiner Beziehung zu Hannah wusste außer meinen Freunden niemand etwas. Ich hatte keine Ahnung, wie ich mich jetzt verhalten sollte. Der Mann am anderen Ende der Leitung schwieg zunächst ebenfalls. Als eine Reaktion von meiner Seite weiterhin ausblieb, versuchte er es mit einer Erklärung zu seiner Person.

„Vielleicht hat Hannah Ihnen von mir erzählt. Wir waren nämlich zu Studienzeiten befreundet", sagte er und schien bei mir auf eine Reaktion zu warten. „Wir haben uns damals völlig aus den Augen verloren und erst vor kurzem zufällig wiedergetroffen."

Das musste Rütli sein. Er hatte tatsächlich immer noch einen schweizerischen Akzent. Was wollte dieser Mann von mir?

„Ich lebe jetzt in Australien", ergänzte er nach einer Pause. „Von Hannahs Tod habe ich durch die online-Ausgabe des Hamburger Abendblatts erfahren und bin zu ihrer Beerdigung nach Hamburg gekommen."

Ich wusste immer noch nicht, was ich diesem Mann sagen sollte. Warum rief er mich an? Ich war kurz davor, ihm diese Frage zu stellen, da machte er deutlich, was er von mir wollte.

„Übermorgen fliege ich zurück nach Hause. Mir bleibt hier also nur noch wenig Zeit. Deshalb möchte ich Sie fragen, ob wir uns morgen in der Stadt treffen könnten. Ich glaube, ich bin Ihnen noch eine Erklärung schuldig."

Bevor ich mich zu dieser Idee äußern konnte, fügte er hinzu, dass er ab 11 Uhr im Alsterpavillon auf mich warten würde.

Im Nachhinein sagte ich mir, dass mein Verhalten in dieser Situation wieder einmal typisch für mich war. Ich reagierte einfach nicht schnell genug. Einem Mann wie Nico wäre das nie passiert. In überraschenden Situationen fehlte mir häufig der klare Kopf, und ich ließ mich dann auf Dinge ein, die mir später leidtaten. So kam es mir diesmal auch wieder vor. Anstatt diesem Mann, der mich mit meiner Frau betrogen hatte, deutlich zu sagen, was ich von ihm und diesem Anruf hielt, ließ ich mich überrumpeln und sagte, dass ich seinen Vorschlag annehmen würde.

Was ich vor allem befürchtete, war, dass dieser Simon Rütli sich vielleicht vorstellte, er könne sich jetzt mit mir in einem „gemeinsamen Schmerz" irgendwie verbrüdern. Ich nahm mir vor, dies auf keinen Fall zuzulassen. Dieser Mann, der meine Ehe zerstört und den ich noch vor kurzem für den Tod meiner Frau verantwortlich gemacht hatte, durfte von mir niemals die Chance bekommen, mich auf irgendeine Weise zu vereinnahmen. Ich würde nie vergessen, was er mir angetan hatte.

Ich beschloss, dieses Telefongespräch erst einmal für mich zu behalten. Erstens wusste ich nicht, wie ernst ich diesen Kontakt nehmen konnte und was bei diesem Treffen herauskommen würde. Zum anderen war ich verwirrt genug und sah wenig Sinn darin, mich von meinen Freunden durch wohlgemeinte Ratschläge noch weiter verunsichern zu lassen. Was sollte mir das denn bringen? Ein Zusammentreffen zwischen mir und dem Liebhaber meiner Frau war meine ganz persönliche Angelegenheit und ging sowieso keinen anderen etwas an. Auch Sabine nicht.

Ausgerechnet der Alsterpavillon! Ich hatte ohnehin keine guten Erinnerungen an dieses Restaurant, das auch von Sabine für unser damaliges Gespräch ausgesucht worden war. Vielleicht lag es am Namen, dass Nichthamburger diesen Ort so gerne als Treffpunkt wählten. Als ich am nächsten Tag meinen Wagen abgestellt hatte, war es bereits einige Minuten nach elf. Es regnete leicht, und an der Alster wehte ein unangenehmer Wind. Mir fiel jetzt ein, dass ich überhaupt keine Vorstellung hatte, wie ich diesen Rütli erkennen sollte. Aber am Ende stellte sich heraus, dass dies kein Problem war, denn als ich mich am Tresen des großen und gut besuchten Lokals umsah, sprach mich jemand von hinten an.

„Hallo, Herr Dr. Weber. Ich bin sehr froh, dass Sie gekommen sind."

Ich drehte mich um und sah den Mann, den ich mir so ganz anders vorgestellt hatte. Simon Rütli war untersetzt und deutlich kleiner, als ich mir ausgemalt hatte. Er hatte freundliche Augen, mit denen er mich ein wenig verlegen anlächelte. Das Auffallendste an ihm aber war für mich sein dichtes und kurzes weißes Haar, um das ich ihn auf der Stelle beneidete. Ich war froh, dass er gar nicht den Versuch machte, mir die Hand zu schütteln, und folgte ihm zu einem Tisch, an dem er bei einer Tasse Kaffee offenbar schon auf mich gewartet hatte. Er trug Jeans zu einem hellgrauen Jackett. Wir setzten uns, und mein Gegenüber, dem es gar nichts auszumachen schien, dass ich bisher noch kein Wort gesagt hatte, fragte mich, was er für mich bestellen könnte.

„Ein Kaffee wäre gut", sagte ich.

Er drehte sich um und versuchte, Blickkontakt zu einer der Serviererinnen herzustellen. Als er sich dann mir wieder zuwandte, registrierte ich, dass er wie ich ein schwarzes Hemd trug.

„Es ist sehr schade, dass wir uns unter diesen bedrückenden Umständen kennen lernen".

Wieder war sein schweizerischer Akzent nicht zu überhören. Es schien ihn nicht zu stören, dass ich auch weiterhin schwieg. Die Bedienung kam, und ich bestellte mir bei ihr ebenfalls einen Kaffee. Obwohl mein eigenes Frühstück zu Hause etwas knapp geraten war, konnte ich in diesem Augenblick an Essen überhaupt noch nicht denken.

„Vielleicht sollte ich damit anfangen, Ihnen etwas über meinen persönlichen Hintergrund zu erzählen", sagte er, als wir wieder allein waren.

Ohne auf eine Antwort von mir zu warten, begann er nun von seiner Zeit als Student in Frankfurt und seiner damaligen engen Freundschaft zu Hannah zu sprechen. Er schilderte mir seinen Entschluss, sein Jurastudium abzubrechen, und den heftigen Streit, den er deshalb mit Hannah hatte. Er ging nach der Trennung zurück zu seiner Familie in die Schweiz. Hannah, so hörte er dann, entschloss sich, eine Zeitlang in England zu studieren.

Als sich für ihn in dieser Zeit die Möglichkeit eröffnete, nach Australien auszuwandern, ergriff er diese Chance und hatte Glück: In der Nähe von Sydney fand er Arbeit in einem kleinen Betrieb, der sich auf Inneneinrichtungen für Campingwagen spezialisiert hatte. Seine kaufmännische Ausbildung, die er schon vor seiner Zeit an der Frankfurter Uni durchlaufen hatte, machte ihn dort bald zu einem wertvollen Mitarbeiter. Das erkannte nach kurzer Zeit auch der deutschstämmige Besitzer, mit dem er sich anfreundete und der ihn, als der Betrieb stetig wuchs, zu seinem Partner machte.

Was Rütli mir hier mitteilte und vor allem wie er es erzählte, passte nicht zu dem Bild, das mir von dem Geliebten meiner Frau gemacht hatte. Ich fragte mich, was es war, das diesen Mann in ihren Augen attraktiv gemacht hatte.

„Ich hatte Hannah eigentlich völlig vergessen, da begegnete ich vor einiger Zeit in einem der *German Clubs* in Sydney zufällig ihrer Mutter", fuhr er dann fort. „Ich hatte sie vorher als Student nur einmal in Frankfurt getroffen, als sie dort ihre Tochter besuchte. Das Verhältnis zwischen den beiden war schon damals nicht besonders. Hannah hing sehr an ihrem Vater und hatte mir seinerzeit erzählt, dass ihre Mutter eine Affäre hatte."

Rütli selber war immer davon ausgegangen, dass Hannahs Mutter mit dem Mann, mit dem sie das Verhältnis gehabt hatte, nach dem Selbstmord ihres Mannes nach Kanada gegangen war. Umso größer war seine Überraschung, als er sie jetzt in Sydney traf. Sie war mit einem Australier verheiratet, und er nahm nicht an, dass dies der Mann war, mit dem sie damals Deutschland verlassen hatte.

„Als ich diese Frau jetzt wiedersah, ging es ihr gesundheitlich überhaupt nicht gut. Sie erzählte mir, sie litte unter einer akuten Herzinsuffizienz. Aber mehr noch schien es sie zu quälen, dass sie seit Jahren keine Verbindung mehr zu ihrer Tochter hatte. Hannah hatte nach dem Tod ihres Vaters jeden Kontakt zu ihr abgelehnt. Die Mutter wusste seit Jahren nicht, wo und wie ihre Tochter lebte".

Rütli hatte danach mehrfach mit dieser Frau telefoniert. Als sie dann Ende des letzten Jahres von ihm hörte, dass er geschäftlich nach Europa fliegen wolle, um dort mit einer Schweizer Firma über einen Kooperationsvertrag zu verhandeln, hatte sie ihn gebeten, bei dieser Gelegenheit zu versuchen, Hannahs Aufenthaltsort zu ermitteln. Er hatte sie sofort gewarnt, dass er wohl damit von der Schweiz aus wenig Erfolg haben würde.

Er hatte an diese Bitte auch schon gar nicht mehr gedacht, als ihm in Berlin, wo man ihn einem deutschen Partner der Schweizer Firma vorstellen wollte, Hannah tatsächlich in einer Hotellobby zufällig begegnete.

Ich fing an zu rechnen.

„Wann war das denn?", wollte ich wissen.

„Das war so Ende November", antwortete er. „Wir hatten keine Zeit, länger miteinander zu sprechen, da ich mit meinem Gastgeber auf dem Weg zum Flughafen war. Als ich Hannah sagte, dass ich sie von ihrer Mutter grüßen sollte, war sie sehr überrascht. Wir beide hatten dann gerade noch genügend Zeit, uns gegenseitig unsere Handynummern zu geben".

Seit er Hannah erwähnt hatte, fühlte ich mich zunehmend unwohl. Hatte dieser Mann etwa vor, mir seine Affäre mit meiner Frau detailliert zu schildern? War das die „Erklärung" von der er gesprochen hatte? An solchen Auskünften hatte ich nicht das geringste Interesse. Ich nahm mir vor, ihn sofort zu unterbrechen, sollte ich feststellen, dass dies tatsächlich seine Absicht sei.

Hannah habe ihn dann am nächsten Tag angerufen, berichtete er weiter. Sie verabredeten, sich noch Anfang Dezember zu treffen, bevor er wieder nach Sydney zurückfliegen musste. Es gab da tatsächlich einen Termin, an dem beide ohnehin geschäftlich in Berlin sein würden. Er übernahm es, in dem Hotel, in dem man ihn auch das letzte Mal untergebracht hatte, für sie beide Zimmer zu reservieren.

„Wir haben uns dann in Berlin getroffen und einen langen Abend zunächst im Restaurant des Hotels und dann später in der Bar verbracht. Wir hatten uns schließlich viel zu erzählen und wollten voneinander natürlich wissen, wie es uns in den Jahren nach unserer Trennung ergangen war."

Wieder krampfte sich mein Magen zusammen. Ich hatte die beiden in dem Hotel in Berlin vor Augen. Herr und Frau Weber. Mein Herz schlug mir bis zum Halse und mir wurde warm unter meinem Jackett. Ich hatte mich jetzt lange genug zurückgehalten.

„Ich verstehe", sagte ich und versuchte mich hinter Sarkasmus zu verstecken. „Bei diesem Treffen war es sicher ein Vorteil, dass Sie sich dazu als Ehemann meiner Frau ausgaben. Das jedenfalls habe ich in diesem Hotel erfahren."

Damit hatte ich ihn offensichtlich überrascht. Er schwieg und sah mich betroffen an.

„Das ist Unsinn", entgegnete er nach einer kleinen Pause. „Wozu sollte das denn nötig gewesen sein?"

Er hatte die Stirn gerunzelt und starrte mich irritiert an. Dann plötzlich glättete sich sein Gesicht und verzog sich zu einem Grinsen. Er schien etwas zu begreifen und schüttelte den Kopf.

„Ich glaube, ich weiß, was da in Berlin passiert ist", sagte er. „Bei ihrer Ankunft wollte Hannah auf Nummer sicher gehen und hatte für den Abend für uns beide einen Tisch im Restaurant des Hotels bestellt. Als wir dann dort ankamen, sahen wir, dass man laut Tischkarte die Plätze für 'Herrn und Frau Weber' reserviert hatte. Offenbar hatte man an der Rezeption einen falschen Schluss gezogen. Wir lachten über diesen Irrtum, der dann offenbar in den Unterlagen des Hotels festgeschrieben worden ist. Wir dachten damals gar nicht daran, ihn zu korrigieren."

Er stoppte auf einmal und sah mich mit großen Augen an. Offenbar dämmerte ihm in diesem Moment noch etwas anderes.

„Sie haben doch nicht gedacht, dass Hannah und ich ..."

Er sprach den Satz nicht zu Ende. Dann rückte er etwas dichter an den Tisch heran und senkte seine Stimme.

„Da kann ich Sie aber beruhigen", sagte er und verzog sein Gesicht zu einem kleinen Lächeln. „Ich mache mir nämlich nichts aus Frauen."

Er machte eine kleine Pause, und ich versuchte zu begreifen, was er mir da sagte.

„Dies ist mir im Laufe des Studiums erst allmählich bewusst geworden", erklärte er mir. „Es war übrigens Hannah, die als Erste von meiner sexuellen Orientierung erfuhr. Das war ja auch der eigentliche Grund dafür, dass wir uns damals trennten und ich von der Uni in Frankfurt geflohen bin."

Ich schaute ihn jetzt sprachlos an. Sein Lächeln war breiter geworden.

„Ich habe übrigens in Sydney einen Partner, mit dem ich seit langem glücklich zusammenlebe."

In meinem Kopf drehte sich alles. Es war mir unmöglich, meine herumschwirrenden Gedanken einzufangen. Was bedeuteten diese neuen Informationen für mich? Mir fiel Hannahs Schwangerschaft ein, und mir wurde plötzlich schlecht.

Wenn mein Gegenüber den Zustand bemerkte, in den mich seine Enthüllung gestürzt hatte, so ließ er sich das nicht anmerken. Er kam wieder auf sein Treffen mit Hannah in Berlin zu sprechen, bei dem er ihr lange und ausführlich von ihrer Mutter erzählt hatte.

„Sie hörte sich an, was ich zu berichten hatte. Dabei stellte sie auch Fragen, besonders solche, die den gesundheitlichen Zustand ihrer Mutter betrafen. Ich war allerdings nicht darauf gefasst, dass sie schließlich zum Ausdruck brachte, dass sie mit 'dieser Frau', wie sie sagte, nichts mehr zu tun haben wollte."

Er musste ihr sogar versprechen, der Mutter in Australien nichts davon zu sagen, dass er sie in Deutschland getroffen hatte. Ich selber dachte jetzt daran, was ich von Brigitte gehört hatte: Hannah hatte ihrer Mutter den Ehebruch nie verziehen und machte sie auch dafür verantwortlich, dass der Vater sich schließlich umgebracht hatte.

„Ich bin wie geplant kurz nach unserem Treffen zurück nach Sydney geflogen und habe mich an das Versprechen gehalten, das ich Hannah gegeben hatte", fuhr Rütli dann fort. „Allerdings ist mir das nicht leicht gefallen."

Irgendwie ergab diese ganze Geschichte für mich keinen Sinn. Vor allem eine Sache verstand ich nicht.

„Ich verstehe nicht, warum Hannah mir davon nichts erzählt hat? Warum hat sie mir verschwiegen, dass sie wieder einen alten Studienfreund getroffen hatte? Was sollte denn diese unnötige Heimlichtuerei?"

Rütli nickte.

„Das habe ich mich auch gefragt. Ich habe natürlich gemerkt, dass Hannah mir zwar viel von ihrem Ehemann erzählte, aber nicht den Versuch machte, mich mit ihm bekannt zu machen", sagte er. „Sie bat mich auch, nur ihre Handynummer zu benutzen, wenn ich sie erreichen wollte."

Er machte jetzt eine kleine Pause.

„Das hat mich auch gewundert, aber ich sagte mir dann, dass dies bestimmt mit ihrer Mutter zu tun haben musste. Hannah hatte mir nämlich in unseren Gesprächen verraten, dass sie, als sie ihren Mann kennen lernte, vorgegeben hatte, ihre Eltern seien beide tot. Das entsprach damals sicher auch ihrem Gefühl. Sie hat mir in Berlin erzählt, dass sie diese Unwahrheit, die sie Ihnen gegenüber versäumte rechtzeitig zu korrigieren, seit langem bedrückte."

Wieder unterbrach er seine Überlegungen. Dann zuckte er mit den Achseln.

„Mich in dieses Lügengebäude einzubeziehen, kam für sie wohl nicht in Frage. Ich glaube, sie wollte einfach nicht riskieren, dass sie durch mich vor ihrem Mann als Lügnerin bloßgestellt wurde. Sie schämte sich in zweifacher Hinsicht: Einmal für ihre Mutter, die ihre Familie im Stich gelassen hatte. Zum anderen, weil sie ihren Ehemann in einer wichtigen Angelegenheit belogen hatte."

Rütli kam dann wieder auf Hannahs Mutter zurück und erzählte, dass ihm in Sydney die Enttäuschung der alten Dame, die ganz offensichtlich große Hoffnung in ihn gesetzt hatte, doch ziemlich zu schaffen gemacht habe, zumal es ihr gesundheitlich inzwischen noch schlechter ging. Er hatte das nicht vergessen, als er im letzten Mai zu Abschlussverhandlungen wieder nach Zürich flog. Er nahm sich vor, noch einmal den Versuch zu machen, Hannah zu einer Meinungsänderung zu bewegen.

Er telefonierte mit ihr, und sie stellten dabei fest, dass es für sie beide während seines Aufenthalts in Europa nur eine einzige Möglichkeit gab, sich zu sehen. Und diese war dazu auch noch ziemlich umständlich und aufwendig: Sie mussten sich in Hannover treffen, wo Hannah an diesem Tag einen geschäftlichen Termin wahrzunehmen hatte. Sie verabredeten, dass Hannah dort, sobald sie an diesem Tag frei war, in ein Café der Innenstadt kommen würde. Er wollte dort am Nachmittag auf sie warten. Ihnen blieb dann nicht viel Zeit, denn noch am gleichen Abend musste sie den Zug zurück nach Hamburg nehmen. Auch er hatte vor, dann wieder nach Zürich zu fliegen.

Der Nachmittag in Hannover nahm aber einen ganz anderen Verlauf, als sie geplant hatten. Als Hannah das Café gefunden hatte und sich zu ihm setzte, wurde sie plötzlich sehr blass und sagte, ihr sei schlecht. Er begleitete sie zur Damentoilette, wo sie sich übergeben musste. Sie hatte augenscheinlich ein ernsthaftes Kreislaufproblem, und er überzeugte sie davon, sofort einen Arzt aufzusuchen. Von der Serviererin des Cafés erfuhren sie, dass es in der Nachbarschaft eine Arztpraxis gab.

„Es schien günstig, dass es sich dabei um einen Frauenarzt handelte", sagte er. „Da Hannah immer noch leichenblass war, glaubte man uns, dass es sich um einen Notfall handelte, und führte uns an einem vollen Wartezimmer vorbei in einen kleinen Nebenraum. Es verging dann aber doch noch einige Zeit, bevor Hannah endlich in das Behandlungszimmer gebeten wurde."

Rütli unterbrach seinen Bericht kurz, um einen Schluck von seinem Kaffee zu nehmen. Der musste eigentlich schon kalt sein.

„Die Untersuchung dauerte länger als ich erwartet hatte", fuhr er dann fort. „Als Hannah endlich zusammen mit dem Arzt zurückkam, fand ich das zunächst ziemlich beunruhigend. Ich dachte, dass Hannahs Beschwerden ernster waren, als ich vermutet hatte. Doch dann platzte sie freudestrahlend heraus, dass sie schwanger sei. Auch ich war über die Nachricht so begeistert, dass Hannah später gemeint hat, der Arzt müsse mich für den Vater des Kindes gehalten haben."

Er hatte verstehen können, dass sie dann nach dieser Nachricht früher als geplant zurück nach Hamburg fahren wollte. Er brachte sie auch noch zum Bahnhof. Bevor sie sich von einander verabschiedeten, versprach sie ihm, über die Beziehung zu ihrer Mutter noch einmal nachzudenken. Sie ließ sich dazu auch die Adresse und die Telefonnummer in Sydney geben.

Wir saßen uns eine Weile schweigend gegenüber. In meinem Kopf jagten sich die Gedanken. Ich war jetzt überhaupt noch nicht in der Lage, die neuen Informationen zu ordnen und zu bewerten. Dazu würde ich noch sehr viel länger brauchen. Schließlich sprach ich das aus, was mich in diesem Moment am meisten beschäftigte.

„Über eine Schwangerschaft hat Hannah mit mir nie gesprochen."

Rütli nickte und blickte durch das große Fenster auf die Alster.

„Das glaube ich Ihnen", sagte er dann. „Bereits in Hannover hat Hannah mir angedeutet, dass sie vorhatte, damit noch etwas zu warten. Sie wollte ihren Mann in einem passenden Moment mit dieser Neuigkeit überraschen."

Auf meinem Weg zu diesem Treffen hatte ich mir noch fest vorgenommen, allen Äußerungen dieses Mannes, den ich ja für den Liebhaber meiner Frau hielt, mit der nötigen Vorsicht zu begegnen. Ich war mir sicher gewesen, dass er allen Grund hatte, mir etwas vorzumachen. Ich musste mir jetzt eingestehen, dass das, was er erzählte, mehr Sinn ergab als alles, was mir bisher durch den Kopf gegangen war. Das traf auch auf das zu, was er noch zu berichten hatte:

„Ich habe Hannah dann kurz vor meinem Rückflug noch einmal angerufen, um mich von ihr zu verabschieden. Vor allen Dingen aber wollte ich sie noch einmal bitten, mit ihrer Mutter doch endlich Kontakt aufzunehmen. Ich schilderte ihr wieder, wie schlecht es der alten Dame ging und wie sehr diese hoffte, ein Lebenszeichen von ihrer Tochter zu bekommen. Es war ein kurzes Gespräch, denn Hannah hatte Gäste an diesem Abend und hatte daher auch nur wenig Zeit. Sie versprach mir, sich die ganze Sache noch einmal durch den Kopf gehen zu lassen. Übrigens, ich habe sie dabei auch gefragt, ob sie ihrem Mann von der Schwangerschaft erzählt hatte. Sie sagte mir, dass sie damit bis nach ihrer Rückkehr aus

Wien warten wollte. Soweit ich sie verstanden habe, glaubte sie außerdem, in Hamburg endlich eine neue Wohnung für Sie beide gefunden zu haben. Sie sprach von einer Verabredung mit einem Makler. Das schien ihr die ideale Gelegenheit zu sein, ihren Mann mit der Neuigkeit zu überraschen."

Das war also Anruf, in den ich so viel hineingeheimnisst hatte. Was dieser Mann da erzählte, erklärte dann wohl auch Hannahs Bausparvertrag. Er sollte offenbar wirklich eine Überraschung für mich sein. Mir fiel jetzt auch noch ihr letztes Telefonat ein, von dem der Taxifahrer in Wien gesprochen hatte. Ich war ja lange davon ausgegangen, dass sie sich auf diese Weise mit ihrem „Freund" Simon vor ihrem Verschwinden verabredet hatte.

„Waren Sie es, der Hannah am Montag dann in Wien noch einmal angerufen hat? Der Taxifahrer hat am Flughafen noch gesehen, dass sie ihr Handy benutzt hat."

Er schüttelte den Kopf.

„Nein, da war ich schon unterwegs nach Sydney. Mein Handy war ausgeschaltet. Ich hatte zu diesem Zeitpunkt keine Möglichkeit zu telefonieren", antwortete er. „Aber ich habe später bemerkt, dass Hannah mir noch eine Nachricht auf die Mobilbox gesprochen hat. Sie wollte mir noch sagen, dass sie sich vorgenommen hatte, mit ihrer Mutter in Verbindung aufzunehmen. Vielleicht hat sie der Taxifahrer dabei beobachtet."

Die Kellnerin kam und fragte uns, ob wir noch einen Wunsch hätten. Wir schüttelten beide den Kopf und sahen schweigend zu, wie sie begann, die leeren Tassen abzuräumen. Als sie gegangen war, blickte Rütli zum wiederholten Mal auf seine Uhr.

„Ich habe nachher noch einen Termin mit einem meiner neuen Geschäftspartner, der heute auch zufällig in Hamburg ist", sagte er in einem bedauernden Tonfall. „Ich muss mich demnächst auf den Weg machen."

Er schien noch etwas auf dem Herzen zu haben.

„Ich bedaure wirklich sehr, dass Hannah sich Ihnen, was ihre Vergangenheit betraf, nicht sofort anvertraut hat. Spätestens nach unserem Wiedersehen hätte sie das tun müssen", fügte er dann hinzu. „Das habe ich ihr auch gesagt."

Er wartete einen Moment und zuckte dann mit den Achseln.

263

„In Hannover hat sie mir dann auch versprochen, Ihnen bei der nächsten guten Gelegenheit über ihre Mutter die Wahrheit zu sagen. Dazu ist sie offenbar nicht mehr gekommen."

Er machte der Kellnerin ein Zeichen und bat um die Rechnung. Meine Einmischung lehnte er ab. Schließlich habe er mich ja zu diesem Treffen eingeladen.

Bevor wir aufstanden, um zu gehen, bat ich ihn um die Adresse von Hannahs Mutter.

Er nickte und gab mir aus seiner Brieftasche eine Visitenkarte.

„Ich glaube, das ist eine gute Idee", sagte er.

Dann überreichte er mir eine zweite Karte.

„Das sind meine Daten. Sollten Sie einmal vorhaben, nach Australien zu reisen, würde ich mich freuen, Ihnen dabei behilflich zu sein."

Ich dankte ihm und überlegte einen Augenblick. Dann nahm auch ich meine Karte aus der Tasche und schob sie ihm über den Tisch zu.

„Vielleicht haben Sie ja Lust, sich bei mir zu melden, wenn Sie wieder mal in Deutschland sein sollten", sagte ich und erhob mich.

Bevor wir vor dem Eingang des Restaurants auseinander gingen, hatte ich noch eine letzte Frage.

„Der Roman von Carré, den ich zu Hause gefunden habe. Hatte Hannah den von Ihnen?"

Er blieb stehen und sah mich etwas erstaunt an.

„Den habe ich Hannah bei unserem Treffen in Berlin gegeben", sagte er. „Sie hatte mir von ihrem Job bei dieser Pharmafirma erzählt. Ich fand, dass der Roman sie interessieren müsste und dass sie ihn lesen sollte."

Ich sah ihm nach, als wir uns schließlich trennten. Nach einigen Schritten drehte er sich ein letztes Mal um und hob noch einmal zum Abschied die Hand. Es dauerte nicht lange, dann verlor ich ihn zwischen den vielen Passanten, die an diesem Samstag unterwegs waren, aus den Augen.

27

Ich glaubte diesem Mann. Mir vorzustellen, dass er sich diese Geschichte bis in alle Einzelheiten ausgedacht hatte, fiel mir schwer. Das Ganze schien mir sogar unmöglich. Und außerdem, wenn Rütli die Absicht gehabt hätte, eine Affäre mit meiner Frau zu verschleiern, warum hätte er sich bei mir eigentlich melden sollen? Wenn dies seine Absicht gewesen wäre, war es doch dumm, sich mit mir in überhaupt Verbindung zu setzen. Es wäre doch für ihn sehr viel einfacher und sicherer gewesen, wenn er sich mir gegenüber nie zu erkennen gegeben hätte. Vor allen Dingen aber glaubte ich ihm, weil sich durch seine Darstellung fast alle Widersprüche und Unklarheiten auflösten, die mich bis zum Schluss irritiert hatten.

So hatte ich durch ihn erfahren, dass es für die rätselhaften Telefonate, die Hannah kurz vor ihrer Reise geführt hatte, eine einfache Erklärung gab. Auch die beunruhigenden Auskünfte, die ich von diesem Hotel in Berlin und von dem Arzt in Hannover erhalten hatte und die nur den Schluss zuzulassen schienen, das meine Frau einen Liebhaber hatte und von ihm ein Kind erwartete, waren ganz offensichtig auf Missverständnisse zurückzuführen. Obendrein hatte mich Hannah damit überraschen wollen, dass sie ein Haus für uns gefunden hatte. Auf der Suche nach einem passenden Objekt, das wir uns auch leisten konnten, hatte sie wohl endlich Erfolg gehabt. Die Maklerin, die ich noch einmal anrief, konnte dies bestätigen. Sie hatte das Gefühl gehabt, dass Hannah tatsächlich an einem der angebotenen Objekte sehr interessiert gewesen sei. Ich hatte ja vorher schon festgestellt, dass sie die 50.000 Euro, die sie zusätzlich von ihrem Arbeitgeber erhalten hatte, zwar vor mir verschwiegen, aber in einen gemeinsamen Bausparvertrag gesteckt hatte. Ebenso wie die Nachricht von ihrer Schwangerschaft sollte dies eine Überraschung für mich werden. Keine Frage, Hannah hatte mir das alles verheimlicht. Aber ich hatte jetzt verstanden, dass sie mich dadurch nicht hintergehen wollte. Sie hatte die Absicht gehabt, mir damit eine besondere Freude zu machen.

Und dennoch blieben ein paar Punkte ungeklärt. Von wem hatte Hannah während ihres Aufenthalts in Wien im Hotel eine Mitteilung erwartet? Jedenfalls hatte sie sich dort offenbar nach einer

Nachricht erkundigt. Aber vielleicht stand diese Nachfrage im Zusammenhang mit den Wiener Aktivitäten der beiden Freundinnen. Ich konnte mir zum Beispiel vorstellen, dass Hannah im Zusammenhang mit ihren Einkäufen oder ihren geplanten Wiener Unternehmungen vielleicht noch besondere Informationen benötigte. Oder hatte Frau Gerber an der Rezeption mit jemand anderem gesprochen und sich einfach geirrt?

Ein weiterer Punkt, der noch nicht geklärt schien, betraf Hannahs Handy. Wie war das Gerät in die Hände der fremden Leute geraten, die sich in Wien auf meine Versuche einmal gemeldet hatten? Und wer hatte ihre Kreditkarten unbrauchbar gemacht? Dass sie dies selber getan hatte, konnte ich mir nach wie vor nicht vorstellen. Wahrscheinlich hätte ihr Mörder, der vielleicht versucht hatte, seine Spuren zu verwischen, etwas mehr Licht in diese Angelegenheit bringen können. Aber diese Möglichkeit gab es ja nicht mehr.

Schon vor meinem Gespräch mit Simon Rütli war klar gewesen, dass Hannah rein zufällig einem Verbrechen zum Opfer gefallen war. Sie war, wie es so schlicht heißt, „einfach zur falschen Zeit am falschen Ort" gewesen. Sie hatte nie daran gedacht, mich zu verlassen. Durch Rütli wusste ich nun obendrein, dass sie auch zu keiner Zeit eine Affäre gehabt hatte. Der Mann, von dem ich fest geglaubt hatte, dass er ihr Liebhaber gewesen sei, hatte sich obendrein vor mir als schwul „geoutet". Die beunruhigenden Bilder und Vorstellungen, mit denen ich mir eine Affäre zwischen den beiden ausgemalt hatte und die mich so lange umgetrieben und verfolgt hatten, hatten sich für mich erledigt.

Mit der Erklärung, die Rütli mir gegeben hat, ist die Geschichte, die ich über Hannah erzählen wollte, im Grunde abgeschlossen. Ihr rätselhaftes Verschwinden, das mein Leben verändert hat, ist für mich aufgeklärt. So gesehen müsste es mir jetzt auch endlich gelingen, den viel beschworenen neuen Abschnitt in meinem Leben in Angriff zu nehmen.

Aber so einfach ist das alles nicht, denn mein eigentliches Problem sind meine bekannten Schuldgefühle, die mich ja nicht erst seit Hannahs Verschwinden begleiten. Sie gehören zu meiner Biographie und sind schon immer ein Teil von mir gewesen. Im Augenblick aber machen sie sich wieder stärker bemerkbar. Mir wurde nach dem Gespräch mit Rütli nämlich bewusst, dass es nicht allein darum geht, dass ich nach Hannahs Verschwinden irgendwann aufgehört habe, an sie zu glauben und sie so im Stich gelassen habe.

Was mich jetzt besonders belastet, ist der Gedanke, dass ich in Wien nicht nur meine Frau, sondern auch das Kind verloren habe, das ich mir immer so sehr gewünscht hatte. So lange ich davon ausgegangen war, dass Hannah von ihrem Liebhaber schwanger war, hatte mich der Tod dieses ungeborenen Wesens weniger beschäftigt als die Vorstellung, dass ich von meiner Frau betrogen und verraten worden war. Es war aber auch nicht so, dass der Verlust dieses ungeborenen Wesens in meinen Überlegungen gar keine Rolle gespielt hätte. Natürlich war das ein entsetzlicher Gedanke. Aber Hannahs Schwangerschaft war zunächst für mich vor allem eine Folge ihrer Untreue. Es war ihr Ehebruch, der mich besonders belastete und der mir zu schaffen machte.

Durch Rütli weiß ich nun, dass es mein eigenes Kind war, das zusammen mit Hannah ermordet worden ist. Erst durch ihn ist mir dies so richtig bewusst geworden. Zu dem Schmerz über meinen doppelten Verlust, gesellt sich jetzt auch ein Gefühl der Scham über meine Ichbezogenheit, mit der ich auf das furchtbare Geschehen in Wien reagiert habe.

Heute, zwei Monate nach Hannahs Beerdigung, tue ich mich nach wie vor sehr schwer damit, einen „neuen Lebensabschnitt" zu beginnen. Was mit Hannah geschehen ist, belastet mich immer noch, ebenso wie die wenig glückliche Rolle, die ich selber in dem Drama gespielt habe. Ich bin dankbar, dass meine Freunde nicht nachgelassen haben, mir ständig Mut zu machen und mich darin zu bestärken, endlich ein normales Leben aufzunehmen. Vor allem Nico wird nicht müde in seinen Versuchen, mich aufzuheitern und abzulenken. Zusammen mit Julie holt er mich abends häufig ab oder besteht darauf, sich mit mir irgendwo zu treffen. Natürlich meistens im „4U". An Wochenenden ist manchmal auch Sabine dabei.

Auch Connie sehe ich wieder regelmäßig. Natürlich jetzt fast immer in Begleitung von Tobias. Wie früher haben wir zusammen unser sonntägliches Joggingprogramm aufgenommen. Wenn dann Sabine sonntags bei mir in Hamburg ist, hat sie Spaß daran, sich uns anzuschließen. Sie ist inzwischen in bestechender Form und ich muss mich nach wie vor anstrengen, mit meinen Partnern bei diesen Läufen mitzuhalten. Aber mehr noch als Nico und Julie sind Connie und Tobias mit ihrer eigenen Beziehung beschäftigt. Das liegt bestimmt daran, dass sie schon einmal miteinander gescheitert sind. Ich habe den Eindruck, dass sie diesmal alles daran setzen, nicht ein weiteres Mal zu versagen. Ich verstehe, dass Connie nun auch nicht mehr so häufig wie früher das Bedürfnis hat, mich zu sehen. Ich glaube auch, dass es ihr immer noch schwerfällt, Sabine in der Position ihrer besten Freundin zu akzeptieren.

Es ist aber nach wie vor Sabine, die mir den größten Halt gibt. Wir telefonieren immer noch viel miteinander und versuchen, uns so häufig wie möglich zu sehen. Das bedeutet, dass wir fast jedes Wochenende gemeinsam verbringen. Manchmal auch in Lübeck, wo ich inzwischen Stammgast in einem kleinen Hotel geworden bin. Ich habe auch schon ihre Mutter einige Male getroffen, die ich mir älter und gebrechlicher vorgestellt habe. Mir ist jetzt klar, warum Sabine ihre Tochter Meike, die ein sehr enges Verhältnis zu ihrer „Omi" zu haben scheint, so häufig zu Hause alleine lassen und der Aufsicht ihrer Mutter anvertrauen konnte. „Omi" muss um die sechzig sein, wirkt geistig und körperlich sehr fit und war mir auf Anhieb sympathisch. Sie scheint sich zu freuen, dass ihre Tochter außerhalb ihres Kollegenkreises einen Partner gefunden hat.

Auch in meiner Beziehung zu der kleinen Meike hat sich etwas getan. Sie betrachtet mich inzwischen als eine Art „Freund" und sieht in mir keine Konkurrenz zu ihrem Vater, zu dem sie in den letzten Weihnachtsferien wieder gefahren ist. Wenn Sabine das Wochenende zu mir nach Hamburg kommt, bringt sie das Mädchen meistens mit. Sie zieht dann mit ihr in mein Schlafzimmer, während ich auf die Couch im Wohnzimmer ausweiche.

Beruflich gibt es auch etwas Neues zu berichten. Ich bin inzwischen tatsächlich Partner in unserer Kanzlei geworden. An diese Beförderung hatte ich schon langsam selber nicht mehr geglaubt. Ich hätte also im Moment eigentlich allen Grund zufrieden und für all die Unterstützung, die ich bekomme, dankbar zu sein. Denn nach den vielen niederziehenden und insgesamt lähmenden Erfahrungen des letzten Jahres sieht es nun so aus, als ließe sich Licht am Ende eines langen Tunnels erkennen.

Und so gibt es Momente, in denen ich selber glaube, dass alles gut wird und dass ich bald mein altes „normales" Leben wieder aufnehmen werde. Aber dann erlebe ich auch wieder Phasen, in denen ich in ein tiefes Loch zu fallen scheine. In diesen Situationen kann ich mich nicht gegen ein Gefühl der Niedergeschlagenheit und Mutlosigkeit wehren. In meiner allgemeinen Unsicherheit, die in letzter Zeit auch wieder zugenommen hat, fällt es mir schwer, mir vorzustellen, dass ich irgendwann wirklich einen Abstand zu den schlimmen Erfahrungen des letzten Jahres gewinnen könnte.

Wenn ich ehrlich bin, muss ich zugeben, dass es mir in letzter Zeit überhaupt nicht gut geht. Die Stimmungswechsel überraschen mich häufig selbst, und es ist vor allem Sabine, die mit meinen Launen fertig werden muss. Und sie tut dies in der ihr eigenen Art. Obwohl ich sicher bin, dass sie die Schwankungen in meiner Gefühlslage wahrnimmt, lässt sie es sich nie anmerken und gibt mir so immer wieder die Chance, mich in den Griff zu bekommen. Sie versteht mich einfach und wird nicht müde, mich in meinen depressiven Anwandlungen behutsam aufzufangen und mir Mut zu machen.

Allerdings schieben wir die Lösung unseres eigentlichen Problems seit einiger Zeit vor uns her. Wir sind uns durchaus bewusst, dass unsere „Fernbeziehung", wie Sabine sie nennt, nicht unbegrenzt funktionieren kann, und natürlich haben wir darüber auch miteinander gesprochen. Aber wir haben bisher beide keine Ahnung, wie wir die Schwierigkeiten überwinden können, denen wir uns gegenüber sehen. Sabine ist überzeugt davon, dass sie nicht nach Hamburg ziehen kann. Ihre Mutter würde ihr gewohntes Umfeld in ihrer Heimatstadt nie aufgeben wollen, und sie alleine in Lübeck zurückzulassen, ist für die Tochter überhaupt kein Thema. Etwas Ähnliches gilt für die kleine Meike. Für Sabine steht fest, dass das Kind nicht noch einmal gezwungen werden kann, sich von den Freunden zu trennen und die Schule zu wechseln. Und außerdem fühlt sie sich selber in ihrer neuen Stellung an der Uniklinik in Lübeck sehr wohl und glaubt, endlich die Aufgabe gefunden zu haben, die sie sich schon immer gewünscht hat.

Und bei mir ist es nicht viel anders. Auch ich tu mich schwer, meine gewohnte Umgebung zu verlassen. Als Hamburger habe ich ohnehin Probleme, mir ein Leben in einer Stadt wie Lübeck vorzustellen. Natürlich möchte ich auch auf meine engen Freunde nicht verzichten. Ich brauche Connie und Nico, wie sich ja in den schwierigen Tagen gezeigt hat, die hinter mir liegen.

Aber es gibt noch einen anderen Gesichtspunkt. Es hat lange gedauert, bis man mich in der Kanzlei, in der ich seit Jahren tätig bin, endlich zu einem Partner gemacht hat. Sollte ich nun wegen eines Umzugs nach Lübeck die Firma verlassen, wäre diese Beförderung gegenstandslos. Mit anderen Worten: Ich könnte wieder von vorne anfangen.

Ich hatte heute mit Nico ein Gespräch, das mich nachdenklich gemacht hat. Wir hatten uns einige Tage kaum gesehen, und er kam, was er am Freitag manchmal tut, kurz nach Büroschluss in mein Arbeitszimmer, um sich nach meinen Plänen für das bevorstehende Wochenende zu erkundigen. Wir sprachen auch über Sabine, die ich am Sonntag erwarte, und irgendwie ergab es sich, dass ich anfing, ihm von meinem Dilemma zu erzählen, das ihm ja nicht unbekannt ist. Er hatte wie immer auf dem Stuhl vor meinem Schreibtisch Platz genommen und hörte mir zu, ohne mich zu unterbrechen, was bei ihm ja nicht häufig ist. Schließlich saßen wir uns schweigend gegenüber.

Dann stand er auf und sagte:

„Jetzt brauche ich was zu trinken. Bin gleich zurück."

Er kam nach kurzer Zeit mit einer angebrochenen Flasche Whisky, von der ich wusste, dass er sie in seinem Büro hatte, und zwei Gläsern zurück. Er setzte sich wieder zu mir und goss uns beiden einen ordentlichen Schluck ein. Er hatte offenbar die vor, mir etwas Wichtiges zu sagen.

„Die Sache ist eigentlich ganz einfach. Wenn ich dich richtig verstehe, dann dreht es sich im Grunde nur um einen einzigen Punkt", begann er dann und lehnte sich auf seinem Stuhl zurück. „Du musst dir die Frage beantworten, ob die Zuneigung, die ihr beide für einander empfindet, wirklich so groß ist, dass ihr zusammen leben wollt. Nur darum geht es."

Er machte jetzt eine Pause und sah mich an.

„Wenn ich euch so beobachte, habe ich keinen Zweifel daran, dass dies der Fall ist. Und wenn das tatsächlich so ist, dann spielen all die anderen Probleme, von denen du sprichst, keine große Rolle mehr."

Er hielt einen Moment inne. Während ich an meinem Glas nur nippte, nahm er, wie ich es bei ihm kannte, einen kräftigeren Zug.

„Zunächst einmal. Von Lübeck nach Hamburg ist es nicht weit", sagte er dann. „Wenn du dort lebst und wirklich mal wieder Lust auf

270

Großstadt haben solltest, kannst du dir diesen Wunsch jeder Zeit erfüllen. Wir, deine Freunde, leben außerdem ja auch noch hier und werden immer für dich da sein. Ich jedenfalls gehe davon aus, dass wir uns weiter häufig sehen würden."

Wir nahmen jetzt beide wieder einen Schluck, der bei mir diesmal ebenfalls etwas größer ausfiel. Er stellte sein leeres Glas auf den Schreibtisch.

„Jo, ich weiß doch wie schwer dir im Augenblick alles fällt. Aber du musst dich endlich nach vorne bewegen. Du hast sowieso keine andere Wahl, denn zurück kannst du nicht. Das ist vorbei, so bitter das auch ist. Du musst endlich neu durchstarten. Mensch, überleg doch mal! Du hast doch das Glück, dass du eine Frau wie Sabine an deiner Seite hast."

Das war alles nicht neu. Nico hatte mich schon mehrfach auf die Notwendigkeit hingewiesen, meine „Lethargie", wie er sagte, zu überwinden. Diesmal fühlten sich seine Ratschläge jedoch etwas anders an, denn er gab sie mir vor dem Hintergrund einer sehr konkreten Situation, der „Option Lübeck". Auch ich leerte jetzt mein Glas. Nico war aber noch nicht fertig.

„Ich glaube, dass dir ein Neuanfang hier in Hamburg immer besonders schwer fallen wird, zumal in deiner alten Wohnung. Du musst raus aus deinem alten Umfeld. Wenn du mich fragst, ich finde, dass man gegen Lübeck wirklich nicht viel sagen kann."

Er schien einen Augenblick nachzudenken.

„Übrigens, du solltest mal mit dem Chef sprechen. Morgen ist er wie an jedem Samstagvormittag im Büro", sagte er dann. „Ich weiß nämlich, dass einer seiner besten Freunde in Lübeck eine Kanzlei hat. Ich habe mit den Leuten dort auch schon mal zusammen gearbeitet. Die sind nicht schlecht. An deiner Stelle würde ich ihm einmal dein Problem schildern. Er wird dir bestimmt helfen, wenn es ihm möglich ist."

Auch nachdem wir uns später in der Garage der Kanzlei von einander verabschiedet hatten und ich in meinen Wagen gestiegen war, ist mir das, was er mir gesagt hat, nicht mehr aus dem Kopf gegangen. Zu Hause machte ich mir etwas zu essen und wartete auf den Anruf, den ich mit Sabine verabredet hatte. Als das Telefon endlich klingelte, meldete sich zu meiner Überraschung ihre kleine Tochter. Es war das erste Mal, dass sie das tat. Sie sagte mir, dass sie sich schon sehr auf ihr Wochenende bei mir freute und fragte, ob wir dann nicht wieder in den Zoo gehen könnten. Der Tierpark Hagenbeck, den wir seit unserem ersten Treffen schon zweimal wieder besucht hatten, war unbestritten ihr Lieblingsziel in Hamburg. Sie gab danach den Hörer an ihre Mutter weiter, mit der ich dann abmachte, dass die beiden nicht erst am Sonntag, sondern schon am nächsten Tag kommen sollten.

Als wir aufgelegt hatten, ging ich noch eine Zeitlang in meiner Wohnung auf und ab und habe mich noch einmal so richtig umgesehen. Danach entschloss ich mich, meinen Seniorpartner Robert Kehrmann am nächsten Morgen in seinem Büro mit einem Besuch zu überraschen.